Édéfia
☼エデフィア☼
ロリアル湖
網膜《もうまく》焼き

OKSA POLLOCK

オクサ・ポロック

2 迷い人の森

アンヌ・プリショタ
サンドリーヌ・ヴォルフ
訳 児玉 しおり

西村書店

我慢強く、愛すべき大切なゾエへ

OKSA POLLOCK, tome 2, La forêt des égarés
Anne Plichota
Cendrine Wolf

オクサ・ポロック 2 迷い人の森　目次

OKSA POLLOCK
2

OKSA POLLOCK
2

主な登場人物

オクサ　オクサ・ポロック。13歳《さい》。この物語の主人公。〈エデフィア〉の君主《グラシューズ》の地位の継承《けいしょう》者。

ギュス　ギュスターヴ・ベランジェ。13歳。オクサの幼なじみで親友。エキゾチックなユーラシアン。

テュグデュアル　テュグデュアル・クヌット。15歳。ミュルムの血を引く、かげりのある少年。

ドラゴミラ　オクサの父方の祖母。通称《つうしょう》「バーバ」もしくは「バーバ・ポロック」。オクサのよき理解者。

パヴェル　オクサの父親。フレンチレストランのオーナーシェフ。

マリー　オクサの母親。反逆者《フェロン》の陰謀《いんぼう》によって、車椅子《くるまいす》生活となる。

マックグロー　オーソン・マックグロー。オクサのクラス担任だったが、次第に恐《おそ》るべき正体が明らかに。

モーティマー　オクサを目の敵にする上級生。通称「野蛮《やばん》人」。

ゾエ　オクサたちと同学年で、その存在が気になる女の子。

フォルダンゴとフォルダンゴット　カップルでグラシューズに仕える、忠実な執事《しつじ》。ユニークな〝フォルダン語《ゴ》〟を話す。

ヤクタタズ　頭の回転は遅《おそ》いけれど、優しく、とぼけたリアクションで場をなごませる。

ドヴィナイユ　カナリアほどの大きさの、鶏《にわとり》のような生き物。真実を見抜《みぬ》く能力にすぐれる。

ガナリこぼし　身長7センチ弱。「起き上がりこぼし」に似ており、警報機の役目を果たす。

『オクサ・ポロック1　希望の星』あらすじ

まもなく十三歳《さい》になるオクサ・ポロックはパリからロンドンに引《ひ》っ越《こ》してきた。おてんばでユーモアのセンスあふれるオクサは、感受性が強く、両親のマリーとパヴェル、一風変わった祖母ドラゴミラ、親友のギュスなど身近な人たちに強い愛着を持っている。つまり、オクサはごく普通《ふつう》の女の子だ。すべてが変わるある夜まで、彼女《かのじょ》はそう信じていた……。

転入した聖プロクシマス中学校の新学期第一日目、信じられないことが起きる。両親は仕事で忙《いそが》しいので、オクサは家に帰るとすぐに、転校初日のことを祖母ドラゴミラに話しに行った。クラスメートは親切で、とくにメルラン、ゼルダとすぐに仲良くなったこと、ギュスが同じクラスになってこの上なくうれしいこと……。しかし、クラス担任で数学・理科担当の冷ややかなマックグロー先生に話しかけられたときに急に気分が悪くなったことはひと言も話さなかった。

その夜、信じられないようなことがオクサの身に起こった。心の中で思うだけで物を動かすことができたのだ！　自分に超能力《ちょうのうりょく》があることがわかってとまどったオクサは、そのことをだれにも話さなかった。

それだけではない。しばらくして、突然《とつぜん》、おなかに不思議なあざのようなものが現れた。今度はオクサも祖母ドラゴミラに打ち明けた。それがきっかけで、ドラゴミラは家族の秘密をオクサに打ち明けることになる。ポロック家の人々が「エデフィア」という地球上のどこかにある見えない国から来たのだということ、ドラゴミラは将来、その国を治める君主〈グラシューズ〉の地位につくはずだったということを。しかし、反逆者《フェロン》の企《たくら》みのため、その国から数十人の人たちが五十七年前にこの世界に放出された。その人たちは〈逃《に》げおおせた人〉という名のもとにひっそりと団結し、いつか故郷に帰るためにエデフィアを見つけようとしていた。

おなかに印が現れたということは、オクサが次のグラシューズであるということだ。しかも、彼女は〈逃げおおせた人〉たちにとっては、エデフィアへの帰還《きかん》を可能にする唯一《ゆいいつ》の「希望の星」だった。

このようにして、オクサは驚《おどろ》くべき家族の秘密を知った。しかも、ドラゴミラはエデフィアから連れてきた不思議な生き物たちを家の最上階にある秘密の工房《こうぼう》にこっそり住まわせていたのだ！おかしな話し方をするが、気持ちの優しいフォルダンゴとフォルダンゴットはとりわけ愛着のわく生き物だ。

いっぽう学校では、マックグロー先生との関係がうまくいかない。先生はどうもオクサの超能力に気づいているらしく、オクサに関心があるようだった。

十三歳の誕生日に、オクサは「若いグラシューズ」が持つべき道具をもらった。衝動《しょうどう》的な行動を抑《おさ》えるための生きたブレスレット〈キュルビッタ・ペト〉と、武器として使う吹《ふ》き矢《や》のような〈クラッシュ・グラノック〉だ。

しばらくしてオクサはギュスとともに、ウェールズ地方にある大伯父《おおおじ》レオミドの家に秋休みを利用して行き、超能力の訓練をすることになった。そのすばらしい大自然のなかで事件は起きた。レオミドとオクサ、ギュスの三人が攻撃を受けたのだ。攻撃をしかけてきた張本人はなんとマックグロー先生だった！　オクサは恐怖《きょうふ》と闘《たたか》いながら初めて〈クラッシュ・グラノック〉を使い、マックグローの攻撃をかわした。

この事件を受けて、〈逃げおおせた人〉たちは急きょ、集まった。そのときに、オクサはエデフィアから亡命した第一世代であるナフタリとブルンのクヌット夫妻と知り合うとともに、その孫である不思議な魅力《みりょく》をたたえた少年テュグデュアルを知ることになり、胸がときめく。

　しかし、事態はさらに悪化した。マックグロー先生は反逆者《フェロン》の首領の息子、オーソンであることがわかったからだ。マックグローもエデフィアにもどりたがっており、そのためにオクサを手に入れようとしているのは明らかだった。

　オクサの生活は一変した。うわべは普通の中学生の生活を続けながら、マックグローの挑発《ちょうはつ》から身を守るために、つねに家族の保護下に置かれた。

　しばらくすると、マックグローが大きな勝利を収めた。オクサの優しい母親、マリー・ポロックが神経系統にダメージを受けて半身不随《はんしんふずい》になったのだ。ドラゴミラのおかげでマリーの容態は安定したものの、車椅子《くるまいす》生活になった。この事件の直後、オクサを目の敵《かたき》にする上級生男子――マックグローの息子、モーティマーだとわかった――と対決する機会が訪れた。オクサと戦うモーティマーに助っ人が現われ、オクサは肋骨《ろっこつ》を折る怪我《けが》をした。助っ人はクラスメートのゼルダの友人ゾエで、ギュスに近づこうとしていたきれいな女の子だった。ゾエはマックグローの娘《むすめ》だったのだ。この事件から、マリーの半身不随の原因はゾエがオクサの誕生日にプレゼントした石鹸だったということがわかった。

　マックグローはオクサを容赦《ようしゃ》しなかった。ある日、だれもいない学校に二人きりになるように策略をめぐらせたのだ。攻撃はし烈《れつ》で、超能力の技が飛びかかった。オクサは一瞬《いっしゅん》のすきをついてマックグローをふり切り、逃げ出した。しかし、手足を腐《くさ》らせる恐《おそ》ろしいグラノック〈腐敗弾《ふはいだん》〉を浴びてしまう。ギュスが機転を利かせて学校にもどり、オクサを間一髪《かんいっぱつ》で救ったものの、二人の大好きな先生、クレーヴクール先生はたまたまその場に居合わせ、狂気《きょうき》に陥《おちい》ってしまった。

　究極的な大事件はそれからしばらくして起きた。ドラゴミラが一人でオーソン・マックグローの家に出かけて行ったのだ。そのことを知ったオクサはギュスとともに大急ぎでマックグローの家に駆《か》けつけた。そこで二人を待っていたのは、全くそっくりな二人のドラゴミラだった。そのうちの一人はマックグローが変身したものだ。オクサが祖母を助けるためにどちらが本物かを見分けようとしている間にも、二人のドラゴミラの間に激しい戦いが繰《く》り広《ひろ》げられた。幸運にもオクサは一人ではなかった。超能力のないギュスがこの時も助けてくれた。そして、最後には、ドラゴミラの後見人アバクムが究極の武器でその戦いを終わらせた。アバクムはドラゴミラが使う勇気のない恐ろしいグラノック〈まっ消弾〉をオーソン・マックグローに浴びせ、黒い粒子《りゅうし》となった彼《かれ》を底なしの深い闇《やみ》の穴に吸《す》い込《こ》ませた。

　しかし、闇は本当に底なしだったのだろうか？

オクサ・ポロック

2 迷い人の森

Messsage

1　意外な関係

主人のいなくなったマックグロー家は静まりかえっていた。オーソンに続き、妻バーバラと息子のモーティマーもいなくなった。一人ぼっちになったゾエはどうしていいかわからず、家のなかをあてもなく歩き回った。食料品の戸棚《とだな》や冷蔵庫の中のものが次第になくなり、日がたつにつれて家具にほこりがたまっていった。壁《かべ》の上のほうにはくもの巣まではり出した。

「部屋に上がっていて、ゾエ、心配しなくていいよ……あとで行くから」

モーティマーがそう言ったのは、もう二週間前だ。

彼《かれ》を見たのはそれが最後だった。その日は不安に押《お》しつぶされそうになりながら一晩中待っていたが、そのうち眠《ねむ》ってしまった。

朝起きると、家にはだれもいなかった。絶望するほど空っぽだった。それからゾエは、家じゅうを歩き回りながら、だれかが帰ってくるのを何時間も待った。電話をしても応えないオーソンやモーティマーの携帯《けいたい》電話に何度もメッセージを残した。何時間が何日にもなり、最後の希望までむなしく消え、むごい現実を認めるしかなかった。ゾエは行くところもなく放置され、世界でたった一人ぼっちになったのだ。自分はもうだれにとっても存在していないんだ。家は彼女《かのじょ》を閉《と》じ込《こ》める墓にすぎなかった。

その感覚はゾエに電気ショックのようなものを与《あた》えた。彼女は大事なものを小さなリュックに詰《つ》めた。十三年間の思い出の詰まったアルバム、両親がくれたバースデーカード、三つ葉の形をしたペンダント、祖母の風変わりな笛だ。そのリュックを背負って、こなごなにくだけた心を抱え、ゾエは一度も振《ふ》り返《かえ》らずにポロック家まで歩いていった。

ドラゴミラはドアを開けると、やせて汚《よご》れたゾエが立っているのを見てあ然とした。ゾエはうつろな濡《ぬ》れた目でドラゴミラを見つめていた。

「ポロックさん、とつぜんやって来てごめんなさい……わたし、行くところがないんです……」

そう言うと、急に胸がつかえてきて、ゾエは玄関《げんかん》で泣《な》き崩《くず》れた。オーソンとの「再会」の際に受けた打撃《だげき》で体が弱っているドラゴミラは、フォルダンゴとフォルダンゴットに助けを求めた。フォルダンゴたちがゾエをドラゴミラの部屋に運び、ソファに寝《ね》かせると、悲しみのあまりぐったりとした奇妙《きみょう》な生き物におびえる元気もないほど疲《つか》れきったゾエはされるがままになった。

ゾエはそのまま寝入った。

「思《おも》い違《ちが》いが修復に出会うでしょう!」

フォルダンゴは謎《なぞ》めいた言葉を口にした。

「ちょっと、フォルダンゴ、謎かけをしている場合じゃないでしょう!」ドラゴミラがしかった。

「間違いと恨《うら》みで満腹した判断にご注意ください、古いグラシューズ様」フォルダンゴはしゃべり続けた。「大きな重要性がこの女の子に与えられなければなりません。この子はグラシューズの血を受け継《うつ》いでいるのですから……」

ドラゴミラは眉《まゆ》をひそめ、ゾエが眠っているソファの向かいにどさりと腰《こし》を下ろした。フォルダンゴにああは言ったものの、いかにもみじめなこの女の子がポロック家の生活を揺《ゆ》るがすだろうという予感がした。

目覚めたとき、ドラゴミラに見つめられていたのでゾエはとまどった。しかし、ドラゴミラの目に敵意はなかった。

「こんにちは、ゾエ。少しは気分がよくなった？」ドラゴミラは優しい声でたずねた。

ゾエはあわてて、ほとんど聞きとれない声で「いいえ」と答えた。すると、ドラゴミラはゾエのほうにかがみ込んで、そっと手をとり、優しくこうささやいた。

「怖《こわ》いのよね、わかるわ。もし、わたしがあなただったら、やっぱりとても怖いでしょうね。わたしはあなたに悪いことはしない。それどころか、わたしを信用してもいいのよ」

ゾエは少し安心し、期待で胸がいっぱいになって、おずおずとドラゴミラに目を向けた。

「さあ、最初から全部事情を話してくれるかしら？」ドラゴミラが促《うなが》した。

ゾエはしばらくの間ためらったが、心を決めた。言葉が次々と口をついて出た。その自分の言葉に心がこなごなに砕かれ、声が詰まった。しかし、ゾエは泣きながらもずっと話し続けた。ドラゴミラはゾエの手をさすりながら聞いていたが、次第にフォルダンゴの言った思い違いの意味がわかってきた。

「ゾエ、じゃあ、あなたのお父さんはオーソン・マックグローじゃないのね?」

ドラゴミラはぼう然としながらたずねた。

「はい! 大伯父《おおおじ》なんです。わたしの祖母の双子《ふたご》の兄なんです。祖母が亡くなったとき、彼がわたしを引き取ってくれました」

ゾエは消え入りそうな声で答えた。

ドラゴミラははっとして、さらにじっとゾエを見つめ、口のなかでぶつぶつ言った。

「レミニサンス……レミニサンスはたしか、エデフィアを脱出するとき、わたしたちの近くにいたはず。それなのに彼女がどうなったのか、ぜんぜん知らなかったわ……」

「祖母とはお若い頃《ころ》にお知り合いだったそうですね。わたしが困ったとき、助けてくださるのはあなただけだと祖母が言いました。祖母はあなたを尊敬していました。もしご覧になりたかったら、祖母の写真を持っていますけれど……」

「もちろん見たいわ!」

ドラゴミラは感情がこみ上げてきてのどが詰まった。

ゾエはリュックから写真のアルバムを出して、ドラゴミラに差し出した。ドラゴミラは大事そうにそれを受け取った。ページをめくるにつれ、目がくらんできた。アルバムとゾエを交互《こうご》に見ながら、驚《おどろ》きがどんどん大きくなってくる。

「祖母はいろんなことを知っていました。とくに貴重な岩石や宝石にくわしい人でした」ゾエは話し続けた。「ダイヤモンドの細工師でした……。祖母は一人息子だった父のことが大好きでしたから、いつもわたしの両親とわたしといっしょに住んでいました。父が死ぬと、祖母はすべてのエネルギーと愛をわたしに注いでくれました。わたしたちはお互《たが》いを悲しませまいと、泣くのを我慢《がまん》していましたけど、元気なふりをするのはつらいことでした。わたしは両親を失ったけれど、祖母は息子を失ったんです……」

「むごいわね……」ドラゴミラはつぶやいた。「この写真はお父さんなの？」大きく開いたページを指して聞いた。

「はい」

「ハンサムだったのね」

ドラゴミラはゾエの父親が写った写真を長い間見つめていた。眉間《みけん》にしわが寄り、顔が青ざめるとともに、ある考えが頭に浮かんできた。その写真を見つめたまま、ドラゴミラは震《ふる》えながらたずねた。

「ちょっと聞いてもいいかしら、ゾエ……お父さんの名前は？　それと彼の誕生日を知っているかしら？」

「父は一九五三年三月二十九日生まれです。名前はヤン・エヴァンヴレックです」

するとドラゴミラはソファにどさりと倒《たお》れこんだ。ゾエから聞いた話と自分の記憶が頭のなかで重なり合い、五十年以上も隠《かく》されていた秘密《ひみつ》と胸にしまっておいた苦悩《くのう》が嵐《あらし》のようにドラゴミラを襲《おそ》ってきた。真実が火山噴火《ふんか》の溶岩《ようがん》のようにとつぜん降ってきたのだ。

「レオミド……」

ドラゴミラはそうつぶやき、涙《なみだ》のたまった目でゾエをじっと見つめた。

「あなたはすべてを失ったわけじゃないわ。この家のドアをたたいたとき、家族を見つけたのよ」

「どういうことですか?」ゾエの声は震えた。

「わたしの兄、レオミドはあなたのおじいちゃんなのよ」

2　ひと息つく暇《ひま》もなく

四ヵ月後――。

ネクタイをゆるめた、だらしない制服姿で、聖プロクシマス中学校の生徒たちはうれしそうに、大きな声をはり上げたり、中庭を走り回ったりしていた。学年末最後の日だ。やっと！　オクサ・ポロックとギュス・ベランジェにとって、まるで終わりがないかのような一年がすぎ、ちょうどよい時に夏休みがやってきた。この一年間いろんなことがあった。

オクサの驚くべき出自が明らかになってから、オーソン・マックグローの消滅《しょうめつ》まで、いろんなことが明らかになり、大変なこともたくさんあった。オクサは暗い考えを振《ふ》り払《はら》うように頭をふり、憎《にく》い敵から一転、大事なまたいとこになったゾエのところに行った。

「大騒《おおさわ》ぎしちゃおうよ！」オクサがゾエに声をかけた。

ゾエはオクサにほほえみを返した。

オクサの友情を得ることは簡単ではなかった。マリーを病気にした毒入り石鹸《せっけん》のこともあり、オクサの恨《うら》みは深かった。しかし、オクサは頭がいい。そのうち、ゾエはオーソンに踊《おど》らされていただけだとオクサにはわかった。祖母ドラゴミラが、ポロック家や〈逃《に》げおおせた人〉たちと共有する出自の秘密をゾエに教えたとき、オクサはゾエをなぐさめたり、それまでゾエが知らなかった彼女《かのじょ》の超能力《ちょうのうりょく》を訓練するのを手伝ったりして、ゾエをなにかと助けたのだ。いまでは、またいとこという血縁《けつえん》とかたい友情によって結び付けられた二人をなにものも引《ひ》き離《はな》すことはできないほどになった。

「ねえ、ギュスをいじめてやろうよ」オクサが急に声を上げた。

「行ってきなよ。わたしはここにいるから」ゾエが答えた。

オクサは心配そうにゾエを見た。彼女は努力はしているけれど、これまで不幸が重なりすぎたせいか、自分の殻《から》に閉じこもっていることが多い。

「ホントにだいじょうぶだからさ」

オクサの疑わしそうな視線に気づいたゾエは、安心させるように言った。

オクサはギュスのところに行って、中庭の真ん中の噴水《ふんすい》のほうへ誘《さそ》った。ギュスは笑いながらさからった。

「おまえの悪だくみに気がついてないとでも思ってんのか！」

「こんなおめでたい日に、水浴びをいやがっちゃだめだって！」

オクサはギュスの腕《うで》を力いっぱい引っ張った。

「ジョーダンじゃない！　ぼくはだれの言いなりにもならないってこと、忘れてるだろ！」

こう言うと、ギュスはわざともったいぶって長い前髪《まえがみ》を後ろにバサリとはらった。その仕草がおかしくて急に手を離したオクサは、噴水のふちにぶつかってころんだ。

「イタッ！　ひじが！」オクサはうめいた。

ブラウスが破れ、赤い染みが浮《う》かんできた。

「ちょっと、ひどいじゃない！　見てよ！　やだ！」

ギュスは手を差しのべて、オクサが起き上がるのを手伝った。起き上がると、体をくねらせて斜《なな》めにかけた小さなポシェットをはずした。

「洗ってくる間、これ、持っててくれる？」オクサはポシェットをギュスに差し出した。

「へぇ……若いグラシューズ様の魔法《まほう》のアクセサリーをかい？　光栄だね！」

オクサはにっこりほほえんでから、くるりと向きを変えて石造りの回廊《かいろう》のほうへ行った。ギュスは、階段のかげにオクサが消えるまで見ていた。

二十分後、ギュスは石塀《いしべい》にもたれたまま同じ場所にいた。

「ギュス！　来いよ！　バスケしようぜ！」麦のような金髪《きんぱつ》の男子が叫《さけ》んだ。

「やめとくよ、メルラン！　オクサを待ってるんだ！」

じっと待っているのも退屈《たいくつ》で、ギュスがポシェットをぽんぽんと軽くたたくと、丸くてやわらかいものに触《ふ》れた。ガナリこぼしだ……静かにしていてくれますように！　まるでギュスの心を読んだように、ガナリこぼしが言った。

「若いご主人様、心配はいりません。わたしのスローガンは自分を抑《おさ》えることです。カムフラージュと熱狂《ねっきょう》はいっしょではうまくいきませんからね」

その突飛《とっぴ》なモットーに、ギュスは思わずほほえんだ。

「おいおい、オクサ……何やってんだよ」

「若いグラシューズ様の現在位置をお知らせしましょう。ここから五十六メートル、北北西の位置にある二階の手洗いです」ガナリこぼしが低い声で教えてくれた。

ギュスは、この奇妙《きみょう》な会話をだれかに聞かれるのではないかと心配になってブルッと身震《みぶる》いした。だが、生徒たちは遊ぶのに夢中で、ギュスに注意を払《はら》う者はいない。ギュスは立ち上がって、階段のほうへ向かった。

だれもいない廊下《ろうか》を歩いていると、中庭の騒ぎと自分の足音しか聞こえなかった。ギュスは四ヶ月前の恐《おそろ》しい出来事を思い出して、ぞっとした……。ケガをしたオクサ、悪魔《あくま》のようなマックグロー、そしてクレーヴクール先生……。そのせいか、理科室の前を通るとき、つい、ちらりと目をやった。ちょうどその時、歌声が聞こえてきた。まるで泣いているかのような、ゆっくりとした悲しい歌だ。不思議に思って理科室のドアノブを回した。ドアには鍵《かぎ》がかかっていなかった。ギュスは中に入って、周りを見回した。だれもいない。だが、すぐそばでうめき声が聞こえる。ギュスはオクサのポシェットを開けてみた。ガナリこぼしは静かにしている。ガナリじゃない。

「どういうことなんだ？　何なんだろう？」

ギュスはオクサのポシェットをしっかり胸に抱《だ》いて、理科室をくまなく見て回った。机の下を一つ一つ調べ、物置を開け、戸棚《とだな》も開けた。何もない……。ところが、胸に迫《せま》るようなかすかな泣き声はまだ聞こえている。ギュスは探し回るのを止めて、部屋の真ん中に立ったまま、どんな物音も聞き逃《のが》すまいと耳を澄《す》ませた。すると、泣き声に混じって、よく聞き取れない言葉が聞こえてきた。

「何を言ってるんですか？　どこにいるんですか？」

ギュスは不安になりながらも、周りをじっくりと見回し、ぼそぼそつぶやいた。

遠いような近いような声が聞こえてくる。

「ここよ、あなたの目の前よ。助けて、わたしを自由にして……おねがいします！」

ブラウスを濡《ぬ》らしたままオクサが中庭のほうに向かおうとしたとき、霧笛《むてき》の音が聞こえてきた。

「あれっ！　ギュスのケータイじゃない！」

オクサが二階の理科室の前を通ると、その音は大きくなり、そして止んだ。オクサは立ち止まって、数秒間待った。思っていた通りの声が聞こえてきたので、オクサは思わずにやりとした。ギュスの携帯《けいたい》電話にメッセージが入ったことを示す、ダース・ベイダーの息切れしたような声だ。オクサの思ったとおりだ！　迷わず理科室のドアを開けて入った。

「ギュス！　いるの？」

返事はない。オクサは周りを見回して、机の下を見た。ギュスはこういういたずらをするタイプじゃないけど、絶対にしないともいえない……。ふと、床《ゆか》に落ちている携帯が目に入った。

「どうしてギュスのケータイがここにあるのかな？」オクサは眉をひそめてつぶやいた。

携帯電話を拾って、もう一度いぶかしそうに周りを見回してから、オクサは理科室を出て中庭にもどった。

「ギュスを見なかった？」

ゾエが目を上げると、きれいな顔に心配そうな影《かげ》が差した。わけもなくゾエをおどかしたことを悔《く》やみながら、オクサはすぐに言い足した。

「あいつって、ホントにヤクタタズだよね……見てよ、ケータイ落としてんの！　きっとどっかに隠《かく》れてんだと思うな。すぐに探し出してやるから、見てなさいよ！」

オクサはいつもの無邪気《むじゃき》さでゾエの手を取り、自分のほうへ引っ張った。

「ギュスのやつ、待ってくれればよかったのに……」オクサは文句を言った。

二人は三十分ほど探しまわったが見つからず、元の場所にもどってきた。その言葉とは裏腹に、心の中は心配でいっぱいなのだ。夕方になり、生徒たちは帰りはじめた。

「家に電話したほうがいいよ」

ゾエが眉間《みけん》にしわを寄せて言ったので、オクサはよけいに不安になった。


ギュスの父親ピエール・ベランジェとオクサの父親パヴェル・ポロックが学校の中庭にやってきたとき、オクサとゾエの不安はますます膨《ふく》らんだ。それから一時間、四人は必死になって学校の隅々《すみずみ》まで探した。

「オクサの家にもいないし、うちにもいない……」

携帯電話を閉じながらピエールが言った。

それから、管理人が聖プロクシマス中学校の重い門を閉めた。もうまちがいない！　ギュスは行方不明になったんだ！　オクサとゾエは涙《なみだ》のたまった目で顔を見合わせた。ここ数ヵ月間、何ごともなかったのに……。しかし、平和な時期は長続きしなかった。

〈逃《に》げおおせた人〉たちはショックを受けた。圧倒《あっとう》されるほど大柄《おおがら》なスウェーデン人のブルンとナフタリのクヌット夫妻、レオミドも心配してポロック家にかけつけてきた。すでに夜はふけ、重苦しい雰囲気《ふんいき》はよけい重くなった。ピエールが心配そうな顔で、泣き続けている妻のジャンヌを支えていた。ドラゴミラは二人を抱きしめて、安心させようと慰《なぐさ》めの言葉を探したが、みつからなかった。車椅子《くるまいす》に座ったマリーの後ろでパヴェルはオクサを見つめながら、じわじわと不安が広がっていくのを感じていた。

「ひょっとして警察に届けたほうがいいんじゃない……」オクサがしゃがれた声で提案した。

「オクサ、それはできないよ。それに、家出だと思われるだけさ……」と、〈逃げおおせた人〉たちの守護者アバクムが答えた。

「ギュスは家出なんかしないわ！　誘拐《ゆうかい》されたのよ！」

不安で気が高ぶっているジャンヌが叫んだ。

「でも、だれに？」

口には出さないが、みんなの疑問はそれだった。

オクサだけが思い切って自分の考えを言った。

「反逆者《フェロン》に誘拐されたんじゃない？　エデフィアから脱出《だっしゅつ》した反逆者《フェロン》はオーソン・マックグローだけじゃないはず……。他にはいないって言いきれる？」

みんなはなかば感謝するかのようにオクサを見た。オクサの言ったことはみんなが考えていたことだ。もしそうだとすると、ギュスは取り引きの道具だから、交渉《こうしょう》を始めるまでは痛い目にあうことはないだろう。だが、反逆者《フェロン》でないとしたら？　考えるのはやめよう……。

その夜は一晩中、玄関《げんかん》ドアに何度も目を向け、携帯電話を握《にぎ》ったまま、全員がさまざまな仮説や可能性を考えながら夜を明かした。朝の五時頃《ごろ》になって、前日から虚脱《きょだつ》状態のゾエの隣《となり》でソファにぐったりしていたオクサが手がかりになりそうなものを見つけた。

オクサはギュスの携帯電話をまだ持っていて、最後のメッセージを何度も聞き直した。それはジャンヌからのメッセージだった。「ギュス、あなたがつかまらないんだけど。一時間くらいでパパが迎《むか》えにいくからね。じゃあ、後でね！」オクサはギュスが保存したものをすべて細かく調べてみた。メッセージには何も異常はない。だが、画像ファイルにおかしなものがあった。時刻を見ると、ジャンヌの電話を受ける直前のものだ。ギュスは奇妙《きみょう》な写真を撮《と》っていた。

「これ見て！」

オクサは携帯の画面に映っている小さな写真を見せた。

「いったい、何なんだろう？」

すぐにパヴェルがパソコンのスイッチを入れ、画面にその写真を大きく映した。みんなが集まってきた。画像が画面に現れるやいなや、ゾエが叫んだ。

「あっ、おばあちゃんだ！　レミニサンスよ！」

「それは確かなの？」ドラゴミラが問いただした。

「ええ！」

みんなの目はパソコンの画面に吸いつけられた。それは七十歳《さい》くらいの女性の上半身だった。その女性はまっすぐに前を見つめており、そのブルーの目は絶望と恐怖《きょうふ》で大きく見開かれていた。

黒っぽい服にほっそりとした身を包み、繊細《せんさい》で美しい顔は胸をつかれるほど同情心をかきたてた。

「わたしのおばあちゃんよ……」

ゾエの声は弱々しく、感情が高ぶってかすれていた。

ドラゴミラとアバクムはあっけにとられて顔を見合わせた。すぐさま二人は同時に叫んだ。

「絵画内幽閉《ゆうへい》だ！」

3　期待されていなかった人

ギュスは絵の内側の虫食いだらけの額のふちに不安定に立っていた。数秒前には、聖プロクシマス中学校の理科室で、苦しみと悲しみの混じった声の聞こえる絵の前にいたのに……。不思議な光の反射でぼやけたように見える肖像《しょうぞう》画に吸い取られたんだ……。そうだ。信じられないようなことが実際に起きた。そして、いま、ギュスは絵の内側で、ぼろぼろ崩《くず》れそうな木の枠《わく》の上に、恐怖《きょうふ》でぼう然としながら立っていた。

「絵の中……絵の中に入ってしまったんだ！」

暗くて動かないかたまりのようなものしか見えない。絵の額がとてつもなく大きく見えて、ギュスは自分が小さな点になったような気がした。用心深くふり返り、ぴんと張った画布《キャンバス》に触《さわ》ろうとした。もしかしたら絵の向こう側に行けて、この悪夢から逃《のが》れられるかもしれない……。指先で画布《キャンバス》に触ろうとしたが、すぐにがっかりした。画布《キャンバス》は冷たい蒸気の膜《まく》のようなものに変わっていて、触ることができない。

「だれかいますか？　聞こえますか？」

ギュスの声は、のどが詰《つ》まったようなたよりない声だ。

不思議なことに、まるで防音設備のある部屋にいるように、声が響《ひび》かない。こんな静かな場所は初めてだ。

絵の木枠のかけらが落ちる音が聞こえた。ギュスはつばをごくりと飲《の》み込《こ》んだ。冷たい汗《あせ》が背筋と額を流れた。汗がひと粒《つぶ》目に入り、視界がぼやけた。ギュスが目をこすろうと手をあげると、体のバランスが崩れ、予想したとおりになった。何かつかむものはないかと腕《うで》を振《ふ》り回《まわ》したが、それもむなしく、ギュスは絶叫《ぜっきょう》しながら何もない空間のなかを落ちていった。

落下ははてしなく続いた。まるで時間が止まったかのようだ。体は思い通りに動かず、真っ暗なかを未知の目的地に向かっている。落下している感覚はない。強力ではあるが軽い重力のなかに落ち込んだような感じ、手から離《はな》れた羽根がゆっくりと地面に落ちていくようなやわらかい感じだ。頭から落ちているのか？　垂直に落ちているのか？　水平に落ちているのか？　体の感覚がまったくないからわからない。幻想的《げんそうてき》な感覚だ。だが、やはりギュスは怖《こわ》かった。ひょっとしたら、死んでるんだろうか？　永遠にこの暗い穴に閉じ込められてさまようのだろうか？　この恐《おそ》ろしい考えにおびえ、ギュスは目を大きく見開いた。

ついに、羽根布団のようなやわらかいものの上に体がはずむのを感じた。ギュスは息を止め、目を細めて闇《やみ》のなかを見わたした。こんな深い闇は見たことがない。これがほんとうの暗闇というものだろうか……。ビロードのような、濃《こ》い漆黒《しっこく》の闇だ。ギュスは不安を感じながら手を伸《の》ばし、手探りした。指先に何か感じないだろうか？　壁《かべ》か、扉《とびら》か、顔か！　しかし、あるのは恐ろしい暗黒だけだった。ギュスは無限の闇を目をこらして見つめた。すると、青白く光る玉のようなものが自分の口から出て行くのが見えた。まるで、息が目に見えているみたいだ！　今度は意識して大きく息を吐《は》き出《だ》した。たしかに息が見える！

ギュスはうろたえながらも、もう一度、闇をじっと見つめた。ゆっくりと鼓動《こどう》する何かが濃い紫《むらさきいろ》色の放電を起こしている。暗闇の心臓だろうか？　ギュスは身震《みぶる》いした。「そんなことは考えるな……。暗闇に心臓はない！」と、自分に言いきかせた。

ギュスがくまなく見まわしても、一定のリズムで震える、葉脈のような放電以外は見えなかった。暗闇に心臓があるはずはないが、暗闇が生きているように見えるのは本当だ！　ギュスは勇気をふりしぼって立ち上がった。脚《あし》は震え、絶え間なく歯がガチガチと鳴ったが、なんとか闇に向けて一歩を踏《ふ》み出《だ》した。

しばらくすると、闇が少しずつ薄《うす》れてきた。薄紫色の異様な空から光の断片がもれてきて、ギュスの周りを囲んでいる森にたそがれ時のような光を投げかけていた。生きたものはまったくいないみたいだ。動くものがない不気味な光景に気分が悪くなり、ギュスは頭を振った。空気さえも固まっているみたいだ。ギュスは眉《まゆ》をよせ、次第に青くなった。すっかり打ちのめされて巨大《きょだい》な木の幹にもたれかかり、頭を抱《かか》えた。

「いったい何が起きたんだ？　どういうことなんだ？」

ギュスの心臓は早鐘《はやがね》のように打っていた。

ギュスは目をおおう黒い前髪《まえがみ》を後ろにはらい、神経質そうなしぐさで耳にかけた。タールのようなどろどろしたものが体と心の隅々《すみずみ》に広がっていくような気がする。恐《おそ》ろしさのあまり、体がしびれ、動くことはもちろん、息をすることすらほとんどできなかった。いったい、ここはどこなんだろう？　異次元の世界だろうか？　パラレルワールドだろうか？　あの失われた土地、エデフィアか？　わかっているのは、絵の中に入ったことと、心臓が動いているから死んではいないことだけだ。

数分経つと——あるいは数時間かもしれない——少し気持ちが落ち着いてきた。オクサのへその周りに印が現れてからというもの、ギュスの人生は、何もかも信じられないようなことの連続だった。次から次に不思議なことが起こった。その元凶《げんきょう》はオーソン・マックグローだった。悪夢のような、あらゆる危険をはらむ男。しかし、オーソン・マックグローは死んだのだ。妖精《ようせい》人間のアバクムが、恐ろしい〈まっ消弾《だん》〉というグラノックで攻撃《こうげき》して何十億個もの微粒子《びりゅうし》にして消滅《しょうめつ》させた。ギュスは自分自身の目でその光景を見た。

だが、ギュスがいま、わなにはまっているのはマックグローのせいに違《ちが》いない。あのおぞましい教師が聖プロクシマス中学校の理科室の壁に、あのいまわしい絵をかけたのを、ギュスはよく覚えている。あの日、オクサは——例のごとく！——超能力《ちょうのうりょく》を使ってマックグローを怒《おこ》らせようと躍起《やっき》になってたっけ……。

そんなことを思い出しながら、ギュスはぶるっと震えた。そして、再び森に注意を向けた。自分の体に合わせて変形したように見える巨大な木に寄りかかったまま、ギュスはまわりの動かない森を観察しようとした。怪物《かいぶつ》じみた森だ！　木々の葉は人間の目には見えないほど高いところに繁《しげ》っているようだ。

ひどい目まいがして、ギュスは下を向いた。木々の根元には、くねくね曲がった一本の小さな道があり、見たこともない奇妙《きみょう》な草が生えている。一番近くにある植物は、長い茎《くき》にねばねばした毛が生え、いまにも燃えそうな薄くて真っ赤な花びらのあるごてごてした花だ。その横には、別の不思議な植物があるのが目についた。サッカーボールぐらいの大きさの派手なブルーの玉がついていて、八本の茎をしきりに動かしている。まるで肥満クラゲだ。

しかし、一番奇妙なのは、森の木の大きさでも植物の形でもない。木々の先端《せんたん》のほうに茂《しげ》った葉を通して差してくる光だった。光なのに暗い！　まるで巨大な黒い太陽が光を発しているかのように、深味のある薄紫の光があらゆるところから差してくる。ギュスの足元に一筋差している光に手をかざすと、光が手のひらを通《とお》り抜《ぬ》けた！

「わぁ……」と、ギュスは思わず声をあげた。

するとと、光る粉が手から出てきて、かすかにパチパチと音を立ててコケの上に落ちた。ギュスがこの森に入り込んでから、初めて聞いた音だ。

その音がやむと、森は空気や生き物を固まらせたように再び静かになった。ギュスはまた木にもたれかかったが、すぐに跳《と》び上がった。幹がやわらかくなっている！　用心しながら振り向くと、樹皮がこげ茶系と金色系のあらゆる色調の何千という花びらにおおわれているように見えた。不思議に思ったギュスは、そっと体を起こし、その信じがたい樹皮を指先でさわった。すごい！その花びらに見える鱗《うろこ》のようなものは、すべすべした肌《はだ》のようなやわらかさだ。そのなかに顔をうずめたくなって、ギュスはさらに幹に近づいた。

その時、樹皮がかすかな音を立てて振動《しんどう》したかと思うと、蝶《ちょう》の一群が浮《う》き上《あ》がり、ギュスの周りを円を描いて舞い始めた。ギュスは目を疑った。幹全体が何千匹《びき》という蝶におおわれていたのだ！　蝶たちが描《えが》く大きな円は不安をかきたてた。しかし、それはいままで見たことのない幻想的な光景であり、ギュスは目が離せなかった。蝶が一定のリズムではばたくかすかな羽音がギュスの頭のなかで反響した。蝶の輪は少しずつ小さくなっていった。輪はますます速く回り、ギュスに近づいてきた。驚《おどろ》いたギュスは弾力性《だんりょくせい》のあるコケの上に仰向《あおむ》けにひっくり返った。

「やめてくれ！」

ギュスは蝶の群れを押《お》しやろうと、腕を前に伸ばした。

その時、真っ黒な巨大な蝶が一匹、輪から離れてギュスに近づいてくるのが見えた。羽ばたきがほおに感じらるほど近くに来た。ギュスははっと体をこわばらせた。その蝶はしばらくすると輪にもどり、群はかすかに震えながら薄紫色の空に向かって飛んでいった。

気を取り直したギュスが起き上がろうとしたとき、何かが手にさわった。動くものだ。ごそごそ動いている。生き物だ！　今度は何だろう？

「ちょっと、気をつけてください！　わたしを押しつぶす気ですか！」

声は地面から聞こえる！　ギュスは叫《さけ》びながら、ぴょんと跳び起きた。

「この格好、見てください！」同じ声が言った。

パニックに陥《おちい》ったギュスのしたいことはただ一つ、逃げることだ！　しかし、地面をはっている根に足をとられて、どうすることもできない。しかも、土の中から地面に出ているその根の先には小さな頭がついている。普通《ふつう》じゃない！　まるで森が息吹《いぶ》きを取《と》り戻《もど》したみたいだ。木々の葉はざわめき、コケたちはまるで息をしているようにへこんだり、浮き上がったりしている。

根の先についた頭はゆれながら、怒ったようにギュスをにらんでいる。とつぜん、その頭が口笛を吹くと、同じように頭のついた根がいくつか、木の根元で動き出した。ギュスがつぶした根が近づいてきたので、奇妙な顔をよく見ることができた。人間でも動物でもなく、握《にぎ》りこぶしくらいの大きさで、そばかすだらけの小さな女の子といたずら好きのリスを混ぜたようなおかしな顔だ。好奇心《こうきしん》の強そうな、それでいて優しそうな顔をした根はギュスをながめ、においをかぎ、白いシャツのすそを歯で引っ張った。そして、とつぜん、かん高い声で叫んだ。

「おやおや！　あいつの機嫌《きげん》が悪くなるわよ！」

根の先についたほかの頭たちがざわざわと動き出し、ギュスには意味のわからないヒステリックなおしゃべりが始まった。根たちの目は薄紫色の空のほうに向いており、一羽の鳥がゆうゆうと近づいてくるのを目で追っていた。それから、根の頭たちは土の中から現れたときと同じくらい素早く地面にもぐったので、ギュスはいぶかしく思った。

鳥は見る見るうちに大きくなって、黒光りのする立派なカラスだとわかった。ギュスの目の高さまで来ると、鳥はいきなり体をぶるっと震わせた。気持ちの悪い唾《つば》が金色のくちばしから飛び散った。くちばしが触れるほどカラスが近づいてくるのをギュスはぼう然と見ていた。すると、カラスはびっくりしたように、後ずさりした。

「あんたはだれだ？　ここで何をしているんだ？」

カラスはくちばしから黒い息を吐きながら問いかけてきた。

「あの……わからないんだ……」と、ギュスは答えた。

「自分がだれかもわからないのか？」カラスはすぐに言い返した。「どっちにしても、あんたが、ある人じゃないことはわかってる！」

「そうじゃない！　いや、その……ぼくはギュス・ベランジェというんだ」ギュスはいきなり問《と》い詰《つ》められたので面食らった。「でも、ここで何をしているのかわからない」

「つまり、絵画内幽閉《ゆうへい》されたんだよ！　でも、おれたちが期待していたのとはまったく別人だ！」

カラスはため息をつき、ふたたび黒い息を吐いた。

「最悪の事態だ……」カラスはがっかりしているようだった。

4
恐《おそ》ろしい宣告

「絵画内幽閉《ゆうへい》されただって?」ギュスはカラスの言葉をオウム返しに言った。「それ、どういうこと?　ぼくが何をしたっていうんだ?」

カラスは不機嫌《ふきげん》そうなうなり声を上げた。そして、凍《こお》るような冷たいしずくを飛ばしながら、羽を持ち上げた。

「あんた?　あんたは何もしちゃいないよ!」少し悔《くや》しそうに答えた。「あいつだ!　あいつのせいなんだ!」

「だれのこと?」

「もちろん、絵画内幽閉されるべきだったやつのことさ!〈心の導師〉の昏睡《こんすい》状態を引き起こしたやつさ!」カラスが言い返した。

「絵画内幽閉って何?〈心の導師〉って?」

ギュスはわけがわからなかった。

カラスはとつぜん激情に駆られたように目をそらし、いまにも泣き出しそうになった。

「〈心の導師〉っていうのは、絵画内幽閉の根源なんだ。絵画内幽閉されるべきだったやつが、ほかの人を絵画内幽閉したもんだから、悪が善をむしばんで、おれたちの世界を支配した。その悪から〈悪意〉が生まれた。〈心の導師〉の英知をもってしても、〈悪意〉の発生や広がりを防げなかったというわけさ。〈悪意〉は伝染病のように広がって、あらゆる生き物を栄養にしながら力を拡大してきたんだ」

「じゃあ、どうしたらいいんだい？」ギュスが心配そうにたずねた。

「絵画内幽閉されるべきだったやつだけが、自分の罪を償《つぐな》うことで、おれらを支配している悪を排除《はいじょ》できるんだ。というのは、絵画内幽閉されるべきだったのはそいつだからな。でも、そいつが来ないなら、極端《きょくたん》な方法が一つだけある。〈心の導師〉の破壊《はかい》だ。〈心の導師〉自体は悪くないんだから、助けられないのは残念だ。だが、〈悪意〉から逃《のが》れるために、おれは隠《かく》れないといけない。もしおれが殺されたら、ここにいる者はみんな生き延びることができなくなる」

「それで、ぼくはいったいどうなるんだい？」

「あんたの世界に帰るには、大きな危険を冒《おか》すしかないな。もとの世界にあんたを戻《もど》す力を持っているのは、ある魔法《まほう》だけだ。水薬だよ。あんたのためにおれの〈偵察蝶《ていさつちょう》〉を残していくよ」

カラスはくちばしで黒い蝶を指した。

「まずは、〈心の導師〉の神殿《しんでん》を見つけることだ。いまでは〈悪意〉の砦《とりで》になっているけど、〈石の城壁《じょうへき》〉あたりのどこかにある。ほら、これがあんたの役にたつよ！」

そう言いながら、カラスは首にかけた小瓶《こびん》を外し、爪《つめ》の先にかけてギュスに差し出した。

「何、これ？　ぼくは何をしないといけないの？」

ギュスは小瓶を指先でころがしながらつぶやいた。

「〈悪意〉の攻撃《こうげき》をかわして、〈心の導師〉までたどり着いたら、不老妖精《ようせい》が作ったこの水薬を使うんだ。〈心の導師〉を破壊させる〈崩壊《ほうかい》の魔法〉をかけることができる。この水薬に血を一滴《いってき》混ぜれば、ここから永久に抜《ぬ》け出《だ》せるというわけさ」

「でも、どうして自分で破壊しないの？　きみはぼくよりずっと強そうじゃないか！」

「たしかにあんたより強い。でも、おれは人間じゃないだろ。魔法は人間の血を混ぜないとだめなんだ。幸運を祈《いの》ってるよ。じゃあ、次に会うときまで……」

カラスは最後にもういちど黒い息を吐《は》き、大きな羽を広げて飛び立った。話は終わった。ギュスはカラスが遠くなっていって薄紫色《うすむらさきいろ》の空に消えるまで、しばらく目で追った。

「もどってきてくれ！　このままおいていかないでよ！」

カラスがスピードを落とし、もどってくるのがギュスにははっきりと見えた。それから何度か羽ばたくと、もう目の前にいた。カラスはものすごい鳴き声を上げたので、ギュスは思わずふらついた。

「何かヒントをおくれよ！　どうしたらいいのか、教えてくれ！」ギュスは必死に頼《たの》んだ。

「もういろいろ教えてやったじゃないか。だが、この状況《じょうきょう》の異常さもわかる。だから、いいことを教えてやろう。よく聴《き》くんだぞ、これで最後だからな」

〈帰り道のない森〉の出口は、
すべての精神が同じ目的を目指さなければ、
見つけられない。
次に、〈虚空《こくう》〉に生命を奪《うば》い取《と》られないように
用心するべきだ。
抜《ぬ》け出《で》るには、速さと力が必要だ。
そして、宙の深みからやってくる
容赦《ようしゃ》ない力によって
再び命が危険にさらされる。
それから、
乾《かわ》きと暑さが支配し、
深淵《しんえん》が残酷《ざんこく》な試練をしかける。
最後に、〈石の城壁《じょうへき》〉が
その内側から開き、
〈外界〉への道を開くだろう。
しかし、〈悪意〉の破滅《はめつ》的な力に
用心することだ。

その〈悪意〉は、死の力を持ち、
生命を支配するのだ。

こういうと、ギュスの反応を待たずに、大急ぎで羽ばたいていった。

ギュスはまた一人ぼっちになり、途方《とほう》に暮れた。カラスの言ったことはそら恐ろしいことばかりだ。〈虚空〉が生命を奪《うば》い取《と》る？　容赦ない力だって？　〈悪意〉の破滅的な力？　そんな冒険《ぼうけん》に耐えられるようなタイプじゃない！　だが、選択の余地があるだろうか？　おそらくない。失敗したら、〈悪意〉に飲《の》み込《こ》まれ、永久にさまよったままになるのだ。

ギュスは再びあたりを見回した。こういう状況《じょうきょう》でなかったら、この場所を気に入っただろう。すべてが壮大《そうだい》だ！　しかし、ここまで完全な静けさというのは、不安を和《やわ》らげはしない。ギュスは眠《ねむ》っている植物を踏《ふ》まないように用心しながら、空に向かって黒い杭《くい》のようにそそり立っている木の間を迷路のように進んでいった。巨大な幹の間を進むにつれて、森が深くなっていく。周りでは、苔《こけ》が弱々しく呼吸しながら隆起《りゅうき》し、木々の葉がかすかに風になびいている。まるで葉から出て、空へと消えていくかのような不思議な風だ。しかも、ギュスが立ち止まると、すべてが止まるのだ。草たちは、まるで息を止めてギュスを観察するかのように、まったく動かないでいる。面と向かって話しかけられるよりも怖《こわ》いくらいだ。

「頭がおかしくなりそうだ……。だれか、いませんか？」ギュスはおそるおそる言ってみた。

完全な静けさだ。それとは反対に、ギュスの体のなかでは音が増幅《ぞうふく》して反響《はんきょう》しており、不安がさらに高まった。血は、混雑時の高速道路のような騒音《そうおん》を上げて血管をかけめぐっている。心臓は早鐘《はやがね》のように鳴り、肺は蒸気機関車のようにシューシュー音をたてている。空っぽのおなかも遠くで鳴る雷《かみなり》のようにとどろきはじめた。ギュスは自分の体の奥底《おくそこ》から響《ひび》いてくる、この異常な音にうろたえてびくりとした。

「だれかいませんか？　お願いだから返事をしてください！」今度は大声で叫《さけ》んだ。

不安でいっぱいな上に疲《つか》れ果て、ギュスは毛皮のようにふかふかした地面にへなへなと座《すわ》り込《こ》み、長々と横になった。

「ここで、たった一人で死ぬのか……。まずは空腹で」ギュスはおなかをさすりながらうめいた。

「こんなふうに死ぬなんて考えもしなかった。サイテーだ……」

両親のことを思うと、涙《なみだ》が浮《う》かんできた。また会うことができるんだろうか？　すごく心配しているに違《ちが》いない。それに、オクサは？　〈逃《に》げおおせた人〉たちは？　彼《かれ》らはこの悪夢から自分を救い出すためにできる限りのことをしてくれるだろう……信頼《しんらい》するべきだ。ギュスは、肩《かた》にかけているオクサのポシェットにふと手を当てた。中でなにかが動いている！　ポシェットを開けると、オクサ専用の生きた警報機、ガナリこぼしがぼう然とした様子で顔を出した。

「ガナリこぼし！　こんなとこで友だちに会えるなんて、すごくうれしいよ！」

ガナリこぼしはポシェットから抜《ぬ》け出《だ》し、円すい形の体を少しゆすった。

「若いグラシューズ様のお友だちは大変親切でいらっしゃいます……」

ガナリこぼしは赤くなりながら言った。

「ここがどこかわかる？」

ギュスはガナリこぼしがあらゆる場所の位置にくわしいことを知っている。ひょっとしたら、何か手がかりをもっているかもしれない。

「確信を持って申し上げます。ここはイギリスのロンドンです、若いご主人様。正確にいいますと、ロンドンの中心部やや西寄り、ビーン通り、聖プロクシマス中学校の二階、大階段から数えて三つ目の教室、北側の壁《かべ》、床《ゆか》から一メートル五十センチの高さ、西側の角から二メートル十五センチ、東側の角から六メートル四十二センチです」

「そりゃそうだけど……」ギュスは驚《おどろ》いてつぶやいた。「でも、もっと正確に言うことはできるかい？　正確にはここはどこなんだ？」周りの不思議な森を手で指しながら食い下がった。

「絵のなかにいるんですよ、ご主人様！」ガナリこぼしはごそごそしながら答えた。「横三十八センチ、縦二十五センチの絵のなかにいるんです！　それ以上に正確なことは言えません、怒《おこ》らないでください。東西南北も標高も深さもわかりません。ここには距離《きょり》も時間も尺度も何もないんです。でも、呼吸はできますね……」

「それはぼくにもわかったけどね……」ギュスがつぶやいた。

「……それに、重なり合ったレベルがいくつかあります。いえ……重なり合っているのではなく、入れ子のようになったレベルです」

「マトリョーシカ（ロシアの人形）のように？」

ガナリこぼしはうなずき、急にポシェットにもぐりこんだ。ギュスはよけいわけが分からなくなってがっかりし、暗く静まり返った下草のほうをぼんやり見ながら、しばらくの間、沈黙《ちんもく》していた。


「ほらほら、そんなにがっかりしないで……」

ギュスはびくっとして頭を起こした。少し前に奇妙《きみょう》な会話を交わした根の頭を目で探した。一本の木の根元に草が何本かかたまって生えていて、ギュスを観察しているようだ。そのうちの一本は、動き回っている草の実のほうにかがんで、ギュスのわからない言葉をささやいていた。

「自信と粘《ねば》り強《づよ》さが成功のカギよ……」また声が聞こえた。

あまり離《はな》れていない木の下の暗がりに立っている人影にギュスの視線が引き寄せられた。この声には聞き覚えがある。前に聞いたことがある……どこだっただろう？

「怖がらないで、どうか怖がらないで」その声が続けた。

ギュスは最悪の事態を予想しながら、うずくまった。すると、とつぜん、ぼんやりとしていた人影《ひとかげ》が女の人の姿になって暗がりから現れた。ギュスは目を見開き、自分のほうにゆっくりと歩いてくるその人をぼう然と見つめた。絵に描《えが》かれていた女だ。このわなに自分を引き寄せた人だ！　その女が、いま、ギュスの目の前にいて、謎《なぞ》めいたほほえみを浮かべながら彼を見つめていた。

5

絵画内幽閉《ゆうへい》のプロセス

オクサとゾエは驚《おどろ》くと同時に不安そうに顔を見合わせた。正面に座ったドラゴミラは気分が悪そうだ。目はうるみ、顔は青白く、アバクムの手をぎゅっと握《にぎ》っている。

「絵画内幽閉……」

ドラゴミラは苦しそうにつぶやいた。

アバクムは深く息を吸《す》い込《こ》み、目を閉じながら短いあごひげをなでた。目を開けたとき、その表情は動揺《どうよう》が色濃《こ》く、「絵画内幽閉」が何なのか全く知らないオクサたちの不安はいっそう大きくなった。妖精《ようせい》人間、アバクムが動揺しているなら、ことは重大だということだ。

「不可能だ。レミニサンスが絵画内幽閉されたことは認めてもいいが、ギュスはありえない！」

アバクムは明らかにうろたえている。

「ということは……おばあちゃんは死んでいないの？」ゾエはびくっと体を震《ふる》わせた。

「彼女《かのじょ》の身には不幸なことばかりが起きた」レオミドが言った。「だが、幸いなことに、彼女は生きている……」

ゾエはほっとして思わずふらついた。

「じゃあ、ギュスは？」

恐怖《きょうふ》で固まっているピエールとジャンヌをおろおろと見ながら、オクサがたずねた。〈逃《に》げおおせた人〉たちはうろたえながら顔を見合わせた。まるで言葉を発するとよけい苦しみが増すと考えているかのように、だれも口を開こうとはしなかった。いつものように、オクサが沈黙《ちんもく》を破った。

「レミニサンスが絵のなかで生きてるんなら、ギュスだってそうじゃない？」オクサは怒《おこ》ったように言った。「当然よ！　ギュスが最後に見たのは、聖プロクシマスの理科室の絵だよ。その写真を撮《と》った直後に消えたんだよ！」

みんなはレミニサンスの肖像《しょうぞう》が映った携帯《けいたい》電話の画面を見つめた。

「それが絵画内幽閉なんでしょ？　ギュスはレミニサンスといっしょに絵のなかに閉じ込められたんだよ！」オクサは言葉を続けた。

ジャンヌの弱々しげな体がぐらりと揺《ゆ》れた。隣《となり》にすわっているピエールは怒《いか》りのあまり、こぶしを握りしめている。

「ギュスが絵画内幽閉されるはずはない……」ピエールは震えながら言った。

「でも、レミニサンスだってされたわよ！」と、ドラゴミラ。

「彼女の場合は何か理由があったのかもしれない……でも、ギュスの場合は……ありえない！」

アバクムが続けて言った。

「どうして？　だって、そうとしか考えられない！」オクサが強く言い返した。

「若いグラシューズ様は口に真実を持っていらっしゃいます」と、目を大きく見開いたフォルダンゴが口をはさんだ。「〈逃げおおせた人〉たちはこの確信を心に吸い込まなければなりません。若いグラシューズ様のお友だちは絵画内幽閉を受けたのです。その事実は悲劇に満ちていますが、確実な性質を帯びています」

「フォルダンゴ、ありがとう」ドラゴミラは黄色いうぶ毛におおわれたフォルダンゴの頭を軽くたたいた。「たしかに、それは明白な事実なようね。わたし自身、こんなことが起きたことで打ちのめされているわ……。だれか事情を説明してくれる人はいないかしら？　ナフタリ？　ブルン？　あなたたちは〈大カオス〉が起きる前にポンピニャックの奉仕者《ほうししゃ》だったから、絵画内幽閉の決まりを知っているんじゃないの？　わたしは故郷のエデフィアから脱出《だっしゅつ》したときはまだ子どもだったから……覚えていることといったら、重大な犯罪を犯した人を絵画内幽閉するのを決めるのは司法だ、ということくらいね。刑務所《けいむしょ》に収監《しゅうかん》するようなものじゃなかったかしら？」

「まあ……原則はそうだな」頭のはげたスウェーデン人のナフタリ・クヌットが答えた。

「でも、ただの刑務所とは違《ちが》う。絵画内幽閉は非常に複雑で強力な魔法《まほう》なんだ。その複雑さのおかげで信頼《しんらい》性が保証されているというわけだ。だから、今回起きたことにわたしは仰天《ぎょうてん》しているんだよ」

「それはどういうことなの？」燃えるようなブルーの目を細めてドラゴミラが問いかけた。

「つまり、司法上のミスが起きた場合には、すぐにプロセスが中断されるんだ」

「でも、司法のミスは起きるはずないんだよね？」オクサが口をはさんだ。

「いや……」しゃがれた声でナフタリが答えた。「じゃあ、少し説明しよう……。エデフィアでは、生命は民の日常生活を秩序《ちつじょ》づける要だ。富や栄光や愛のために自由を放棄《ほうき》するばかげた考えや、欲望に民を近づけないように、公平と調和のもとに社会が作られていた。とはいえ、〈外界〉と同じように、エデフィアでも暴力や陰謀《いんぼう》や殺人があった」

「〈大カオス〉ね……」オクサが口をはさんだ。

「そのとおり」ナフタリがうなずいた。「〈大カオス〉は、それまでわれわれが経験したことのない悪の発露《はつろ》だった。わたしたちには、あんな極端《きょくたん》な事態に直面する準備はまったくできていなかったんだ。それがわたしたちの弱さであり、失敗に至った原因だ。善と公正さは悪に勝てなかった」

ナフタリは口をつぐみ、エメラルド色の目を伏《ふ》せた。妻のブルンは長い指にはめたたくさんの銀の指輪の一つを神経質そうに回し、勇気づけるように夫を見つめた。

「人間というものは、わたしたちが期待するほど善良ではないのかもしれない」

再び、ナフタリが話し始めた。

「善良な人もいることは間違いない。だが、善良さというのは自然なものではなくて、年月をかけて身につけたり、子孫に伝えたり、ひょっとしたら学習するものなのかもしれない……。〈外界〉での暮らしで、わたしはこのことについていろいろ考えさせられた。この世界はあらゆる方法で善良さを損なうようにできているから、それを保つのは容易ではない。それはずっと昔から〈内の人〉にはわかっていた。だから、エデフィアは善意を基礎《きそ》にして作られ、人々は自分をそれに合わせるようにした。何世紀もの間にそれが伝えられ、あらゆる面で善意が優遇《ゆうぐう》されるような仕組みが作られたから、善意の伝承が容易だったわけだ。だが、暴力を使ったり、人を殺したりする人もいなかったわけじゃない……」

「マーペル……。長寿の真珠《しんじゅ》のためにゴンザルを殺した人みたいに……」オクサがつぶやいた。

「うん、マーペルがいい例だ。いや悪い例といわないといけないか！」ナフタリが言葉をついだ。「あいつは子どもの頃《ころ》から乱暴だった。社会の均衡《きんこう》を保つためであれ、自分の暮らしの糧《かて》を得るためであれ、あらゆる努力というものを拒《こば》んだ。自分は何もせずに、他人をあてにしていた。大人になると、盗《ぬす》みをするようになった。最初はこっそりとやっていたが、次第に抵抗《ていこう》する人をなぐるようになった。宝石造りの名人が犠牲《ぎせい》になった件は、やつの最後のほうの犯罪だが、そのためにマーペルは絵画内幽閉になったんだ。ゴンザルを殺した件でも絵画内幽閉になっていただろうがね。まあ、それは別の問題だ……。絵画内幽閉が〈外界〉で行われている収監と違うのは、改心させるために、犯罪者を世界から隔離《かくり》することなんだ。エデフィアでは過失を犯しても罰金を払《はら》わない。それでは変わらないからだ。唯一《ゆいいつ》可能な償《つぐな》いは善い点に磨《みが》きをかけることだと考えられていた」

「でも……全部悪かったらどうなるの？　いいところがなかったら？」オクサがたずねた。

「オクサ、世界一の悪人でも、いいところはあるのよ！」ドラゴミラは熱を込めて言った。

ナフタリとブルンは疑り深そうに眉《まゆ》をひそめて、顔を見合わせた。

「わたしはあなたのおばあちゃんほど理想主義者ではないけどね、エデフィアでは、各人にある程度備わっている長所を伸《の》ばすようにするべきだと考えられていたのよ」

　今度はブルンが会話を引き取った。

「マーペルにも長所があるの？」と、オクサがたずねた。

「もちろんよ！」

「たとえば、どんな長所？」

「そういわれると……ないわね」ブルンが答えた。

「どういうこと？　マーペルは絵画内幽閉されたのに、どういう点がよくなったのかわからないの？　詐欺《さぎ》じゃない！」

　悲惨《ひさん》な状況にもかかわらず、オクサの剣幕《けんまく》にみんなはほほえんだ。

「犯罪者は他人に改心の証拠《しょうこ》を見せません。絵画内幽閉が試練を課し、〈心の導師〉はその評価を行なうのです」フォルダンゴが口をはさんだ。

　オクサは舌打ちし、疑り深そうな目をして額にしわを寄せた。

「ごめんね、フォルダンゴ。ふだんならおまえの言うことはわかるんだけど、今回はぜんぜんわからない……」

「それがさっき話した絵画内幽閉の複雑さなんだよ」ナフタリが言葉をついだ。「重大な犯罪を犯した人は、グラシューズの前に連れて行かれて、絵画内幽閉の魔法に処されることが決められる。そして、罪名が読み上げられ、〈不老妖精《ようせい》〉によって作られた魔法の力を持つ絵〈クラック画〉に自動的に記載《きさい》されるんだ。犯罪者が罪名を書かれた文字に息を吹《ふ》きかけると、その息は広がって〈心の導師〉まで届く。〈心の導師〉というのは〈クラック画〉の精神だ。絵の核《かく》であり、主人でもある。〈心の導師〉は犯罪者の心のなかに入り込み、心の奥深《おくふか》く、隅々《すみずみ》まで注意深く検査する。そして、その犯罪者を絵画内幽閉にするかどうかを決定するんだ。犯罪人が自分の身分を証明するものとして血を一滴《いってき》注ぐと、絵画内幽閉される。つまり、犯罪者の善い点をさらに伸ばすために〈心の導師〉によって設定された一連の試練に立ち向かうわけだ。犯罪人が試練をすべてクリアし、自分の中の邪悪《じゃあく》さを克服《こくふく》し、ベストを尽《つ》くせば、自由の身になれる」

ナフタリの説明に、そこにいた人たちはただぼう然とした。やがて、みんなの息は荒《あら》くなり、不安げなまなざしに変わった。またもやオクサが重大な質問をした。

「〈心の導師〉が間違うことはある?」

オクサは不安そうにギュスの両親を見た。彼《かれ》らはだれよりもその答えを恐れていた。

「それはありえない……。〈心の導師〉は決して無実の人を絵画内幽閉なんかしない……」

ナフタリはつぶやくように答えた。

「どうしてそう言えるわけ?」オクサは追い討ちをかけるように言った。

「わたしは絵画内幽閉が決定された場に何度か居合わせたことがある」ナフタリが答えた。「〈心の導師〉は間違えたことはない。ある人が犯罪を犯したに違いないと全員が思っていたときでも、それが間違いだったと明らかになったこともある。重大なことを一つ話しておこう。エデフィアの歴史上、絵画内幽閉になったのは人を殺した犯罪者だけなんだ」

「でも、ギュスはだれも殺してないよ! それなら、どうして、絵画内幽閉されたの?」

オクサはいきり立った。

ナフタリは苦しそうにオクサとギュスの両親を順に見つめ、低い声でこうつぶやいた。

「〈心の導師〉は呪《のろ》いにかけられて、狂《くる》ったのかもしれない……」

6 悲劇的なミス

ビッグトウ広場に夜が明けるころ、〈逃《に》げおおせた人〉たちはみんな、恐《おそ》ろしい事実を受け入れざるを得なくなっていた。どうしてそういうことが起きたのかはだれもわからなかったが、ギュスが絵画内幽閉《ゆうへい》されたことはだれの目にも明らかだった。ショックに打ちのめされているジャンヌとピエールを、みんなは必死になぐさめようとした。なかでも、最も上手になぐさめたのはドラゴミラのフォルダンゴだった。

「フォルダンゴは生と死の謎《なぞ》についての知識を持っています」フォルダンゴはギュスの母親の肩《かた》に丸々とした手をのせながら言った。「生きている人とそうでない人の検知ができます。いま現在、一つの完全な確実性があります。それは、わたしたちの若いグラシューズ様のお友だちは元気いっぱいで、彼《かれ》の存在は不運なレミニサンスとともに危険な絵画に名誉《めいよ》を与《あた》えています。あなたたちは、このことを確信することで心を満たさなければなりません」

「おまえのいうことは正しいのかね……」

ピエールは神経質に手をこすった。

「わたしのフォルダンゴの言うことはいつも正しいわ。あなたも知っているようにね」ドラゴミラは悲しそうにほほえんだ。「でも、ドヴィナイユならもっと詳《くわ》しくわかるかもしれないわ」

そう言いながら、立ち上がった。


ドラゴミラはたっぷりとしたグレーのサテンのドレスのすそを体の前に寄せてからサロンを出て行き、寒さに震《ふる》える小さな雌鶏《めんどり》を手にもどってきた。

「この寒がりやの鶏《にわとり》は、冷たい風がどこから入ってくるかとか、温度が何度下がるかを予想するのだけが取りえじゃないのよ」ドラゴミラは身をすくめているドヴィナイユをなでながら、オクサとゾエに向けて説明した。「別の才能もあって、それは真実を明らかにするという特殊《とくしゅ》な才能なのよ。何が起きたのかを教えてくれるものがいるとしたら、それはドヴィナイユよ！」

寒さでガタガタ震え、ドラゴミラのモヘアのカーディガンの中にうずくまっている小さな鶏に、みんなはいっせいに目を向けた。

「ドヴィナイユ、ギュスが絵画内幽閉されたのよ……」ドラゴミラが口をきった。

「知ってるわ！」ドヴィナイユは機嫌《きげん》が悪そうだ。「ほとんど夏だっていうのに、どうしてこんなに寒いのかだれか教えてくれる？」

「ここはロンドンなんだよ。北緯《ほくい》四十五度より北で、熱帯からは遠いんだ。それでも気温は二十二度あるんだよ……」

レオミドがうんざりしたように言った。

「そうかもしれないけど！　もう少し受け入れやすい気温でもいいんじゃないかしら！」

ドヴィナイユは小さな赤褐色《せきかっしょく》の羽を膨《ふく》らませながら、とげとげしく言い返した。

オクサはまた始まった、というようなしかめ面をゾエに向けた。ドヴィナイユはイギリスの気候について文句を言うチャンスを決して逃《のが》さないのだ。

「絵画内幽閉のことで何が起きたのか、教えてくれるかしら？　〈心の導師〉は呪《のろ》いをかけられたのかしら？」

ドラゴミラは気温の話をぴしゃりと打ち切って、強い調子でたずねた。

「当然よ！」ドヴィナイユも強く言い返した。「〈心の導師〉はオーソンの代わりに、双子《ふたご》の妹のレミニサンスを吸い込《こ》むという悲劇的なミスを犯したのよ。いくつかの罪を犯したために絵画内幽閉されるはずだったのは、レミニサンスじゃなくてオーソンだったのに……。それ以来、〈心の導師〉はおかしくなった。間違《まちが》いのために狂ったのよ。だれかがあの窓を閉めてくれないと、わたしもそうなるかもしれないわ！　羽が凍《こお》りつくわ！」と、かん高い声でどなった。

レオミドが、穏《おだ》やかな風の入る窓を閉めに行った。

「でも、〈心の導師〉の犯した間違いは説明がつくわ」ドヴィナイユが続けた。「レミニサンスとオーソンはＤＮＡが似てるから、混同したのかもしれない。故意か過失かはわからないけれど」

「じゃあ、ギュスのことは？　何か知っている？」と、ドラゴミラ。

「レミニサンスとオーソンに関する間違い以来、〈心の導師〉の秩序《ちつじょ》がひどく乱れてしまったんですよ！」

ドヴィナイユの表情は深刻そうだ。

「ギュスは絵画内幽閉されるべきではなかったんです。それに、同時に二人の人間が絵の中にいることは、ふつうはできません」

ハアハアと荒《あら》い息をしていたドヴィナイユはうなずいてから、ドラゴミラの腕《うで》の中に倒《たお》れこんだ。まるで骨まで凍《こお》ったかのように震えている。〈逃げおおせた人〉たちは驚《おどろ》いて顔を見合わせた。

「絵の中に呼ばれたのは若いグラシューズ様でした……」

「まあ！」ドラゴミラは思わず胸に手を当てた。

「〈心の導師〉はどうしてそんなミスをしたわけ？」オクサは怒《おこ》ったように言った。「みんなは気づいてないかもしれないけど、ギュスとあたしはちょっと違うわよ！　あたしたちを間違えるなんて、よっぽどおかしくないと……」

「ドヴィナイユ、さっき、レミニサンスとオーソンはＤＮＡが似てるって言ったわね？」

ゾエがＴシャツのすそのほつれをイライラといじりながら口を開いた。

「それで〈心の導師〉が間違えたのね。〈心の導師〉にとっては二人が同じだったということね」

ドヴィナイユはガチガチ震えながらうなずいた。

「ということは、ギュスがオクサのDNAを少しでも身につけていたら、〈心の導師〉が間違える可能性があるわけね」ゾエが続けて言った。

「何が言いたいんですか？」ドヴィナイユはまるでけんか腰《ごし》だ。

ゾエは、じっと耳を傾《かたむ》けている〈逃げおおせた人〉たちの注目を集めていることに気づいて赤くなった。

「ゾエの言いたいことはわかるような気がするよ」ナフタリが助け船を出した。「オクサの髪《かみ》の毛《け》が一本、ギュスに付いていたって思っているんだろう？　あるいは……」

眉《まゆ》をひそめてじっと考えているオクサに視線が集まった。とつぜん、オクサははっと口を開けて、額をぴしゃりとたたいた。

「ええっ！　まさか！」

みんなが固まった。

「ギュスはあたしのポシェットを持ってるんだ……」

オクサが消え入るような声で言った。

「それで……そのポシェットには何が入っているんだい？」

ピエールがあわててたずねた。

「サイアク……。ガナリこぼし……キャパピルケース……クラッシュ・グラノック……」

ドラゴミラは、湧《わ》き上がる激しい怒《いか》りと、事態をこれ以上悪化させまいという気持ちに引《ひ》き裂《さ》かれて、ぼう然とオクサを見つめた。最悪の事態になりつつある。ドラゴミラは両手を組んで気持ちを静めようとしたが、〈逃げおおせた人〉たちは、彼女《かのじょ》がひどく動揺《どうよう》していることに気づいていた。

オクサも事の重大さに気づき始め、自分のせいだと思った。ドラゴミラとアバクムは前から注意していた。グラシューズの道具を決してだれにも渡《わた》してはいけないと。悪意のある人の手に渡ったら、結果がどうなるかは目に見えている。だが、こんなことになろうとは、どうしてオクサにわかっただろうか？　鼻がちくちくしてきて、嗚咽《おえつ》で息が詰《つ》まり、涙がこみ上げてきた。落ちつこうと息を吸った。しかし、怒りに燃えているドラゴミラと目が会うと、よけいに息が詰まりそうになった。

「何てことしたんだろ……」

オクサはほとんど聞き取れない声でぼそぼそ言った。

「前に注意したことがどういうことかわかったでしょうね？　ほんの少しの不用心でも大変なことになるのよ……」

ドラゴミラは怒りをこらえようとしている。

「わたしたちはみんなとても危険な立場にあるんだ。常にだ。このことをいつも念頭に置いておかないといけないんだ」アバクムがうろたえた声で続けた。

「起きてしまったことをとやかく言うのはやめよう」と、ナフタリがきっぱりと言った。「いまは、行動しなければ！　緊急《きんきゅう》の課題は絵を手に入れることだ！　わたしたちより先にだれかに持っていかれたら……」

オクサは目を上げてナフタリを見つめた。もしだれかが絵を手に入れたら、もう二度とギュスに会えなくなる……。

7　忍者の父娘《おやこ》

その日は、なかなか夜にならなかった。オクサはそう感じた。影《かげ》が長くなり、空が暗くなり始めたときには、オクサの我慢《がまん》は限界にきていた。最後の爪《つめ》まですでにかじってしまい、いらいらしながら外を見た。

「もういい？　行こうか？」オクサがこう言うのはもう二十回目くらいだ。

パヴェルは再び空の暗さを注意深く調べてから、眉間《みけん》にしわを寄せてオクサをじっと見つめた。それから、動揺《どうよう》を隠《かく》すために、しゃがんで靴《くつ》ひもを締《し》めなおした。パヴェル・ポロックは苦悩《くのう》の男だ。自分の出自を認めることを常に拒《こば》んでいた。しかし、この数ヶ月《かげつ》間というもの、驚《おどろ》くべき能力を持つ古いグラシューズことドラゴミラと、シベリアのシャーマンだったウラジミールの息子であることを思わずに過ごす日は一日もなかった。それに、〈逃《に》げおおせた人〉たちが失われた土地、エデフィアに帰還《きかん》するための〈希望の星〉であるオクサの父親でもあることも……。

好むと好まざるとにかかわらず、自分もその一員である〈逃げおおせた人〉たちの避《さ》けられない運命に無駄《むだ》な抵抗《ていこう》を試みた後、パヴェルは優先課題を決め、その目標から目をそらさないように努めた。妻と一人娘《ひとりむすめ》を守ることだ。マリー・ポロックはみんなの敵、オーソンことマックローが毒を仕込《しこ》んだ石鹸《せっけん》のためにひどい障害を負ったままだ。パヴェルのせいではないとはいえ、妻の病状は自分の失敗であると感じていた。それは心をえぐる深い傷になり、どんな慰《なぐさ》めにも和《やわ》らぐことはなかった。いままでパヴェルはだれも助けることができなかった。アバクムやレオミドと同じように、パヴェルも頼《たよ》りになるところを仲間に見せなければならない。


「オクサ、用意するんだ。あの絵を取りに行くぞ……」

パヴェルの声は不気味に響《ひび》いた。


二人が聖プロクシマス中学校のいかめしい建物の前に着いたとき、やっと日が暮れた。しかし、かなり明るい街灯の明かりはポロック父娘の計画には危険だった。オクサとは違《ちが》って、パヴェルは中学校に夜忍《しの》び込《こ》む危険を十分に承知していた。家宅侵入《しんにゅう》罪に問われることは避けなければならない。これはただの「訪問」だ……。パヴェルが街灯を一つ一つ指さすと、明かりが消え、安心できる暗さになった。オクサが小さな感嘆《かんたん》の声を上げた。

「すっごい！　あたしもそれを習わないとね……」

「行くぞ……」顔をおおった黒いスカーフを直しながら、パヴェルがつぶやいた。

「パパって、ホントの忍者みたい！」頭からつま先まで黒で統一した父を見ながら、オクサが言った。

「おまえだってそうだよ、オクサさん」

「準備完了《かんりょう》です、先生……」布の覆面《ふくめん》を引き上げながらオクサが言った。

父親の目に悲しそうな、絶望的な笑みがちらりと見えたと思うと、次の瞬間《しゅんかん》には猫《ねこ》のようなしなやかさで行動を開始した。足を石の壁《かべ》にはわせ、クモのような敏捷《びんしょう》さで壁のてっぺんまで登りきっている。父親の動作にほれぼれしながら、オクサのほうは完璧《かんぺき》な浮遊《ふゆう》術で壁の上まで行った。それから、手をつないで向こう側に下りた。

学校は真っ暗でがらんとしていた。だれもいないようだ。中庭の中央にある噴水《ふんすい》が規則正しく水を噴《ふ》き上《あ》げ、その水が闇《やみ》に輝《かがや》いているだけだ。屋根の突出《とっしゅつ》部から張り出しているガーゴイル（古い西洋建築物の屋根や外壁につけられた怪物の形をした彫刻）の影が、オレンジ色の街の灯を映した空にくっきりと浮《う》かび上《あ》がっていた。オクサはそれを見上げると、その石でできた怪物《かいぶつ》たちがいまにも自由になって襲《おそ》いかかってくるような気がして身震《みぶる》いした。

「さあ、ぐずぐずしないで行こう……」

パヴェルはこうつぶやいて、オクサを回廊《かいろう》の方へ引っ張っていった。

二人はだまったまま、一階の四つの廊下のうちの一つに入った。つやつやした石畳《いしだたみ》の廊下と平行に並んでいる石像に月が冷たい光を投げかけていた。オクサは自分が不安にかられていることに驚いていた。跡《あと》をつけられているような気がして振《ふ》り向《む》いた。アバクムが影になってオクサたちを守るために付いてきているのだろうか？　違う。影は見当たらない。あるとしたら、ずらりと並んでいる石像の無表情な視線だけだ。心臓が激しく打ち、吐《は》き気《け》がしそうになった。一体どうしたんだろう？　怖《こわ》いのか？　こんなことは初めてだ……。

もしギュスがここにいたら、びっくりしたようにオクサを見つめ、ひじでつついてこう言っただろう。「おい、ニンジャ・オクサ！　こわがりはぼくだろ、おまえじゃないよ！」ギュスがいなくて寂《さび》しい……。もし、〈逃げおおせた人〉たちが解決策を見つけられなかったら？〈心の導師〉にかけられた呪《のろ》いが強力すぎて、だれもそれを解くことができなかったら？　そんな恐ろしいことを考えるだけで気が狂《くる》いそうになる。あの悪魔《あくま》のような絵のなかにギュスが永久に閉じ込められるかもしれないという恐怖《きょうふ》で気が動転し、ぜいぜいあえいだ。大きく見開いた目は、自分をにらんでいるような石像に向けられている。主人の不安を感じ取ったキュルビッタ・ペトが手首の周りで身をくねらせている。オクサが長い身震いをしたとたんに、泡立《あわだ》つうねりが体の中を流れ、勇気が湧《わ》いてきた。

「ギュス、がんばるのよ……」オクサはしっかりとした声でつぶやいた。「パパ、こっちよ」

二人は二階に続く重々しい階段を上り、すぐに例の理科室の前に来た。絵はあった。数メートル離《はな》れてみると、かすかに動く光を帯びている。

とつぜん、真っ暗な教室に目が慣れていないパヴェルがコート掛《か》けに衝突《しょうとつ》し、倒《たお》してしまった。二人にはものすごい音のように聞こえた。

「なんてばかなんだ……」パヴェルは自分で自分を呪った。

そしてクラッシュ・グラノックを取り出し、何かをつぶやいてから息を吹《ふ》き込《こ》んだ。すると、明るい光が現れ、教室の真ん中に浮かんだ。オクサは絵に駆《か》け寄《よ》った。

「ここから出してあげるからね、ギュス！」オクサは絵に口を近づけてささやいた。

「気をつけろ！」パヴェルがオクサを後ろに引っ張った。「バーバがいってただろう、ぜったいに〈クラック画〉にさわっちゃいけないって！　触るとすぐに絵の中に吸い込まれる可能性があるんだから」

そう言うと、ポケットから布袋《ぬのぶくろ》を出し、机の上に広げた。それから、用心しながら木の額縁《がくぶち》を持って絵を壁から外した。

「袋を開けてくれ、オクサ！」

オクサは息を殺してその通りにした。パヴェルは絵をすべりこませ、紐《ひも》で袋の口を閉め、肩《かた》に斜《なな》めにかけた。

「よし、これでいい。もう行こう！」

しかし、ドアの取っ手に手をかけるやいなや、廊下にあかあかと電灯がついた。オクサは叫《さけ》び声《ごえ》を上げないように唇《くちびる》をかんだ。だれかに物音を聞かれたのだ！　もっと悪いことに、だれかが階段を上がってくる！　警備員か？　マックグローの幽霊《ゆうれい》か？　思わず体がこわばり、理科室の中に引《ひ》き戻《もど》そうとする父親に従うかどうか迷って数秒間の貴重な時間を無駄《むだ》にした。重く、嫌《いや》な足音が近づいてくる。パヴェルはオクサを教室の中に引っ張り、手に小さな丸いものを握《にぎ》らせて壁に押《お》し付《つ》けた。そして、音を立てずにドアを閉めた。

ドアの取っ手がきしみながら下がったとき、オクサは気絶するかと思った。警備員――まさしく彼《かれ》だった――はドアを少し開けて頭を入れた。

「だれかいるのか?」と大声を上げたので、オクサはびくっとした。しかし、彼は用心深く、とても耳
警備員がそこでやめてくれればいいとオクサは願った。しかし、彼は用心深く、とても耳のいのいい男だった。いろいろな器具を入れてある一階の物置で彼が聞きつけた音に確信を持っていた。だれかが学校に侵入《しんにゅう》したのだ! この警備員は夏休み中、警備といくつかのメンテナンス作業のために、数日前に雇《やと》われていた。この初めての晩にすでに事件が起ころうとしている……。なんて運がいいんだろう! 警備員は理科室の電灯のスイッチを入れた。しかし、パヴェルのおかげで電気はつかなかった。廊下の電気が教室の一部を照らしているだけだ。

「電球を替《か》えないといけないな……」警備員は懐中電灯《かいちゅう》を出しながら言った。

彼は教室の中をぐるりと見回した。コート掛けが倒れている。

「おかしいな……」警備員はそうつぶやいて眉《まゆ》をひそめた。

コート掛けを起こし、仕事にベストを尽《つ》くそうと決心してか、教室を念入りに調べた。机の下、戸棚《とだな》の中、ドアの後ろなど隅々《すみずみ》まで点検した。ただし、オクサとパヴェルがコウモリのようにへばりついている天井《てんじょう》だけは見なかった……。警備員は結局、ぶつぶつ言いながら出て行った。

数分経つと、電気はすべて消え、聖プロクシマスの廊下には夜の静けさが再びもどった。父に続

き、オクサもこなれた回転をしながら天井からおりてきた。

「この〈吸盤《きゅうばん》キャパピル〉ってすごい！」ほおを赤くしたオクサは目を輝《かがや》かせた。

「まあね……」と、パヴェルは答えた。「それより、ぐずぐずしないで行こう！　二回目も幸運だとは限らないだろ？」

パヴェルはガラス窓の一つを開けて、窓枠《まどわく》を乗《の》り越《こ》えた。

「パパ！」オクサは思わず口に手を当てた。

「ここから下りるのが怖いなんて言わないだろ！　警備員が入口を見張っているはずだ。これしか方法はないよ」

パヴェルはそう言いながら、窓の外に出て行った。オクサは通りに面した窓に駆《か》け寄《よ》った。パヴェルはもう下にいて、オクサに下りてくるよう合図している。オクサは窓のふちに立ち、空中に片足を出し、バランスを取りつつ、ゆっくりと下りていった。

8　張りつめた再会

この非常事態に〈逃《に》げおおせた人〉たちの緊急《きんきゅう》の会合が開かれた。ポロック家、ベランジェ家、クヌット家とアバクムから成る中心メンバーが、世界中で確認された他の〈逃げおおせた人〉たちを召集《しょうしゅう》した。元ポンピニャック奉仕者《ほうし》でドラゴミラと近しい優雅《ゆうが》なスペイン人、メルセディカ・デ・ラ・フエンテ、グラシューズ家の元会計係で銀行員になり、いまは長崎のハウステンボスで働いているイギリス人、コックレル、それにエデフィアの高級職人でいまは優れた金銀細工師の南アフリカ人、ボドキンだ。いつかはエデフィアに戻《もど》ることへの変わらぬ情熱を持ちながらも〈外界〉に見事に同化した――ほかに選択肢《せんたくし》があっただろうか――信頼《しんらい》できる三人だ。このグループに、クヌット夫妻の孫息子、謎《なぞ》めいたテュグデュアルが少し遅《おく》れて到着《とうちゃく》し、再びオクサの心をざわつかせた。

「こんちは、ちっちゃなグラシューズさん！」いつものように素っ気なく〈逃げおおせた人〉たちにあいさつした後、テュグデュアルはオクサに近づいてきた。

一瞬《いっしゅん》、オクサはテュグデュアルがほおにあいさつのキスをするのかと思ってどぎまぎした。しかし、その代わりにグレーがかったブルーの目でじっとオクサを見つめたので、オクサはばかみたいに赤くなった。それからテュグデュアルはほほえむと――オクサは呪《のろ》いたくなった――やっとオクサから目をそらせた。

「悲劇的事件に直面しているみたいだな……」と、テュグデュアルが言った。

「皮肉を言っている場合じゃないだろう！」祖父のナフタリが冷たくたしなめた。

テュグデュアルは反抗《はんこう》的なさめた様子で祖父を見つめた。

「最悪の事態を覚悟《かくご》しないといけないって、おれはいつも言ってたじゃないか……」テュグデュアルは無造作に黒いシャツのほこりを払《はら》いながら反論した。「でも、だれもおれの言うことをまともに聞こうとしなかった。あるいは、あいつのことを真剣《しんけん》に考えようとしなかったと言ったほうがいいかもな……もちろん、オーソン・マックグローのことだけどさ……」

「オーソンは死んだのよ、あなたに思い出させてあげたほうがいいかしらね！」

メルセディカがテュグデュアルをじろりとにらんだ。

テュグデュアルのほうは、それぐらいのことで動揺《どうよう》するもんかという態度でにらみ返した。

「おれは、そのことに疑問をさしはさませてもらうね……。悪は死を超《こ》えて残り、被害《ひがい》を与《あた》え続ける。悪は決して死なない、その証拠《しょうこ》はいまや明らかだろう?」

疑念が不吉《ふきつ》な煙《けむり》のようにその部屋の空気を支配した。

「それは問題じゃないわ」

重い沈黙《ちんもく》を破るようにメルセディカが再び口を開いた。

アバクムとナフタリは不賛成というように、ごそごそと体を動かした。

「とんでもない、それがまさに問題なんだよ、メルセディカ」と、ナフタリが反論した。「いま起きていることはオーソンのせいだ。レミニサンスがオーソン自身によって巧妙《こうみょう》に絵画内幽閉《ゆうへい》されたのは確実だね！」

「そんなことはあり得ないはずでしょ。〈心の導師〉は決してミスを犯さないわ！」

メルセディカは驚《おどろ》いたように声を上げた。椅子《いす》のひじかけを赤いマニキュアを塗《ぬ》った爪《つめ》でしきりにひっかいている。

「いや、ミスしたんだ！」アバクムはすぐに反論した。「だが、いまは、オーソンの立場になってみるべきだと思う。敵を知らなければ、戦うことはできないからね……」

「敵と戦うなんてよく言えますね！」テュグデュアルは怒《いか》りを抑《おさ》えきれないようだ。「正直に言うと、あなたたちがこんなに若いグラシューズの勇敢《ゆうかん》な護衛を演じるなんて想像できませんね。ハエ一匹《ぴき》殺したことがないようなあなたたちがね……」

この発言に驚いた〈逃げおおせた人〉たちは気まずそうにアバクムとテュグデュアルを交互《こうご》に見やった。

「ハエはわたしが大事に思う人たちの生命を危険に陥《おとしい》れたことはないからな！」アバクムは意外な冷静さで反論した。「でも、もしハエがそんなことをしようとしたら、お返しはたっぷりとさせてもらうつもりだよ。オーソンについては……」

アバクムは降参したように片手を上げて口をつぐんだ。話がそれる前に、答えの出ないこの話は止めたほうがいい。

オクサはというと、ぷりぷりしていた。テュグデュアルが近くにいるだけで気持ちは揺《ゆ》らぐけれど、彼《かれ》のからかいや挑発《ちょうはつ》は行きすぎだと思った。アバクムは見かけはおとなしそうだが、百《ひゃく》戦錬磨《せんれんま》の兵士よりも手ごわい人であることを、オクサは知っていた。オーソンことマックグローに〈まっ消弾《しょうだん》〉のグラノックを浴びせることができたのはアバクムだけではなかったか？ほかの人にはだれにもできなかっただろう。たやすい行為《こうい》じゃない。アバクムは死ぬまで苦しむだろう。しかし、その揺るぎない忠誠心がアバクムを〈逃げおおせた人〉のなかでも間違《まちが》いなく最強の人間にしている。祖母ドラゴミラに対する忠誠心、もっと広くいえばドラゴミラの家族に対する忠誠心は彼の力の源だ。あらゆる試練に耐《た》えることができる精神力の源なのだ。しかし、こういうことをテュグデュアルにどう説明すればいいだろう？　マックグローを消滅《しょうめつ》させたのがアバクムだということをテュグデュアルに言うわけにはいかない。もし知っていたら、アバクムの平和主義をあんなふうには皮肉らなかっただろう。

「あなたはアバクムが妖精《ようせい》人間だっていうことを忘れてる……」

反感ととまどいでほおを赤く染めたオクサはやっとそれだけをテュグデュアルにささやいた。

「あれ、妖精といえば、長いことおれたちのところに来てないな！　ちょっとは手助けしてくれるかもしれないのにな」テュグデュアルは皮肉っぽく続けた。

ドラゴミラが眉《まゆ》をひそめ、孫息子をにらんでいるナフタリとブルンのほうにかがみ込《こ》んだ。

「このごろはよくなったような気がしていたんだけど」と、ドラゴミラはテュグデュアルを見つめながらナフタリたちにささやいた。「前より……」

「前より病的じゃないって？　前よりノイローゼっぽくないって？」テュグデュアルはからかうように目をクルリと上に回しながら、ドラゴミラの言葉を引き取った。「おれは大丈夫《だいじょうぶ》だから、ご心配なく！　あんたたちが想像する以上におれが尊敬しているアバクムは、おれを一番よく知っているから、彼を傷つける気はない。危険に対する経験不足についてあんたたち自身がいつか言っていたことを思い出してほしかっただけなんだ。戦士には向かない年寄りだと自分で言ってたよね……。でも、今日は自分たちをよく見てはっきり言ってくださいよ。敵の残忍《ざんにん》さに対抗《たいこう》する用意が本当にできてるんですか？　それに、おれがオーソンのことを悪の権化のように言うと、大げさすぎるって、あんたたちはいつも思っていたよね。でも、それはかわいそうなノイローゼの男の子のばかげた想像じゃないんだ……。今度はわかってもらえたかな？　最悪の事態を想定しないと……いつも最悪の事態を想定しないといけないんだ……」

〈逃げおおせた人〉たちの何人かは、その意見を肯定《こうてい》するようにうなずいた。たしかにテュグデュアルはやりすぎかもしれない、しかし、彼の言うことは真実でもある。そしてみんなは、最悪のことが起こりうること、その兆しは明らかであることを、はっきりと確信したのだ。

9　重大な決定

ドヴィナイユが小さな丸テーブルにのって、絵から数センチのところまでくちばしを近づけている。木製の額縁《がくぶち》にきれいに張られた〈クラック画〉には真珠《しんじゅ》色の暗い反射光が揺《ゆ》れ動《うご》いていた。〈逃《に》げおおせた人〉たちは、その不思議な現象に目を凝《こ》らしながら、ドヴィナイユの判定をいまかいまかと待っていた。

「ドヴィナイユは、いま現在の真実性を持っています」フォルダンゴがオクサの耳にささやいた。「ほかの人の知識が届かないところまで行けるのです。世界に対するドヴィナイユの理解には常に真実が欠けたことはありません。決して間違《まちが》いもありません。わたしたちはあふれんばかりの信頼《しんらい》を寄せることができ、ドヴィナイユはこの絵が持つ問題を説明してくれるでしょう」

「シーッ……そばでどなられたら、集中できないじゃないの！」

フォルダンゴに怒《いか》りのまなざしを向けながら、ドヴィナイユが文句を言った。

オクサは当惑《とうわく》して真っ赤になったフォルダンゴを見つめ、吹《ふ》き出《だ》さないように我慢《がまん》しながらウインクした。ドヴィナイユがおおげさなのはいまにはじまったことではない。それに面食らうほどすぐかっかする。〈逃げおおせた人〉たちは思わず笑った。

「いまのところ、どなってるのは一名だけだぜ。あのヒステリーな鶏《にわとり》だけさ！」

髪《かみ》がふさふさした別の生き物が言った。

「静かにして、ジェトリックス。でないと、大変なことになるよ」

オクサが愉快《ゆかい》そうに注意した。


しばらくして、やっとドヴィナイユがみんなの方を向き、羽を膨《ふく》らませて、体をブルッと震《ふる》わせた。

「ご静粛《せいしゅく》に、話を聞いてください！」

じっと耳を傾《かたむ》けている〈逃げおおせた人〉たちにドヴィナイユがどなった。

「やっとかよ……」ジェトリックスがぶつぶつ言った。

「みんな聞いていますよ、ドヴィナイユ……。わかったことを教えてちょうだい！」

ソファにゆったりと座りながら、ドラゴミラがうながした。

「ことは重大で複雑です」ドヴィナイユは深刻な調子で説明を始めた。「〈心の導師〉はもう絵の主ではありません。悪が権力を握《にぎ》り、グラシューズ様の心をねらっています。確実に言えることは、事態が緊急《きんきゅう》だということです。ギュスと老婦人は決定的な武器を持っていますが、ほかの人たちの助けがないと生き残ることはできません。彼《かれ》らを救うためには、何人かが絵の中に入る必要があります」

ドヴィナイユはまた体を震わせた。

「どうしたの？」ドラゴミラがたずねた。

「あの場所は、地獄《じごく》よ！」ドヴィナイユがささやくように言った。

「どう感じるの？」

「これまでに経験したことがないものです。ひどい混乱と病的な力で目が曇《くも》ってしまうのです」

ドラゴミラはことは深刻だと悟《さと》り、目に涙《なみだ》をためてドヴィナイユの羽をなでた。

明らかになったこの事実は、冷たい波紋《はもん》のように〈逃げおおせた人〉たちに襲《おそ》いかかった。彼らは悲しみのあまり口がきけず、額にしわを寄せ、息を切らしながら、顔を見合わせた。エデフィアへの帰還《きかん》がこんなに大変だとは、だれも想像していなかった……もう五十七年も待っていたのだ！　それなのに、オクサのおへその周りに現れた印、マロラーヌから受けついだドラゴミラのロケットペンダント、フォルダンゴの心のなかに守られているエデフィアの目印と、すべてのカギを手に入れて以来、危険が次々と襲《おそ》ってくる。

失われた土地への帰還に疑念を抱《いだ》いていたパヴェルは当惑《とうわく》していた。エデフィアへの帰還に参加するという、つい最近の決心が次第ににぶってくる。こんなに危険を冒《おか》すことが何になるんだろう？　骨折り損ではないのか？　〈外界〉の暮らしもそんなに悪いものじゃない……。

「悪がグラシューズの心をねらっていると言ったね……。もっと詳《くわ》しく話してくれるかい？」

アバクムがドヴィナイユに問いかけた。

〈逃げおおせた人〉たちはその問いが非常に重要なことを意識しながら、不安そうにアバクムを見つめた。

「グラシューズ様の心というのは、若いグラシューズ様の心のことよ」ドヴィナイユが説明した。

「大丈夫《だいじょうぶ》よ！　あたしは行く用意ができてる！」

オクサは席を立ちながら叫《さけ》んだ。

「オクサ、たのむよ！　おまえがその絵の中に入るなんてとんでもない！」

パヴェルがオクサを見つめながら、あわてて叫んだ。

「だって、パパ……」

「『だって、パパ』じゃない。おまえは絵の中に入っちゃいけない。くどくど言ってもむだだ」

パヴェルはぴしゃりと言った。

「でも、絵の中に閉《と》じ込《こ》められているのがギュスだってことを忘れてるんじゃないの！」オクサはかっとして叫んだ。「助けに行かなかったら、ぜったいに出てこられないのよ。そんな……非人間的なことがよく言えるわね！」

そう言うと、オクサは身をひるがえして、ぷりぷりしながらサロンを出て行った。とまどっている〈逃げおおせた人〉たちは水を打ったように静かになった。パヴェルをちらりと見る者もいれば、はっきりと非難のまなざしを向ける者もいた。ドラゴミラは息子の反応にとまどって、分別をとりもどさせようと彼《かれ》の腕《うで》に手をのせた。しかし、パヴェルはその手を振《ふ》りほどいて、目を伏《ふ》せた。自分の殻《から》に閉じこもって苦しんでいるようだ。恐《おそ》ろしい鷹《たか》の爪《つめ》につかまれた獲物《えもの》のように、心はジレンマで締《し》め付《つ》けられている。

一人息子を絵の中に閉じ込められた、友人のピエールとジャンヌの苦しみはわかる。息子が恐れおののいているはずなのに、救い出すことができないなんて、ぞっとする。だが、絵の中に入るということは、出てこられないかもしれない危険を冒すことだ！　パヴェルは、自分を非難するように見つめるピエールとジャンヌのつらそうな視線を避《さ》けながら、顔を上げた。絵画内幽閉《ゆうへい》される直前にギュスが撮《と》った写真がパソコンの画面に映し出されている。ゾエの祖母、レミニサンスの顔写真だ……。その後ろには、紫《むらさきいろ》色の厚い雲におおわれた夏の空が見える。パヴェルは苦しそうに両手で頭をかかえた。

二階では、オクサが体を丸めて壁《かべ》によりかかっていた。体じゅうが怒《いか》りでいっぱいだった。怒りを静めようとする努力も無駄《むだ》だった。キュルビッタ・ペトが絶えず手首の周りで波打っている。しかし、その努力もオクサには何の効き目もなかった……。荒々《あらあら》しいしぐさで栗色《くりいろ》の髪《かみ》をぐしゃぐしゃにし、ため息をついた。外では雷《かみなり》が鳴っており、近づいてきているようだ。ビッグトウ広場のすぐ上で雷がすさまじい音を立てたとき、オクサはびくっとした。風も恐ろしい勢いで吹《ふ》きつけ、おびえた通行人が叫《さけ》び声《ごえ》を上げている。とつぜん、まぶしい稲妻《いなずま》が空に走り、オクサの部屋の窓を打ち、ガラスがこなごなに砕《くだ》けた。

「ヤバッー」オクサはぼう然としてつぶやいた。

オクサがこういう嵐《あらし》を引き起こしたのは初めてではない。でも、今回のはものすごい威力《いりょく》だ！　オクサが感じている怒りそのままに、風が通り道にある物をすべて吹き飛ばしていく。ゴミ箱は倒《たお》れて派手な音を立て歩道をころがっているし、屋根の瓦《かわら》は吹き飛ばされて割れ、テレビのアンテナは屋根の上に倒れたあと、強風にさらわれて飛んでいった。オクサは割れた窓の前に立って、その被害《ひがい》の様子をあっけにとられて眺《なが》めていた。

その時、急に風の向きが変わった。ビッグトウ広場の周りを回っていた風がその力を結集し、ものすごい勢いでオクサの方に向かって吹いてきた。ぞくっとする不思議な感覚がオクサの体のなかの炎《ほのお》をかき立てた。真っ黒な雲が自分の方にやって来るのが見え、目の前が暗い幕で覆《おお》われたような気がした。オクサの体の中では、風と火が怒り狂《くる》ったようにせめぎ合い、息が苦しくなった。体の奥底《おくそこ》から湧《わ》き上がる叫びがオクサの首を絞《し》めた。オクサは次第に気が遠くなって、ガラスの破片だらけの窓枠《わく》を力の限り握《にぎ》って体を支えようとしたが、手から血が流れ、意識を失って床《ゆか》に倒れた。

気がついたとき、最初に見えた顔はテュグデュアルだった。彼は心配そうにしながらも、感心したようにオクサを見つめていた。

「おまえを怒らせないほうがいいらしいな……」

テユグデュアルはかすかにほほえみながら言った。

オクサは顔をしかめた。まるで何時間も鉄アレーを持ち上げたかのように、体の節々が痛み、疲《つか》れきっていた。窓の方をちらりと見ると、空は青く、太陽が輝《かがや》いている。なにもかも、普通《ふつう》だ。

「世界の終わりかと思った！」オクサは起き上がりながら言った。

「それに近かったかもな……。このあたりはひどいことになってる……」

テユグデュアルはまるで楽しんでいるようかのようだ。

「こら……」祖父のナフタリがたしなめた。

オクサが横になっているソファの周りには〈逃げおおせた人〉たちが身じろぎもせず立っていた。彼らの苦しげなまなざしは、必死で闘《たたか》おうとしている強い不安をあらわにしていた。パヴェルが近寄ってきて、オクサの肩《かた》に片手を置いた。

「ああ、パパ！」オクサは父親の首に飛びつきながら叫んだ。「ごめんなさい！　あんなふうに怒りを爆発《ばくはつ》させるなんてバカだよね。あたしったら……何をしでかしたんだろ？」

オクサは、包帯が巻かれた両手を目の前で回した。

「ガラスの破片で切ったんだよ」パヴェルがささやくように言った。「でも、だいじょうぶ。バーバがちゃんとやってくれたからね……。数時間もすれば、すっかり元通りさ」

「ありがとう、バーバ！　ひょっとして……縫合《ほうごう》グモを使ったの？」

傷を縫《ぬ》う小さくて細いクモを思い出して、オクサはぶるっと震えた。

「その通りよ、わたしの愛しい子《ドウシュカ》」ドラゴミラはうつろな調子で答えた。

「っていうことは、あたしは長いこと気を失っていたわけ？」

「ちょうど四時間三十分だね」パヴェルは時計を見ながら答えた。「その間に、話し合ったんだ。おまえのことや、ギュスや絵のことを。それで、とても重大な結論に達したよ」

「決定的な結論に……」

真剣《しんけん》な面持ちでテュグデュアルがつけ加えた。

パヴェルは言葉を探すように、のどをさわり、顔をこすった。どう言えばいいか考えているといったほうがいいかもしれない。

「みんなと同じように、ぼくも打ちのめされている……」低くくぐもった声で口を開いた。

「ギュスを助けに行きたくないんだよね？」目に涙をためたオクサが口をはさんだ。

「ぼくの願望なんかは大事じゃない……」パヴェルは苦々しげに答えた。

「わたしたちはギュスとレミニサンスを助けにいくんだ」アバクムが告げた。「大変な危険を冒すことになるが、ほかにどうしようもない。仲間を絵の中に閉じ込めたままにしておくことはできない。テュグデュアルの懸念《けねん》はともあれ」ここでアバクムはテュグデュアルに厳しい視線を向けた。「わたしたちは見た目よりも強いはずだ。しわは深く刻まれて、髪は白いかもしれないが、わたしたちには重要な切り札がいくつかある。もちろん、おまえのことだけじゃないよ」

「あたしも行くってこと？」

オクサは待ちきれないといったふうに大きなグレーの目を見開いた。

「それはまったく無責任な決定だわ……」メルセディカが吐《は》き捨てるように言った。

大きなシニョンが怒りのあまり震えていた。メルセディカは、三つ編みにした髪をいじりながら、うつろな目を宙に向けているドラゴミラをキッと見た。オクサは不安でたまらなくなった。

「ぼくたちはおまえを連れていく以外どうしようもない……なんてこった！……」

パヴェルは悲しそうにつぶやいた。

「『ぼくたち』っていうことは、みんなで行くってこと？」

オクサは自分の周りに集まっている〈逃げおおせた人〉たちを一人一人見つめながら聞いた。

「いや、そうじゃない、オクサ」と、パヴェルが答えた。「みんなで行くなんてばかげている。とくにおまえのママは、そんな……体力はない。ドラゴミラとナフタリ、ブルン、それからジャンヌとゾエ、メルセディカはいっしょに残る。そして、数は力になるから、コックレルとボドキンは、ぼくらの仲間になりそうな世界中の〈逃げおおせた人〉を探す役目に当たる。それは二人の希望でもあり、みんなが賛成したことだ……」

「じゃあ、レストランは？」

パヴェルの顔がくもった。

「ぼくたちがいない間は、ジャンヌがなんとかする」

「じゃあ、あたしもいっしょに行けるの？　ホント？」

「もう一度言うけど、オクサを絵の中に連れて行くなんていう軽率な決定には反対よ！」メルセディカはかんかんに怒っている。「彼女《かのじょ》が若いグラシューズだということを、みんな忘れているんじゃないの！　そんな危険を冒すなんてばかげてるわ……。わたしたちみんなにとって大変なリスクなのよ！　わたしたちがエデフィアに帰還できるよう門を開けることができるのはオクサだけじゃないの！」

「つまりだな、ほとんど全員一致《いっち》で、レオミド、アバクム、ピエールとおまえとぼくがレミニサンスとギュスを救うために絵の中に入ることが決まったんだ」パヴェルはメルセディカを無視して言った。

　オクサはあ然として、一言も口をきけないでいた。まるで現実のこととは思えない！　恐怖《きょうふ》と興奮と待ちきれない思いがごちゃまぜになって、何と言ったらいいのかわからなかった。ゾエが、あきらめと励ましのこもった弱々しいほほえみをオクサのほうに送ってよこした。

「だれか忘れちゃいませんか！」テュグデュアルが割って入った。

「ああ……すまない、テュグデュアル」パヴェルがつぶやいた。「テュグデュアルもぼくらといっしょに行く」と、オクサに向かって言った。

「わあ……」オクサはそれだけ言うのがやっとだった。

　そう言った瞬間《しゅんかん》、オクサは自分がひどく愚《おろ》かに思えて、腹が立った。だが、テュグデュアルがいっしょに来てくれるのはうれしかった。

「おれは若いグラシューズの奉仕《ほうし》者だ。おまえのためなら、なんでもするよ……」テュグデュアルがサファイアのような目でオクサをじっと見つめると、オクサは首筋まで真《ま》っ赤《か》になった。

10　決定的な理由

　ソファにすわったパヴェルは、石のように動かない。しかし、心のなかには嵐《あらし》が吹《ふ》き荒《あ》れていた。いや、嵐というよりも、荒れ狂《くる》うハリケーンといったほうがいいだろう。しかし、外を通る人や車の影《かげ》が天井《てんじょう》に映し出されるのをじっと見つめながら、その苦悩《くのう》のかけらも表に出さないでいた。窓によりかかったアバクムはそんなパヴェルをじっと観察していた。

「おまえの気が進まないのも、絵の中に入るのを承知したことがおまえに大変な努力を強《し》いたこともわかっている」アバクムが口を開いた。

「あなたたちが選択《せんたく》の余地を与《あた》えてくれなかったんだ……」パヴェルは言い返した。

「わたしたちには選択の余地なんてないんだよ」アバクムはうめくように言った。「〈外の人〉、わたしたち、それに仲間の未来がかかっている。おまえが信じないとしても、後戻《あともど》りできない理由がもう一つあるんだ……」

「どういうことですか？　世界の未来に責任があることだけじゃあ、十分な理由といえないんですか？」

「別の理由というのは、マリーだよ……」

アバクムは急に体の力が抜《ぬ》けたようになった。

パヴェルはとつぜん、血の気が引いて、目がくらみ、声が出なくなった。アバクムの説明を待つ間、動悸《どうき》が速くなった。

「マリーは回復の見込《みこ》みがない」アバクムはうわずった声で告げた。「ロビガ・ネルヴォッサは、ドラゴミラとわたしが知っているどんな毒よりも強い毒だ。あらゆる解毒法を試したがだめだった。すまない、パヴェル、本当にすまない」

部屋は息詰《いきづ》まるような沈黙《ちんもく》に包まれた。パヴェルにとっては、世界が崩《くず》れ落《お》ちたのと同じだ。

「えっ……でも……」パヴェルはうろたえてつぶやいた。「ミクロミミズが効いているじゃないか！　それに、なんていったっけ……トシャリーヌとかいうものからできる薬だって、すごく効果があるじゃないですか。マリーが信じられないほどよくなったことは、あなただって認めていたじゃないですか！　彼女《かのじょ》は快方に向かっている！　なんで、今日になって、回復の見込みがないなんて言うんですか？　ええっ？　アバクム？」

パヴェルはがっくりと肩《かた》を落とし、声を詰まらせた。そして、両手で頭を抱《かか》えた。

父親の死以来、これほどの苦しみを感じたことはなかった。あれはシベリアにいた八歳《さい》の時だった。父ウラジミールは、エデフィアから放出されたドラゴミラとレオミド、アバクムを迎《むか》え入《い》れてくれた偉大《いだい》なシャーマン、メチコフの孫だったが、クリスマスの少し前の、凍《こお》りつくような十二月のある日、ソ連の秘密警察であるＫＧＢ《ケージービー》に連れ去られた。信じられないほど乱暴な逮捕《たいほ》の仕方だった。妻と小さな子どもの見ている前で、さんざんなぐられ、汚《きたな》い言葉を浴びせられてから、強制収容所に連行され、そこで国家反逆罪を言《い》い渡《わた》された。パヴェルが、親切な村人たち――みんな、ドラゴミラたちの超能力《ちょうのうりょく》のことを知っていた――以外の〈外の人〉に会ったのは初めてだった。それが父親を見た最後だった。

その数週間後、脱獄《だつごく》しようとしたウラジミールが牢屋《ろうや》の番人に殺されたという知らせをドラゴミラが受け取った。アバクムもドラゴミラも、ウラジミールを知る人はだれ一人として、そんな話にはだまされなかった。もし、本当に彼《かれ》が逃《に》げようとしたなら、逃げるのに成功したはずだ。彼は偉大《いだい》なシャーマンだったし、超能力のある妻と親友のアバクムに匹敵《ひってき》する力を持っていたのだ。当局は嘘《うそ》をついていた。ウラジミールが連行されたときの状態からすれば、彼には何をする力も残っていなかったことは明らかだった。脱獄するなんてとうてい無理だ。彼はその強大な能力ゆえに犬のように処刑《しょけい》された。それが真実だ。パヴェルはその不幸な出来事から立ち直ることができなかった。その後もいやおうなく人生は続いたが、その時の傷は決して癒《い》えることはなかった。

アバクムがマリーの病状について恐《おそ》ろしい事実を告げたとき、過去の傷がよみがえり、心がこなごなになるような気がした。信じられない思いよりも、不当だという、いいようのない反抗《はんこう》心と怒《いか》りが湧《わ》きあがった。どうして罪のないマリーなんだ？　パヴェルは、毒入り石鹸《せっけん》がもともとはオクサを標的にしたものだったことを忘れてはいない。オクサなら、ロビガ・ネルヴォッサの毒に抵抗《ていこう》できたかもしれない。若いグラシューズであり、不老妖精《ふろうようせい》たちの庇護《ひご》を受けているオクサなら……。まだ子どもだが、意志が強く、あやうさと同時に強大な力を持つオクサなら……。

一人娘《ひとりむすめ》のオクサと愛する妻、マリー。この二人は自分の人生の要だった。父親、夫として、二人を守りたかった。それなのに、妻は体が麻痺《まひ》し、娘の運命は幻想《げんそう》を抱《いだ》く老人たちの手中にある。しかし、自分に選択の余地があっただろうか？　アバクムはそうとは知らずに、パヴェルの人生を狂わせるような話をしかけて、決定打を食らわせようとしていた。

「おまえの言うとおりだ、パヴェル」アバクムはグレーのきれいな目に涙《なみだ》を浮《う》かべて言った。「われわれが『はかり知れない力を持つ花』と呼んでいるトシャリーヌは、マリーに奇跡《きせき》的な効果を発揮した。それこそが必要な解毒剤《ざい》だ……」

「それで？」パヴェルは吐《は》き捨てるように言った。

「〈大カオス〉が起きてエデフィアから脱出したとき、わたしは主な植物や生き物をミニチュアボックスに入れて持ってきた」アバクムは青白い顔をして答えた。「その中にトシャリーヌもあったんだが、それを育てるのは非常に困難だった。ドラゴミラとわたしで非常に注意深く世話をしたかいがあって、何株かは育てることができた。でも、それは大変な苦労だった。トシャリーヌの栽培《さいばい》は非常に煩雑《はんざつ》で難しかった。〈外界〉の土の成分がエデフィアと同じ栄養素を含《ふく》んでいなかったんだ。わたしたちはその栽培のために、世界中の土の見本を取り寄せ、ついにアマゾン川の東岸の土とコルドバのオレンジ園の土を混ぜたもので栽培に成功した。おかげで、トシャリーヌはたちまちのうちに繁殖《はんしょく》し、マリーをあんなに回復させた解毒剤を作り出すことができたんだ。そうだよ、パヴェル。マリーを救うことができるのはトシャリーヌだけだ」

「それなら……何が問題なんですか？　あなたと母が解毒剤を見つけたんでしょう？　なら、何がいけないんです?」

そのとき、パヴェルはアバクムの答えを恐れていた。くつがえせない判決のような答えがアバクムの口から発せられるのは明らかだった。

「そうだ、パヴェル。解毒剤は見つけたんだ。それだけははっきりと言える……」

アバクムは言葉を続けることができなかった。

「言ってくれ!　たのむから!」

パヴェルは真《ま》っ赤《か》になった。

アバクムはパヴェルをじっと見つめてから、やっと答えた。

「二週間前、マリーはトシャリーヌを飲んで、ずいぶん回復した。それが最後の株だった。もうトシャリーヌはないんだよ、パヴェル。われわれの必死の世話にもかかわらず、最後に残った株はだめになってしまったんだ」

「そんな……じゃあ、どうすればいいんです?」

狼狽《ろうばい》したパヴェルはなんとかそれだけ言った。

「世界中を探したけれども、トシャリーヌがあるのは一ヵ所《かしょ》だけだとわかった」と、アバクムが答えた。「腰《こし》をかがめれば、いくらでも摘《つ》めるほどふんだんに生えているところがね……」

「すぐに行かないと!　ぐずぐずしてはいられませんよ」パヴェルが叫《さけ》んだ。

アバクムはパヴェルを見つめたまま、肩に手をのせた。

「それは、エデフィアの南の荒野《こうや》にある〈近づけない土地〉なんだ。マリーの命を救えるトシャリーヌは、そこにしかないんだよ」

11　本当のテュグデュアル

アバクムと祖母ドラゴミラに心配事があることに、オクサは気づいていた。こんな状況《じょうきょう》だから、心配事は数限りなくあるだろう。しかし、勘《かん》のいいオクサは何か別のことがあると疑っていた。何かもっと重大な秘密が。オクサは、数メートル離《はな》れた小さいサロンでアバクムたちが真剣《しんけん》に話し合っていることを少しでも聞き取ろうとした。しかし、聞かれていることを知ってさらに声を落としているせいか、全部は聞き取れなかった。

しゃくにさわったオクサは、深紅のビロードのソファにおとなしく座っているフォルダンゴとフォルダンゴットの間に割《わ》り込《こ》んだ。彼《かれ》らは大きな飛び出た目でオクサを見つめ、オクサがしゃべるのを待っていた。しかし、オクサはうわの空で黙《だま》ったまま、産毛のびっしり生えたフォルダンゴの腕《うで》に片手をのせ、さすり始めた。絵画の中に入るのは明日の朝に予定されている。へんな感じだ……。夏の休暇《きゅうか》に出かける用意をする人もいれば、呪《のろ》いをかけられた絵の中に入ろうとしている人もいる……。

「運命はいろいろか……」

ふざけるようにオクサがつぶやいた。

「若いグラシューズ様のお言葉は皮肉におおわれています」

丸々としたフォルダンゴを斜《なな》めにちらっと見やりながら、オクサはため息をついた。

「見事な分析《ぶんせき》ね、フォルダンゴ」「とにかく、フォルダンゴがいっしょに来てくれるのはうれしい……」

「フォルダンゴ！」フォルダンゴットがいった。

「フォルダンゴはご主人様たちと離れてはいけないのです。グラシューズ様たちはフォルダンゴの存在理由なのですから、どんな状況であれ、同行が伴《ともな》うべきなのです。フォルダンゴは究極の目印の庇護《ひご》者ですから、ここで古いグラシューズ様の存在を見守り、フォルダンゴットは若いグラシューズ様に同行して絵の中に入ります。唯一《ゆいいつ》可能な別離《べつり》は死だけです」

死という言葉に、オクサは身震《みぶる》いした。絵の中に入るのはわくわくすることではあるが、オクサはその危険と重大さをよく心得ていた。明日の朝には、パヴェル、テュグデュアルをはじめ勇《ゆう》敢《かん》な〈逃《に》げおおせた人〉たち数人といっしょに、ギュスを救出するために呪われた絵の中に入る。生半可な冒険《ぼうけん》ではない……。いくらオクサが自信に満ち、楽観的だとはいえ、今回の冒険の行方《ゆくえ》が不透明《ふとうめい》なことはわかっている。だが、ギュスの命がかかっている。もっといえば母の命もだ。神経系統の修復を休みなく行なうミクロミミズの注入を中心とした、アバクムとドラゴミラの絶え間ない治療《ちりょう》によって、母の病状は安定したが、ロビガ・ネルヴォッサの毒は強力で、海を汚《お》染《せん》する重油のように身体麻痺《まひ》は執拗《しつよう》にじわじわと広がっている。いまは、オクサもその理由を知っている。トシャリーヌが必要なんだ……。

「若いグラシュース様はご心配に会われていますか?」

フォルダンゴットがオクサを見つめながら問いかけた。

「う〜ん、ちょっとおびえているだけ!」オクサはこわばったほほえみを浮《う》かべながら答えた。「変な絵の中で夏休みを過ごそうとは思っていなかったのよね。でも、だいじょうぶ、慣れるようにするから……。イラクかチェチェンに行ってゆったりと夏を過ごすのもいいけど、ポロック家には静か過ぎるわけ! おあつらえ向きのプランよ、あたしたちにぴったりの! ようするに簡単なことよね。いかれた絵の中に入ってギュスを救い出す。それから、エデフィアに行ってトシャリーヌを摘《つ》んでくる。あっ、そうだ! ついでに世界を救うんだった……。楽しい計画じゃない?」

フォルダンゴたちは、オクサが皮肉で言った「楽しい計画」という言葉にぼう然とした表情をしただけで、何も言わなかった。

「あっちで何を話しているのか、知りたいなあ……」オクサは低い声でぼそぼそと話し合っているアバクムとドラゴミラを見つめた。「何を企《たくら》んでいるのかな?」

「コホン、コホン……」

フォルダンゴは何か言いたそうだ。

オクサはいい考えがひらめいたかのように目を輝《かがや》かせ、フォルダンゴのほうを振《ふ》り向《む》いた。

「そうだ! おまえは知ってるよね!」

オクサは髪《かみ》を後ろにバサリと振った。

「フォルダンゴはあらゆる種類の知識を保有しています。若いグラシューズ様はそういう確信を所持されているのではないでしょうか？」

「もちろん、そういう確信を所持しているわよ！　おまえが知っていることで、あたしが知らないことを教えてちょうだい！」

フォルダンゴは周りを見回し、安心したようにオクサのほうにかがみ込んで、ささやいた。

「裏切り者が〈逃げおおせた人〉たちの監視《かんし》を命じたという情報を、若いグラシューズ様は受け取らなければなりません」

「それって、いったいどういうこと？」オクサは眉《まゆ》をひそめながらつぶやいた。

「裏切り者は活動の中心にいます、若いグラシューズ様」フォルダンゴは、フォルダンゴットのうろたえた視線を受け止めながら続けた。「裏切りは〈逃げおおせた人〉の中心で起きています。内側と外側から包囲しています。注意に厳しさが必要です。反逆者《フェロン》たちはわたくしたちの仲間と同様、わたくしたちの信念と一致《いっち》する義務はありません」

「ねえ、フォルダンゴ、時々おまえの言うことがよくわからないんだよね……」

オクサは疑わしそうに頭をかいた。

「いや、明快だよ！」とつぜん、後ろから声がしたので、オクサはびくっとした。

振り向くと、テュグデュアルがサロンのドア枠《わく》にもたれていた。黒々とした前髪《まえがみ》が顔のほとんどを隠《かく》していたが、顔はうつむいているのに、グレーに近いブルーの目が自分をじっと見つめているのがオクサにはわかった。テュグデュアルは前髪をかき上げて、ほっそりした美しい顔を見せ、やさしげであると同時にあやうげなほほえみを浮かべ、オクサをどぎまぎさせた。それから、オクサを見つめたまま近づいてきた。オクサは固くなった。フォルダンゴたちはできるだけ目立たないように立ち上がり、暖炉《だんろ》の端《はし》にうずくまった。

「フォルダンゴが言いたいのは、仲間と敵というのは見かけとは違《ちが》うこともあるということさ」

テュグデュアルはオクサの正面にあるソファにどさりとすわりこんだ。

オクサとは反対に、テュグデュアルはまったくリラックスしていた。片足をソファのひじ掛《か》けにのせ、ピアスをつけた舌を歯にこすりつけて不快なきしみ音をさせた。オクサは、彼《かれ》がいるといつも居心地が悪くなる自分にいらついて、ため息をついた。何か言わなきゃ……。だが、上半身が赤くなるのを感じて、うまく言葉が出てこなかった。

「ピアス、またつけたんだ？」

やっとそれだけ言いながら、ばかげた質問をした自分を呪《のろ》った。

テュグデュアルの目は一瞬《いっしゅん》、驚《おどろ》いたように曇《くも》ったが、すぐにもとの冷たいブルーの瞳《ひとみ》がキラキラと輝《かがや》き始めた。その瞬間、オクサはその目が好きなんだとはっきりわかった。その事実にうろたえ、つばを飲《の》み込《こ》み、唇《くちびる》の内側をかんだ。

「まあね……人ってそんなに変わるもんじゃないさ……」と、テュグデュアルは答えた。

その声は暗くて重々しく、北風のように冷たかった。

オクサは矛盾《むじゅん》する感情に引《ひ》き裂《さ》かれるのをはっきりと感じた。柔軟《じゅうなん》で反応の速い面と直感の鋭《するど》さはオクサを安心させてくれる。一方で、この謎《なぞ》めいた少年には、ほとんど脅威《きょうい》を感じるような恐《おそ》るべき面があるのにも気づいていた。オクサにわかっているのは、彼が近くに来るとどきどきすることだ。これまでそんなことを感じたことはなかった。オクサはテュグデュアルを観察した。昨年会ったときとそんなに変わってはいない。細身で憂《うれ》いに満ち、頭からつま先まで黒く装い、眉と耳と鼻には小さな宝石のピアスをたくさんつけている。〈逃げおおせた人〉の秘密が明らかになった夜に初めて会ったときと同じ雰囲気《ふんいき》で同じ態度だ。ただ、以前と違うのは、彼がオクサのことを前よりもずっと鋭く見つめることだ。あたし、どうかしてる……しっかりしなさい！　オクサは自分に言い聞かせた。それから、なるべく動揺《どうよう》を隠そうと、両ひざを抱《かか》え込《こ》んだ。

「でも、大事なのは自分が何者なのかを知って、それを認めることさ」

「じゃあ、あなたは何者なの？」

オクサは自分の思い切った質問にびっくりした。

半ば驚いたような、半ば面白がっているようなテュグデュアルの視線に、オクサの体はカッと熱くなった。テュグデュアルは少し考えてから、風変わりな祖母のブルンに似たしゃがれ声で答えた。

「おれが何者かって？　公式の答えがいい？　それとも非公式の答え？」

「本当の答えが聞きたい。本当のテュグデュアルを知りたいんだ」オクサは思い切って言った。

「はっきり言うんだね、ちっちゃなグラシューズさん！　本当の答えに耐《た》えられるかな……」

「あたしのこと、赤《あか》ん坊《ぼう》だと思ってんの！　ばかにしないでよ！」

オクサはこぶしをぎゅっと握《にぎ》った。

テュグデュアルは驚きながらも愉快《ゆかい》そうにオクサを見つめ、いまにも吹《ふ》き出《だ》しそうだ。その態度にオクサは思いがけなくいら立ち、腹が立った。

「むかつく……」

怒《おこ》ったオクサは、どぎまぎさせるブルーの目から逃《のが》れるように顔をそむけた。

責め苦のような沈黙《ちんもく》の数秒間の後、「本当に知りたいのか?」と、テュグデュアルがたずねた。

「もちろん、知りたい……」オクサは爪《つめ》をかみながらつぶやいた。

「じゃあ言うけど、おれはエデフィアから亡命した最も有名な匠人《たくみびと》二人の子孫だ。この世界の最強の人が夢見るような能力を持っている。おれは世界一強い男にもなれるけれど、自分の正体を慎重《しんちょう》に隠しておかないといけない。そうでないとおればかりでなく近親者にも死をもたらすからだ。でも、このことは、おまえの父親やドラゴミラやアバクム、おれの祖父母にもいえる……もちろん、おまえもだ。とくにおまえだな……。それ以外には、おれは、人間であれ動物であれ生き物がみんな持っている暗い隠れた面にひかれる十六歳《さい》の男だ。こういう傾向《けいこう》を強迫《きょうはく》性神経症《しんけいしょう》と呼ぶ人もいる。でも、おれの考えでは、暗さとかあいまいさとかは、おれの能力を開花させ、うるおわせる源だと思う。おれは良くも悪くもなれるし、同じくらいの極端さで忠実な友人にもなれるし、最悪の裏切り者にもなれる。脅威《きょうい》、そしてもちろん死は、人生の恐ろしい平凡《へいぼん》さを乗《の》り越《こ》えるためのものなら、おれにとっては挑戦《ちょうせん》だし、存在理由でもある。全部知りたいっていうんなら、あるちっちゃなグラシューズとの出会いは、絶望しかけていた死ぬほどの退屈《たいくつ》さからおれを救ってくれたよ。おまえが奇跡《きせき》のように現れたとき、おれは倦怠《けんたい》の脅威《きょうい》にさらされていたんだ。つまり、おまえは、恐ろしく退屈な死からおれを救ってくれたんだということだよ、〈希望の星〉さん……」

そう言うと、テュグデュアルは、冷たい視線とは対照的な満足げなほほえみを口の端に浮かべながら、猫《ねこ》のように伸《の》びをした。その言動にうっとりしながらも、オクサは残酷《ざんこく》なテュグデュアルの手の内でもてあそばれているような嫌《いや》な気がした。彼女《かのじょ》はしばらく考えてから、思い切ったようにたずねた。

「忠実な友人にもなれるし、最悪の裏切り者にもなれるって言ったよね……。いまのいま、この場では、どっち?」

そう言いながら、オクサの頭にはフォルダンゴの警告の言葉が急によみがえった。

「どう思う?」

テュグデュアルは半ば楽しそうな、半ば挑《いど》むような口調で問い返してきた。

「本当はそうじゃないのに、悪者のふりなんかするな!」アバクムの声が響《ひび》いた。

オクサが振り向くと、サロンの入口にアバクムが立っていた。隣《となり》ではドラゴミラがうんざりしたようにテュグデュアルを見つめている。

「彼のお気に入りのゲームなんだよ」アバクムはオクサの横に座りながら言った。「敵だと思わせておいて、実はわれわれの立場を最も必死に守ろうとしているやつなんだ。ちがうかい、テュグデュアル?」

答える代わりに、テュグデュアルはオクサにはじけるような笑顔を向けたので、オクサはひっくり返りそうになった。彼女はこぶしを痛いほど握《にぎ》り締《し》め、テュグデュアルと同じくらい冷淡《れいたん》な目をしてほほえみを返そうとした。この自分を面食らわせてばかりいる男の子はとても人がいいとはいえない。それはわかってはいたけれど……。

12 ビッグトウ広場のあやしい人影《ひとかげ》

テュグデュアルのためにオクサが心を乱されていることに、アバクムとドラゴミラは気づいていた。そのことについて考えなければいけないと思いながらも、そうもいかなかった。なぜなら、また新たな問題が発生したからだ。

「あなたたち、困ったことが起きたのよ」

ドラゴミラはオクサとテュグデュアルを順に見ながら言った。

「仲間のなかに裏切り者がいるんでしょ？」すぐにオクサが応じた。

「どうしてそんなこと言うの？」

ドラゴミラは眉《まゆ》をひそめ、テュグデュアルに疑り深い視線を向けた。

「だって……それって、いまのあたしたちにとって最悪の事態じゃない？」

オクサはテュグデュアルへの疑いを晴らすとともに、暖炉《だんろ》のそばで縮こまっている情報提供者の名前を明かさないためにそう答えた。

ドラゴミラは途方《とほう》に暮れたようにオクサを見つめてから、続けた。

「仲間のなかに裏切り者がいるとは思わないけれど、確かなことは、だれかがわたしたちを監視《かんし》していることよ。ギュスの絵画内幽閉《ゆうへい》以来、わたしたちはつねに監視されているのよ……」

「どうしてわかるんですか？」テュグデュアルがたずねた。

「アバクムが人並みはずれた嗅覚《きゅうかく》を持っていることは知ってるでしょう。この三日間、わたしたちの周りにスパイの臭《にお》いがするのよ。その臭いはビッグトウ広場の周囲につねに漂《ただよ》っているし、広場の木にもたれて何時間も動かない男を見たわ。オクサ、おまえが嵐《あらし》を起こしたときも、その男は一歩も動かなかった。雨をしのごうともしなかったのよ。おかしくない？　さっき、アバクムがはっきりさせようと外に出たのよ。アバクムを見ると、男は逃《に》げた。でも、二時間後にはまた戻《もど》ってきていた。そこで、アバクムは影になって近づいたけれど、男はそういうことも知っているらしく、また逃げたらしいわ。それで、男が〈逃げおおせた人〉だと結論を下したわけなのよ……」

「それか、反逆者《フェロン》か！」オクサが叫《さけ》んだ。

「反逆者《フェロン》たちもまた〈逃げおおせた人〉なのよ、わたしの愛しい子《ドウシュカ》」ドラゴミラが言った。

「そうだよね」と、オクサは認めた。「でも、諜報《ちょうほう》部員っていうことも考えられない？　それか警察か？」

ドラゴミラとアバクムはちらりとほほえみを交わした。

「〈外の人〉なら、アバクムの影が近づいても逃げはしないわ……」ドラゴミラが反論した。「影に気づかないのだから、逃げるわけがないでしょう！　事情に通じている〈逃げおおせた人〉――つまり、わたしたち家族に近しい〈逃げおおせた人〉――だけがアバクムの能力を知っているのよ」

「たしかに、バーバのいうとおりだ……」と答えながらも、オクサは考え続けていた。「あたしたちと連絡《れんらく》を取ろうと思っている〈逃げおおせた人〉ってことはないかな？」

「もしそうだったら、他のやり方があると思わないかい？」アバクムが反論した。「まず、逃げはしないだろう。ところで、オクサ、おまえは〈逃げおおせた人〉のスパイがいることを認めたがらないようじゃないか？」

オクサは目を伏せた。アバクムの質問にとまどったというより、むしろ、未知の人に監視されているかもしれないということがショックなのだ。

「だって……監視されてるなんて思いたくないよ！　それでなくても大変なときなのに！」

「モーティマー・マックグローかもしれないと思ってるんですか？」

とつぜん、テュグデュアルが口を開いた。

「まず最初に思いついたのはそうね」ドラゴミラが答えた。

「でも、どうして？　どうしてモーティマーがあたしたちを監視するわけ？」オクサが言った。

「ゾエがいるから？　会いたいのかな？　ゾエはもともと、あいつの家族の一員だし……たいへん！　誘拐《ゆうかい》しようとしてるのかも！」

オクサは自分の言ったことに衝撃《しょうげき》を受けていた。ゾエは、レオミドとレミニサンスの孫であり、オーソン・マックグローの甥《おい》の娘《むすめ》であり、残忍《ざんにん》なミュルムであるテミストックルとオシウス、さらには不用意なグラシューズ、マロラーヌの子孫でもある。しかし、同時に波乱に満ちた辛《つら》い過去を持っている、か弱くて、しかも強い女の子だ……。

「ゾエがスパイの標的だとは思わないな」と、アバクムが言った。「モーティマーはおそらく父親と同じような野心を持っているだろうが、〈外界〉にいる反逆者《フェロン》がオーソンだけだとはかぎらない。いま確かなこと、そして重大な問題は、いったんわれわれが絵画内幽閉《ゆうへい》されたら、絵画の価値はいまよりももっとはかり知れないほどになるということだ。オクサ、おまえのことを、エデフィアに入ることができる鍵《かぎ》としか思っていない連中がいる。そういうやつは、絵を入手することに躍起《やっき》になるだろう。いったん絵を手に入れたら、あとは待っていて、出てくるのをつかまえればいいわけだからな。おまえを誘拐するよりずっと簡単なんだよ！」

「う～ん……絵のなかに入るのが怖《こわ》いからだなんて思わないでよ。でも、そんなに心配なら、あたしがここに残ればいいんだよね？」オクサの心は揺《ゆ》らいだ。

「わたしたちを監視している男の存在がことを複雑にしているのは確かだ」アバクムが続けた。

「絵の中に何があるか、どうやって絵から出たらいいのか、ということが当面の問題だが、危険は絵の中ばかりじゃない。絵の外にもある。危険の種類は全く違《ちが》うものだ。おまえをここに残して、代わりにドラゴミラを連れて行くことも考えた」

「だめだめ！　あたしはいっしょに行くよ！」

「だれも、おまえを危険にさらしたくないんだ。それはわたしたちのためにも、反逆者《フェロン》のためにもならない。もちろん、おまえはいっしょに行くんだよ」アバクムの声は沈《しず》んでいた。「ドヴィナイユの言ったことを聞いただろう？　ギュスたちを解放するにはおまえが必要なんだ。それは否定できない」

「最悪の事態を考えてみよう……」テュグデュアルが口をはさんだ。「反逆者《フェロン》かだれかが絵を手に入れたとしよう。もちろん、おれたちが中にいる。そいつが何らかの理由で絵を破壊《はかい》した場合、どうなるんだろう？　過酷《かこく》な未知の次元のなかで、永久にさまよい続けるか、それとも、酷《ひど》い苦しみのなかで死ぬか？」

ドラゴミラが苦々しそうに頭を左右に振《ふ》りながら、ため息をついた。

「あなたはオクサをいまより不安にしようとしているの？　もう十分に大変な状況だとは思わないの？」

「あんたって、どうしようもないね！」オクサがテュグデュアルに向き直って叫ぶと、テュグデュアルはオクサが憤慨《ふんがい》していることに満足そうだった。「もちろん、死ぬのよ……当たり前じゃない！　いっとくけど、怖くなんかないよ！　ぜんぜん！　まあ、ちょっとは怖いけど……」と、急に声が小さくなった。

テュグデュアルがくすりと笑ったのを見て、オクサは怒《いか》り心頭に発した。テュグデュアルに飛びかかりたい欲求に耐《た》えるため、オクサはこぶしを握《にぎ》り締《し》め、今後はぜったいに怒りを表に出すまいと決心した。

「ドラゴミラが絵の中に入れば、われわれにとって大きな助けになることは明らかだが、貴重な絵を守ってもらうために、やはり彼女には外にいてもらう。それに、おまえのお母さんの世話もあるしね。おまえのおばあちゃん以上にうまくやれる人はいないだろう？　なにしろ、魔法使《まほうつか》いの薬剤師《やくざいし》だからね。これ以上の適役はいないよ！」と、アバクムがしめくくった。

13　未知の世界への出発

マリーは車椅子《くるまいす》のひじ掛《か》けを力の限り握《にぎ》りしめていたので、爪《つめ》が厚い革に食《く》い込《こ》んでいた。その後ろから、オクサは不安そうに母親の胸の周りに両腕《うで》を回していた。絵の中に入る前の最後の日は終わった。二人はまた会えるのだろうか？　オクサはそれを疑っていなかった。無事にギュスを解放して帰ってくることを百パーセント信じていた。

それでも、別れが迫《せま》ってくると、神経が高ぶってきた。オクサは母親の呼吸が速くなり、声を出さずに泣いているのがわかった。オクサ自身も鼻がツンとなり、涙《なみだ》があふれだした。

二人の周りには、すでに心の準備をした〈逃《に》げおおせた人〉たちが黙《だま》りこくって集まっていた。気が高ぶっているドラゴミラは、生まれて初めてこんなふうに別れることになった忠実な庇護者《ひご》、アバクムの腕にしがみついていた。前日、ドラゴミラはアバクムといっしょに秘密の工房で、グラノックとキャパピル作りに黙々《もくもく》と一日を費やした。呪《のろ》いをかけられた絵の中ではそれらが大いに必要になることだろう！　ドラゴミラは悲しみと疲《つか》れで赤くなった目をして、アバクムを見やった。

「気をつけてね……。お願いだから、全員を無事につれて帰ってきて！」

ドラゴミラはうわずった声を上げた。

「だいじょうぶ、うまくいくさ」

アバクムはドラゴミラを安心させるように言ったが、自分自身、自信満々でもなさそうだった。

「すぐに帰ってくる。約束するよ。わたしたちには力強い切り札がある。パヴェルは彼《かれ》自身が考えている以上に強い。レオミドには経験と智恵《ちえ》がある。ピエールは力の化身だし、テュグデュアルはわれわれ理想主義者にはない闇《やみ》の力を持っている。それに、わたしたちの〈希望の星〉は、自分ではまだわかっていないが、すさまじい力を持っているじゃないか……」

「お願いですから、この子を守ってください！」会話を聞いていたマリーが口をはさんだ。「ほかの〈逃げおおせた人〉たちも。そうでないと、わたしは死んでしまうわ……」

オクサは胸が締《し》めつけられるような痛みを感じた。具合の悪い母親から「死」という言葉が漏《も》れたことで、これまでこらえていたものが一気に崩《くず》れたような気がした。逃《のが》れようのない天敵のように周りをうろつく死。それに、「時間」という切っても切れない仲間が「死」に連《つ》れ添《そ》っている。

「さあ、行こうよ！」

オクサはとつぜん、声を上げた。時間が経つごとに行く勇気がなえるのが心配なのだ。まっさきに動いたのはピエールだった。彼は妻を抱《だ》きしめ、みんながそれにならった。それぞれが涙を浮かべながら、静かにピンと張りつめた空気のなかで大切な人を抱きしめた。ゾエは祖父レオミドを抱きしめていた腕をはずし、パヴェルはお別れのキスをマリーにしてから、オクサに場所を譲《ゆず》った。オクサは母親の首筋に顔をこすりつけ、「悲しくて死んじゃうかも……」と心のなかでつぶやいた。

オクサの気持ちに胸を締めつけられたアバクムは、その肩《かた》にそっと手をおいた。出発する時間だ。オクサは髪《かみ》をわざとくしゃくしゃにし、悲しみを隠《かく》すために忍者《にんじゃ》の構えをした。片足を後ろに引いて、両手を前に構えるポーズだ。

「呪《のろ》われた絵め!」オクサは手《て》の甲《こう》で涙に濡《ぬ》れたほおをぬぐいながら叫んだ。「いまに見ててよ……行くよ、ギュス! がんばって!」

パヴェルが〈クラック画〉に軽く触《ふ》れるやいなや、手をつないだ六人は、ゆっくりと動く、真《しん》珠《じゅ》色の光沢《こうたく》を持った様々な色合いのなかに吸《す》い込《こ》まれるのを感じた。ごく短い間、六人は絵の木枠《わく》に平衡《へいこう》を保って立っていた。その足元には真っ暗な深淵《しんえん》が口を開けていた。まずアバクムが深淵に足を踏《ふ》み出《だ》し、あとの五人を引っ張った。

「ママーッ!」

オクサはつないでいた手——アバクムと父親の手だ——が離《はな》れるのが怖《こわ》くて、いっそうしっかりと握りながら叫んだ。

その叫び声は、六人が互《たが》いにしがみついて落ちていく、垂直の長いトンネルのような壁《かべ》に吸いこまれた。数分の間、暗い雲のなかを、羽根のように旋回《せんかい》しているように感じられた。自分たちを包み込む不吉《ふきつ》な紫色《むらさきいろ》のもやのほかには何も見えなかった。そのもやに入《はい》り込《こ》むにつれて周囲が暗くなり、よけいに胸がどきどきした……。


とつぜん、落下が止まった。圧倒《あっとう》されるような静けさのなか、六人は息を飲んだ。気がつくとスポンジのような地面に座っている。みんなは痛くなるほど目を大きく見開いた。恐《おそ》ろしく静かで、圧倒《あっとう》されるような闇《やみ》だった。

「みんな、いるかい?」アバクムの低い声が聞こえた。

「ぼくはここだ」しっかりと握っていたオクサの手を握り直しながら、パヴェルがすぐに答えた。

「だいじょうぶかい、オクサ?」

「うん……だいじょうぶ……だと思う……」オクサは震《ふる》えながら答えた。

「わたしもいるよ」今度はピエールが答えた。

「わたしもだ!」レオミドが続いた。「だが、どうもテュグデュアルを見失ったようだ。最後のほうで手が離れてしまった。そんなに遠くにはいないと思うが……」

オクサは血の気が引くのを感じた。キレそうだ。落ちつこうと息を深く吸い込んだ。その間、キュルビッタ・ペトはいつもよりずっと力強く、オクサの手首の周りで波打っていた。

「テュグデュアル！　どこにいるの？」オクサは声の限り叫んだ。

オクサにならって、男四人が大声で叫び、パヴェルの背中にしっかりと固定された背負いベルトに座ったフォルダンゴットも金切り声で加勢した。その声を聞いて、アバクムは連れてきたもう一匹の生き物のことを思い出した。

「ヤクタタズ、いるかい？」

すると、レオミドの背中から、ゆっくりとしたくぐもった声が聞こえてきた。

「ええ、ここにいると思います。でも、確かではありません。だって、何も見えないんですから……。あなたは？　いるんですか？　それに、あなたはだれなんです？　聞き覚えのある声のような気はしますが……。どこかでお会いしたことがありますか？」

「ヤクタタズは元気みたいね、ともかく、よかった！」

オクサが父の手を握りながら言った。

「きゃあ！　何、これ？　助けてー！」オクサはとつぜん、空中を蹴《け》りながらわめいた。

「あ……ごめん、オクサ！　おれがおまえの脚《あし》にさわったんだと思う」

「テュグデュアル、きみかい？」レオミドがすぐに反応した。「ああ、よかった、いたんだ……。だいじょうぶかい？」

「だいじょうぶですよ。心配いりません」テュグデュアルがいつものののんきさで答えた。「それより、こっちに来てくださいよ。あるものを見つけたんだ……。オクサ、手をかして。それからみんな手を離さないように。そこに連れて行くから」

テュグデュアルはオクサの脚からわき腹をさぐり、ようやく手を探し当てた。オクサは真っ暗な闇のなかにいることに感謝した。少なくとも、真《ま》っ赤《か》になった顔は見られなくてすむ……。〈逃げおおせた人〉たちはおたがいにつかまり合いながら、用心して起き上がった。相変わらず深い暗闇だったが、目が少しずつ慣れてきた。暗闇のなかに、薄紫色《うすむらさきいろ》と灰色のなめらかな鼓動《こどう》するものが少しずつ見えはじめ、闇が怪物みたいに生きているように感じられた。オクサは思わず震えた。

「きれいだと思わないか?」

オクサが怖がっているのを知りながら、テュグデュアルがささやいた。

「やめてよ! 怖くてたまんないんだから……」オクサが答えた。

テュグデュアルはオクサの手のひらをぎゅっと握り、心臓と同じリズムで鼓動する闇のなかを、しっかりとした足取りでみんなを導いた。

「テュグデュアル、一つ聞いていい?」オクサがささやいた。

「どうぞ、ちっちゃなグラシューズさん……」

「闇の中で目が見えるの?」

「そうみたいだな……」という短い答えが返ってきた。「おれの先祖は匠人《たくみびと》だぜ! 覚えてるだろ? 直感、力、感覚、おれたちは動物の持つそういうものをすべて持ってるんだ。でも、ここでこの能力を持っているのは、おれだけじゃないぜ。そうですよね、ピエール?」

ピエールは咳払《せきばら》いをした。

「うん……でも、闇のなかでの視力は、きみのほうが優れているようだな！」

「もう、そんなに遠くない。もうすぐ着くよ……」先頭に立ったテュグデュアルが言った。

目の前の闇が少しずつ明るくなるのを感じながら、みんなはゴムのような弾力《だんりょく》のある地面をもう少し進んだ。すると、闇が薄《うす》れ、不気味な密林が現れた。

14 帰り道のない森

ひと筋の月光のような光が巨大《きょだい》な木々の茂《しげ》った葉を通して差し、奇妙《きみょう》な薄紫色《うすむらさきいろ》の斑点《はんてん》を下草に映し出していた。全く動きがなく、静まりかえった森は、生き物がうごめく森よりもずっと不気味に見えた。〈逃げおおせた人《に》〉たちはぼう然として、この固まったような風景を眺《なが》め、自分たちがその中にいることが信じられない気持ちだった。

すると、何かが動いた。小さな頭のようなものが地面から出てきたのだ！　リスのように鼻先の突き出たその顔はそばかすにおおわれていた。体は長く太い根でできており、体を動かすと土が散らばって落ちた。みんなのほうを向き、体を伸《の》ばすと、産毛のような繊毛《せんもう》の先でオクサの顔をこすった。オクサが後ずさりすると、根の頭はすぐに縮こまった。

「動くのをやめよう……この生き物も、わたしたちと同じで怖《こわ》いんだ」

アバクムがささやくように言った。

みんなと根の頭がしばらく向かい合ったままでいると、黒い蝶《ちょう》が一匹《ぴき》、六人の足元に舞《ま》い降《お》りてきた。驚《おどろ》くほど大きな羽を持った蝶で、三十センチはありそうだ！　黒いビロードのような羽は軽く音を立ててふるえ、その小さな目は興味深そうにじっとオクサを見つめていた。ほかの根の頭も次々と顔を出した。ひそひそ声の会話を耳をそばだてて聞いてみると話の内容がわかった。

「若いグラシューズ様よ！」半分人間、半分植物の根の頭が蝶に言っている。「若いグラシューズ様が到着《とうちゃく》したことをあの方に知らせに行くといいわ。でも、お願いだから〈悪意〉に会わないように気をつけてくださいね！」

「運がよければね……。ところで、あの男たちはだれだろう？」蝶がたずねた。

オクサは咳払《せきばら》いをした。蝶は振《ふ》り向《む》いて、やわらかい羽でオクサをなでた。オクサは息を止めて、身構えた。いま肌《はだ》をかすめて飛んでいる美しい蝶でも、オクサはあまり昆虫《こんちゅう》が好きではなかった。蝶が少しでもへんな動きをしたら、手で叩《たた》き落してしまおう！　容赦《ようしゃ》なしだ！　しかし、蝶は回れ右をして、森の中に消えた。

「何だったんだ、あれは？」パヴェルがつぶやいた。

侮辱《ぶじょく》されたかのように怒《おこ》って答えたのは、最初に顔を出した根の頭だった。

「〈心の導師〉の密使の偵察《ていさつ》蝶ですよ。わからなかったんですか？」

「まあね……、あたしたちはこの辺の者じゃないから！」オクサが辛《しん》らつな調子で答えた。

この言葉を聞くと、根の頭は長い赤毛がふわふわした地面に届くほど頭を下げた。

「失礼なことを言っておいて、後でひれ伏《ふ》すんだわね！」ドヴィナイユがアバクムの上着から頭を出しながらからかった。「おや、まあ！　ここは暖かいじゃないの！　気温は完璧《かんぺき》だし、湿度《しつど》も理想的。地上の天国だわ……」

「ふ〜ん……地上のねえ……ちょっと、疑わしいけどね、ドヴィナイユ」

奇妙な風景に目をやりながら、オクサは反論した。

「ここがどこなのかをお知らせできればいいけれど、何の指標も見つけられないんです。不思議だわ……」ドヴィナイユが教えた。

「男の子と老婦人はあなたがたの訪問を喜ばれるでしょうね」根の頭がかん高い声で言った。

「ギュスのこと？　ギュスに会ったの？」

オクサの顔は急に明るくなった。

「会ったといえば、少し言いすぎになります。感じたというべきでしょう。とくに、その人がわたしの上に座ったときに」と、根の頭は答えた。

「サイコー！」

オクサは心の重荷が下りたように感じた。

「ええ、まあ……つぶされるのが好きならですが！」

オクサと思考回路が違《ちが》うらしい根の頭はそうコメントした。

「その男の子はどこにいるんだ？」今度はピエールがたずねた。

ピエールは息子が生きている印をなんとか探そうと暗い森を見渡《みわた》した。彼《かれ》はとっさに仲間の目を盗《ぬす》んで、背の高い木の下のほうにとつぜんかけ出した。

「ピエール！　やめろ！　道に迷うぞ！」アバクムが呼びかけた。

「迷いはしませんよ」根の頭が言った。

「どうして？」ピエールのことが心配なオクサは驚いてたずねた。「道に迷うかもしれないでしょ！　しかも、こんな森の中じゃね！」

「迷えないんですよ」根の頭は言い張った。「というのは、この森のなかでは、行きたいところに進むことになるからです。〈帰り道のない森〉が道順や曲がる場所を選びますが、進む人が自分の意志で行き先を選ぶのです」

「それなら、みんなが同じ場所に行きたいと思えば、森が道を選んだとしても、必ずみんなが会えるということなんだね？」と、アバクムが確かめた。

「その通りです！」根の頭がうなずいた。

「運がいいですね……。わたしはほとんどわかりませんでした」

レオミドの背中におわれたままのヤクタタズがぶつぶつ言った。

「そんなこと、いいのよ！」オクサはヤクタタズをなぐさめた。「じゃあ、行こうか？」オクサは待ちきれないようだ。

「よし、行こう！」アバクムも同調した。「みんな、ギュスのことを強く思って、万一、離《はな》れ離《ばな》れになってもあわてないようにしよう。行き先はギュスのいるところだ。森がそこに連れて行ってくれるだろう」

「ぼくはオクサのそばを片時も離れない」パヴェルは娘《むすめ》の手をとった。

「それでもいい……だが、森のほうがおまえより強いかもしれない」と、アバクムが釘《くぎ》をさした。

「もし、森がおまえたちを離れ離れにしたかったら、おまえはそれに合わせるしかないんだ。わたしたちの共通の目標をしっかり頭に入れて、ギュスと再会できるようにしよう」

オクサがいちばんに歩き出した。ギュスの顔は頭のなかにくっきりと刻まれている。「考えないこと。行動するのみ！」と心の中で言った。それから、ギュスが言いそうなことを考えてにやりとした。「おい、オクサ！　行動する前に考えなくちゃ！」彼女《かのじょ》がやろうとしていることの正反対だ。心配でたまらないといった様子の父親をもういちどちらりと見てから、〈帰り道のない森〉にしっかりと一歩を踏《ふ》み出《だ》した。


オクサはすぐに森の暗さにぞっとした。目の前には細い道があり、道には巨大《きょだい》な木々の葉を通して弱々しい光の斑点《はんてん》が散らばっている。オクサは後戻《あともど》りしようとして振《ふ》り返《かえ》った。しかし、その名にふさわしく、森は閉じられているみたいだ……。ここで唯一《ゆいいつ》生きているものは、オクサを優しく見つめている、こげ茶の毛をした見事な野ウサギだけだ。

「アバクムおじさん？」

野ウサギはうなずいた。オクサは野ウサギがほほえむのを確かに見た。彼女はかがんで、野ウサギを腕《うで》に抱《だ》き、信頼《しんらい》できるお供を得たことにほっとした。

「振り返るんじゃないよ」と、野ウサギがささやいた。「テュグデュアルがすぐ後ろにいる……。おまえは知らないふりをしているんだよ、いいかい？」

「どうして？」

振り返りたいのを我慢《がまん》しながら、オクサは驚いてたずねた。

「彼《かれ》はおまえの秘密の護衛だと思いたいんだよ」

「わかった……」と口の動きだけで返事をした。「でも、パパもレオミドおじさんも離れ離れになったのに、どうやってテュグデュアルはあたしたちの後をついて来られるんだろ？」

「うん……」野ウサギはため息をついた。「テュグデュアルのほうが感覚が鋭《するど》いというだけさ。目標をギュスにする代わりに、彼はおまえを目標にしたんだ。つまり、おまえが行くところに彼も行く。簡単なことだよ！」

オクサは赤くなった。あの暗い少年は本当に変わっている。

「でも、気を散らせちゃいけないよ。ギュスのことを考えるんだ」野ウサギは釘《くぎ》を刺《さ》した。

オクサは姿勢を正し、深い森につながっている小道をじっと見つめ、下草の匂《にお》いがするさわやかな空気を吸《す》い込《こ》みながら進んだ。彼女の背丈《せたけ》より高いシダが、濃《こ》い緑の苔《こけ》におおわれた道の上に円屋根《まるやね》のように茂《しげ》っている。彼女が進むにつれて、シダが背後で閉まり、後戻《あともど》りできない壁《かべ》を作るのだ。野ウサギになったアバクムもそう遠くないところで前進していた。背の高い草を跳《と》び越《こ》えて走っているのが見える。時々、小枝が折れる音や葉がざわめく音が聞こえるので、テュグデュアルがそんなに遠くないところにいるのだろうと思った。妖精《ようせい》人間、そして匠人《たくみびと》かつミュルム。これ以上の護衛は望めない！

そのことに安心し、オクサは少し気をゆるめて、歩きながら森を観察し始めた。なにもかもが極端《きょくたん》な場所だ。大きさも美しさもけた外れの木々。地球上に存在する最も大きな木、たとえば、北米の巨大なセコイアですら、ここにある木に比べると低木にすぎない。

オクサは思わず身震いし、不安が湧《わ》き上がってくるのを感じた。森は美しい。それは確かだ。だが、その美しさは不気味で、ほとんど脅威《きょうい》に近い。森を支配するこの静けさ、それに動くものがないことも異常だ。見張られているような、わなにはまったような気がする。一つ一つの木やシダや草の後ろに、邪悪《じゃあく》で危険なものが隠《かく》れていて、自分に跳びかかり、めちゃくちゃにして食べようとチャンスを狙《ねら》っているのかもしれない！　この閉塞《へいそく》感を癒《いや》してくれる空が少しでも見られるかもしれないと、目を上げた。だが、残念なことに、巨大な木のてっぺんは地上から何キロも離れているように見えた。

「ウソみたい……」オクサはぼう然としてつぶやいた。

オクサは顔を上げ、びっしりと茂った葉のすき間からわずかに見える薄紫色の空をたよりに歩き続けた。閉塞感が次第に強迫《きょうはく》観念のようになり、歩く速度がだんだん速くなって心臓の鼓動《こどう》と同じくらいのリズムになり、とうとう走り出した。アバクムを心配させたり、テュグデュアルに臆病者《おくびょうもの》と思われないように、叫《さけ》び声を上げるのはなんとか我慢し、森の奥へと続く、曲がりくねった道を走り続けた。

ところが、道の真ん中にとつぜん現れた障害物に足をとられてころび、ばったり倒れてしまった。不注意だったことにいらだって、叫び声を上げた。灰のように柔らかく細かい黒土におおわれた道でころんだオクサは、腕を支えにして起き上がろうとした。

すると、根が宙に浮《う》いていて、毛が生えた玉のような、不恰好《ぶかっこう》なクラゲのような植物と鉢合《はちあ》わせした。オクサは、この奇妙な形の植物から少しでも離れようと、起き上がった。しかし、その植物が話をしたがっているのには気づかなかった。植物は自分の根を一本伸ばし、オクサの足首に巻きついたので、オクサはまたもや地面にばったりと倒《たお》れた。すぐに、野ウサギが飛んできて、心配そうにオクサのそばによった。

「やめなさい！」その植物から不思議な声が聞こえてきた。「何も痛いことはしないんですから、落ちつきなさい！」

オクサは足首に根を巻きつけたまま起き上がり、忍者《にんじゃ》の攻撃《こうげき》の構えをした。クラゲ植物の言葉はオクサを落ちつかせるどころか怖《こわ》がらせた。オクサはパニックになって地面から跳び上がり、得意の人間独楽《ごま》になってくるくる回り、根を振《ふ》り払《はら》おうとした。しかし、植物のほうは不意打ちを食らったままにはならなかった。驚くべき力でオクサの脚《あし》に這《は》い上がると、終わりのないリールのように根を繰《く》り出《だ》し、オクサをぐるぐる巻きのソーセージのようにした。オクサは地面にどさりと倒れた。すぐに野ウサギが駆《か》け寄《よ》ってきて、歯で根を切り取ろうと構えた。

「放してよ！」恐《おそ》ろしさよりも怒りのために、オクサは体をよじりながら叫んだ。

不思議なことに、植物はすぐにいうことをきいた。ひもになった根が引っ込むと、オクサは地面をころがってやっと解放された。ぷりぷりしながら起き上がり、服をパタパタと払うと、細かいほこりが彼女の体のまわりに立ちこめた。

「またやったら承知しないよ！」

オクサはこぶしをクラゲ植物に突《つ》きつけて警告した。

「どうぞお許しください」その植物は奇妙な声で謝った。「少しやりすぎでしたが、わたしは若いグラシューズ様にごあいさつしたかっただけなんです」と、オクサの足元までころがって来ながら言った。

「どうしてあたしのことを知ってんの？」オクサは驚いてたずねた。

「知らないものはいませんよ」と、植物は答えた。「でも、男の子と老婦人のところまで急いで行かれたほうがいいですよ。あなた様のお越《こ》しは、彼らにとっても、わたしたちにとっても絶望の終結を意味するのです……。急いでください！　森は我慢強くないですし、自然は荒々しいものです。ぐずぐずしていると、道がなくなってしまいます。そうしたら、あなたもあなたの庇護《ひご》者も道に迷うでしょう。そうなると、だれもあなたたちを見つけることはできません……〈悪意〉以外にはね！　さあ、早く！」

オクサはそれを聞くと、ギュスに向かう心だけに集中し、息切れするほど必死に駆け出した。

15　心が向かうところに足も向かう

オクサが走れば走るほど、周りの植物は密になり野性っぽくなった。まるで、森が最初はオクサに好意を示していたのに、急に冷たくなったかのようだ。周りが次第に暗くなったので、道を見極めるためにオクサは神経を集中させないといけなかった。一歩踏《ふ》み出《だ》すごとに進みにくくなる。あわてればそれだけ自分の体力も貴重な時間も失うような気がした。自分をもっとうまくコントロールすることができないのをうらめしく思った。「弱気になってる場合じゃないよ、オクサ！　ギュスはあんたを頼《たよ》りにしてる！　みんながあんたを頼りにしてるんだよ！」と、自分で自分を励《はげ》ました。

しかし、そんなオクサの決意にもかかわらず、森は次第に狭《せば》まっていった。オクサは、顔をこするシダや、走るのを邪魔《じゃま》する長い草におおわれた道をほとんど見分けられなくなっていた。やけになって、ノックパンチや磁気術を何度か気まぐれに使ってみたが、草を何本か倒《たお》しただけだった。そういうやり方は人間には有効だが、植物にはほとんど役に立たない。火の玉術も試みたが、ほとんど効果はない。植物は水分が多すぎて焼けないのだ。しまいには、巨大《きょだい》な一本の木の前に立ち、あえぐ胸を押《お》さえながら、幹を垂直に駆《か》けのぼった。それから、両手でざらざらした樹皮をつかんで支点にし、少なくとも二十メートルは離《はな》れた次の木にしなやかな動きで跳《と》び移ろうとした。「やぁー！」気合を込《こ》めて、なんとか一本の枝にしがみついた。

そうやって、オクサは猿《さる》のような身軽さで木から木へ飛び移って進んだが、二人の庇護《ひご》者のことを忘れたわけではない。

「アバクムおじさん？　いるの？」オクサは心配になってアバクムを呼んだ。ついてきていることを知らないことになっているテュグデュアルにはわざと呼びかけなかった。

「そのまま続けるんだ、オクサ！　ギュスのことを考えるのをやめるんじゃないよ！」

うっそうと茂《しげ》ったシダのほうから声が聞こえた。

下を見ると、ほとんど真っ黒い草の上を野ウサギが跳《は》ねていた。オクサは安心し、アバクムに言われたとおり、思いをすべてギュスに集中させた。ユーラシアン（ヨーロッパ人とアジア人の混血）らしいハンサムな顔が頭に浮《う》かんだ。ほほえみをたたえたマリンブルーの目がおびえに曇《くも》る。オクサは身震《みぶる》いし、ギュスの不安げなまなざしをたよりに先を急いだ。

オクサが飛び移った木の数を数え切れなくなったころ、とつぜん、うす暗い森の真ん中に真珠《しんじゅ》色《いろ》の反射光が見えた。最初はほとんど見えないくらいの大きさだったが、近づくにつれて輝《かがや》きが増し、明るくなった。そして、何の努力もせずにそこに到達《とうたつ》した。何かを通《とお》り抜《ぬ》けて自分の体が投げ出されたからだ。思わず目を閉じて、金切り声を上げると、灰のようにやわらかな地面の上をころがるのを感じた。

「オクサ！」

「ギュス？　あんたなの？」聞こえてきた声にオクサは答えた。

オクサはがっかりするのがいやで、地面に丸まったまま目を閉じていた。

「そうさ、ぼくだよ！」聞きなれた声がまた聞こえた。「ほら、安心しろよ！　怖《こわ》がっているハリネズミみたいじゃないか……」

オクサはやっと目を開け、さっと起き上がった。オクサのことを神が現れたかのように見つめているギュスが目の前にいた。

「おそかったな……」ギュスはあふれる喜びを隠《かく》そうと、ぶつくさ言った。

ギュスは目に涙《なみだ》を浮かべ、息を殺して、オクサをじっと見つめた。同じように感動しているのに、ギュスのようにそれを素直に表すことができないオクサは近寄ってギュスを見た。ギュスの顔は喜びで輝いていたが、ひどい顔だった。目の下にくまができて、やせこけていた。汚《よご》れて灰色になったシャツは破れ、髪《かみ》の毛《け》はもつれている。オクサはギュスの両肩《かた》をつかみ、激しく揺《ゆ》すった。

「それしか言うことがないの？　この恩知らず！」肩を揺すり続けながら、オクサはしゃくり上げた。「あたしをとって食おうとする森を命がけで抜《ぬ》けてきたのに、そんな出迎《でむか》えってある？　うーっ！　勝手なやつ！　今度、絵の中に閉じ込《とこ》められたら、自分でなんとかしてよ、いい？」

「おいおい、ちょっと待ってくれよ！　息子をいじめないでくれ！」

「ピエール！」

ギュスの父親が数メートル先に立っていた。重荷をおろしたようにほがらかな顔だ。オクサはピエールのたくましい腕《うで》に飛び込み、三人は再会の喜びに息が切れるほど笑った。

「怖がっているハリネズミが若いグラシューズ様のお友だちをいじめたいんですか？ ここに住む動物は大胆《だいたん》な習慣を持っているのですね。気をつけないと……」

ヤクタタズがとんちんかんなことを言うと、当人がきょとんとしている前で三人はまた笑い出した。笑いが止まるのに数分間はかかった。

「苦労せずに森を抜けられたの？」

オクサは目をぬぐいながらピエールにたずねた。

「う〜ん……くつろいだ散歩だったとはいえないけどね……でも、大きな目的があったから」

ピエールは息子をじっと見つめながら答えた。

「ギュス、あんたは？ だいじょうぶ？」

オクサはギュスを注意深く観察した。

「うん、いまはみんなに会えたから、だいじょうぶさ……」

ギュスはオクサの後ろのほうをじっと見つめながらつぶやいた。

オクサがふり返ると、アバクムがいた。彼《かれ》は人間の姿にもどっていたが、森を抜けるのに長い間走ったせいで疲《つか》れ果てているように見えた。短いあごひげにくっついていたシダの葉の切《き》れ端《はし》を取《と》り払《はら》い、ギュスに近づいてきて抱《だ》きしめた。

「きみに会えてうれしいよ……」

感動と安心から、ギュスのほうもアバクムをぎゅっと抱きしめた。

「こんちは、ギュス！」と、別の声がした。

聞きなれた声だが、ギュスにはあまりうれしくない声だ。

「テュグデュアル！」アバクムのからかうような視線を注意深く避《さ》けながら、驚《おどろ》いたふりをしてオクサが叫《さけ》んだ。「あなたも無事に抜けたんだ」

「簡単さ、ちっちゃなグラシューズさん！　目標さえ忘れなければいいんだ。そうだろ？」

テュグデュアルが答えた。

オクサはその言葉を無視して、いら立ちを隠せないギュスのほうを向いた。

「ほかの人はどこかな？」森から抜け出てから初めて、自分の周りをぐるりと見回した。

風景は完全に変わっていた。森はあとかたもなくなっていた。その代わりにこげ茶色のヒース（ヨーロッパ・アフリカの原野に自生する常緑低木）に覆《おお》われたなだらかな丘《おか》が見渡《みわた》す限り広がっていた。木々のてっぺんにちらりと見えていた空は、いまはすばらしい薄紫《うすむらさき》色の姿をぞんぶんに見せている。かすみのかかった大きな太陽が弱々しい光線を投げかけ、風景に幻想《げんそう》的な光を添《そ》えている。

オクサとギュスの後ろのほうには、丘の下に深く伸《の》びているらしい暗い洞窟《どうくつ》の入口があった。そこから少し離れたところに、レオミドがひじをひざにつき、頭を抱《かか》えて、岩の露出《ろしゅつ》したところに座っていた。彼の長い銀髪《ぎんぱつ》は森を抜けて走ったときにみだれて、顔の上にかかっていた。女の人が彼の肩に手を置いてかがみ込んでいた。彼女《かのじょ》はやさしい仕草でレオミドのあごを持ち上げ、ゆがんだ顔を指先でそっとなでている。まるで、レオミドの顔の造作一つ一つを記憶《きおく》に刻《きざ》み込《こ》もうとするかのように。オクサのいる所からは女性の後ろ姿と、美しく結われた白髪しか見えなかった。

「あれはレミニサンス？　レオミドおじさん、ついに見つけたのね……」

オクサは口ごもりながらつぶやいた。

「紹介《しょうかい》しましょう……」ギュスがみんなを連れて行った。

みんなはぼう然としながら、静かに近づいていった。オクサはアバクムをちらりと見やった。その瞬間《しゅんかん》、恐《おそ》るべき影《かげ》の男、不思議な野ウサギ、多才な妖精《ようせい》人間というアバクムは姿を消し、長年別れていた親しい人との再会に感激する普通《ふつう》の老人がそこにいた。彼はためらいながら一歩を踏み出し、息を切らしながら他の人に続いた。ちょうどそのとき、レミニサンスが振《ふ》り向《む》いた。なんて美しい人！　オクサはびっくりして立ち止まった。双子《ふたご》の兄があの残酷《ざんこく》なオーソン・マックグローなのに、彼女はまったく似ていない。人をひきつける美しさを周りに発散しながら、レミニサンスはほがらかなほほえみを浮かべて近づいてきた。ギュスはオクサの腕《うで》を取って連れて行こうとした。しかし、最初にあいさつをしたのはアバクムだった。

「レミニサンス……」アバクムはうやうやしく頭をさげながらつぶやいた。

「アバクムなの？」

レミニサンスの声は震《ふる》えていた。動揺《どうよう》しているようだ。踊《おど》り子《こ》のような優雅《ゆうが》な動きでアバクムに近づいた。多少しわがあるだけで端正《たんせい》な顔立ちは全く衰《おとろ》えておらず、深いコバルトブルーの目はしなやかな白い肌《はだ》を引き立たせていた。背は高く、柔らかなグレーの布でできた厳格なほどシンプルなワンピースが細いシルエットを強調していた。唯一《ゆいいつ》のアクセサリーは、すらりとした首の周りにかかった、蜂蜜色《はちみついろ》に光る小さな真珠《しんじゅ》でできた長いネックレスだった。

「アバクム……」レミニサンスは震える声で繰《く》り返《かえ》した。「またお会いできて、本当にうれしいわ。ずいぶん時が経ったわね……こうしていらしてくださって、なんとお礼をいえばいいか……」

彼女は頭を下げた——感動のあまりか、アバクムの刺《さ》すような視線を避《さ》けるためか……。すると、アバクムは彼女の両肩をとり、自分のほうに向かせた。

「また会える日がくるなんて思いもしなかった……」

アバクムはほとんど聞き取れない声で言った。

レミニサンスは悲しそうなうめき声をこらえるようにして、胸に手を当てた。慎《つつし》みのある再会の様子に、オクサは心から感動した。熱い涙《なみだ》が湧《わ》きあがってきて、頬《ほお》を流れた。

「みんな！　オクサ！　うまく抜けてきたんだね！」

レオミドが近づいてきて、レミニサンスとアバクムの感動的な再会をやんわりと、しかしきっぱりと中断した。レオミドとアバクムは森の中で離れ離れになった後にまた会えたのでほっとしたように短いあいさつを交わした。

「オクサ、レミニサンスを紹介するよ！」ギュスがオクサの腕を引いた。

オクサは頬をぬらした涙をぬぐい、大きく鼻をならした。

「レミニサンス、友だちのオクサを紹介します」

レミニサンスはぼう然とし、しかし興味深そうにオクサをじっと見つめた。

「あなたなのね……オクサは……」レミニサンスの目は大きく見開いた。

オクサが驚いたことに、レミニサンスは、オクサがまったく期待していなかった敬意のこもったしぐさでお辞儀《じぎ》をした。

「どうも、こんにちは」オクサは恐縮《きょうしゅく》してぼそぼそと言った。「あのう、顔を上げてください」

レミニサンスはその言葉に従い、オクサを再びじっと見つめた。

「ギュスがあなたのことをいろいろ話してくれましたよ」と、ささやいた。

「えっ、悪いことをいろいろ話してなければいいんですが！」

オクサはその場の雰囲気《ふんいき》を和らげようとした。

「おい、どういうことだよ！」

ギュスはいつものようにオクサにひじてつを食らわせた。

「いいえ、悪いことなんて聞いていませんよ！」レミニサンスは笑いながら答えた。「あなたのことや、あなたの家族や……わたしのかわいいゾエのことや、たくさん話してくれました」急に声がかすれた。

「ゾエは元気です。心配しないでください！」オクサは安心させるように言った。「どんなに喜んでいたか。あなたが……」

オクサは言葉をにごした。

「死んでいないと知って?」レミニサンスが後を引き取った。

「まあ……そうです」

「ええ、わたしは死んではいません。でも、あなたたちが絵画内幽閉《ゆうへい》の謎《なぞ》を見つけてくださらなかったら、絶望で死んでいたかもしれません。もしそうだったら、世間の人の目には、とくにゾエの目には決定的に死んだ人に映ったことでしょう……」

「もうすぐゾエに会えますよ!」オクサは励《はげ》ますように言った。

「それには、まずこの罠《わな》から抜け出さないといけないわね」

レミニサンスはそう言うと、口をつぐんだ。目に涙をためて、唇《くちびる》を震わせている。

「あの若い男の人はだれですか?」

レミニサンスは、いつもの遠慮《えんりょ》のなさでやり取りを見ているテュグデュアルのほうを向いた。

「テュグデュアル・クヌットを紹介しよう。ナフタリとブルンの孫息子だ」

レオミドが割って入った。

「お会いできてうれしいわ、テュグデュアル」レミニサンスは片手を胸におき、またうやうやしく頭を下げた。「勇敢《ゆうかん》にも絵の中に入ってきてくださって、ありがとう。おじいさんのナフタリのことはよく存じています。生まれつき強くてすばらしい方ですわ。おばあさんのブルンとは素敵なご夫婦ですわ」

レミニサンスの記憶力のよさに、アバクムとレオミドは無言で顔を見合わせた。

「あれ、パパは？　パパはどこにいるの？」オクサは急に周りを見回した。

みんなはびくっとした。オクサは急に不安にかられてうろたえた。

「だれか、パパを見なかった？　ねえ、だれか見なかったの？」

16 闇《やみ》のドラゴンの目覚め

それより数時間前、パヴェルは恐《おそ》ろしい森に入った。オクサが入り、それにアバクムとレオミドが続いたすぐあとだったので、オクサから遠くないところにいると思っていた。

「オクサ！　オクサ！　どこにいるんだ？」

両手をメガホンのように口に当てて叫《さけ》んだ。しかし、パヴェルの声は反響《はんきょう》しなかった。びっしり生えた陰気《いんき》な植物に吸収されるかのように、声はかき消された。

「近くにいるはずなのに……。オクサーッ！」

声が届くことを願いながら、向きを変えて何度か娘《むすめ》を呼んだが、無駄《むだ》だった。そうするうちに、森が背後で閉じていくのがわかった。少し前にみんながいた場所に続く小道はすっかり姿を消していた。

「若いグラシューズ様の父君は、根の頭の助言を消化しなければなりません……若いグラシューズ様はこの近くの位置にはありません。別の道を通っていらっしゃいます」

背中に背負っているフォルダンゴットがかん高い声でそう言った。パヴェルは驚《おどろ》いて立ち止まり、考えた。根の頭は何と言っただろうか？「あなたたちは行きたいところに進みます。森が道順や曲がる場所を選びますが、進む人が自分の意志で行き先を選ぶのです」

パヴェルは深いため息をついた。むきになるのはばかげていた、と気づいた。彼《かれ》の人生はずっとそうだった。膨大《ぼうだい》なエネルギーを費やして、結局は運命にもてあそばれただけだ。パヴェルは苦く、痛烈《つうれつ》な怒《いか》りを感じて、声にならないうめき声を上げ、こぶしを握《にぎ》った。ふと下を向くと、目の前に道があった。娘と離《はな》れ離《ばな》れになったことにうろたえながら、背の高いシダが生えている巨大《きょだい》な木々の間の曲がりくねった道をかなりの時間歩いた。みんなが離れ離れになるのはよくない。だが、どうすることができるだろう？ 絵の中に吸《す》い込《こ》まれてからというもの、だれも状《じょう》況《きょう》をコントロールすることはできない。その無力感に心は引《ひ》き裂《さ》かれ、怒りで顔がゆがんだ。あまりにも腹が立っていたので、道がほとんど消えているのに気づくのに少し時間がかかった。

「集中するんだ、おろかなやつめ……」パヴェルはぶつくさ言った。

すると、またフォルダンゴットが反応した。

「若いグラシューズ様のお父様は過剰《かじょう》につまずいています！ 集中することは確かに必要ですが、愚《おろ》かしさは計画から除外されています。根の頭の勧告《かんこく》を忘れてはいけません。若いグラシューズ様のお父様が目の前と心のなかに持つべき目標には、若いグラシューズ様のお友だちが非常に関係しています」

パヴェルは悲しげなほほえみを浮《う》かべ、慰《なぐさ》めになってくれるフォルダンゴットをポンポンとたたこうと腕《うで》を肩《かた》の上から後ろに伸《の》ばした。その通りだ。ギュスのことだけを考えれば、そこにみんなも集まるはずだ。目を閉じると、ギュスの顔が浮かんできた。それから目を開くと、また道ができていた。努力してギュスの顔に精神を集中させ、しっかりと一歩を踏《ふ》み出《だ》した。

パヴェルはもう何時間もこのうす暗い森を歩いているような気がした。時間の感覚も空間の感覚もまったくなかった。歩くのが走るのに代わったものの、まったく先に進んでいるような気がしない。息が切れて、しばらく立ち止まり、ももに両手をついて体を曲げ、息をつこうとした。とつぜん、パヴェルは苦痛にうめき声を上げて顔を引きつらせた。それから、急に体を起こし、ずっと背中に背負っているフォルダンゴットに手を伸ばそうとすると、痛みが増したのか、体をそらせた。

「若いグラシューズ様のお父様はひどい苦しみを受けていらっしゃるのですか？　フォルダンゴットの体重が重荷を引き起こしているのでしょう、ああ！　フォルダンゴットの後悔《こうかい》は沈痛《ちんつう》にあふれ、謝罪を要望しています！」

フォルダンゴットは体をくねらせて背負いベルトから出ようとした。パヴェルはひどい痛みに襲《おそ》われ、うめき声がだんだん大きくなってきた。なんとかして背負いベルトを外すと、フォルダンゴットはパヴェルの前に立った。そして、ぽっちゃりとした両手をパヴェルの腰《こし》に置くと、自分のほうを向かせて、パヴェルの腹に自分の頭を押《お》し付《つ》けた。

「若いグラシューズ様のお父様は、重い召使《めしつか》いにお許しを与《あた》えてくださいますか？」と、自分の頬《ほお》をパヴェルに押し付けながら嘆《なげ》いた。

「おまえの体重のせいじゃないよ、フォルダンゴット……」パヴェルは苦労して体を起こしながら顔をしかめた。「背中がひりひりして、火がついたようだ！」

痛みが少しずつ引いていくと、今度は息が苦しくなってきた。フォルダンゴットがまだ腰の周りにしがみついていたが、パヴェルはそのまま、一息つくために巨大な木にもたれて座ろうと二、三歩進んだ。

「フォルダンゴットが若いグラシューズ様のお父様の背中の燃焼を引き起こしたのでしょうか？」フォルダンゴットは心配そうにたずねた。

「いいや……」

「それでは、若いグラシューズ様のお父様はフォルダンゴットからその責任を取り除いてくださいますか？」と、フォルダンゴットは再びたずねた。

「うん……」とパヴェルが返事をした。「さあ、先に進もうか？　まだたどり着いてはいないようだからね」

二人は〈帰り道のない森〉の奥《おく》へ奥へと続く道を再び進んだ。フォルダンゴットは背負いベルトに座ることをどうしても承知しないので、パヴェルは速く走るために今度は肩車にした。まだ痛みは背中じゅうに残っている。激しい痛みはなくなったが、ひどい日焼けをした時のように痛かった。走り続けて、息は切れ、気を失いそうになった。時々、ひそかにうめき声を上げ、どうすることもできないフォルダンゴットをおびえさせた。走るのが得意なパヴェルだが、脚《あし》が痛くなって、筋肉がけいれんしてきた。こんな状態では、ギュスのことに精神を集中させるのは難しい。痛みとじりじりする思いと不安で疲《つか》れ果て、思いはすべてオクサに向いていく。最後の気力も日にあたった雪のように溶《と》けていった。

とつぜん、道端《みちばた》に茂《しげ》った草の向うで動くものに気づいた。パヴェルははっと立ち止まり、神経を集中させて草のほうを見た。思いがけない姿を認めると、あやうく心臓が止まりそうになった。

「オクサかい?」パヴェルはおずおずと声をかけた。「オクサ? おまえかい?」

パヴェルは道を外れて草をかき分けた。オクサは数メートル先にいた! シダの上に座ってほほえみながら野ウサギをなでている。

「オクサ!」パヴェルはうれしくてたまらずに叫んだ。

名前を呼びながら近づいたが、オクサはその声が聞こえないのか、パヴェルがそこにいることに気づかずに野ウサギをなで続けている。あわてたパヴェルはさらに近づいた。

しかし、すぐ近くに来ると、これまでにない激しい痛みに襲《おそ》われ、苦痛のあまり身体をよじった。娘に悲壮《ひそう》な視線を投げかけると、その姿は消えた! パヴェルは怒りの声を上げた。ひどく苦しい。まるで、背中の皮膚《ひふ》に炎《ほのお》が食らいついているように痛い。

「ひりひりする……」パヴェルは痛みに身をよじってうめいた。

地面に跳《と》び下りたフォルダンゴットはパヴェルの顔を上げさせ、飛び出た目をぐるぐる回してじっとパヴェルを見つめた。しばらくすると、痛みは薄《うす》れたが、パヴェルはぐったりとしていた。

「ありがとう、フォルダンゴット……」パヴェルは感謝の気持ちを込めてつぶやいた。

「若いグラシューズ様のお父様は、フォルダンゴットにひりひりする背中を見ることを許していただけますか？」

答える代わりに、パヴェルは歯をくいしばりながら、Tシャツをめくり上げた。フォルダンゴットはふらふらした足取りでパヴェルの後ろに回った。パヴェルのうめき声が間隔《かんかく》を置いて聞こえるほかは、不気味に静まり返っている。

「フォルダンゴット、どうなってるんだい？」

のどにつっかえたような声でパヴェルがたずねた。

フォルダンゴットはしばらくしてから、やっと答えた。

「若いグラシューズ様のお父様は背中に跡《あと》を有しています」

「跡？　どんな跡なんだい？」

「長い間に忘れ去られていましたが、常に人間から恐れられていた幻想《げんそう》的生き物の跡です。若いグラシューズ様のお父様はその跡を有しています！」

「ぼくの刺青《いれずみ》のことを言っているのかい……」パヴェルはほっとした。

「刺青は存在しています」と、フォルダンゴットはうなずいた。「〈闇のドラゴン〉は見えています。しかし、そのふちが変化を受けています。〈闇のドラゴン〉は若いグラシューズ様のお父様の背中を支配していますが、その心とあらゆる血管も支配しています。いま、〈闇のドラゴン〉

は生の情熱を知り、自分の主人から解放されて、その力を役立てたいという野心に動かされています」

パヴェルは顔をゆがませ、頭をかかえた。

「若いグラシューズ様のお父様は〈闇のドラゴン〉の能力についての知識がおありですよね?」

フォルダンゴットはパヴェルの肩をポンとたたきながら、再び口を開いた。「〈闇のドラゴン〉が目覚めたのです」

「うん、こういう日が来ることはわかっていた。そうなるんじゃないかと思ってはいたんだ……」

「出現の日は疑うことができません!」フォルダンゴは言葉を続けた。「若いグラシューズ様のお父様は、心のなかに眠っていた〈闇のドラゴン〉の力でいっぱいになり、ご自分を押し殺していた強大な力からの解放を知ることができるでしょう」

「ぼくを押し殺していた強大な力……ぼくを押し殺していた……」パヴェルはつぶやいた。

17 苦い思い

パヴェルは急に立ち止まった。まるで水が流れているかのように波打っている壁《かべ》が、静寂《せいじゃく》の森の境界を示すように目の前に立ちはだかっていた。ふり返ると、道も木も草もすべて消えていた。パヴェルが進むにしたがって、森は少しずつ姿を消していったのだろうか。いまは、うす暗く、密度の濃《こ》い、何もない空間があるだけだった。強烈《きょうれつ》な興味にかられて、その無の空間に手を伸《の》ばしてみると、自分に向かってくる冷たい風を感じた。指先はその冷気で青くなった。背中が燃えるように熱いのとは反対だ。驚《おどろ》いて、思わず手を引《ひ》っ込《こ》めた。パヴェルは直感のおもむくまま、雄《お》たけびを上げながら、波打つ壁に向かって突進した。真珠貝《しんじゅがい》の色をした壁の表面に吸《す》い込《こ》まれたとき、身体の感覚がしばらくなくなり、それから草地に丸まって転げ落ちた。

「パパ！」オクサは、父親に駆《か》け寄《よ》りながら叫《さけ》んだ。「パパ！　心配してたんだよ！」

パヴェルは急いで立ち上がると、大きく腕《うで》を広げてオクサを抱《だ》きしめた。

「オクサ！」パヴェルはオクサの髪《かみ》に顔をうずめた。「やっと会えた……」

目をきつく閉じることで、なんとか涙《なみだ》が流れるのをこらえたが、きつく閉じすぎて目のなかがちかちかした。

「だいじょうぶだったか？　あの恐《おそ》ろしい森のなかでおまえが一人でいたと思うと不安でたまらなかったよ！」

「まったく一人というわけじゃなかったんだ！」オクサが小声で答えた。「アバクムがいたのよ、ほら……アバクムの動物版よ、わかるでしょ……」と、いたずらっぽくつけ加えた。「それに、テュグデュアルも近くにいたし」

「そうか。無能な父親よりおまえをうまく守れる二人がいたわけだな……」

パヴェルはオクサをいっそう強く抱きしめながら、不満そうに言った。

「もうっ、パパって、いつも大げさなんだから！」

「会えてよかったよ、パヴェル！」アバクムが力強い声で割って入った。

「ぼくもだよ、アバクム」と、パヴェルは小声で答えた。「ピエール、レオミド、テュグデュアル……ぼくが最後だったというわけか」一人一人にあいさつしながら、苦々しさを味わっていた。

「そんなことはどうでもいいさ！」と、アバクムが答えた。「大事なのは、みんな再会できたことだ。それに、見てごらん！」

ギュスがパヴェルのほうに歩いてくると、パヴェルのやつれた顔が大きなほほえみに輝《かがや》いた。

彼《かれ》は心からうれしそうにギュスを見つめた。

「本当に心配したよ、ギュス……」パヴェルはギュスを抱きしめた。「お父さんがどんなにか喜んでいることだろうな！」

「ありがとう、パヴェル！　ありがとう……」目頭を熱くしたピエールが言った。「いつか、恩返しをしないとな」

パヴェルは何も言わずに、顔を上げてピエールを見つめた。見つかった息子の肩《かた》に両手を置いてパヴェルの目の前に立っている。彼の感謝のこもった目にパヴェルは打たれた。

「新たな〈逃《に》げおおせた人〉を紹介《しょうかい》しないといけないな。わたしたちの大いなる友人、レミニサンスだよ！」アバクムが大きな声で紹介した。

レミニサンスは優雅《ゆうが》な歩き方で前に進み、パヴェルから目を離《はな》さずにお辞儀《じぎ》をした。

「ドラゴミラによく似ていますね……」

パヴェルもうやうやしくお辞儀をしながら、よく話に聞いた女性を目の前にしていることにあわてていた。会える日が来るとはまったく思っていなかった。レミニサンスはエデフィアに残っているはずだったからだ。

「確かに、ぼくは母に似ているところがあります」母親と似ていると言われることを手放しで喜べない自分に苦い思いをしながら、ぎこちなく答えた。「でも、あなたは、こういってはなんですが、お兄さんのオーソンにはまったく似ていらっしゃらないですね」

レミニサンスは青ざめ、落ちつきのない動作で両手を組んだ。

「つまりだね、レミニサンス、パヴェルが言ったことはほめ言葉なんだよ！」

このアバクムの言葉にレミニサンスはほっとした。

「では、そのように受け取ることにします……」

レミニサンスはパヴェルに向かってにっこりとほほえんだ。

「おまえの友だちを下ろしたらどうだい？」

背負いベルトにおとなしく座っているフォルダンゴットを指差しながら、アバクムが言った。

「妖精《ようせい》人間は口に思いやりがあります」と、フォルダンゴットが礼を言った。「若いグラシューズ様のお父様の背中は、〈闇《やみ》のドラゴン〉の熱で苦しんでいらっしゃいますから、召使《めしつか》いの体重を追加する必要はないと思います」

アバクムはいぶかしげに眉《まゆ》をひそめた。

「〈闇のドラゴン〉って、どういうことだい？」アバクムは穏《おだ》やかにたずねた。

「背中の刺青《いれずみ》があるところにかすり傷を負ったんだ」パヴェルはあわてて答えた。

「見せてもらったほうがいいようだな！」アバクムはパヴェルに近づいた。

「その必要はない！」パヴェルはフォルダンゴットが背負いベルトから出るのを手伝いながら、即座《そくざ》に答えた。「ただのかすり傷だから、大したことはないんだ」

フォルダンゴットの顔は紫色《むらさきいろ》になった。当惑《とうわく》している証拠《しょうこ》だ。

「若いグラシューズ様のお父様は〈闇のドラゴン〉の重大性を減少させようとしていらっしゃいます……」フォルダンゴットは小声でぼそぼそと言った。

「ぜんぜん、だいじょうぶだよ、フォルダンゴット！」パヴェルはややいら立った調子できっぱりと言った。「かすり傷くらいで、大騒《おおさわ》ぎをすることもないだろう……。ところで、オクサ」パヴェルの声の調子はがらりと変わった。「このすばらしい場所を案内してくれるかい？　のんびりした休暇《きゅうか》旅行にぴったりじゃないか？」

みんなが笑い、不思議な風景を眺《なが》めるために一番近い丘《おか》を登り始めたパヴェルの後に続いた。フォルダンゴットはそのすきにアバクムにそっと合図を送った。アバクムはそれを待っていたのだ。オクサは歩調を緩《ゆる》め、〈ささやきセンサー〉という便利な能力を使えることに満足しながら、耳をそばだてた。

「若いグラシューズ様のお父様がかすり傷に出会ったのではないという情報を、妖精人間は知らなければなりません」

フォルダンゴットがささやいた。

「そうじゃないかと思っていたんだ。何が起きたんだい、フォルダンゴット？　信頼《しんらい》してくれ、だれにも情報源を教えないから」アバクムは低い声でたずねた。

「フォルダンゴットはご主人様への裏切りを実行する習慣はないのですが、重要性の詰《つ》まった出来事を秘密にすることにとまどいを持っています……」フォルダンゴットは白状した。

「心配せずに話してくれればいいよ。森の中で何があったんだい？」

フォルダンゴットは落ち着きなく両手をわき腹にこすりつけながら、うろたえたように周りを見回した。そして、うめき声を上げてから、あわてて大きな口を手のひらで押《お》さえた。

「若いグラシューズ様のお父様は、〈闇のドラゴン〉の解放を受けられました……」

フォルダンゴットは自分の言葉におののいていた。

「ついに、来たか……」

フォルダンゴットは再びうめき声を上げて、アバクムを見つめた。彼が満足そうなほほえみを浮《う》かべているのを見て、フォルダンゴットはへなへなとその場に座り込んだ。

18　レミニサンス

フォルダンゴットの言葉からみんなの注意を必死にそらそうとするパヴェルに率いられて、みんなは低い丘《おか》を登っていった。わざと遅《おく》れて歩いていたオクサだけが、フォルダンゴットとアバクムの会話を聞くことができた。

オクサの心はざわついた。みんなが丘の頂上に向かって歩いている間、オクサの頭のなかは疑問でいっぱいになった。パパの背中に刺青《いれずみ》があるって？　見たことがあっただろうか？　ないような気がする。父親が上半身裸《はだか》になったのを見たことはない。そんなことをするのは恥《は》ずかしそうだった。恥ずかしがりすぎ？　刺青のせいで？　恥《はじ》だと思ったのだろうか？　もし、そうなら、どうして？　いや、そういうことじゃない。フォルダンゴットとアバクムの会話を聞いた限りでは、単に見た目の問題ではなく、もっと秘めた理由が隠《かく》されているに違《ちが》いない。

「ああ、しゃくにさわる……」

オクサはほおをポリポリかきながらつぶやいた。

「どうかしたのかい、オクサ？」

ぐったりとしたフォルダンゴットを腕《うで》に抱《かか》えたアバクムがオクサに追いついてきてたずねた。

「ううん、だいじょうぶ。ありがとう、アバクムおじさん！」オクサは考《かんが》え込《こ》みながら答えた。そして、フォルダンゴットのほおをなでながらたずねた。

「どうしたの？『感情が満杯《まんぱい》』になったの？」

「こういう状況《じょうきょう》はフォルダンゴットには辛《つら》いんだよ……」と、アバクムは答えた。

「その奇妙《きみょう》な生き物は心の問題だらけなんです」みんなから遅れていたヤクタタズが割り込んできた。「肌《はだ》の色を見てご覧なさい！　充血《じゅうけつ》しているみたい……そうだ！　わかった！　感情的な充血です！」と、うれしそうに叫《さけ》んだ。

「その通りよ、ヤクタタズ！　とってもいい診《み》たてじゃない！」

オクサは笑い出した。

「ヤクタタズってすごいね！」

オクサのそばにやって来たギュスが言った。

「そうなんです。わたしは診たてがうまいんです」ヤクタタズはうなずいた。「ところで、あなたはだれなのか、教えてくださいますか？　どこかでお会いしたことがあるはずですが……」

ギュスとオクサは大声で笑い出した。おかげで、森で道に迷ったままになるのではないかという数時間前までの心配や後ろ向きの考えや緊張《きんちょう》を吹《ふ》き飛《と》ばしてくれた。それほど大笑いされることを言ったことに驚《おどろ》き、いぶかしそうに二人を見つめているヤクタタズの前で、二人は涙《なみだ》を流しながら笑った。

「あなたたちは陽気な性格なんですね……」ヤクタタズは無邪気《むじゃき》に言った。

オクサは涙をぬぐいながら、ギュスに目配せをした。二人の気持ちが通じていることを確かめたかったのだ。ギュスは顔を赤らめて下を向いた。こげ茶色の前髪《まえがみ》が落ちて、顔を半分隠した。それから、手で前髪をかき上げて、気持ちを隠すようにいつもよりかん高い声を上げた。

「ほら、あそこ！」

アバクムとオクサは振《ふ》り返《かえ》った。レオミドとレミニサンスがみんなから離《はな》れて、何やら話しこんでいる。レミニサンスはレオミドをじっと見つめて話しており、レオミドは胸がいっぱいになっているみたいだ。

「五十七年間会わなかったなんて、すごいよな？」

ギュスの声は普段《ふだん》の声にもどっていた。

「なのに、彼女《かのじょ》の美しさは変わらない……」

アバクムはぼんやりと言った。

後悔《こうかい》と郷愁《きょうしゅう》に満ちたその声の調子に、オクサとギュスは驚いてアバクムを見つめた。

「あの人って魅惑《みわく》的だな！」オクサたちに合流したテュグデュアルが口をはさんだ。「オシウスの娘《むすめ》でオーソンの双子《ふたご》の妹、しかも、変身を可能にした天才的なテミストックルの子孫だぜ」

「そういうのを魅惑的っていうのか？」と、ギュス。

「もちろん！　彼女にはいろんな能力が備わってるよ！　グラシューズみたいなもんさ。まあ、そういってもよければだけど……尊敬すべきちっちゃなグラシューズさん。それに、彼女はミュルムの秘密結社とか半透明《とうめい》族と接したんだぜ。すごいよな？　彼女のような人に会える確率はどれくらいだろう。そんなこと考えたことあるかい？」

「いいや、そんなことは考えたこともないね。きみのようなひねくれたやつはいないよ！」ギュスは嫌味《いやみ》を言った。「きみのばかげた話を聞くより、みんなに合流しようぜ……」

テュグデュアルは皮肉なほほえみを浮《う》かべながら、肩《かた》をすくめた。

「相変わらず、つまんない言い争いばっかり」

オクサは悲しそうな顔をした。

「言い争いなんかしてないさ！　率直な関係を保っているだけさ」

テュグデュアルは反論した。

「そうよね！」オクサはうなずいた。「おたがいに我慢《がまん》できなくって、相手が言うことにぜったい反論する二人の男の子の率直な関係よね！」

「だってさ、おれのような強烈《きょうれつ》なキャラクターをおまえの友だちが持っていないのは、おれのせいじゃないぜ！」テュグデュアルが冷やかした。

「あんたって、どうしようもないよね！」

「でも、おれのそういうところが気に入ってるんだろ？」

テュグデュアルがいたずらっぽく言った。

「もう、静かにしてよ！　しゃべりすぎ！」と、オクサがやり込めた。

テュグデュアルが大きな笑い声を立てたので、レオミドとレミニサンスの周りを囲んでいたみんなが顔を上げた。ギュスはいらいらしている。

「あら、あなたたち、そんなにおもしろいことがあるの？」

レミニサンスがほほえみながらたずねた。

「つまり、テュグデュアルはおもしろいことを言っていると思っているんですけど、困ったことに、彼《かれ》自身しか笑えないんです！」

オクサはギュスのまだ怒《おこ》っている視線と、テュグデュアルの愉快《ゆかい》そうな視線を避《さ》けながら説明した。

「わたしは本当にうれしいんですよ！　あなたたちと知り合えて。とりわけ、もう会えないと思っていた古い友人に再会できて……」レミニサンスが言った。

「ちょっとお願いがあるんですけど……あのう……ぶしつけな質問かもしれないんですが……」

と、オクサが急に言い出した。

「……でも、聞かずにはいられないということね！」

目を輝《かがや》かせたレミニサンスはオクサの言葉を引き取った。

「そうなんです！」オクサは赤くなった。

「どうぞ」

「あのう、〈外界〉に出られた後、どうしてレオミドおじさんを探されなかったのかと思って」

レミニサンスはうろたえたように下を向いた。

「あなたたちのうちのだれかが、いつかそう聞くと思っていました。話せば長いのだけど……」

「わたしたちは急いではいないよ」アバクムが静かに言った。

レミニサンスは悲しそうにアバクムを見つめ、それからゆっくりとドレスをなでた。そして、遠くを見つめながら話し始めた。

「オクサ、あなたの質問に答えるには、ずっと昔にさかのぼらないといけないのよ。何十年も前、わたしはあなたの大伯父《おおおじ》さんのレオミドに恋《こい》をしていたの。お互いの家族も関係が深かった。わたしの双子の兄オーソンと、レオミドとわたしは、マロラーヌと父のオシウスのもと、〈クリスタル宮〉でほとんどいっしょに育ったようなものだった。わたしが年頃《としごろ》になったとき、小さいときからのレオミドへの友情が深く激しい恋に変わったのに気づいたの。そして、レオミドも同じように思いが変わったと告白してくれたときは、生涯《しょうがい》で最高の日だったわ。でも、わたしたちの恋愛《れんあい》が周りに知られると、二人の不幸が始まったのよ……。

理由がわからないまま、マロラーヌとオシウスはわたしたち二人の仲を裂《さ》こうとあらゆることをしたわ。まず、マロラーヌはレオミドに魅力的な若い娘を何人も紹介し、父もわたしに恋焦《こ》がれているという若い男を次々と紹介《しょうかい》した。あの頃、レオミドとわたしは笑っていたわ。父たちの策略が愉快だったの。無邪気だったのね……。でも、そうしているうちに、親たちはもっと強硬《きょうこう》な手段に訴《うった》えるようになった。わたしの家族はエデフィアの反対側に引《ひ》っ越《こ》した。表向きには、父が匠人《たくみびと》の居住地である断崖《だんがい》山脈を管理しやすくするためだった。その時は、引っ越しがわたしたちの仲を引き裂くためだとは知らなかった。愛する人になかなか会えないことは苦しかったけれども、父のいうことを聞くしかなかったの。父は頭がよくて、性格が暗く、厳しい人だった。父を恐《おそ》れる人は多かったけれど、わたしにとっては父親よ。父だということで、当然湧《わ》いてくるべき疑問を避けていたのね。でも、わたしは恋をしていて、心が飢《う》えていた。レオミドとわたしは隠《かく》れて会っていた。会っているときの時間はあっという間に過ぎた……。会うたびにいっそう別れが悲しくて心が引き裂かれそうだった。どうしてわたしたちを引き裂こうとするんだろうって……。

ある日、兄に見つかったの。わたしは緑マントの森にあるグラシューズ家が所有する美しい家でレオミドと会っていた。オーソンがやって来たとき、わたしたちは、おたがいに節操を守り、いつかは問題が解決するという希望を失わないでいようと誓《ちか》い合っていたところだったの……。オーソンがあんなに怒ったのは見たことがなかったわ。わたしがそれまでに聞いたことがない憎《ぞう》悪《お》の言葉を浴びせられた。オーソンはずっとレオミドに一目置いていて、弟同然に思っていたのよ。感心するのと同じくらい妬《ねた》みもしていた。でも、あの日のオーソンは凶暴《きょうぼう》で偏屈《へんくつ》だった。わたしには何が何だかわからなかった。あまりに大げさで、ばかばかしく、無意味に思えたのよ。わたしは、レオミドを愛していて、生涯《しょうがい》彼といっしょに生きたいとオーソンに口答えした。すると、兄はわたしをぶったのよ。すごく痛かった。でも、ずたずたになった心に比べたら、身体の痛みなんてなんともなかった。わたしは人生でそれよりひどい経験をしているけど、あのときの経験は本当につらい思い出として残っているわ。というのは、その日、何かが壊《こわ》れたからよ。常に信頼《しんらい》していた双子の兄が、わたしが父の意向に反してある青年を愛したというだけの理由でわたしをぶった。激怒《げきど》したオーソンは、年下だけど力はずっと強いレオミドに跳《と》びかかっていった。彼は結局、鼻を折られてひどいけがをし、とりわけ、治りようがないほど自尊心を傷つけられた。

その日からわたしの生活は地獄《じごく》だったわ。兄と父は四六時中わたしを監視《かんし》し、レオミドがわたしの思っているような男ではないとあの手この手で信じ込ませようとした。説得、脅《おど》し、ゆすり、ありとあらゆる手段を使ってきたわ。レオミドもお母さんから同じことをされたそうよ。親たちがいっしょになってわたしたちを引き離そうとしていたのね！　ひどく苦しんだし、どうしてそうなったのかまったくわからなかった。でも、わたしはオーソンやオシウスやマロラーヌのいいなりにはならなかった。レオミドへの愛がすべてだった。わたしたちは味方についてくれた友人たちのおかげで時々会うことができたの。親たちがあらゆる手立てを講じてわたしたちを――レオミドよりはよけいにわたしのほうを――外の世界から孤立《こりつ》させようとしたから、そういう友だちはほんの数人しかいなかったけれどね。わたしはほとんど家にいたわ。匠人の居住地である山の贅沢《ぜいたく》にしつらえた洞窟《どうくつ》で暮らしていたのよ。母はどうすることもできず、わたしを監視していた。次第に横暴になっていった父の脅迫《きょうはく》的な態度に恐れおののいていた。母はレオミドを愛するのをやめるようにわたしを説得するのに手をつくした。でも、どんな言葉もわたしをあきらめさせることはできなかった。まったく逆よ！　レオミドに会わせないようにすればするほど、わたしは彼に会いたくなって、彼を心から愛していると思うようになったのよ。

わたしは家族に幽閉《ゆうへい》されたようになった。まるで檻《おり》に入れられた動物のように、生活はまったく味気ないものになったわ。外に出られるのは、父と兄の厳しい監視がついた時だけ。オーソンはだんだん厳しい人間になった。以前は自分に自信のない少年だったのが、数ヵ月の間に、情け容赦《ようしゃ》のない、凶暴《きょうぼう》で人間味のない青年になってしまった。父のいいなりになり、まったく人が変わってしまったのよ。兄弟のようだったレオミドは宿敵になり、兄と父がしょっちゅう内緒《ないしょ》話をしているのを見ると、その劇的な状況の変化はわたしだけが原因ではないと思うようになったの。気をつけて観察し、聞き耳を立てていると、わたしは、レオミドとわたしの恋愛沙汰《れんあいざた》をはるかに超《こ》える策略の歯車のほんの一部でしかないという気がしてきた。そうしているうちに、自分の疑いが正しかったことを証明する重大な会話をたまたま聞いてしまったの。オーソンと父は権力を掌握《しょうあく》しようと策略を練っていたのよ！　二人が企《たくら》んでいたのはエデフィアの征服《せいふく》ではないのよ！　もっとすごいこと……。マロラーヌが〈外界〉の夢飛翔《ひしょう》を見せたのは本当にうかつだったわ。あなたがたも知っているように、邪悪《じゃあく》な野心を呼び覚ましてしまったから。父と組んだ反逆者《フェロン》たちのグループがエデフィアの民を陥《おとしい》れようとしている危険を知ったとき、わたしは浮《ふ》遊《ゆう》術を使って大急ぎでレオミドの家に飛んでいった。そして、父とその手下がわたしを見つけるまで、レオミドは緑マントの隠《かく》れ家《が》に三日間わたしをかくまっていたのよ。その翌日、オシウスは、岩の輝きのために目がつぶれてしまう〈網膜《もうまく》焼き〉という土地にあるミュルムの秘密結社の洞窟《どうくつ》にわたしを連れて行き、最悪の罰《ばつ》をあたえたの……」

19　最愛の人への無関心

「半透明《とうめい》族の男はわたしが持っていた恋愛《れんあい》感情を最後の一滴《いってき》まで吸い取った。その汚《けが》らわしい生き物は気持ちが悪くなるまで腹いっぱい吸い取ったのよ。タールのような黒い液体が溶《と》けた鼻の穴からたれていたけれど、あんなおぞましいものは見たことがない……。まるで魂《たましい》を全部抜《ぬ》き取《と》られたように感じたわ。わたしの心臓は氷の矢に射抜《いぬ》かれたように凍《こお》りつき、血管から生気が抜《ぬ》けて固くなっていくような気がした。痛みも感じなくなり、ひどく寒かった。恋愛感情を吸い取られることによって、死が訪れ、生が外に流れ出していくような感じ。兄のオーソンですら、そのおぞましさにぼう然としていたようだった。兄と目が合ったのを覚えているわ……。わたしは恍惚《こうこつ》状態の半透明族を見て恐怖《きょうふ》に震《ふる》えていた。洞窟《どうくつ》の隅《すみ》にいた兄は悲痛な表情をして両手をよじっていた。その近くでは、父が無表情に吸い取りの光景を見守っていたけれど、絶対に許せない態度だったわ。目的を達した、というように、目だけが冷酷《れいこく》な光を放って輝《かがや》いていた。父は半透明族に近づいて、鼻に残っていた黒い液体が流れ出るのを小瓶《こびん》に受け、すぐにポケットにしまった。それから、『さあ、これでもうだいじょうぶだよ……』と言いながら、わたしの頬《ほお》をなでた。わたしは父の顔につばをかけてやった。本当は殺してやりたかったけれど、弱った身体で

はそこまではできなかった。父はそでの折り返しでゆっくりと顔をぬぐい、わたしの目をじっと見つめ、一言も言わずに冷たくほほえんだのよ。

翌日、わたしたちは〈クリスタル宮〉にもどった。そして、わたしが受けた仕打ちの結果を知って恐《おそ》れおののいた。わたしはもうレオミドに恋心《こいごころ》をまったく抱《いだ》いていなかったの。〈クリスタル宮〉の廊下《ろうか》で彼《かれ》とすれ違《ちが》ったとき、何も感じないのにぞっとしたわ。わたしが彼を誰《だれ》よりも愛していたことはもちろん覚えていたわ。前日までは、レオミドのことを思うと胸がドキドキしていた。でも、その恋は吸い取られた。わたしは苦しみのあまり気絶してしまった。〈最愛の人への無関心〉のせいで、わたしは生涯《しょうがい》、苦しんだわ。なぜなら、あの日以来、わたしはだれにも恋することができなくなったんですもの。

父が勝ったのよ。そして、あの事件は父と協力していたマロラーヌも喜んだでしょうね。わたしはもうレオミドを愛していなかったから。レオミドはそれをすぐに理解し、わたしを避《さ》けるようになった。わたしの受けた責め苦を彼に話すべきだったのでしょうけれど、それはできなかった。心の底では、そのことを恥《は》じていたからよ。それに、彼の反応が恐《こわ》かったのだと思う。もしレオミドが本当のことを知ったら、血が流されると思っていた。彼はそんなひどいことに罰《ばつ》を与《あた》えずに済ませるような人ではなかったからよ。わたしは沈黙《ちんもく》を守り、そのためにひどいうつ状態に陥《おちい》った。母だけがそれをわかってくれた。父と兄のほうは、マロラーヌを陥《おとし》いれる罠《わな》を綿密に準備していた。二人はわたしのことなんかにほとんど関心を持っていなかったのよ。わたしは好きなところに行けたし、二人が隠《かく》そうともしない会話を聞いたから、世界を征服《せいふく》するために、もうすぐ〈内界〉の門が開かれることがわかったの。

わたしはレオミドに知らせようとしたけれど、彼はわたしが近づこうとするとすぐに逃《に》げたわ。マロラーヌには話をするどころか、会うことすらできなかった。彼女《かのじょ》と父の関係は悪化していたのよ。でも、彼女はわたしの不幸については父と同じくらい責任があるわ。そこで、わたしは、同じように父の冷酷さに苦しんでいた母に相談し、反逆者《フェロン》たちと同時に〈外界〉に出ることにしたのよ。彼らのように世界を征服するためではなくて、幸せも安全ももたらしてくれない土地から単に逃げたかっただけなの。母は迷っていたけれども、ある出来事があったために、わたしといっしょに来る決心をしたわ。つまり、わたしが妊娠《にんしん》したからよ！　レオミドの子どもを身ごもっていたからよ！　もし父が知ったら、その子は父の権力の道具にされてしまう。考えてもごらんなさい。テミストックルの子孫のミュルムと、グラシューズ・マロラーヌの息子の子どもよ！

わたしたちは待っていた。それから数週間後に、〈語られない秘密〉が暴露《ばくろ》され、〈大カオス〉がやって来た。わたしたちの祖国は反逆者《フェロン》たちによって火を放たれ、血が流された。母とわたしは、この混乱に乗じて門まで行った。わたしは、レオミドと若いグラシューズのドラゴミラやほかのいく人かが門を通るのを見た。わたしたちが着いたとき、門はもう閉まろうとしていたわ。わたしは母の手をしっかりつかみ、父の見ている前で門に向かって走ったわ。父は『やめろ！』と叫《さけ》んだけれども、もう遅《おそ》かった！　わたしたちはもう向こう側、〈外界〉に行っていたのよ……。

わたしたちが、静かで豊かな国、ベルギーに放出されたのは運がよかったわ。六ヵ月後に息子のヤンが生まれた。でも、おばあちゃんを知る幸運には恵《めぐ》まれなかった。母は〈外界〉に着いて数週間後に悲しみのあまり亡くなったの。その頃《ころ》はとても辛い時期だった。もし息子がいなかったら、〈外界〉に出た〈内の人〉ならだれでも一度は感じるような亡命の孤独《こどく》に耐《た》えられなかったかもしれない……。わたしはよくエデフィアのことや、門を通《とお》り抜《ぬ》けた人のことを考えたわ。苦しみや恐れ、それに——あなたたちもそうでしょうけれど——自分が〈外の人〉とすごく違《ちが》うことで、常に危険な状態にあるような気がして、本当に孤独だった。でも、努力して順応しようとして、なんとかそこの生活に慣れたわ。ダイヤモンド細工師になって評価されたことで自信と力を得たの。そうして息子を育て、格別に良いことも悪いこともない静かな生活を送っていた。

でも、〈大カオス〉から二十年が過ぎたある日、少しずつ薄《うす》れていた記憶《きおく》を呼び覚ます運命がやって来た。新聞を読んでいたら、才能ある指揮者レオミド・フォルテンスキーについての記事に行き当たったの。はっとしたわ。記事に載《の》っていた写真ですぐにわかった。その時の感情の高ぶりをどう説明したらいいかしら？　まるで、地面が口を開けてわたしを飲《の》み込《こ》もうとしているような感じかしら。この世界の人のように生きようと二十年努力してきたのに、とつぜん、過去がやって来て、『自分の正体を忘れるな！』と言っているみたいに。記事には、その日の夜に、ロイヤル・アルバート・ホールでレオミドの特別コンサートが開催《かいさい》されると書いてあった。

なぜそんなことをしたのかわからないけれど、わたしは急いで空港に駆《か》けつけ、ロンドン行きの飛行機に飛び乗った。でも、ホールに着くと、もう席が売り切れだったのよ！　ショックだったわ。そこで、わたしは死ぬまでするまいと決心し、二十年間しなかったことをしたの。超能《ちょうのう》力《りょく》を使って、罪のないある人のバッグからチケットをかすめとったの。幸いなことに、他の観客からはあまり見えない、目立たないボックス席だったから、人から見られないで観客席を観察するのに都合のいい場所だった。何が待ち受けているのかわからなかったけれど、ナフタリとブルンに気づいたときは、わたしはすっかりのぼせ上がっていた。二列目の席に、堂々とした姿で座っていた。少し離《はな》れたところには、エデフィア時代にわたしが気に入っていた宝石職人のボドキンがいた。仕事でいつもすばらしい宝石を扱《あつか》っているにもかかわらず、偶然《ぐうぜん》にも、わたしがその夜に身につけていたのは彼の作品の一つだった。小さな星型に細工したエメラルドのすばらしいブレスレット。わたしはどきどきしながら、観客席を見回した。とつぜん、明かりが消え、舞《ぶ》台《たい》が明るくなった。レオミドが出てきたとき、心臓が止まるかと思ったわ。彼は観客に向けてお辞儀をしてからオーケストラのほうに向き直った。それから二時間のあいだ、感情の高ぶりと闘《たたか》いながら、レオミドの横顔をじっと見つめていた。ほとんど、変わっていなかった……。

最後に、一人の女性が舞台に上がってきてレオミドにキスした。彼の妻だ、と思ったとき、意外にも心に痛みを感じたわ。結婚《けっこん》して、新たな人生を送っている。当然のことよね……そうしないほうがおかしい。安心すると同時に心が痛んだ。わたし自身がどんなに孤独かということにそのとき気づいたわ。わたしにはだれかを愛する幸せがやって来ることはない。そういうことは考えないようにしていたけれど、お似合いの幸せそうなカップルを目の前にすると、打ちのめされたわ。ぐったりとして席に座ったままでいると、急にささやくような声が後ろから聞こえてきた。『こんばんは……会えてうれしいよ』二十年経っていたけれど、ほかの何百という声に混ざっていたとしても、その声はすぐにわかったでしょうね。兄のオーソンがすぐそばにいた。すっかりうろたえてしまって、振《ふ》り返《かえ》るのをためらった。結局、オーソンのほうが横に来て座って片手をわたしの手に置いたから、そうする必要はなかったのだけれど……。ショックと驚《おど》きで麻痺《まひ》したようになったわたしは、されるがままだった。『わたしたちの共通の友人は、〈内の人〉たちの触媒《しょくばい》のようなものだな。そう思わないかい？』と、オーソンは皮肉っぽく言った。『おまえも知っている人を何人か見ただろう。だが、大事なのはおまえを見つけたことだ。おまえは来ずにはいられないと思ったよ……』オーソンの顔を見ようとついに顔を上げたとき、思わず声を上げたわ。すごく若く見えたんですもの！　それにすごく冷酷そうだった……。オーソンにはよい思い出なんかない。でも、その時、はっきりと憎《にく》しみを感じたわ。そして、彼がエデフィアに戻《もど》りたい動機を知ったとき、その憎しみは倍増した……。エデフィアの門を開けるために一生を捧《ささ》げ、そのために新たなグラシューズを探していた。彼は世界中を飛び回って、全員に近い〈内の人〉を見つけてこっそりと監視《かんし》していた。女の子が生まれるたびに、細かく観察していたのよ。そのなかに新たなグラシューズがいる可能性があるからよ……。わたしに息子が一人いるというと、オーソンは明らかにがっかりしたけれど、わたしはほっとしたものよ。

そんな恐ろしい兄にかかわり合いになるのはいやだった。でも、あのコンサート以来、兄は時々やって来て、彼の調査の進展具合をわたしに知らせるとともに、わたしの周りにグラシューズになりそうな女の子がいないかを調べていた。息子とその妻がゾエをもうけた時、兄はがぜん興味を持って前より頻繁《ひんぱん》にうちに来るようになった。ゾエの血筋からいうと、彼女が次のグラシューズになる可能性は高かったからよ。わたしはそのことをだれよりもよく知っていたから、それを考えると怖くていつも震えていたわ。でも、幸いなことに、その可能性は消え、オーソンはその頃《ころ》発見したオクサに全神経を集中させた。

それでも、わたしの生活は落ちつかなかった。オーソンの誇大妄想的《こだいもうそう》な考え方はわたしをますます不安にさせたわ。彼が危険な男であることは無視できなかったし、彼もそれを隠そうともしなかった。自分の邪魔《じゃま》をする者を殺すことすら躊躇《ちゅうちょ》しないことはわかっていたし、平然と自慢《じまん》げにそう言っていたわ。わたしは大変な過ちを犯したのよ。どうしても計画を実行するというなら、レオミドに知らせると脅《おど》かしたの。新たなグラシューズになるような予感がしたオクサのことが心配だったから、レオミドのところに行って全部話そうと思っていたの。ところが、そうしているうちに恐ろしいことが起きて、そうできなくなった。息子とその妻が飛行機事故で死んだ。わたしにとっては、永久に立ち直れない悲劇よ……」

レミニサンスは唇《くちびる》をわななかせて口をつぐんだ。目は涙《なみだ》に濡《ぬ》れ、下を向いて呼吸が静まるのを待ってから、再び口を開いた。

「その時から、ある疑いがわたしの心に入り込んだの。オーソンが息子たちを殺したんじゃないかって。彼ならやりかねないと思ったの。この考えに、何ヵ月もとりつかれていたけれど、何も言えなかった。わたしはゾエの世話にかかりきりになっていたし、息子たちの死に苦しんでもいたから……。ある日、オーソンがとつぜん、家にやってきた。それまでと同じように、会話は悪いほうへいった。神経がまいっていたから、その疑いのことも話した。レオミドとドラゴミラのところへ行って、すべてを暴露《ばくろ》すると脅かしたわ。その日以来、絵の中に幽閉《ゆうへい》されているのよ」

20 海の丘《おか》

レミニサンスはそこで口をつぐみ、両手を太ももの上にのせ、石のように動かなかった。〈逃《に》げおおせた人〉たちはぼう然とし、彼女をじっと見つめた。彼女《かのじょ》の話にみんな衝撃《しょうげき》を受けていた。フォルダンゴットがしゃくり上げたので、ようやく重い沈黙《ちんもく》が破れた。

「レミニサンス……わたしはほかにどうしようもなかったんだ……」

死人のように青ざめたレオミドがつぶやいた。

「自分を責めないで」

「できなかったんだ！」

レオミドは怒《いか》りのこぶしを握《にぎ》り、大声でどなった。

「過去のことを持ち出すのはやめましょう」レミニサンスが落ちついた態度で言った。「起きたことを変えることはできないのよ。苦しみを背負ったままなんとか生きることを学ばないといけないのよ」

「詳《くわ》しいことは知らなかったけど、ひどい話……」

ショックを受けたオクサはようやくそれだけつぶやいた。

レミニサンスは気持ちを振《ふ》り切《き》るようにオクサを見つめた。それから、顔をしゃんと上げて立ち上がった。

「さあ……先へ進まなければいけないわ。そうじゃないかしら?」

「あの上からの眺《なが》めはすばらしいよ！　だれも見たことのないような眺めだよ！」

ギュスはそう言うと、疑り深そうに自分を眺めているヤクタタズの手を取り、丸い丘の頂上を目指して歩き出した。

「あれ、ということは！　ゾエはレミニサンスとレオミドの孫なんですね！」

ヤクタタズは急に立ち止まって叫《さけ》んだ。

「そうよ……。ヤクタタズ、わたしたちが知ったのはたった四ヵ月前だけどね！」

オクサがからかった。

「四ヵ月?　ああ、それでわたしは知らなかったんですね……」驚《おどろ》いたヤクタタズが言った。

「こいつ、本当におかしいよな！」ギュスが爆笑《ばくしょう》した。

オクサは足を速めた。頂上に着くと、ギュスがすばらしい眺めだと言った意味がわかった。濃《こ》い色のビロードのような無数の丘が見渡《みわた》す限り続く壮大な風景が広がっていた。しかし、最もすばらしいのは、その広大さではない。丘の動きだ。丘が動いているのだ！　眠《ねむ》りを誘《さそ》うような一定のリズムで、海の波のように音を立てて波打っている。丘をおおうヒースが、丘が動くたびにきらきら光り、その一つ一つがうっとりするような柔らかい反射光を投げかけていた。

「わあーっ……海みたい！　飛《と》び込《こ》んでみたくなるよね……」オクサはうっとりした。

「ダメだ！」足を一歩踏《ふ》み出《だ》したオクサの腕《うで》を取りながら、ギュスが言った。「飛び込んだらどうなるかわからないけど、ぼくは止めたほうがいいと思うな……」

「その通りだ」テュグデュアルはその不思議な風景から目を離《はな》せないまま、ギュスに賛成した。

「もし飛び込んだら、肉食植物に食べられるハエのように飲み込まれるような気がするな！」

オクサはぶるっと震《ふる》え、後ずさりした。ギュスがにらむと、テュグデュアルはわざと無邪気《むじゃき》そうにほほえみを返した。

「見ろよ、オクサ！　あの空！」ギュスは頭上を指差した。

オクサは顔を上げてぼう然とした。〈帰り道のない森〉で垣間見《かいまみ》たのと同じような薄紫《うすむらさき》色の空は、無数の紫の光線を発している巨大《きょだい》な円盤《えんばん》――太陽の代わりのようだ――の周りをかなりのスピードで回転している惑星《わくせい》でいっぱいだった。

「ここはどこなんだろ？」見とれているオクサはつぶやいた。

「正確な情報をお知りになりたいですか？」ガナリこぼしが顔を出した。

「もし知っていたら、お願いしたいけど」オクサは疑り深そうに答えた。

「もちろんです。わたしたちは常にイギリス・ロンドンの中心部のやや西寄りにいます。しかし、場所は変わりました。今はビッグトウ広場の一番上の階、古いグラシューズ様の秘密の工房《こうぼう》の中の南側の壁《かべ》、床《ゆか》から一メートル二十センチ、西の角から三メートル二十五センチ、東の角から三メートル四十センチのところです。わたしたちは棚《たな》の上に置かれ、三組の目に見られています」

〈逃げおおせた人〉たちは、ガナリこぼしが薄紫色の空を見上げる視線を追った。

「なんでそんなことまでわかるんだろう？」ギュスは疑り深そうに目を細めた。

「わかりません、若いご主人様。見えるんです！」

円すい形のガナリこぼしはヒースの上で左右に体を揺《ゆ》すりながら答えた。

「あれっ、ホントだ！」とつぜん、オクサがかん高い声を上げた。「ほら、見て！　空に動く影が見える！」

みんなは目を凝《こ》らして空を見上げた。動いたり、近寄ったりする影が空に見える。何かがいるようだ。

「影は空のなかにあるのではなくて、空の向こう側にあるんです、ご主人様！　ほら、ご覧なさい……。そのうちの一つがわたしたちをじっと見ていますよ！」

ちょうどみんなの頭の上で、黒っぽい丸いものが空を暗くした。それから急に顔の輪郭《りんかく》が見えて、みんなはそれがドラゴミラだとわかった。

「バーバ！　バーバ！　ここよ！」オクサがどなった。

しかし、バーバ・ポロックの目は絵の中をじっと目を凝《こ》らして見たが、特に注意を引かれたようではなかった。〈逃げおおせた人〉たちの叫び声や合図は薄紫色の空に吸い取られ、ドラゴミラの目にも耳にも届かなかった……。やがてドラゴミラの顔は消え、みんなはしょんぼりとした。

「現在、わたしたちは丸められて直径八センチの筒《つつ》の中にあり、筒には長さ四十三センチの革ひもがついています」ガナリこぼしが続けた。「古いグラシューズ様は絵を丸め、ブナの木と思われる木製の筒に入れました。わたしたちは、アトリエの秘密の隠《かく》し場所である、古いグラシューズ様のご子息の肖像画《しょうぞうが》の裏にあり、安全です」

「グラノックの隠し場所ね！」オクサが叫んだ。「それなら安心だ！　あれっ、あそこを見て！　森にいた蝶《ちょう》じゃない？」

〈逃げおおせた人〉たちが空をじっと見つめると、優雅《ゆうが》な黒い蝶が丘に近づくにつれて大きくなるのが見えた。

「〈心の導師〉の密使の偵察蝶《ていさつちょう》だ！」ギュスが叫んだ。

「あの蝶を見たことがあるの？」オクサが驚いてたずねた。

ギュスはカラスとの出会いや、そのカラスが教えてくれた貴重で恐《おそ》るべき助言をみんなに話して聞かせた。

「そう……少なくとも、この絵のなかにいるのは、あたしたちだけじゃないってことだよね！」

オクサは絵画内幽閉《ゆうへい》の謎《なぞ》について知っていることをギュスに教えてから、そう言った。

蝶はみんなのところにやって来て、オクサとギュスの話を時々うなずきながら注意深く聞いていた。それから、オクサの前にやって来た。

「逃げなければいけません、若いグラシューズ様！」驚くほど力強いしわがれた声だ。「〈逃げおおせた人〉たちも、逃げてください！」と、ほかの人たちにも言った。「〈虚空《こくう》〉があなたたちを飲《の》み込《こ》む前に早く逃げてください！　若いグラシューズ様を守らなければなりません！」

「あそこを見ろ！　あれは何だ？」

とつぜん、パヴェルがうろたえた声で叫んだ。

「あれが〈虚空〉です！　近づいてきます！　急いで！」蝶がせき立てた。

黒くて巨大な塊《かたまり》のようなものが空もヒースも動く丘も、あらゆるものを飲み込みながらこちらに向かってくる。

「走って！」蝶はさらに追いたてた。

〈逃げおおせた人〉たちは、やっと状況《じょうきょう》が飲み込めたのか、あわてて丘を駆《か》け下りた。みんなの先に立つ蝶は、数十メートル先にある別の丘のふもとにある洞窟《どうくつ》のほうに導いた。

「洞窟に入って！〈虚空〉は入ることができません！」蝶の声が響《ひび》いた。

「ヤクタタズ！」とつぜん、オクサが後ろを振り返りながら声を上げた。「ヤクタタズがいない！」

パヴェルがはっと立ち止まり、下りてきたばかりの丘を登り始めた。

「パパ！　ダメ！　行ったらダメ！」オクサが叫んだ。

しかし、パヴェルはすでに登り始めていた。アバクムがオクサの手を引っぱって洞窟の入口まで来たとき、パヴェルは丘の頂上に着いたところだった。ヤクタタズは怠《なま》け者《もの》という評判通り、まったく動いていなかった。パヴェルはヤクタタズを手荒《てあら》に腕に抱《かか》えた。そして、丘を下り始める前にふと周囲に目をやると、その恐ろしい光景に青ざめて思わず立ち止まった。さっきまで波のようにゆるやかに動いていた丘が、いまは強風に吹《ふ》かれるように激しく動いている。土と植物が混ざったその大波は、〈虚空〉が広がるにつれて暗くなっている空に向けて噴《ふ》き出《だ》しているかのようだ。まるで自然がその異常な運命に必死に抵抗《ていこう》しているかのように。しかし、抵抗は無駄《むだ》に終わり、〈虚空〉がものすごい音を立ててすべての生きたものを飲み込み、容赦《ようしゃ》なく進んでいた。

「パパ！　はやく！」

オクサの叫び声に、ぼう然としていたパヴェルがわれにかえった。目をいっぱいに見開き、パヴェルはびくっとして世界の終末のような光景から目をそらした。そして、くるりと向きを変え、ヒースを飛《と》び越《こ》えながら大急ぎで丘を下りた。すでに全員が洞窟に着いていた〈逃げおおせた人〉たちは、はらはらしながら入口で待っていた。

「パパ！　急いで！」

オクサは身をよじりながら叫んだ。

〈虚空〉はパヴェルとヤクタタズのすぐ後を追いながら勢力を広げている。パヴェルは最後の力をふりしぼって突進《とっしん》した。背中がひりひりして、いまにも火がつきそうだ。オクサははらはらしながら父をじっと見つめていたが、とつぜん、幻覚《げんかく》を見たかと思った。ドラゴンのような長い翼《つばさ》がパヴェルの背中から生え出てきて、きらきらと輝《かがや》いている。四回羽ばたくと、洞窟の入口で仰天《ぎょうてん》しているオクサの目の前に着き、翼は背中の刺青《いれずみ》に戻《もど》った。パヴェルは洞窟の中に荒々しくすべり込んだ。まもなく、洞窟の入口は〈虚空〉に飲み込まれて消えた。外のすさまじい音が急に止み、氷のような冷たい風が洞窟を満たした。

21　ためになる会話

ドラゴミラは大きなため息をつき、木の筒《つつ》を壁《かべ》にある隠《かく》し場所にそっと入れて、ふたを閉めた。パヴェルとオクサがギュスを救うために友人たちとともに絵の中に幽閉《ゆうへい》されたのは二週間前だ。だれにも予測のつかない危険と不確実性に満ちた冒険《ぼうけん》だ。

「長いわねえ……さびしいわねえ……」

ドラゴミラはまた、ため息をついた。

フォルダンゴがやって来て、ドラゴミラの前で両足に交互《こうご》に体重をかけながら、体を揺《ゆ》らし始めた。

「古いグラシューズ様は心に信頼《しんらい》を保有しなければなりません」フォルダンゴがかん高い声で言った。「若いグラシューズ様は波乱を経験されるでしょうが、ほかの〈逃《に》げおおせた人〉たちが保護と安全を与《あた》えるはずです。若いグラシューズ様のお父上――つまり古いグラシューズ様のご子息――がこれまでにない強大な力を生み出されるのです」

「あの子がねえ……。パヴェルはいやいやながらわたしたちの決断に従っているのよ」

ドラゴミラは疑わしげにフォルダンゴを見つめた。

「いやいやながらでも、信念が強くつながれることを妨害《ぼうがい》しません！」

フォルダンゴが反論した。

ドラゴミラはフォルダンゴをじっと観察し、悲しそうなほほえみを浮《う》かべてうなずいた。

「フォルダンゴや、おまえの指摘《してき》には感謝していますよ。いつも謎《なぞ》めいているけれど、いったん意味がわかると、いつだってそれが正しいことがわかるからねえ」

「フォルダンゴは、グラシューーズ様の心のなかに住んでいる真実の察知を有していますので、古いグラシューーズ様は召使《めしつか》いフォルダンゴにあらゆる信頼をおいていただいてけっこうです」

「わかったわ。必ずそうするわ……」と、ドラゴミラが言った。

「しかしながら、古いグラシューーズ様は裏切りが周りをうろついているという情報を得られなければなりません。危険は絵の中だけでなく、外にも存在しています。友人たちが古いグラシューーズ様をだまして、若いグラシューーズ様が絵から出てきたところをつかまえ、絵を所有しようと考えています」

「友人たち？　いったいだれなの？」

ドラゴミラは驚《おどろ》き、青ざめた。

「古いグラシューーズ様はフォルダンゴがそれを知らないことを承知していらっしゃいます。フォルダンゴはそれを知りませんが、感じるのです。あの絵は反逆者《フエロン》たちの荒々《あらあら》しい渇望《かつぼう》を受けるでしょうから、絵を守ることが第一です」

ドラゴミラは隠してある壁のくぼみに心配そうな目を向けた。

「でも、だれもあの隠し場所を開けることはできないわ……だれもね！」

ドラゴミラは震《ふる》えながら言い張った。

「反逆者《フェロン》たちは策略を持っています」フォルダンゴが答えた。「策略と残忍《ざんにん》さが反逆者《フェロン》を〈逃げおおせた人〉たちや古いグラシューズ様よりも強力にしているのです」

ドラゴミラは紫色《むらさきいろ》のビロードのソファに倒《たお》れこむように座り、頭をかしげ、目を半分閉じて考《かんが》え込《こ》んだ。フォルダンゴの言ったことにショックを受けて、うめき声をもらした。ドラゴミラの秘密の工房《こうぼう》にいた生き物や植物たちは、ドラゴミラの考えごとを邪魔《じゃま》しないように、動くのをやめて息をつめて見守った。プチシュキーヌたち——二羽の小さな金色の鳥——はドラゴミラのところに飛んでいって肩《かた》にとまり、じっとしていた。一時間後、ドラゴミラはぐったりした状態から抜《ぬ》け出《だ》し、急に姿勢を正した。

最初からこの様子を見ていたゴラノフはびくっとして、大げさに葉をがさがさと鳴らした。

「古いグラシューズ様の様子からすると、危険はすぐそこに迫《せま》っているんだわ！　わたしたち、みんな死ぬのよ！」

「みんなを怖《こわ》がらせるのはやめろよ、陰気《いんき》なやつめ！」

髪《かみ》をふり乱した生き物がゴラノフをからかった。

「うるさいわよ、ジェトリックス！　わたしがいちばんにやられるのよ！」

ゴラノフが言い返した。

「いちばんにどうなるんだよ？　怖がるのがいちばんってことなら、その通りだけどな！」

ジェトリックスがせせら笑った。

「わたしが貴重な植物だということを忘れているでしょ！　わたしがいなかったら、クラッシュ・グラノックもキャパピルケースも〈まっ消弾〉も、ミュルムの秘薬もできないのよ！」

ゴラノフは葉を震わせながら怒《おこ》った。

ドラゴミラが身震いした。

「いま、何て言った？」

ドラゴミラはゴラノフのほうにかがんで、興奮した様子でたずねた。

「わたしがいなかったら、キャパピルケースも〈まっ消弾〉も、ミュルムの秘薬もできないんです！」ゴラノフの震えは次第にひどくなるいっぽうだ。「史上最悪のゴラノフの犠牲《ぎせい》をもたらしたのは、そのおぞましい薬、ミュルムの秘薬であることを忘れてはいけません！　ミュルムたちは、グラノック学者たちが細心の気遣《きづか》いを持ってわたしたちの汁《しる》を絞《しぼ》ったようにはしませんでした。それどころか！」ゴラノフは怒りのあまり、ぶるっと震えた。「あのひどいミュルムたちは、汁を絞る代わりに軸《じく》に傷をつけたのです！　深い傷を付けられたために、回復できないゴラノフもいました！　またそんな目に遭《あ》うなんていやです！　ぜったいにいやです！」

そう言うと、ゴラノフの葉はだらりとなり、失神した。ドラゴミラは小さなスプレーを取ってきて、ゴラノフの葉の一枚一枚に霧《きり》を吹《ふ》きかけた。

「新しい治療《ちりょう》法ですか、古いグラシューズ様？」

ジェトリックスが、ゴラノフの葉を無造作に一枚持ち上げたが、すぐにだらりと垂れた。

「そうよ……」ドラゴミラはうなずいた。「大事なゴラノフの失神によく効く〈ショック停止剤《ざい》〉よ」

「心配そうですね、古いグラシューズ様……」

ジェトリックスが小さなスプレー瓶《びん》に鼻を近づけながら言った。

ドラゴミラはうなずいた。

「心配よ、ジェトリックス。ゴラノフは中庸《ちゅうよう》ということにはほど遠いけれど、あの誇張《こちょう》のなかには常に真実があるのよ。ゴラノフがさっき言ったことは正しいわ。わたしたちの秘薬にはゴラノフは欠かせない。敵の秘薬にもね。それが問題なのよ……。ミュルムの秘薬のことを、わたしは考えていなかった。ゴラノフはあらゆるものに勝る最も強力な粒子《りゅうし》触媒《しょくばい》だわ。それがどういうことかわかる?」

「わかります、古いグラシューズ様……」

ジェトリックスが頭を振りながら答えた。

「この家にはとほうもなく大事な宝物が四つあるわ。〈クラック画〉、究極の目印の庇護《ひご》者であるフォルダンゴ、マロラーヌのロケットペンダント、それにゴラノフ。この四つの力はすばらしいものだけれど、それがわたしたちの弱みになっているのも確かなのよ……」

ドラゴミラはそう言うと、自分の部屋に続く細い階段を急いで下りた。そして、コントラバスケースから出てから、底板に手を当てた。ドラゴミラの秘密の工房に続くらせん階段が見えなくなった。そして、部屋の奥《おく》にある大きな作業机の上を埋《う》めているものをせかせかと全部取《と》り払《はら》い、仕事にとりかかった。

22　ガナリこぼし、報告せよ！

窓に向いたソファにどっしりと腰《こし》を落ちつけたドラゴミラは、鷹《たか》のような鋭《するど》い目つきでビッグトウ広場をじっと見つめていた。まもなく、予想していたものが現れた。三つの人影《ひとかげ》が通りを横切り、まっすぐ家に向かって来たのだ。すでに夜はふけ、歩道の街灯の光は弱く、家の正面はうす暗かった。

「意外に早かったわね……」

ドラゴミラはこうつぶやくと、立ち上がってコントラバスケースを開け、謎《なぞ》めいたほほえみを浮《う》かべながら中に入った。

「罠《わな》をしかけた者が罠にはまる……」とつぶやきながら、ケースを閉めた。

三つの人影は玄関《げんかん》の階段の前に植わっている低い庭木の間を縫《ぬ》って忍《しの》び寄《よ》り、壁《かべ》にぴたりと張《は》り付いた。

「ドラゴミラがいないのは確かか？」

三つの人影のうち一人がささやいた。背が高くてやせた男だ。

「絶対に確かだ！　ドラゴミラはアバクムのところだし、マリー・ポロックは今夜はゾエといっしょにジャンヌ・ベランジェのところに泊《と》まっている。確かなところから得た情報だ……」

こう答えた男は最初の男より体格がいい。

「彼女《かのじょ》以上の確実な情報源はないでしょうよ！　彼女ほどグループの中核《ちゅうかく》に近い人間はいないんだもの」

三人目の人影は声もシルエットも女性らしかった。

「何もかも計画通りに進めば、あのドラゴミラは何も気づかないはずだ！」

三人は満足そうないやらしい笑い声を小さく上げた。

「かわいそうなドラゴミラと彼女のお人好しの仲間にまもなく不幸が訪れるのをからかうのはもうやめにしておこうぜ」がっしりした体格の男が言った。「もうそろそろ行かないとな！　この仕事にはおれたちの未来がかかっていることを忘れるなよ！」

すると、男二人と女は自分のポケットから小さな箱を出し、白いカプセルを一つずつ取り出して飲《の》み込《こ》んだ。それから、赤レンガに手足をかけ、蜘蛛《くも》のように正面の壁をよじ登った。三階に着くと動きを止め、やせた男が窓の縁にしゃがんだ。すると、その男の体は魔法《まほう》のように窓を通《とお》り抜《ぬ》け、家の中に入っていった。

ドラゴミラはほくそ笑みながら、三人の侵入《しんにゅう》の様子を細いすき間から観察していた。罠は大成功だ！

「何か見つかったかい？」男のうちの一人が聞いた。

「絵を丸めて入れてある木の筒《つつ》があると、母は言ってわ。長さ四十センチ、直径十センチほどだから、隠《かく》すのは簡単じゃないわ。見つかるはずよ……」

三人はクッションを持ち上げたり、引き出しを開けたり、家具の下や後ろに手を入れたりして、ものがあふれたドラゴミラの部屋を隅々《すみずみ》まで探し回った。しばらくすると、ギシギシと音を立てる床板《ゆかいた》に気づいた。

「見つかったみたい……」

女が有頂天になってささやいた。

「床板の下か？　ありきたりだな！」

やせた大きな男が意外そうにつぶやいた。

「ドラゴミラのような女だったら、もっとうまく隠しているはずだがな……もうろくしてるんだろうよ！」がっしりした方の男がせせら笑いをした。「ほら、この板をはがして中を見てみようじゃないか」

三人は忙《いそが》しく手を動かし、ついに長い木の筒を引っ張り出した。

「当たり！」中身を調べた女がささやいた。「わたしたちが頭がいいのか、ドラゴミラが過大評価されているのかのどちらかね！」

「どっちにしても、幸先がいいぜ！」大きな男が締《し》めくくった。「ともかく、ぐずぐずせずに行こうぜ」

三人は窓のほうへ向かい、やって来たのと同じ方法で出ていった。ドラゴミラは三つの影が広場に消えていくのを見届けてから、拍手《はくしゅ》をする真似をしながら満足そうなため息をついた。

翌々日、ガナリこぼしがドラゴミラの秘密のアトリエの天窓をコンコンとたたいた。ドラゴミラは椅子《いす》から立ち上がって窓を開けて招き入れた。

「もう帰ってきたのね、ガナリ」

ドラゴミラはガナリこぼしをやさしくなでてやった。

ガナリこぼしは息を切らしていた。猫《ねこ》のようにのどを鳴らしながら、主人のされるままになっていた。

「おまえが帰ってきてくれてうれしいわ！　さぞたくさん話すことがあるでしょうね？」

ドラゴミラがたずねた。

「その通りです、古いグラシューズ様」と、ガナリこぼしはうなずいた。「しかし、いい知らせではないと思います」

「そうでしょうね、ガナリ、そうでしょうとも……」

ドラゴミラは急に暗い顔になった。

「では、ご報告いたします、古いグラシューズ様。合計三人の侵入《しんにゅう》者は男二人と女一人から構成されています。男二人の名前が判明しました。大きいほうがグレゴールで、ずんぐりしたほうはオスカーです。わたくしたちはロンドンを離《はな》れ、北北西の方角に車で六百二十三キロメートル進み、スコットランドのヘブリディーズ海の海岸に着きました。そこで、船に乗り、海岸から十八キロメートルのところにある、北緯《ほくい》五十七度、西経七度に位置する島に着きました。古いグラシューズ様に申し上げなければなりませんが、わたくしは侵入者によって盗《ぬす》まれた筒の中におりましたので、その結果、不敵なやつらの会話は断片しか聞こえませんでした。その上、古いグラシューズ様もご存知のように、わたくしは乗り物酔《よ》いをします……。車での長い道のりと、南北の海流が流れるヘブリディーズ海を船で横断したことでひどく酔いました。筒の中で吐《は》いてしまいました、古いグラシューズ様……」

ドラゴミラは笑い出し、まったく責めるような様子もなくガナリこぶしをなでた。

「でも、どうやって気づかれないようにしたの？」

「船の横揺《ゆ》れがやっとおさまると、その憎《にく》たらしい三人組は船着場から七百四十三メートル離れた石造りの屋敷《やしき》まで歩きました。わたくしが入っていた筒を持っていた女は階段を三段上がり、長さ六メートル二十センチ、幅《はば》三メートル八十五センチの玄関ホールを抜《ぬ》けました。わたくしたちは部屋に入りましたが、わたくしは、高さ二メートル十センチ、幅二メートル三十センチの暖《だん》炉《ろ》に火が燃えているのを感じました。別の女が三人の男とともに、わたしたちを待っていました。あのいまいましい乗り物のせいで気分が悪かったので、彼《かれ》らの話はよく聞こえませんでした。しかし、みんな非常に満足そうでした！　やつらが筒を開けたので、わたくしは殺されるのではないかととても怖《こわ》かったのです。ところが、わたくしのおう吐《と》物の臭いが筒から漏《も》れ出たので、ひどい臭《にお》いだと文句を言い合いました。しかし、やつらに興味があるのは絵です。非常に用心深く絵を取り出しました。やつらが絵に気をとられている間に、わたくしはテーブルの上に置かれた筒から抜け出したのです。わたくしは部屋の隅に隠れ、ひどい吐き気にくらくらしていました。危ういところで助かりました。というのは、その直後にオスカーが筒を手に取って、テーブルに跡《あと》がついている新しいおう吐物がどこから出て来たのか調べ始めたからです。すぐに、やつらは周りを探し始めました。『何かあるに違《ちが》いない！　隅々までよく見なさい！』と、女が言いました。わたくしはカーテンの後ろに隠れていたので何も見えませんでしたが、声はよく聞こえました。そうして家から出る方法を考えていました。それから、とつぜん、大きな叫《さけ》び声《ごえ》が聞こえました。女がこういうのが聞こえました。『お母さん、どうしたんですか？』。次にもう一人の女が叫びました。『だまされた！　ドラゴミラの罠にはまったわ！　これはあの絵じゃない！』わたくしから四十二センチメートル離れていたオスカー――彼はそのことは知らないでしょうが――がわめきました。『どういうことです？』すると、女が答えました。『ご覧なさい、これはにせものよ！　当たり前だわ、あまりに簡単すぎたわ！　あの鬼《おに》ばばあはこういうことが起きると予想していたんだわ……やられたわ……ううっ！』女は怒《いか》りのあまり、筒を取って部屋の北側の隅に向かって三メートル八十センチ先に投げつけました。その時、急にわたくしを守っていたカーテンが開くと、背の高いやせた男、グレゴールが目の前にいました。わたくしは勇気をふりしぼって、五メートル四十センチ以上離れているドアに向かって駆《か》け出《だ》しました。『つかまえて！　逃がすんじゃないわよ！』と、第二の女がどなりました。全員がわたくしを追いかけてきました。わたくしは必死に飛びましたが、羽はひどく痛み、またひどい吐き気がしてきました。そして、玄関ホールに出ると、別の部屋から時速四十五キロメートルの風速の西南西の風が吹いてくるのを感じました。同時に、あのひどいやつらはグラノックを発射し、首謀者《しゅぼう》らしき女の浴びせたノックパンチでわたくしは玄関ホールの南側の壁にたたきつけられ、やられそうになりました。つかまることの恐怖《きょうふ》と、古いグラシューズ様への忠誠心がわたくしを救ったのだと思います。風がやってくる部屋に急いで行き、わたくしがやっと入れるほどの大きさ、つまり直径約七センチメートルの通風管を見つけたのです。ちょうどわたくしの体全体が管の中に入ったとき、少なくとも時速二百三十キロメートルの激しい風を感じました。あのいやな女が〈竜巻弾《たつまきだん》〉のグラノックを発射したところでした！　幸いにも、わたくしはすでに管の中に入っていましたから、十二秒後に外に出られました。それからは、一生懸命《いっしょうけんめい》に羽ばたいて、できる限り早く古いグラシューズ様のもとに帰ってきたのです。わたくしの果たした任務が不完全であったことはわかっております。で、恥《は》ずかしいです。わたくしのざっとした報告をお許しくださいますか、古いグラシューズ様？」

「もちろんよ、ガナリ」ドラゴミラは奇妙《きみょう》なほほえみを唇《くちびる》に浮かべて言った。「おまえは完璧《かんぺき》だったわ。まったく完璧よ。その女がだれだったか見たの？」

「古いグラシューズ様、吐き気を催《もよお》した状態でも、わたくしはその女反逆者《フェロン》の正体を見逃《みのが》しませんでした」ガナリこぼしは自信ありげに答えた。

「その名前を教えてくれる？」

ガナリこぼしは周りを見回し、口をポカンと開けたままでいる生き物全員を見回した後、その大きな円すい形の体を決まり悪そうに揺らした。そして、きらきら輝く目を細めて考えつめているようだったが、ついに決心したらしい。それからドラゴミラのところまで飛んでいって肩《かた》にそっととまり、ある一つの名前を耳元にささやいた。ドラゴミラは青ざめ、胸に手を当てながらしわがれたうめき声を上げた。

23 ドラゴミラの長年の友

勇敢《ゆうかん》なガナリこぼしがヘブリディーズ海での出来事を話し終えるやいなや、三人の人間がポロック家の玄関《げんかん》から音もなく侵入《しんにゅう》した。ドラゴミラは驚《おどろ》いていなかった。その日の午後半ばあたりからビッグトウ広場を交代で見張っていた三人を窓から見ていたので、こうなることは予想していたのだ。日が暮れると、三人は大胆《だいたん》に行動し始め、だれも家に出入りさせないように家の入口で監視《かんし》していた。二階の寝室《しんしつ》で寝《ね》ているマリーは別として、ドラゴミラは午後から家に一人でいた。ゾエはレストランでジャンヌの手伝いをしていた。つまり、ゾエは安全だ……。

玄関前にいる三人の人影《ひとかげ》がよく見えるように、ドラゴミラは家の中の電灯をすべて消していた。それからせん階段を下りて、壁《かべ》に取り付けてあるコントラバスケースのふたを注意深く閉めた。ドラゴミラは黒いろうそくに火をつけた。そして、くすんだ金色のサテンのひじ掛け椅子《かいす》に脚《あし》を組んで座ると、両手をひじ掛けにぴたりと置き、怒《いか》りに満ちたある決意を持ってじっと待っていた。

しばらくすると、二人の女が、やせて冷淡《れいたん》そうな背の高い男とともに、ドラゴミラの部屋に入ってきた。三人ともうす暗いのに驚いて、目をしばたいていた。部屋は家具や丸テーブルや低いテーブルや椅子、絵画、置物などでいっぱいだったので、三人はどこを探せばいいのかわからなかった。この雑然とした雰囲気《ふんいき》はゆらめくろうそくの弱い光によっていっそう強調され、部屋全体を不穏《ふおん》な感じに見せていた。男はクラッシュ・グラノックを取り出しながら言った。

「このがらくた部屋を明るくしてやる」

「そんなことはしなくてもいいわ！」

ドラゴミラの声が響《ひび》きわたり、三人は思わずびくっとした。

発光ダコがその十一本の足で光を放出し、三人だけを明るく照らし、ドラゴミラは暗がりのなかにひそんでいるようにした。

「やっぱり、あなただったのね……」ドラゴミラは三人のうち真ん中にいる女に向かって押《お》し殺した声で言った。「長年の友人だったあなたがね……。信じたくなかったわ。この恐《おそ》ろしい事実から逃《のが》れる最後のチャンスをあなたにあげたかった。どうして、メルセディカ、どうしてなの？」

きつい顔をした黒髪《くろかみ》の背の高い女は、普段《ふだん》よりさらに高慢《こうまん》そうにあごをぐっと上げ、ドラゴミラの声が聞こえてくる部屋の奥《おく》をじっと見つめた。

「わたしの大切なドラゴミラ……」女は冷たく言い放った。「事実って言ったけど、事実っていう言葉の意味がわかっているの？　あなたって、どうしようもないほどお人好しになる時があるのよね……。人生が優しさと愛だって、まだ信じてるわけ？」

「そういう幻想《げんそう》を捨てたのはもうずっと前よ、わたしの大切なメルセディカ。正確に言えば十三歳《さい》のとき、母がオシウスに虐殺《ぎゃくさつ》されたのを見たときにね……」と、ドラゴミラは言い返した。

「あら、オシウスといえば」メルセディカが意地悪くさえぎった。「彼《かれ》の孫、つまりオーソンの長男を紹介《しょうかい》するわ！」

暗がりのなかでドラゴミラは顔をゆがめた。両手はひじ掛けに張り付いたように固まり、背中に戦慄《せんりつ》が走った。あの地下室で〈まっ消弾《だん》〉を浴びたオーソン・マックグローが崩壊《ほうかい》する光景が浮《う》かんできて、心の痛みがよみがえった。グレゴールがドラゴミラに注ぐ冷やかな視線は、これから熾烈《しれつ》なことが起きるだろうと予感させた。

グレゴールは父親にそっくりだった。いかにも冷酷《れいこく》そうな態度、背が高く暗い雰囲気、強大な力がありそうな印象も同じだ。ドラゴミラは湧《わ》き上《あ》がってくる恨《うら》みがましい気持ちをなんとか抑《おさ》えようとした。

「それに、長い間会ってはいなかったけれど、娘《むすめ》のカタリーナも覚えているでしょうね……」と、メルセディカが続けた。

ドラゴミラはメルセディカの横にいる若い女を見つめた。二、三年前に会ったときとはずいぶん変わっていた。分厚いまつげに縁《ふち》どられた大きな目、肩《かた》にかかる豊かで美しい髪、母親から受《う》け継《つ》いだ自然な優雅《ゆうが》さや女らしさが、きつく冷酷そうな顔と対照をなしていた。

「あなたによく似ているわ。たぶん、あらゆる意味でね……」ドラゴミラは辛《しん》らつな調子で言った。「でも、あなたがここにいるのは、表敬訪問というわけじゃないでしょ……」ドラゴミラはいまや敵となった女だけに向けて言った。

「そう思ってもらってもいいわ」メルセディカが言い返した。「いずれにせよ、わたしに絵をお渡《わた》しいただくよう最大の礼儀《れいぎ》をもってお願いしますわ、ドラゴミラ！」

そう言うと、メルセディカは暗がりのなかで固まっているドラゴミラがいる奥のほうへ足を踏《ふ》み出《だ》した。ドラゴミラは自分の長年の友人と自分自身に対して怒りが煮《に》えたぎっていた。どうしてメルセディカの裏切りをついさっきまで知らずにいたのだろう？　いつからだまされていたのだろう？　いずれにしても、メルセディカがうまく隠《かく》していたのは明らかだ。だれも気づかなかったのだから。疑り深いレオミドも、勘《かん》の鋭《するど》いアバクムも。

「どうしてこんなことをするの、メルセディカ？　どうして？」裏切られたことへの激しい失望を感じながら、ドラゴミラはうめくように言った。

メルセディカがいら立ったようにため息をついたことで、ドラゴミラはよけいに傷ついた。メルセディカは化粧《けしょう》の濃《こ》い大きな黒い目を細め、挑発《ちょうはつ》するように答えた。

「別のグループを選んだのよ、ドラゴミラ。勝つほうのグループをね」

「どういう意味かしら？」

ドラゴミラは間髪《かんぱつ》入れずに聞き返した。

「わたしはあなたやあなたの仲間と同じ野心を持ってはいないの、それだけのことよ！」

メルセディカはかみつくように言った。

「わたしの仲間は少し前まではあなたの仲間だったじゃないの……」

「共通点がほとんどないのに、仲間って言えるかしら？」メルセディカは冷たく言い放った。

「わたしの仲間――本当の仲間、と言わせてもらうわ――は、同じ野心と同じ世界観を持っているのよ。それは、あなたやあなたの仲間のとは違《ちが》う。どうして〈逃《に》げおおせた人〉たちがすぐにエデフィアに帰らないのかって、あなたのかわいいオクサが聞いたときに、あなたがとても的確な答えをしたのを覚えている？　オクサはあなたたちがぐずぐずしているのが理解できなかった。それに対して、あなたは、年齢《ねんれい》のせいで体力的に準備ができていないと答えた。わたしは、あなたがもっと根本的な別なことを考えていると思っていたわ。あなたたちはみんな、自分たちの心を支え、熱狂《ねっきょう》させるばかな希望を持っているけれど、心の底ではばかげた望みだと思っているでしょ……。希望だけじゃあ、どうしようもないのよ。本当は、エデフィアで待ち構えているものには到底《とうてい》かなわないとわかっているんでしょ？　その通りよ！　わたしは強い方に付きたいのよ。そうすれば、必ず勝てるでしょ！」

「勝ってどうなるというの？」ドラゴミラがどなった。

「勝ってどうなるか？　また質問ね。わたしの大切なドラゴミラ、力と富よ！　権力よ、ドラゴミラ、権力なのよ！　わたしたちがエデフィアに置いてきたものを覚えている？　わたしたちが持っている可能性がどういうものかわかってるの？　わたしたちがどんなに優れているか、考えたことがある？」

「あなたはあいつらといっしょね……」

「そうよ！　それを誇《ほこ》りに思っているわ！　あの強力な民族に属していることを誇りに思うわ！」

「どうして力や富がもっと欲しいの？　いまのままでは不十分なの？」

「〈外界〉の生活で、現状に決して満足してはいけないと学んだのよ」

メルセディカはさらに近づきながら、つっけんどんに答えた。

「わたしは全く反対のことを学んだわね！」ドラゴミラは姿勢を正しながら言い返した。「近づかないで、メルセディカ！」

その警告にもかかわらず、メルセディカは片腕《かたうで》を前に伸《の》ばし、しっかりとした足取りで前に進んだ。指先がパチパチと音をたて、青味がかった光の筋が、古びた金色の肘掛け椅子の方向に放たれようとしていた。しかし、三人の招かれざる客が驚いたことに、ドラゴミラはそれより早くメルセディカに思いがけなく強力な〈ノックパンチ〉を浴びせ、メルセディカは部屋の反対側の壁にたたきつけられた。あまりの衝撃《しょうげき》の強さに、彼女の完璧《かんぺき》なシニョンを作っていたヘアピンがあちこちに飛び散った。カラスの羽のように黒い髪がほどけ、メルセディカの顔が前髪で隠れた。

カタリーナはびっくりして意識を失った母親のもとに駆《か》け寄《よ》り、グレゴールは猫《ねこ》のような驚くべきしなやかさで、ドラゴミラが立っている暗がりに跳《と》んできた。ドラゴミラはとっさに反応する時間がなかったので、グレゴールのとび蹴《げ》りをまともに受けた。そのスピードと体重で二人は頭から床《ゆか》に倒《たお》れた。グレゴールは太ももを万力の代わりにしてドラゴミラを押さえつけた。それから彼女のほうにかがみ込んで、手首を押さえつけ、ドラゴミラの顔に吐《は》き出《だ》すように言った。

「メルセディカの言うとおりだ。おまえたちは力不足だ。わかってるだろうな！　さあ、絵をよこせ。今度は本物だぞ！　無用な苦痛は避《さ》けたほうがいい、ばかな死に方もな……」

ドラゴミラは思わず体を震わせた。恐ろしく父親によく似た残酷《ざんこく》な男への恐怖《きょうふ》と嫌悪《けんお》感からだ。若い頃《ころ》のオーソンの顔が目に浮かんだ。優しく弱々しかった少年の思い出が陽炎《かげろう》のように立ち上り、すぐに消えた。

「そこまではできないでしょう……」ドラゴミラはあえて言った。

グレゴールは不気味にせせら笑った。

「どうしてそんなことが言えるんだ？　あんたは手下に親父を殺すよう命令したじゃないか！」

グレゴールはいっそう声を荒《あら》げた。

「どうして……どうして知っているの？」ドラゴミラは声を詰《つ》まらせた。

「あんたが親父を殺したんじゃないことを、どうしておれが知ってるかって？」ドラゴミラの耳にそうささやきながら、グレゴールはしばらく考えた。「想像させてやるよ、そのほうがおもしろいだろ？　あんたなんか必要ないんだよ。必要なのは若いほうだ。超能力《ちょうのうりょく》が遠い思い出になっているような年寄りの魔法《まほう》使いなんかいらないんだよ」

怒《いか》り狂《くる》ったドラゴミラは、グレゴールの体重と握力《あくりょく》にもかかわらず、超人的な力を発揮して体をくるりと回した。不意をつかれたグレゴールは作業台に打ちつけられ、倒れた拍子にガラス瓶《びん》や金属の道具ががちゃがちゃと床に落ちた。ドラゴミラは急いで立ち上がり、クラッシュ・グラノックを取り出してグラノックを発射した。グレゴールは恐怖のうめき声を上げた。手に〈腐《ふ》敗弾《はいだん》〉を浴びたのだ！　たちまち皮膚《ひふ》が腐《くさ》り始めた。

「年寄りの魔法使いからのお土産よ！」ドラゴミラは勝ち誇ったように言った。

グレゴールが痛さで床をのたうち回り、メルセディカが少しずつ意識を取《と》り戻《もど》している間、カタリーナも攻撃《こうげき》に打って出ようと決めたらしい。ドラゴミラは胸のど真ん中に〈竜巻弾《たつまきだん》〉を受けた。小さいが強力な竜巻の中に閉《と》じ込《こ》められたドラゴミラは息を切らしながらぐるぐる回り、あちこちにぶつかった。家具や壁などあらゆる物がドラゴミラを痛めつける武器に変わった。竜巻の勢いを止めることができず、テーブルの角にぶつかり、自分が吹《ふ》き飛《と》ばした額縁《がくぶち》の破片で傷を受け、手に触《ふ》れるものをつかもうとして怪我《けが》をした。ドラゴミラは自分の周りをぐるぐる回る激しい風の方向に対抗《たいこう》しようと、力をふりしぼって反対側に体を傾《かたむ》けた。「人間独楽《ごま》……」オクサの好きな技だったと思いながら心のなかでつぶやいた。

おかげで〈竜巻弾〉の威力《いりょく》はすぐに弱まったが、不運なことに、そのことに最初に気づいたのはメルセディカだった。彼女はドラゴミラに跳びかかり、あまりに強く壁に押し付けたものだから、ドラゴミラは壁に体がのめり込むかと思った。体じゅうの骨がひどく痛み、追いつめられた無力さと苦痛のためにうめき声を上げた。メルセディカはドラゴミラの両手を壁に押し付け、その体を押しつぶそうとするかのように、さらに体重をかけてきた。ぞっとするような冷たい表情のカタリーナと、さげすむような表情の凶悪《きょうあく》なグレゴールが近づいてくるのが見えた。グレゴールはドラゴミラがこれまでに感じたことのない強烈《きょうれつ》なパニックを引き起こした。さっき〈腐敗弾〉によって生じた腐敗がすでに消えようとしていたのだ！　腕《うで》にはかさぶたのようなかすかな傷が残っているだけだ。グレゴールは不敵なほほえみを浮かべてさえいた。その腕をドラゴミラの鼻先にこすりつけると、こうささやいた。

「驚きだろ！」

そして、墨《すみ》のように黒い瞳《ひとみ》でドラゴミラのブルーの目をじっと見つめ、こうつけ加えた。

「あのグラノックを受けてすごく痛かったことは認めるよ。だが、あんたのうろたえようとパニックを見たら、ちょっとぐらい痛い目にあった価値はあったな！　おい！　ドラゴミラ・ポロック……おれが何者か忘れたわけじゃないだろうな！　テミストックルの血が流れてるんだぜ。それがどういう意味か、おれやおれの一族があんたたちよりどれほど優位に立っているか、わかるか？　今度こそはわかっただろう……」

グレゴールはドラゴミラを見つめたまま、愉快《ゆかい》そうにせせら笑った。とつぜん、物音が聞こえた。みんなが音のするほうを向いた。コントラバスケースが開き、フォルダンゴの丸い頭が現れた。ドラゴミラはメルセディカの重みの下で体をこわばらせ、思わず叫《さけ》んだ。

「ダメよ！」

「いいじゃないか、ドラゴミラさん！」グレゴールが言い返した。

主人が動けなくなっているので、フォルダンゴが両手のこぶしを握《にぎ》りながら隠れ家から出てきたのだ。

「古いグラシューズ様は命令を与《あた》えられたのです。あなたがたには、それを回避《かいひ》する力はありません！」フォルダンゴがどなった。

グレゴールは答える代わりに片手を伸ばして、容赦《ようしゃ》のないノックパンチを食らわせた。フォルダンゴは丸テーブルに激しくぶつかり、頭をスチールの脚でしたたかに打った。そして、叫び声を押し殺しながら、意識を失って床に倒れた。

「この生き物を連れて行かないといけないわ、グレゴール……究極の目印の庇護《ひご》者なのよ」と、メルセディカが言った。

ドラゴミラは怒りにまかせてメルセディカをふりほどこうとしたが、無駄《むだ》だった。メルセディカの締《し》め付《つ》けのほうが強かった。グレゴールはフォルダンゴに近づいた。彼がフォルダンゴを抱《だ》きかかえようとかがんだとたん、二羽のプチシュキーヌが部屋の奥から飛び出してきて、グレゴールに襲《おそ》いかかった。両方の耳に一羽ずつが入り、くちばしで耳の穴を激しく突《つ》いた。グレゴールは耐《た》えられない痛みに、両手を耳に当てながらうなり始めた。その騒《さわ》ぎにまぎれて、意識を取り戻したフォルダンゴはさっと立ち上がって部屋から逃げた。

「ちぇっ！」メルセディカは舌打ちをした。「しょうがないわ……クヌット夫婦がもうすぐ来るから、その前にことを済ませておくとなると、フォルダンゴを探している暇《ひま》はないわ……。でも、究極の目印の庇護者の代わりに、少なくともこれを手に入れられるわ！」メルセディカは、有頂天になってマロラーヌのロケットペンダントをドラゴミラの首から引きちぎった。

「あんたが持っててても何にもならないわよ！」

ドラゴミラは痛みに顔をゆがめながらどなった。

メルセディカは冷やかな笑いに口をゆがめた。

「心配しなくてもいいわ、わたしの大切なドラゴミラ、うまく使うから！　さあ、聞くのはこれが最後よ。絵を渡しなさい！」

「いやよ！」ドラゴミラはどなった。

「そんなら、あんたの助けなしで探してみせるわよ！」メルセディカは脅《おど》すような口調で言った。

「見つかりっこないわよ！　ここにはないんだから！」

この言葉に、三人の反逆者《フェロン》たちはうろたえた。メルセディカは眉間《みけん》にしわを寄せてグレゴールを見た。そして、真っ赤なマニキュアをした指で前髪をかき上げると、ドラゴミラにけしかけるように言った。

「はったりね！　みんなが絵の中に入って以来、あんたの行動はすべて監視しているのよ。絵がこの家から持ち出されていないのは確かだわ……」

「確信というのは必ずしも確実ではないわ……」

ドラゴミラはメルセディカをにらみ返した。

「お義母さま、どうかなさったの？」

とつぜん、部屋の外から声が聞こえてきた。

一つ下の階から車椅子《くるまいす》に乗ったマリー・ポロックがドラゴミラを呼んでいた。ドラゴミラとメルセディカの目が会うと、彼女はメルセディカの頭に恐ろしい考えが浮かんだことを悟《さと》ってうろたえた。

「カタリーナ。グレゴールが探し物をしている間に、お前は降りていってマリーに心配しないように言ってくれるかい？」メルセディカはさもうれしそうに頼《たの》んだ。

ドラゴミラはあざやかな鉄拳《てっけん》を食らって意識を失う前に、グレゴールがコントラバスケースの中に入っていくのをちらりと見た。

24 あやしまれない隠《かく》し場所

グレゴールがドラゴミラの秘密のアトリエを荒《あ》らしている頃《ころ》より数時間前、メルラン・ポワカセは、友人のオクサ・ポロックの祖母から預かった木の筒《つつ》に神経質そうに目を向けていた。彼《かれ》の机の上に置かれた筒はまったく変哲《へんてつ》のないもので、中身が非常に重要なものだとはだれも思わないだろう。しかし、中に丸めて入れてある絵には何人もの命がかかっているのだ！　オクサの命もだ！

あのグレーの目で見つめられるとドキドキしてしまう、あのすばらしい女の子の命が……。これまでに会ったことのないようなきれいな女の子だ。一番きれいで、気性が激しくて、魅力《みりょく》的だ。あんな子に会うことはおそらく一生に二度とないだろう。制服を着心地悪そうに着ていたオクサを初めて見たときから、彼女《かのじょ》はほかの人とは違《ちが》っているとわかった。こっそりと観察していると、彼女が特殊《とくしゅ》な力を持っているのだと確信した。オクサはいやいやながら、最後にはそれを認めた。しかも、ギュスの忠告にもかかわらず、オクサはメルランに家族の秘密を明かしたことを後悔《こうかい》していなかった。彼はだれにもしゃべらなかった。人前でそれをほのめかすことも、言外に匂《にお》わせることも決してしなかった。そういう態度に、オクサや彼女の家族はメルランに信頼《しんらい》を寄せていた。

その日に電話が鳴ったときも、そのことは見事に示された。メルランが受話器を取ると、思いがけず、オクサの風変わりな祖母、ドラゴミラ・ポロックだった。ドラゴミラはあわてているようで、呼吸がせわしなく、まるでだれかに聞かれるのを恐《おそ》れているように低い声で話した。しかし、会話はごく普通《ふつう》のありふれた内容だった。

「オクサの部屋を片付けていたら、あなたの本が何冊かあったのよ」と、ドラゴミラは言った。「それを返しにいってもいいかしら？　夏休みの間にあなたが必要かもしれないし、オクサはもう休暇《きゅうか》旅行に行ってしまったのよ……」

「ぼくの本ですか？」オクサから旅行に出かける話なんて聞いていないなと思いながら、メルランは答えた。

「そうなのよ！　持っていってもいいかしら？　あなたの家の近くに住んでいる友人を訪ねないといけないし……」

ドラゴミラは差《さ》し迫《せま》ったような調子で繰《く》り返《かえ》した。

「ええ……いいですよ」

メルランは、ドラゴミラが何か大事なことを伝えたいのだと思いながら同意した。


三十分後、ドラゴミラはポワカセ家のサロンで神経質そうに紅茶を飲んでいた。メルランの両親は仕事で留守だった。彼は一人で、ギュスの失踪《しっそう》からガナリこぼしの報告まで、この数日間の出来事について話すドラゴミラの相手をした。もちろん、オクサや勇気ある〈逃《に》げおおせた人〉たちが絵画の中に入ったことも……。メルランはその話にあわてふためいたけれども、ドラゴミラが手渡《てわた》した筒に入っている〈クラック画〉を隠すことをすぐに承知した。

「わたしたちのなかで絶対に疑われないのはあなただけなのよ……」と、ドラゴミラは言った。

「だれにも後をつけられなかったのは確かですか？」

とつぜん降って湧《わ》いた重大な責任にメルランは震《ふる》えていた。

「だいじょうぶよ！」ドラゴミラは自信ありげに答えた。


しかし、ドラゴミラが帰ってからしばらくすると、メルランは自分のことがばれているのではないかと疑わないわけにはいかなかった。自分の部屋のカーテンをほんの少しだけ開け、通りの向かい側にあるティーサロンのテラスのほうを見た。あの男はまだいた。二時間経ってもまったく動いていない。コーヒーを何杯《ばい》も飲みながら、メルランの家の玄関《げんかん》をじっと見つめている。ひょっとしたら、偶然《ぐうぜん》か、ポロック家の最新の秘密情報に興奮しているメルランの想像力のなせる技かもしれない。しかし、メルランはそうは思わなかった。あの男はこの家を監視《かんし》している。ドラゴミラが来たことを男は知っている。それなら、どうしてあそこに座って、コーヒーをちびちび飲みながら待っているのだろう？　もし、〈クラック画〉を盗《ぬす》みたいのなら、できるだろうに。簡単なことだ！　家に入ってきて、メルランの部屋に行き、頭をなぐるか、椅子《いす》に縛《しば》り付けて――あるいは殺して！――しまえばいいことだ……。

「ああっ！」

玄関のチャイムが鳴ったとき、メルランはびくっとし、なんとか叫《さけ》び声《ごえ》だけは上げないようにした！　チャイムがこんなに不気味に聞こえたのは初めてだ。メルランは反射的に窓の外を見た。

「ああ……まさか‼」

男はティーサロンのテラスから消えていた！　当たり前だ！　玄関の向こう側に立って呼《よ》び鈴《りん》を押《お》しているからだ！　いずれにしても、メルランはそう確信していた。用心して部屋から出て、すりガラスのはまった玄関ドアのほうを思い切って見た。大きな人影《ひとかげ》がドア全体をおおっている！　メルランは脚《あし》が震え、額に汗《あせ》がにじんでくるのを感じた。ぜったいにここにいてはいけない！　くるりと向きを変えて部屋にもどり、木の筒をリュックサックに放《ほう》り込《こ》み、家の奥《おく》にあるバスルームに向かった。それから、バスタブの縁《ふち》に立って、裏庭に面した小さな窓を開けてまたいだ。歯がガチガチ鳴っている。足の下の高さに一瞬《いっしゅん》すくんだが、すぐにそれよりも重大な問題がさしせまっていた。男が家の中に入ってきたのだ！　重い足音が階段を上がってくるのが聞こえた。もし見つかったら、絵を取られて、オクサもさらわれてしまう！　メルランは雨どいにつかまり、レンガに足をかけて壁《かべ》づたいに下りていった。

「息子だって？　本当かい、メレディス？」

「ええ、そうです。入口《エントランス》にいらっしゃいます」

「すぐ行くよ！」

　エドミュン・ポワカセは、かの有名なビッグベンの階段を急いで上っている観光客をかき分けて進んだ。メルランの父親は気性の激しい、貫禄《かんろく》のある男だった。ロンドンを愛するあまり、この数年間のうちに彼はほとんどロンドンっ子になりきっていた。フランス人であることを自分でも忘れているかのようだ。ごくたまにイントネーションでフランス訛りがわかる程度で、職場の同僚《どうりょう》や友人たちはその訛りを好ましいとさえ思っていた。そういう具合なので、受付で待っていた息子に話しかけたのも英語だったが、完璧《かんぺき》なバイリンガルのメルランには全く苦にならなかった。

「こんなところで何をしているんだ？」

　エドミュン・ポワカセは息子にたずねた。

「あのさ、職場にパパを訪ねてみたかったんだ！」メルランは努めて快活に答えた。「嘘かと思うかもしれないけど、退屈《たいくつ》してたから、急にビッグベンが見たくなったんだ！　長いこと来てなかったもんね……」

「それじゃあ、小言を言うのはやめておこうかな！」

ポワカセ氏は息子の巻き毛の髪《かみ》をくしゃくしゃにしながら言った。

「大時計を見に連れてってくれる?」

「もちろんだよ!」

エドミュン・ポワカセはにっこりしながら、息子を大時計に続く迷路のような階段に連れて行った。メルランには脱出《だっしゅつ》劇のショックが残っており、まだ胸がレモンを絞《しぼ》るように締《し》めつけられているような感じがした。上に上がると、幅《はば》の狭《せま》い窓から国会議事堂であるウェストミンスター宮殿《きゅうでん》や、やや遠くにはセント・ジェームズ・パークといったロンドンの街が見えた。この街のどこかに自分を探している男がいる……。メルランは木の筒をリュックの上からそっとさわってみた。ドラゴミラはとてつもない大きな責任を自分に託《たく》したものだ。メルランはここにある〈クラック画〉に閉《と》じ込《こ》められているオクサのことを思った。彼女がこんなに近くにいるのは初めてだ……。それに、彼女の運命は自分にかかっている! 思わず目まいがしそうになり、階段を上る足を止めて手すりにつかまった。

「だいじょうぶかい?」父親が心配そうにたずねた。

「うん、だいじょうぶ、パパ!」

メルランはできるだけのん気そうに答えた。なんて芝居《しばい》が上手なんだろう……。頭のなかは混乱しきっているのに。

メルランは家を出たとき、マラソン走者のように一定のリズムで走りながら、必死に考えた。〈クラック画〉をどこに隠《かく》せるだろう? 聖プロクシマス中学校? とんでもない! 反逆者《フェロン》が目をつけそうな場所だ。駅の手荷物預かり所は？　悪くはないが、安易すぎるかもしれない。絶対に安全なところでなければならない。「そうだ！　あそこだ！」メルランはとつぜん、大声を上げた。そして、少し後戻《あともど》りして、国会議事堂にまっすぐに向かった。ビッグベンの下まで来ると、ひとりでにほほえみが浮《う》かんだ。

「心配するなよ、オクサ！　ここならだれにも見つかりっこないさ！」

メルランはリュックを軽くたたきながらつぶやいた。

ビッグベンはイギリスで最も有名な観光地の一つだ。ところが、メルランは毎日何百人と訪れる観光客より恵《めぐ》まれていた。というのは、父親が大時計の技術者で、しかも数ヵ月前に、人もうらやむビッグベンの鐘《かね》の管理者に就任したばかりだった。つまり、彼ともう二人の管理者しか入れない部屋に入ることができるというわけだ……。

「すこしの間、ここにいてくれるかな。ちょっとジェームズに用事があるんだ！」

「いいよ、パパ。あとでね！」

メルランは歯車のたくさんある巨大《きょだい》な時計機械室に一人取り残された。色ガラスのはまったいくつかの小さな窓から、世界一有名な大時計の針が見えた。窓を一つ開いて頭を外に出すと、長針はすぐ近くにあった。つま先立ちになって、長針のすぐ裏側にある窓を開けようとした。「あっ！」と、うめき声を上げた。手が届かない！　急いでしなければいけないのに！　父親はもうすぐ戻ってくるというのに、針はゆっくりとしか動いていない！　メルランはあわてて、震え始めた。自分の背が届くほうの窓を開けて顔を出した。針はほぼその高さにあった。あと何秒かすれば……。メルランは木の筒を取り出し、片方のスニーカーの紐《ひも》を外した。巨大な鍛造鉄の針がもうすぐ窓の位置に来る。メルランはゆっくりと動く針に筒を当て、紐でしっかりと縛《しば》りつけた。そして、へとへとになって息を切らしながら、秒が刻まれるたびに遠ざかっていく筒を眺めた。

「ほら、オクサ！　こんなところまで追いかけてくるやつはいないさ……。保証するよ！」

メルランは窓を閉めながらつぶやいた。

25
荒《あ》らされた跡《あと》

ナフタリとブルン・クヌットはビッグトウ広場に車を停めると、すぐに何かが起こったことを悟《さと》った。五十年以上、自らに課してきた、身を守るための規則にもかかわらず、フォルダンゴは三階の窓から身を乗り出して二人を待っていた。しかも、あたりをはばからずにうめき声を上げていたので、通行人に気づかれそうだった。ナフタリとブルンは眉《まゆ》をひそめながら、急いでポロック家に向かった。普段《ふだん》と違《ちが》って、玄関《げんかん》は少し開いていた。しかも、この危険な時期に……。

「古いグラシューズ様のスウェーデンのご友人方は待たれた到着《とうちゃく》をされました！　古いグラシューズ様の召使《めしつか》いは待ちきれない思いと不安に支配されております……」

フォルダンゴは階段を駆《か》け下《お》りながら言った。

「いったい、どうしたんだい、フォルダンゴ？　ひどくあわてているじゃないか！」

ナフタリが真剣《しんけん》な面持ちでたずねた。

ブルンはフォルダンゴを抱《だ》きしめた。フォルダンゴは歯をガチガチ鳴らしながら震《ふる》えていた。

その長い腕《うで》をブルンの首に巻きつけて、しがみついた。

「反逆者《フェロン》たちがこの家に恐怖《きょうふ》をもたらしました！」フォルダンゴはかん高い声でうめくように言った。「古いグラシューズ様の部屋に大災害をもたらしました。〈クラック画〉を手に入れようというやつらの企《たくら》みは失敗しました。というのは、古いグラシューズ様が疑いに満ちていらっしゃったので、絵を逃《に》がされたからです」

「ドラゴミラ！　一体何をやらかしたんだ？」と、ナフタリは思わずつぶやいた。

「〈クラック画〉の保存者の名前は古いグラシューズ様しかご存知ありませんから、その隠《かく》し場所は非常な安全を保っています。しかし、この家の悲惨《ひさん》さは完璧《かんぺき》です。うっ、うっ……」フォルダンゴは泣きだした。「反逆者《フェロン》たちはやつらの心を締《し》めつける残酷《ざんこく》さを見せました。古いグラシューズ様は傷を負われましたので、どうぞ助けに上がってください！」

ナフタリは上の階に上がる階段を駆《か》け上った。フォルダンゴをずっと抱《かか》えるようにしているブルンのほうは、ゆっくりとナフタリの後に続いた。

「マリーは？」ブルンはフォルダンゴにたずねた。

フォルダンゴは泣きじゃくりながら、大きな頭をブルンの首に押《お》し付《つ》けた。

「若いグラシューズ様のお母様は悲劇に遭《あ》われました……」

「何ですって?」ブルンはびくっとした。「まさか……死んだなんて言うんじゃないでしょうね?」

「いいえ!」フォルダンゴが叫《さけ》んだ。「若いグラシューズ様のお母様は死に出会ってはいらっしゃいません。しかし、反逆者《フェロン》たちが誘拐《ゆうかい》を行いました! 若いグラシューズ様のお母様は連れて行かれました!」

ブルンは思わず叫び声を上げた。

「まさか! ねえ、フォルダンゴ、嘘《うそ》よね!」

ブルンはぼうぜんとしたまなざしをフォルダンゴに向けた。

「わたくしの口は真実しか伝えません。古いグラシューズ様がこの出来事を知られたら、心臓の鼓動《こどう》が止まられるかもしれません。うっ、うっ……。この悲劇は〈逃げおおせた人〉たちを飲《の》み込《こ》むでしょう……。プチシュキーヌの助けのおかげで、究極の目印の庇護《ひご》者であるフォルダンゴは逃亡《とうぼう》に成功しました。ですが、醜《みにく》い逃走でした……」

「危いところをうまく逃げられたのよ!」

プチシュキーヌたちがブルンの周りを飛びながら言った。

この知らせにショックを受けながらも、ブルンはドラゴミラの部屋にいる夫のもとに急いだ。部屋はガラスや家具の破片が散らばって、めちゃくちゃに荒らされていた。反逆者《フェロン》たちが探し回ったらしく、ソファや椅子《いす》やありとあらゆる物が壊《こわ》されていた。切《き》り裂《さ》かれたソファの上で、首にひどい赤いあざをつけ、顔は打ち身だらけで、腫《は》れあがった目をしたドラゴミラがうめいていた。それよりも、深い悲しみに沈《しず》んだ目が痛々しかった……。そばに寄りそっているナフタリは打ちのめされていた。

「ブルン……」ドラゴミラは片腕《かたうで》をブルンのほうに差《さ》し伸《の》べながらつぶやいた。「メルセディカよ……メルセディカだったのよ……」

ブルンはいぶかしげに、そして不安そうにドラゴミラを見つめ、それからナフタリを見た。ドラゴミラは何が言いたいのだろう？　まさか！　この惨状《さんじょう》の原因がメルセディカだというのではないだろう！　しかし、ナフタリはその恐《おそ》ろしい事実を肯定《こうてい》するようにうなずいた。

「メルセディカ・デ・ラ・フエンテは反逆者《フェロン》の仲間なのです！」と、フォルダンゴが説明した。「カタリーナという名前の子女と、グレゴールという名前のオーソン・マックグローの子が古いグラシューズ様に暴行を加え、ロケットペンダントとゴラノフを窃盗《せっとう》しました！」

ナフタリは頭をかかえ、ブルンは目がくらんで、ぐらつく椅子に倒《たお》れこんだ。

「クズたちめ……。計画的にやったんだな！」ナフタリがうなった。

「わたしがもっと用心していたら……」ドラゴミラは嘆《なげ》いた。「メルセディカはいつも厳格だったし、固い信念を持っていた。それに、ここ数ヵ月、よけいに頑固《がんこ》になっていたのに気づいていたわ。以前より緊張《きんちょう》していたし、いままでにないような粗暴《そぼう》なそぶりも何度かあった。もっと注意して、おかしいと思うべきだったのよ……」

「あなたのせいじゃないわ、ドラゴミラ！　彼女が反逆者《フェロン》だなんてどうしてわかったというの？

彼女《かのじょ》はいつもあなたの友だちだったじゃない。あなたのお母さんのマロラーヌに忠誠を誓《ちか》い、いつもそばにいて、いっしょに試練を乗《の》り越《こ》えてきたじゃないの！」と、ブルンが言った。

「それはそうだけど！」ドラゴミラは苦痛に身をよじりながら、苦々しげに言った。「でも、わたしにはわかったはずよ！　何かの企みがあったとわかるべきだったのよ！」

「メルセディカは、安全対策の強化のために、わたしたちが今夜アバクムの家に行くことを知っていたわ……。それを利用して、自分の仲間をここに入らせたわけね！　見事にだましてくれたわ！」と、ブルンが吐き捨てるように言った。

「今度会ったら、目にものを見せてやるからな！」

ナフタリは緑の目を怒《いか》りで輝《かがや》かせた。

「ごめんなさい……」

ドラゴミラはため息をついた。

「あなたが悪いんじゃないわ！」

ブルンは急いでドラゴミラのそばに行って手を取った。

「マリーは？」

ドラゴミラは消え入るような小さな声でたずねた。

ブルンは唇《くちびる》をかみ、絶望したようなまなざしをナフタリに向けた。そして、ドラゴミラの手をさらにしっかりと握《にぎ》った。

「あいつらが連れて行った、そうなんでしょう？」ドラゴミラがしゃがれた声で言った。

ブルンは目に涙《なみだ》をため、ひと言も言えずにドラゴミラをじっと見つめた。ドラゴミラはうめき声をもらし、見る間に顔がゆがんできた。最後のわずかな希望すら消えた。もう持ちこたえる力は残っていなかった。体も心も力尽《ちからつ》きた。ドラゴミラの頭はブルンの腕《うで》のなかにがっくりと垂れ、不安と後悔《こうかい》でいっぱいになってわっと泣き始めた。

「わたしのせいよ！」ドラゴミラは泣きながら言った。「一人で対抗《たいこう》できると思っていた……どうしようもなくバカな年寄りだわ……」

ブルンは涙がこぼれそうになるのを我慢《がまん》しながら、こう言った。

「フォルダンゴが全部、話してくれたわ。うまくやったわよ。〈クラック画〉を隠しおおせたことで破局はまぬかれたわ。でも、すべてをうまくやることは無理だわ。わたしだったら、あなたと同じようにしたでしょうね……」

「どこにあるんだい、ドラゴミラ？　絵はどこなんだい？」

ナフタリは体中に怒りをたぎらせながらも、なるべく優しく聞いた。

「ドラゴミラは言わないわ、ナフタリ」と、ブルンが答えた。

ナフタリとドラゴミラは驚《おどろ》いて顔を見合わせた。

「彼女はそれを言ってはいけないのよ！」ブルンが続けた。「ドラゴミラが殺されないための保証じゃないの。もし彼女しか知らないなら、反逆者《フェロン》は彼女に何もできないし、わたしたちの安全のためでもあるのよ」

「あなたの言うとおりだわ、ブルン……」ドラゴミラがつぶやいた。

「だが、マリーのほうは取り引きの道具にされそうだな。あのクズどもは、わたしたちに圧力をかけるための最良の方法を手に入れた。あいつらが望むものはわかっている」と、ナフタリが苦しげに言った。

「マリーとオクサの交換《こうかん》ね……」ドラゴミラは両手で顔をおおいながら、うめいた。

「だが、それはわたしたちをみくびっているというものさ！」ナフタリがかみつくように続けた。

「確かに、反逆者《フェロン》たちはいま現在、わたしたちよりかなり有利だ。しかし、オクサがこちら側にいる限り、切り札はこっちにある。わたしたちは少し弱体化したとはいえ、まだあいつらより優位に立っている。オクサには究極の力がある。最強の反逆者《フェロン》ですら、わたしたちの〈希望の星〉の前には無力だ。ドラゴミラ、このことだけはしっかりと頭に刻んでおくんだよ……」

26　洞窟《どうくつ》での告白

洞窟はあらゆるものが死に絶えたような静けさだった。入口は、ぶよぶよした気味の悪い黒っぽいものでふさがれていた。〈逃《に》げおおせた人〉たちはついさっき経験したばかりのことにショックを受けながら、それをじっと見つめていた。

「〈虚空《こくう》〉に追いかけられる日がくるなんてわかってたらね……」オクサはぼそぼそといった。

「ああ、ぞっとする。何ていやな感じ！」

オクサは目で父親を探した。彼《かれ》は洞窟の一番暗い場所にしゃがみ込《こ》んで両手でひざを抱《かか》え、顔をふせていた。そこから漏《も》れるかすかなうめき声が〈逃げおおせた人〉たちの耳に聞こえてきた。みんながオクサを見た。アバクムはオクサの肩《かた》に手をおき、そっと言った。

「行ってごらん、オクサ。お父さんのところに行ってごらん」

オクサはアバクムに疑わしげなまなざしを向けてから、やっと父親に近づいた。オクサは洞窟のざらざらした壁《かべ》にもたれるようにしてパヴェルの横に座った。パヴェルは娘《むすめ》のほうを向かずに肩に腕《うで》を回してしっかりと引き寄せ、娘の頭を自分にもたせかけるようにした。

「パパ……どうしたの？　闇《やみ》のドラゴンのせい？」

しばらくしてから、オクサはささやくようにたずねた。

パヴェルは自分が長年隠《かく》していたことをオクサがさらりと話すことに驚《おどろ》きながら、顔をしかめた。オクサは秘密をかぎつけるのに長けている。チャンピオン級だ……。パヴェルはため息をついた。

「闇のドラゴンはずっとぼくの中にいたんだよ」パヴェルはオクサをいっそう強く抱《だ》き寄せながら、あきらめの混じった声で話し始めた。「ずっと抑《おさ》えてきたから、ドラゴンもぼくの中で静かにじっとひきこもっていたんだ。でも、もう抑えつけることはできなくなった」

「それって……本物のドラゴン？」

「自分の目で見ただろう……」パヴェルが答えた。「中国にいたとき、年取った僧《そう》がぼくに武道の秘術《ひじゅつ》を教えてくれたんだ。何ヵ月もの間、山の中でその僧のそばで過ごした。彼はぼくの師で、ぼくは彼の弟子だった。ぼくの出自や苦悩の深さに僧は初日から気づいていた。彼にはわかっていると、ぼくにはわかった。彼も〈逃げおおせた人〉なんじゃないかと長い間疑っていたけれど、そういうことを話す必要はなかった。そうだとしても、何も変わらないからだ。その頃《ころ》に抱えていた疑問に対して何も答えを見つけられなかった苦しい時期があったが、その後、その老僧はぼくに刺青《いれずみ》をしようと申し出た。驚いたぼくは、あまり乗り気でないと答えた。先生の教えはすごく特殊《とくしゅ》なものだったから、その先生が勧《すす》める刺青は特別な刺青に違《ちが》いないと思った。それまでのように苦悩《くのう》が体中を巡《めぐ》って自分がだめになる代わりに、苦しみを自分のなかに集中させ、痛みを軽減する方向に行けるんじゃないかと思ったんだ。つまり、恐《おそ》ろしい苦悩を飼い馴《な》らすというか、苦しみを意志と力のエネルギーに変換《へんかん》させるようなものだ。その頃のぼくに比べると、おまえはずっと強い。自分の力をコントロールしている……」

「う〜ん、いつもそうじゃないけどね」

オクサはそれまでの失敗をいくつか思い出していた。

「だけど、ぼくが若い頃とは違って、おまえは怖《こわ》がってはいないじゃないか。〈逃げおおせた人〉の子孫だということを恐れてはいないだろ。ぼくの場合は……そうだな、何ていったらいいんだろう……なにかの意欲をかき立てる、というよりは、困った問題だったんだ」

父の苦悩について話し合うのはこれが初めてではない。それでも、オクサはこう聞かずにはいられなかった。

「自分の正体が怖いの？」

「いまはまだそれを話せないような気がする」と、パヴェルはとまどったように答えた。「前よりは怖くなっているかもしれないが……闇のドラゴンが現れたのはその証拠《しょうこ》かもしれない」

「偉大《いだい》な賢者《けんじゃ》になったっていうことかもよ、パパ！」オクサは父親をひじでつついた。

「怪物《かいぶつ》だろ！」パヴェルは苦々しげな笑いをもらした。

「やめてよ！ パパみたいな父親を持って、すごく自慢《じまん》なんだから！ だってさ、『あたしのパパって、エデフィアのグラシューズの子孫で、体の中にドラゴンがいるのよ。あのすごい翼《つばさ》を見せてあげたいわよ！ まあ、ちょっと普通《ふつう》じゃないけどさ……』って言えるじゃない」オクサはわざと気取った言い方をした。

今度はパヴェルは明るく笑い出し、娘の髪《かみ》をぐしゃぐしゃにした。オクサのほうは、やっと父親の気持ちがほぐれたのを見て喜んだ。

「そうだよな、おまえのような娘を持ったら、ぼくもしっかりしないとな！」パヴェルはオクサにウインクした。「自分の娘から認められず、平凡《へいぼん》でいることは許されないよな。だから、ぼくはちょっと目立つことを選んだわけだよな。でも、そうすると決めたからには、やりすぎになることを恐れてはいけないんだ……」

「嘲弄《ちょうろう》は若いグラシューズ様のお父様の口にとって永遠です」

フォルダンゴットは拍手《はくしゅ》しながら言った。

「自分をあざ笑うのは生き延びるための手段さ。だれでも何か強みがあるのさ……」

パヴェルは口元にほほえみを浮かべていたが、目は真剣《しんけん》だった。それから目を伏《ふ》せたまま立ち上がった。パヴェルが謎《なぞ》の闇のドラゴンについてこれ以上話したくないのだとわかり、オクサは父の差し伸べた手を取り、洞窟の中央にいるみんなに加わった。

黒い蝶《ちょう》がしきりに羽ばたきながら、みんなの頭の上を舞《ま》っていた。オクサがやってくると蝶が近づいてきたので、オクサは思わず後ずさりした。

「ごめんなさい、偵察蝶《ていさつ》！　あたし、昆虫《こんちゅう》はあんまり好きじゃないんだ……」オクサは言い訳をするべきだと感じた。

「若いグラシューズ様は昆虫が大嫌《だいきら》いだとおっしゃりたいのよ！　気持ちが悪くなるのよ！　嫌《けん》悪感《お》を催《もよお》し、汚《きたな》らしくて、気持ちが悪くて、下劣《げれつ》だと思われるのよ……」

ドヴィナイユはオクサよりずけずけと言った。

「もういいよ、ドヴィナイユ！　おまえの語彙《ごい》が豊富だっていうことはわかったからさ！」

テュグデュアルが割って入った。

「わかりましたよ！」ドヴィナイユは機嫌《きげん》を悪くして言い返した。「それより、この暗くて寒いところから抜けだせる出口を見つけてくださいよ！　気温が二十度は下がっています。まるで冷蔵庫のなかみたい！」

オクサは周りを見回した。洞窟は暗く、アバクムがクラッシュ・グラノックから出した発光ダコの足の光しかない。壁は大きな灰色の岩でおおわれており、でこぼこした天井《てんじょう》は一番高いところで、彼らの頭から二メートル上にあった。入口は、不気味な色をした〈虚空〉が見張りのように張り付いており、その反対側には狭《せま》い通路が暗がりに続いている。

「たしかに、あんまり暖かくはないよね」オクサはアバクムの上着の中に逃げ込んだドヴィナイユに同意した。「偵察蝶、ここはどこなの？」

黒い蝶はオクサの目の前で羽ばたきながら、意外にも低い声で答えた。

「ここは中間点《メディウス》です、若いグラシューズ様」

「それって、何なの？」

「歴史を秘蔵する〈心の導師〉の神殿《しんでん》に着く前に、あなたがたはいくつかの層を通過しなければなりません。若いグラシューズ様のガナリこぼしがロシアの人形にたとえていましたが、根本は同じです。〈心の導師〉は他のすべての人形の真ん中にある最も小さい人形のようなものです」

「あのう……人形はたくさんあるの？」オクサは眉《まゆ》をひそめてたずねた。

「わかりません、若いグラシューズ様。あなたがたはすでに二つの層を通過しました。〈帰り道のない森〉と〈海の丘《おか》〉です。層と層の間には、ここのような一時待機のゾーンがあります。この中間点《メディウス》が次の層に導いてくれるでしょう。各層で試練が待っているのです」

「どんな試練なの？」オクサは不安ながらも興味にかられてたずねた。

「試練というのは個人の能力を向上させるためにあります。それが、絵画内幽閉《ゆうへい》の本来の機能なのです。ですから、試練は幽閉された人を改善させるのが目的です。悪いことに、〈心の導師〉はいま昏睡《こんすい》状態にあり、試練には不確かな面があるように思います。〈大カオス〉の際にオーソンは〈クラック画〉を一枚持ち出して所有していました。オーソンは自分の働いた悪事を告白し、その〈クラック画〉に息を吹《ふ》きかけました。〈心の導師〉は重罪の詳細《しょうさい》とその罪人の息を受けました。オーソンが犯した罪の重さから考えると、〈心の導師〉は彼を絵画内幽閉することを決定せざるをえませんでした。しかし、あなたがたもご存知のように、オーソンは別の意図を持っていたので、絵画内幽閉を誘発《ゆうはつ》するための血の一滴《いってき》を絵の中に落とさないように気をつけました。そして、双子《ふたご》の妹のレミニサンスが代わりに幽閉されたのです……」

レオミドは両手で顔をこすりながら顔をしかめた。その横でレミニサンスは片手をレオミドの肩にかけ、そっと目を伏せた。それから、震《ふる》える声で蝶の話を引き取った。

「オーソンが恥《はじ》も臆面《おくめん》もない人間になったとわたしが考え、恐ろしい野心を暴露《ばくろ》される恐れがあると彼が気づいたとき、わたしは彼にとって単なる危険人物になってしまったのよ。わたしが双子の妹だということは忘れてしまったみたい。本当にあっという間の出来事だった。でも、オーソンは前々から準備していたのよ。あの時、わたしとオーソンは相変わらず言い争いをしていたのだけど、オーソンは急に〈クラック画〉を広げて、息を吹きかけた。雷《かみなり》模様の空のような黒っぽい反射光が白い画布《キャンバス》をおおったのには、びっくり仰天《ぎょうてん》したわ。彼が何をしようとしているのかわからなかった。でも、オーソンがナイフを出してきて、鋼鉄のような冷たい目つきで近づいてきて、自分のいうとおりにしろと言ったとき、若いときに聞いた絵画内幽閉の話が記憶《きおく》によみがえってきた。やっと兄がしようとしていることがわかったわたしは逃げようとした。でも、〈ツタ網弾《あみだん》〉のグラノックを浴びせられ、わたしは手足を縛《しば》り付《つ》けられてしまった。すると、オーソンはわたしの片手をつかみ、ナイフをさっと当てて血を手のひらにしたたらせたのよ。わたしは恐ろしくなって無言のままあがいたけれど、どうすることもできなかった。あのけだものは、わたしを正面からじっと見つめ、ぞっとする声でこう言ったわ。『妹よ、さらば。おまえにわかってもらえなくて残念だ……』その言葉は最後の審判《しんぱん》を言《い》い渡《わた》すような調子だったけれど、まだ兄は決心をひるがえすことができるという確信をわたしは持っていた。彼の心の奥底《おくそこ》にまだ人間らしさとか同情心が残っているんじゃないかと期待しながら、今度はわたしのほうがオーソンを見つめた。すると、彼の目の中になにか震えるものが見えたの。顔には優しい迷いが見られ、わたしは震えた。数秒間のうちに、すべてがひっくり返る可能性もあった。でも、結局は兄の本質のほうが勝った。彼はわたしの手を取り、指を手のひらにたまった血のなかにつけた。それから、その血を〈クラック画〉の上に落とすと、画布《キャンバス》の上の反射光が渦《うず》巻《ま》き模様になったわ。そして、オーソンがわたしを押《お》し、すぐに絵の中に吸い込まれた。〈心の導師〉は双子の兄の代わりにわたしを幽閉したのよ」

「この初めての間違いは〈心の導師〉をかなり混乱させました」今度は蝶が話を引き取った。「そういう間違いに出会ったのは初めてだったからです。問題は試練を調整することでした。試練はオーソンを対象としたものであり、双子の兄妹とはいえ、レミニサンスのためのものではなかったからです。レミニサンスはどんな悪事も働いていなかったので、その調整はよけいに複雑でした。要するに、彼女《かのじょ》は絵画内幽閉されるべきではなかったのです！〈心の導師〉は間違いを改め、レミニサンスを絵画から出すために可能な限りのことをしました。しかし、それができるのはグラシューズ様だけです。しかも、こんな言い方をしては何ですが、グラシューズ様はどこにでもいるわけではありません。聖プロクシマス中学校の理科実験室に若いグラシューズ様がいると〈心の導師〉が感じ取ったとき、希望が湧《わ》いてきました。〈心の導師〉は何とかして若いグラシューズ様の注意を引こうとしました。しかし、若いグラシューズ様は決して一人にならなかったので、絵画内に引き込むことができなかったのです。ところが、ある日、若いグラシューズ様が一人でいるのを感じました。そこで、すぐに吸い込んでしまったのです」

「ぼくをオクサと勘違《かんちが》いしてくれたなんてうれしいよ！　〈心の導師〉って、よっぽどいかれてたんだね！」ギュスは顔をしかめた。

「〈心の導師〉が感知したのはあなたではなくて、グラシューズ様の道具だったんです。いわば、あなたを罠《わな》に陥《おとしい》れたのは若いグラシューズ様のクラッシュ・グラノックやキャパピルケースなんです。そして、その二度目の間違いこそ、〈心の導師〉にとっては決定的だったのです」

蝶はせわしなく羽ばたいていたが、やがてオクサの肩にとまった。オクサは首筋に蝶の吐息《といき》を感じてぶるっと震えた。

「ほら、オクサ、おまえの荷物だよ……」ギュスは小さなポシェットをオクサに差し出しながら言った。「全部、ぼくのせいだ！　おまえのポシェットなんかあずかるべきじゃなかった、最低だよ……」

「ちょっと待ってよ！」オクサは怒《いか》りで目を輝《かがや》かせながらさえぎった。「悪いことは何でも自分のせいだっていう、みじめで反省たらたらの男の子を演じるのって久しぶりじゃない！　自分で自分を打つためのむちがほしい？　もし、〈心の導師〉がそういうあんたの問題を解決するのを助けてくれて、あんたのせいじゃないって説得してくれたら、みんな気分がよくなるよね！」

そう言うと、オクサは両手をメガホンの形にして大きな声でどなった。

「〈心の導師〉さん、もし聞こえてたら、どうにかしてよ！　もうたくさんよ！」

ギュスは怒りと恥《は》ずかしさで真っ赤になり、ポシェットを地面に放り出してくるりと背を向け、洞窟の奥に進んだ。ピエールが急いで後を追いかけ、オクサはギュスのしたことにあっけにとられ、下唇《くちびる》をかんだ。ちょっと言いすぎだったかもしれない……。でも、ギュスにはいらいらさせられる！　いつになったら自分に自信を持つんだろう？　オクサは怒りに震え、テュグデュアルの楽しんでいるような、しゃくにさわる視線を避《さ》けながらポシェットを拾おうとかがんだとき、洞窟の奥のほうから恐ろしい叫び声が聞こえてきた。

27　宙に浮《う》かぶ人魚

〈逃《に》げおおせた人〉たちは一瞬《いっしゅん》、顔を見合わせ、それからすぐに、叫《さけ》び声《ごえ》が聞こえてきた奥《おく》の通路のほうへ急いで行った。道を照らす発光ダコをともなったアバクムがしっかりとした足取りで先頭に立った。再び、おびえた叫び声が洞窟《どうくつ》の中に反響《はんきょう》した。

「あっちへ行ってくれ！」

その声がギュスの声だとわかると、オクサは体じゅうの血が凍《こお》りつくように感じた。今度は何？　ギュスってピンチに陥《おちい》る天才！　しかし、そうした皮肉な言葉とは裏腹に、オクサはギュスのことが心配でたまらなかった。彼女《かのじょ》は洞窟のど真ん中に突《つ》っ立っているヤクタタズの手を取り、狭《せま》い通路に入っていく他の人たちに加わった。テュグデュアルがオクサを待っていた。

「一人でいちゃいけないよ！　不用心だ。絶対におれたちから離《はな》れるんじゃないよ」

テュグデュアルは非難のまなざしを浴びせた。

オクサはテュグデュアルを見つめた。暗がりであるにもかかわらず、彼《かれ》の心配そうな様子が見て取れた。オクサはしばらくの間テュグデュアルの真剣《しんけん》なまなざしから目を離せなかった。

「何か聞こえませんでしたか？」この無言のやり取りをヤクタタズの問いがさえぎった。「叫び声のようですね。人間の叫び声……」

テュグデュアルとオクサはぶるっと身震《みぶる》いしながら通路に入っていった。通路はすぐに広くなり、鉄道のトンネルのような薄気味悪《うすきみわる》い感じになってきた。発光ダコが発する明かりのおかげで、二十メートルほど先にギュスとピエールを取り囲んでいる〈逃げおおせた人〉たちの姿が見えた。

「よかった！」ギュスの無事な姿を見て、オクサはほっと息を吐《は》いた。「あれっ……あれは何？」

〈逃げおおせた人〉たちの頭の上になにかがゆらゆらと浮かんでいたが、よく見えなかった。コウモリ？　大きな蛾《が》？　オクサが一歩踏《ふ》み出《だ》すと、テュグデュアルが腕《うで》を取って引き止めた。

「待て……近づくなよ」

「あれは何？」オクサは不安そうに繰《く》り返《かえ》した。

「すごい……伝説だと思ってたのに！　信じられない……」テュグデュアルは浮かんでいる群れのようなものを目を細めてじっと見つめた。「クラッシュ・グラノックを持ってるかい、ちっちゃなグラシューズさん？」

「うん……持ってる」

「ちょっと〈拡大泡《かくだいほう》〉をやってくれないか？」

「うん、いいよ！」

オクサは細工の施《ほどこ》された筒《つつ》を取り出して、呪文《じゅもん》を唱えた。

拡大泡、拡大泡
遠いものがいちばん近くに

すると、クラッシュ・グラノックから泡《あわ》が出てきて、たちまち大きなクラゲのようになった。テュグデュアルはオクサのところにやってきて、オクサの震える手に指先でそっと触《ふ》れ、膨《ふく》らみつつある膜《まく》を謎《なぞ》の群れのほうに向けさせた。オクサは思いがけなく触れられたことにびくっとしたが、〈逃げおおせた人〉たちの頭上に浮かんでいるものの正体を見て取ると、思わずテュグデュアルの腕にしがみついた。

「ああーっ！」

このオクサの叫び声に、まるですべてが停止したかのようだ。〈逃げおおせた人〉たちはいっせいに振《ふ》り向《む》いて、オクサを心配そうに見つめた。その上、オクサが目にしたばかりの恐《おそ》ろしい生き物たちは耳も聞こえれば、目も見えるようだ。不気味な目をオクサに向け、あっという間にオクサの目の前にやってきた。仰天《ぎょうてん》したオクサはクラッシュ・グラノックを取り落とした。ぽとりと地面に落ちた〈拡大泡〉は見る間にしぼんでいった。

「怖《こわ》がるなよ……」

オクサのクラッシュ・グラノックを拾ったテュグデュアルはそれをオクサの手に握《にぎ》らせながらささやいた。

テュグデュアルは用心しながら一歩前に踏み出した。すると、その生き物たちはテュグデュアルとオクサの周りを、逃げ道がないほど完璧《かんぺき》な円になって取り囲んだ。

「すごい……」

オクサはぼう然としてつぶやいた。

まるで魔法《まほう》のような光景だ。オクサの顔の数センチ先に、体のない頭がおよそ十五個浮かんでいる。長い髪《かみ》が優しげにふわふわと顔の周りに波打ち、きつい目つきと対照的な繊細《せんさい》な顔を浮き上がらせていた。そのうちの一つがオクサに近づいてきて、じっと見つめた。オクサはぞっとしながらも好奇心《こうきしん》にかられてその顔を観察した。卵形の顔は美しく、口は完璧な輪郭《りんかく》を描《えが》いていた。ただ、目だけは残酷《ざんこく》でひどく凶暴《きょうぼう》だ。オクサはたじろいだ。その生き物の視線に耐《た》えられず、オクサは思わず目を伏せた。

「〈宙に浮かぶ人魚〉……じゃあ、単なる伝説じゃなかったんだ……」

テュグデュアルは円になって空中に浮かんでいる頭たちから目を離さずにささやいた。

「伝説ですって！」オクサは顔をしかめた。「それで、その〈宙に浮かぶ人魚〉はどういうことをするわけ？」

「おれたちを眠《ねむ》らせて自分のものにし、そのままずっと保有するのさ……」

テュグデュアルが耳元でささやいた。

「ジョーダンでしょ？」オクサはテュグデュアルのほうに顔を向けた。

しかし、テュグデュアルは冗談を言っているようには見えなかった。緊張《きんちょう》して青ざめていた。オクサがテュグデュアルの腕に触《さわ》ると、石のように硬《かた》かった。ショック状態にあるようだ。

「テュグデュアル！　テュグデュアル！　聞こえてる？」

人魚の成す円の外側では、〈逃げおおせた人〉たちがおびえたようにその光景を見つめていた。意外なことに、パヴェルが近づいてきた。人魚たちは〈逃げおおせた人〉たち一人一人をにらみながら、無言で浮かんだまま、すき間を作ってパヴェルを通した。パヴェルはオクサとテュグデュアルの手を取り、さらに人魚たちをぼう然とながめているヤクタタズの手を取った。

「この生き物たちには何か欠けているような気がします」

ヤクタタズは独自の観察眼からそう感想を述べた。

オクサはすぐ後についてくる人魚の頭たちに不安そうな視線を投げかけながら、頬がぴくぴくするのを抑《おさ》えられなかった。

「ちょっと、ギュス、見た？　ウソみたい！」

オクサは小声でギュスに言った。

「よせよ……ぼく、気が狂《くる》いそうだよ。これって、悪夢だよな」

ギュスの顔は引きつっている。

「もし人魚たちがおれたちを眠《ねむ》らせることができたら、その悪夢は永遠に続くことになる」

テュグデュアルが暗い声でつけ加えた。

「それって、どういうことだよ？」

ギュスがぶっきらぼうにたずねた。

「テュグデュアルの言うとおりだよ」と、アバクムが割って入った。「〈宙に浮かぶ人魚〉は〈妖《よう》精《せい》の小島〉から追放されて失墜《しっつい》した一人の不老妖精から生まれたものなんだ」

「どうして？」オクサが口をはさんだ。

「話の腰《こし》を折るのはやめろよ！　一回でいいから、自分を抑えてみろよ！」

いら立ったギュスはオクサを強くひじでつついた。

オクサはギュスのえらそうな言い方に驚《おどろ》いて目を丸くしたので、ギュスは思わずにっこりとした。そして、前髪をわざと顔の上に落として顔を隠《かく》し、目を伏《ふ》せた。

アバクムはみんなに彼の周りに座るよう促《うなが》した。発光ダコが輪の中央に入って、温かさと光をあたえてくれた。不気味な〈宙に浮かぶ人魚〉はというと、静かにみんなの頭上に浮かんだままだ。

「その失墜した不老妖精はクレモナという名前だった」アバクムが話し始めた。「彼女は権力が欲しくてたまらなかった。妖精といえども、そういう野心と無縁《むえん》ではないんだよ……。クレモナは〈内の人〉たちを支配して、あらゆる自分の野望を満足させるために、不老妖精たちのトップに立つための陰謀《いんぼう》を準備していた。その陰謀は失敗し、不老妖精たちは彼女の体を奪《うば》う呪《のろ》いをかけて追放した。その日以来、誤解され踏みつけにされたと感じたクレモナは、ほかの不老妖精たちに激しい恨《うら》みを抱《いだ》いたんだ。それから何世紀も経つうちに、彼女は同じように失墜した不老妖精たちと手を組んで〈宙に浮かぶ人魚〉の仲間を結成したんだ」

「〈宙に浮かぶ人魚〉は危険なのか?」ピエールがたずねた。

アバクムは深刻そうにピエールを見つめた。

「非常に危険だ」アバクムはうなずいた。「テュグデュアルが言った通りだよ。人魚たちは生き物を眠らせて魂《たましい》を奪うんだ。つまり、殺すんだ。魂がなかったら、わたしたちは抜《ぬ》け殻《がら》と同じだからね。わたしたちは人魚たちの致命《ちめい》的な誘惑《ゆうわく》にはまだ遭《あ》っていないが、それも時間の問題だ。用心して睡魔《すいま》と闘《たたか》わないと、わたしたちを眠りに引《ひ》き込《こ》もうとするだろう」

「わたくしの知識のなかにある重要な情報をお聞きになりたいですか?」

フォルダンゴットが提案した。

「もちろんだよ、フォルダンゴット! 何を知っているんだい?」アバクムがたずねた。

「眠らされることは必ずしも睡眠《すいみん》とは限りません。眠らされることは、意識を捨て去った人に精神を置き忘れさせることを目的とした幻影《げんえい》にもなり得ます。幻影は強力で、人魚たちは陰謀《いんぼう》と誘惑が詰まった心を持っており、幻想に鍛《きた》えられた罠の主人です」

みんな一言も発しないで、フォルダンゴットの注意に耳を傾けていた。

「〈逃げおおせた人〉たちは幻想の力から自らを守らなければなりません！　幻想は人を眠らせて魂をかすめとるための餌《えさ》です！」フォルダンゴットはつけ加えた。

「おまえの言いたいことはよくわかるよ」アバクムが引き取った。「みんなが思う以上に巧妙《こうみょう》なんだ。フォルダンゴット、わたしたちに注意してくれてよかったよ」

「人魚たちにはあたしたちの話が聞こえるのかしら？」

オクサが人魚たちを見つめながら問いかけた。

「〈宙に浮かぶ人魚〉にはわたしたちの口から出る言葉はどうでもいいのです。心から情報を得るのですから……」と、フォルダンゴットが答えた。

「みんな、よく気をつけなければいけないよ」アバクムはうなずきながら言った。「お互《たが》いに監《かん》視《し》し合って、だれかが人魚の誘惑に負けそうになったら、すぐに仲間に教えるようにしようじゃないか。それをきちんとやって、離れ離れにならないようにしよう。わたしが先頭を歩こう。レミニサンスがわたしを見守り、レオミドがレミニサンスを、テュグデュアルがレオミドを、オクサがテュグデュアルをという具合に見守るようにしよう。パヴェル、君にヤクタタズを任せるよ。フォルダンゴット、おまえはわたしの近くにいるんだよ。少しでもおかしいと思ったら、すぐに教えるように。そういうことでいいかな？」

「オクサがテュグデュアルを見守らないといけないって？　それって、ちょっと……」

不満そうなギュスがつぶやいた。

「ちょっと、何なんだよ?」

テユグデュアルがわざと無頓着《むとんちゃく》そうにいったので、ギュスはいらいらした。

「ちょっと危険だよ! だって、きみはホントに信用できる人間とは言えないからな!」と、ギュスが言い放った。

答える代わりに、テユグデュアルはギュスを皮肉っぽく見つめながら、指を交差させてからパチンと鳴らした。

「あんたたちってどうしようもないね……」オクサが二人をとがめた。「さあ、行こうよ。このトンネルに一生いたいわけじゃないでしょ?」今度は父親のほうを向いて言った。

パヴェルはうなずき、ずっとみんなの頭上に浮かんでいる〈宙に浮かぶ人魚〉のほうを警戒《けいかい》するようににらんだ。それから、何も言わずに娘《むすめ》の肩《かた》を抱《だ》いた。みんなはうす暗いトンネルを歩き始めた。

28 容赦《ようしゃ》するな!

トンネルは延々《えんえん》と続き、地球の中心に向かっているような不気味な感じがした。その上、やや下り坂になっている地面には角のとがった石が散らばっており、ひどく歩きにくかった。とくにレミニサンスはサンダルを履《は》いていたので、その薄《うす》い靴底《くつぞこ》では痛む足をじきに保護できなくなりそうだ。頑丈《がんじょう》で快適なスニーカーをはいているオクサですら、しょっちゅう足首をひねるのにうんざりし、一歩踏《ふ》み出《だ》すごとに悪態をついた。しかし、若いグラシューズの名にふさわしいうまい工夫を考えたのもオクサだった。十メートルか二十メートルおきにグラノックの〈竜巻弾《たつまきだん》〉を発射して、道に散らばった石を吹《ふ》き飛《と》ばすのだ！　強い風が起きると、石が舞《ま》い上《あ》がり、すごい音を立てて道の端《はし》に積み重なった。

「こんな石のやつに邪魔《じゃま》されてたまるもんか！」

オクサはクラッシュ・グラノックをしまいながら、うれしそうにいった。

発光ダコの明かりに照らされ、〈宙に浮《う》かぶ人魚〉に付《つ》き添《そ》われながら、〈逃《に》げおおせた人〉たちは時間の感覚を失ったように、長い時間そうして歩いていた。絵画内幽閉以来、みんなの時計は止まっており、不吉《ふきつ》な絵の中に入ってから数時間経ったのか、数日経ったのかまったくわからない。

しかも疲《つか》れも感じ始めていた。片目で仲間を見守り、もう片方の目で人魚たちを監視するという二重の注意が必要な歩きは疲れる。トンネルを進むにつれて、オクサは抵抗《ていこう》力が弱まるのを感じた。両足は鉛《なまり》のように重くなり、居眠《いねむ》りをしたくなる欲望が耐《た》えがたくなってきた。テュグデュアルはオクサの左側をチーターのようなしなやかさで歩いており、彼女《かのじょ》と違《ちが》ってまったく疲れていないようだった。あるいは、そう見えないだけか……。テュグデュアルは急にオクサのほうを向き、その顔が疲れでひきつっているのに驚いたようだ。

「今度はおれが〈竜巻弾〉をやるよ」

テュグデュアルは自分のクラッシュ・グラノックを取り出しながら言った。

〈逃げおおせた人〉たちはそうしてしばらく無言で歩いた。時々、〈竜巻弾〉によって石がぶつかり合う音が聞こえるだけだ。足取りは少しずつゆっくりになったが、一人一人が弱気を見せないように必死で耐えているようだった。

しかし、ついにレミニサンスが最初にくじけた。彼女は蒼白《そうはく》になり、ほこりっぽい地面にしゃがみこんでため息をついた。

「もうだめだわ……」

「休憩《きゅうけい》にしようか」とアバクムが提案したので、みんなはほっとした。「でも、用心を怠《おこた》らないように」

疲れ果てたみんなは心配そうに顔を見合わせた。

「どうしてわたしたちはこんなに疲れているのかしら？　そんなに長く歩いていないはずだけど……」レミニサンスがうめいた。

「人魚のせいかも。あたしたちを眠らせようとしてるんじゃない？」オクサが言った。

すると、人魚のうちの一人がオクサのすぐそばにやってきて、ぞっとさせるような残酷《ざんこく》なまなざしでオクサをじっと見つめた。その長い髪《かみ》が波打ち、なでるようにオクサの顔に触《ふ》れた。オクサはびくっとしたが、同時に不思議な映像に包まれたような気がした。

彼女はトンネルのなかではなくて、エデフィアの〈クリスタル宮〉のような建物の最上階にいる！　街を見渡《みわた》すバルコニーの下で群集がオクサの名を叫《さけ》んでいる。彼女の目の前で男たちが空中でいろいろな形を組んでいる。オクサは幸せな気持ちでいっぱいになりながら、首を回した。彼女の横には、数年経ってその分しわが目立っている父親の姿があった。一人の男がやって来た。その男を見てオクサは震《ふる》えた。その人も歳《とし》をとっていた、というより、大きくなっていた。ギュスだ！　顔立ちがはっきりし、肩《かた》がいまより角ばっているが、ハンサムなのは変わりがない。片手で前髪《まえがみ》をかき上げると、ブルーの目が現れてオクサをじっと見つめた。ギュスはオクサに近づいてきて、その唇《くちびる》がオクサの唇の上に重ねられたのを感じた。

「幸せかい？」ギュスはオクサを抱《だ》きしめ、背中をさすった。

オクサはうっとりとしながらうなずき、大人になったギュスのひげをそり残したあごがほおにあたるのを感じた。それから、オクサの視線はほほえみながら近づいてくる女性にひきつけられた。母親だとすぐにわかった。少し歳をとったけれども、しっかりと両足で立っている！

「ママ、治ったのね！」と、オクサはつぶやいた。

するとパヴェルがさっと寄ってきて、人魚にげんこつを食らわせ、人魚はふわふわと飛んでいってトンネルの壁《かべ》にぶち当たった。両足で立った元気そうなマリーの幻想《げんそう》がオクサの心から消え去った。オクサはぼう然として、心配そうに自分を見つめているみんなを見た。

「カンペキに幻覚《げんかく》を見てた！」

オクサは、見た光景の鮮明《せんめい》さにおののいていた。

「危ない、パヴェル！」

とつぜん、目を大きく見開いたピエールがどなった。

パヴェルがたたきのめした人魚が意識を取《と》り戻《もど》していた！　無声の叫《さけ》び声《ごえ》を上げているかのように口を大きく開けたその人魚がパヴェルめがけて突進《とっしん》してきた。パヴェルはとっさに攻撃の構えをし、手刀で人魚を激しく打った。しかし、人魚はこの攻撃《こうげき》を予想していたらしく、手刀を受けてもびくともせずにじっとしていた。人魚の目が小さくなり、凶暴《きょうぼう》な光りをたたえながらパヴェルをにらみつけたかと思うと、その口からまったく同じ不気味な頭が出てきた！

「これって、どういうこと？」

オクサはおろおろしてつぶやいた。

「あなたたちがいなくて、ずっと寂《さび》しかったです……」

とつぜん、アバクムのもつれたような声が聞こえてきた。

みんなが振《ふ》り向《む》くと、別の人魚が髪でアバクムの顔をなでていた。その放心したような顔からすると、幻覚はかなり強力そうだ。

「たいへん！　アバクムを見張っておくのを忘れたわ！」レミニサンスが叫んだ。

「お母さん、お父さん……」間延びした声でアバクムがつぶやいた。「ああ、どんなにか……どんなにか、あなたたちを愛したかったことか……」

オクサはとっさに人魚の髪を引っぱった。アバクムはわれに返ると、オクサがどなりながら、人魚の頭をつかんで石の山に投げつけているのが見えた。

「こいつ！　アバクムにかまわないでよ！」

頭はスイカのようにパカッと割れ、オクサはその気持ち悪さに顔をしかめた。しかし、まもなく、割れた頭から新しい頭が二つ現れ、仲間のかたきをとろうとにらみつけた。二つの頭はほかの人魚に合流して輪になり、目に不気味な光をたたえながら〈逃げおおせた人〉たちに近づいてきた。

「みんな、クラッシュ・グラノックを出して……。容赦するな……」

アバクムがつぶやいた。

次の瞬間《しゅんかん》、嵐《あらし》のようなグラノックが人魚たちを襲《おそ》った。ピエールとアバクムとテュグデュアルは、〈腐敗弾《ふはいだん》〉と〈ガラス化弾〉を雨のように降らせた。パヴェルは武術で戦うことにし、トンネルの壁を駆《か》け回《まわ》りながら、届く限りの頭に足蹴《げ》りを食らわせた。オクサはというと、まず、〈ツタ網弾〉で人魚をからめとろうとした。しかし、人魚たちは巧《たく》みにすり抜《ぬ》けてしまうので、レミニサンスとレオミドにならって火を使うことにした。

〈火の玉術〉の得意な三人の攻撃《こうげき》によって、人魚の側は大きなダメージを受けた。人魚の頭からは腐《くさ》ったようなこげ臭《くさ》いにおいが発散した。しばらくすると、宙に浮いている頭はいなくなり、一つ残らず地面に落ちた。皮膚《ひふ》が腐敗するのが眼で見えるのもいれば、二つに割れてのた打ち回っているのもいた。最もひどいのは〈火の玉術〉の攻撃を受けた頭で、髪の毛が炎でじりじりと音を立てて焦げ、つんと鼻をつく煙を出している。吐き気のするような、すさまじい光景だ。トンネルは急にしんとした。〈逃げおおせた人〉たちは、人魚たちの攻撃《こうげき》がこのままで終わらないだろうと、息をつめてじっとしていた。すっかり腐った頭を見つめながら、オクサは父親の手を取り、ぎゅっと握《にぎ》りしめた。

恐《おそ》れていたことが起きようとしていた。一つの頭からまったく同じような不気味な頭が二つ現れたのだ！　この恐ろしい脅威《きょうい》の前に、〈逃げおおせた人〉たちはクラッシュ・グラノックを手に防御《ぼうぎょ》の姿勢で思わず数歩後ずさった。オクサはかがんで大きな石を拾い、一つの頭に向かって投げた。石をまともに受けた頭はにぶい音を立てて割れた。しかし、まもなく新しい頭が二つ現れた。こうして人魚の頭は増えて五十個ほどになろうとしていた。

「もう何もするんじゃない！」アバクムが手を上げながら注意した。「みんな、もう何もするんじゃない！　暴力を使ったら状況《じょうきょう》は悪くなるばかりだ！　他の方法を見つけないと……」

「早くして……」

またもや人魚の標的にされそうなオクサがつぶやいた。

オクサは疲れきっていた。人魚の髪に顔をなでられるとあまりにも気持ちがいい……眠気に抵抗するのは不可能だ。さっき見たすばらしい幻覚に抵抗するのも……。体から力が抜け、この上ない幸福な感覚にとらえられ、心地よいまどろみに引《ひ》きずり込《こ》まれるように感じた。こんなにいい気持ちになったのは久しぶりだ。しかし、はっとして急にわれに返った。オクサの目の前で、彼女を抵抗しがたい幻覚に誘《さそ》おうとしていた人魚も含《ふく》めてすべての人魚を巨大《きょだい》な炎《ほのお》が焼き尽《つ》くそうとしていた。絹を裂《さ》くような悲鳴が反響《はんきょう》した。父親が痛みに身をよじっている。背中から闇《やみ》のドラゴンが現れて、ものすごい勢いで炎を吐《は》いているのだ。

「パパ！　やめて！　あたしはもう目が覚めたからだいじょうぶよ！」オクサがどなった。

すると、すぐに闇のドラゴンは小さくなってパヴェルの体にもどった。パヴェルはオクサに駆《か》け寄《よ》った。

「オクサ……おまえが人魚に連れて行かれるかと思ったよ！」

パヴェルはほっとしてオクサを強く抱《だ》きしめ、オクサは父親に体をあずけた。

「自分を抑《おさ》えることができなかったんだ、すまない……」

パヴェルはみんなに向かって謝った。

「父親や母親ならだれだって我慢できないでしょうよ、パヴェル！」レミニサンスがぎこちなく言った。「あなたの心が命じるままに行動したのだから、だれも責めることはできないわ。でも、わたしたちは対決しないといけない、あれと……」

五十個の頭が燃《も》え尽《つ》きたところだった。そして、今度は百の人魚がこれまで以上に凶暴《きょうぼう》な目をして、〈逃げおおせた人〉たちの目の前に浮かんでいた。

29 痛ましい犠牲《ぎせい》

「走って！」黒い蝶《ちょう》の声が響《ひび》いた。「できる限り早く走ってください！」

偵察《ていさつ》蝶は激しく羽ばたきながらトンネルの奥《おく》のほうに向かった。パヴェルはオクサの手をとって、蝶を追い、ほかの〈逃《に》げおおせた人〉たちもそれに続いた。

すると、人魚たちはぶるっと震《ふる》え、彼《かれ》らの後ろと横を固めるようについてきた。父親に引きずられて急いで走っているにもかかわらず、オクサは思わず人魚たちに目を向けてしまい、うっとりとするまどろみに襲《おそ》われた。走るスピードが落ち、足の動きが緩慢《かんまん》になり、心臓の鼓動《こどう》がにぶくなった。オクサの目がうつろになったのを見て取ったパヴェルは怒《いか》りのうなり声を上げた。

オクサは二つの世界を行ったり来たりしていた。両親がいて、ギュスの腕《うで》の中で苦しみも恐怖《きょうふ》もない光《ひか》り輝《かがや》く世界と、人魚の不吉《ふきつ》な力と格闘《かくとう》している恐《おそ》るべき敵意に満ちた世界だ。すばらしい幻想《げんそう》の世界のほうがよりオクサをひきつけ、その魅力《みりょく》に彼女《かのじょ》は次第に闘《たたか》う力をなくしていった。自分の心の底でそれほど熱望しているものにどうして打ち勝てるだろうか？　オクサが闘いを放棄《ほうき》しはじめているのに気づいたパヴェルは、娘《むすめ》を腕にしっかりと抱《だ》きながら、必死の逃走《とうそう》を続けた。

「オクサ、よく聞くんだ！」パヴェルは力強い声で言った。「ぼくが言うことをよく聞くんだ！ぼくの言葉だけに集中して、いいな？」

父の腕の中でなげやりになったようなオクサはうなずいて、その声になんとか注意を向けようとした。

「おまえは起きているんだぞ、オクサ！」パヴェルは厳しい声でいった。「おまえは、絵の中のどこかにあるトンネルの中に友人たちといっしょにいるんだ。悪意を持った人魚たちがぼくたちにつきまとっていて、みんなのなかで最も若い人間を罠《わな》にはめようとしている。あいつらはぼくには何もできない。それは、ぼくのなかの闇《やみ》のドラゴンが心の奥底《おくそこ》にある願望を抑制《よくせい》して人魚たちがそれを利用できないようにしているからだ。だが、おまえの心は素直だから抵抗《ていこう》できないんだ。だから、人魚たちの嘘《うそ》から心をそらすんだ。人魚は嘘をついているんだよ、オクサ。あいつらがおまえに見せているものは現実じゃない。それは、おまえが見たいと望んでいるものだ！ぼくたちがいま直面している現実に集中するんだ。トンネルの壁《かべ》をおおっている岩を見ろ！ぼくたちの周りを飛びかっている石を見ろ！道を案内してくれる蝶を見ろ！おまえの友だちのことを考えろ……ギュスやテュグデュアルのことを考えろ……。何が見えるか言ってごらん！ほら、オクサ、周りに見えるものを言ってごらん！ぼくたちはどこにいるんだ、オクサ？」

人魚たちの巧《たく》みな心理的な攻撃《こうげき》や、すきあらば襲ってくる眠《ねむ》けにもかかわらず、オクサは必死の努力をして父の助言に従おうとした。パヴェルにしがみついたまま、周りを見回し、再び同じ状態に陥《おちい》らないように、かたまりになって走っている〈逃げおおせた人〉たちの名前を一つ一つはっきりとした声で言ってみた。

「あたしたちはトンネルの中にいる」オクサはほとんど叫《さけ》ぶような声でいった。「周りにはおぞましい頭が飛んでいて、あたしたちはそれから逃げるために走ってる。後ろにはレミニサンスがいる。アバクムが彼女の右手を取り、レオミドが左手を取っている。レミニサンスはくたくたに疲《つか》れているみたいで、目がおかしいわ。人魚に抵抗《ていこう》するのが難しいみたい。テュグデュアルはその横にいて、フォルダンゴットを肩車《かたぐるま》してる。かわいそうなフォルダンゴット……両目を閉じていて、顔色が真っ白よ。怖《こわ》くてたまらないんだ、きっと。テュグデュアルは元気そう、頭がはっきりしてるみたい……」

オクサの声が急に弱くなった。人魚の一人が彼女の顔を長く柔《やわ》らかい髪《かみ》でなでたのだ。オクサの頭が父の肩にがくりと落ちた。

「続けるんだ、オクサ！」パヴェルは娘をゆさぶりながらどなった。「続けるんだよ！　ほかに何が見える？」

オクサはぐっすり眠《ねむ》っていたところを起こされたかのようにぶるっと震《ふる》え、父の厳しい言葉に従った。

「ピエールが見える！」オクサはパヴェルと同じくらい大きな声でどなった。「ヤクタタズが背中におぶさっていて、腕にギュスを抱《かか》えてる。いけない！　ギュスがまるっきりぼうっとしてる！」

ギュスの様子を見て、オクサは口をつぐんだ。ギュスは走り続けている父親の腕に抱えられたまま、涙《なみだ》を流しながらうめいている。人魚が五人も周りにいて、ギュスの顔の一部を髪《かみ》の毛《け》でおおっている。オクサには表情のないうつろな目しか見えない。

「お母さん！　あなたに会いたいといつも思っていたんですよ……」ギュスがつぶやいた。

「ギュスがやられたわ、パパ！」と、オクサが叫んだ。「お母さんが見えてるのよ！　いけない！　あぁーっ！　フォルダンゴットは何してるの？」

パヴェルは走るのをやめた。偵察蝶と〈逃げおおせた人〉たち、そして人魚もそれにならった。とつぜん、フォルダンゴットがテュグデュアルの肩から、人魚の幻想《げんそう》のせいでほとんど意識のないギュスのほうに飛び移った。重苦しい沈黙《ちんもく》のなかで時間が止まったように思えたが、ついにグラシューズ家の召使《めしつか》いが口を開いた。

「この極端《きょくたん》さに至ったことの無念さがわたくしの心を満たしています」

ギュスの顔から人魚の髪を手で払《はら》いのけながら言った。

フォルダンゴットは鼻をぐずぐずいわせてから、大きな丸い目でオクサの目をのぞきこむようにした。オクサはびくっとした。

「人魚たちは最も大きく開いた心のうち、一つを手に入れるまでしつこく追ってくるでしょう。妖精《ようせい》人間は致命《ちめい》的になりかけた弱点を見せましたが、心をコンクリートのように防水加工することができました。若いグラシューズ様とそのお友だちとレミニサンスが最も手に入れやすい標的であり、三人の抵抗《ていこう》力は人魚たちの技に対しては力がなさすぎるのです。大きな不幸は避《さ》けられません。心を一つ手に入れるまでは、人魚たちはしつこい攻撃《こうげき》を続けるでしょう。若いグラシューズ様の若いお友だちはもう闘《たたか》うことができません。心の放棄《ほうき》を始めました……」

「だめよ！　ギュスはだめよ！」オクサは悲しみのあまり叫んだ。

フォルダンゴットはオクサに近づいて、その手を肩においた。

「あなた様の召使いは解決策を持っています」

フォルダンゴットは力なく、しかし決然とした声で言った。

「それは何なの？」

オクサは涙に濡《ぬ》れた目をぬぐい、しゃくり上げた。

フォルダンゴットはさらにオクサに近づき、オクサをかがませて耳元に何ごとかをささやいた。オクサは青くなり、叫び声を上げまいと口を手でおさえたが、再び涙がほおを伝って流れた。そしてうろたえたようにギュスを見て、それからフォルダンゴットに視線を移した。アバクムとレオミドは事情を理解したかのように、悲しそうに、そして礼を言うようにフォルダンゴットを順番に腕に抱きしめた。

「人魚たちは崇高《すうこう》で優しい心を求めています」フォルダンゴットはほかの〈逃げおおせた人〉たちに向かって言った。「わたくしが持っている心は若いグラシューズ様のお友だちの救出を行なうことの深い願望で震えています。この願望は、あなたがたが心の中に持っているどんな願望よりも強いので、人魚たちはその魅力《みりょく》に抵抗することができません。これがわたくしの決意とお別れのあいさつです……」

〈逃げおおせた人〉たちがぼう然としている間に、フォルダンゴットは浮かんでいる頭の集団のなかに飛び込み、波打つ髪の毛の中に入っていくと、あっという間にそのなかに飲み込まれた。〈逃げおおせた人〉たちはみんな、掘《ほ》り起《お》こされたばかりの土の小山の周りに集まり、アバクムがフォルダンゴットへの弔《とむら》いの言葉を唱えている間、うつむいていた。

「わたしたちの感謝の気持ちは決して消えないだろう」アバクムはしわがれた声で言った。「われわれの記憶《きおく》をあてにしてくれていい。おまえの忠誠心は永遠にわたしたちの心に残るだろう」

オクサは泣き声をこらえようとしたので、思わずのどが大きな音を立てた。ぐったりと疲れ、ひどく悲しかった。即席《そくせき》で作られた小さな墓の方向に投げキッスをし、数メートル離《はな》れた木の下にいたギュスのところに行った。

ギュスも悲しみに打ちのめされているようだった。黒い髪が涙のたまった目の上にかかっている。青白い顔はゆがみ、頭を抱《かか》えていた。オクサがギュスの横に腰《こし》を下ろすと、ギュスはオクサに丸めた背中を向けた。オクサはしばらくの間黙《だま》っていたが、ギュスの肩《かた》に手をおいた。ギュスはびくっとし、いっそう顔をゆがませた。

「ぼくがああなるべきだったんだ……」ギュスはつぶやいた。

その言葉を聞くと、オクサの血が煮《に》えくり返《かえ》った。彼女はさっと起き上がって、ギュスの前にしゃがんだ。そして、ギュスのあごをもち、自分でも驚《おどろ》くほど乱暴な仕草でギュスの顔を上に向けた。

「そんなバカなことを口にするのはやめなよ。もう十分でしょ?」オクサは怒《いか》りにまかせて言い放った。「そんなこと言って恥《は》ずかしくないの？　フォルダンゴットに失礼じゃない……」

オクサの声は割れていた。彼女は唇《くちびる》をかみながら顔をそむけてから、もう一度ギュスに向き合ってその目をじっと見つめた。

「フォルダゴットへの敬意のために……彼女の犠牲《ぎせい》にあんたがふさわしいことを見せなくちゃ！　そうじゃないと、彼女の命を無駄《むだ》にしたことになるじゃない！」

自分自身の言葉の激しさにとまどいながらも、オクサは両手を腰に当てて挑《いど》むようににらんでギュスの前にじっとしていた。今度はギュスがオクサをにらんだ。その悲しみと怒りに満ちたまなざしにあうと、オクサは完全にうろたえた。すぐに、言いすぎたと後悔《こうかい》した。まただ……。ギュスは何か言おうとしたが、言葉が出てこなかった。それでもオクサをじっと見つめ続けるまなざしにいいようのない苦悩《くのう》が表れ、オクサはぎくりとした。彼女は少し迷ってから、手をそっとギュスの腕においた。

「ごめんなさい、ギュス……」オクサはささやいた。「あたしって、すごくがさつになるときがあるんだ……」

「しょっちゅうだろ……」ギュスは鼻をぐずぐずさせながら答えた。「こんなことになってほしくなかったんだよ、わかるだろ……」またフォルダンゴットのことにふれた。

「だれもそうなってほしくなかった」と、オクサは言った。「だれもそんなこと望んでいないし、そうなるとも思っていなかった。でも、あのトンネルのなかに閉じ込められちゃったから、恐ろしいことが起きることは避《さ》けられなかったんだよ。あたしたちのうち、だれかがあそこに残らないといけなかったんだ。現に、フォルダンゴットが人魚のなかに飛び込んだ瞬間《しゅんかん》、すべてが消えた！　トンネルも汚《けが》らわしい頭も全部消えたでしょ、ほら！」

ギュスは自分を納得させるように、オクサが手で示した周りの風景を見た。確かに、フォルダンゴットの犠牲によってトンネルも悪意に満ちた人魚も完全に消え去っていた。


トンネルが消えたとき、〈逃げおおせた人〉たちは緑したたる小さな島にいた。そこはまるでエデンの園のようで、見えない鳥の美しい歌声や、透明《とうめい》な滝《たき》つぼに水が落ちる音しか聞こえなかった。みんなはまだ生きていることが信じられないかのように、ぼう然と顔を見合わせていた。

レミニサンスは〈宙に浮《う》かぶ人魚〉との容赦《ようしゃ》ない闘いに疲れ果てて、気持ちのよい細かい砂の上に寝《ね》そべっていた。足はすり傷だらけで、ほおの傷からは血が流れていた。アバクムとレオミドはあわてて彼女に駆《か》け寄《よ》った。アバクムはレオミドがにらんでいるそばで、ずた袋《ぶくろ》から〈縫合《ほうごう》グモ〉――傷を縫《ぬ》うすばらしいクモだ――の入った小瓶《こびん》を出した。

ピエールはというと、少し前には人魚に完全に支配されていたギュスをしっかりと腕に抱いていた。彼はまだショック状態で、息子の命が奪《うば》われそうになっているのを見たときに感じた絶望感をまだ目に残していた。

パヴェルはオクサを細かい砂の上にすわらせてから、ひどく痛む自分の背中に手をやった。背骨を伸《の》ばすために体を弓なりにそらすと、びっくりするような大きな音がした。父が元気そうなのを見てとると、オクサの視線はテュグデュアルのほうに向いた。彼はフォルダンゴットの遺体の近くにしゃがんでいた。銀の指輪をいくつかはめた指で、勇気あるフォルダンゴットの色を失った頭をなでた。みんなは押《お》し黙《だま》ったまま、死んだフォルダンゴットをじっと見つめていた。ついにテュグデュアルが立ち上がった。彼は何も言わずに大きな平べったい石を探してきて、よく茂《しげ》った木の下の土を掘《ほ》り始めたのだった……。

いま、みんなは疲労《ひろう》と悲しみでぼう然とし、フォルダンゴットの墓に目をやるのを避けながら、次に起きることを不安げに待っていた。オクサだけが目を赤くし、胸をつまらせながら墓のほうに目をやった。オクサは涙を飲み込み、大声で泣き出しそうになるのをこらえるために深く息を吸い込み目をそらせた。

すると、滝《たき》つぼの周りに咲《さ》き乱《みだ》れている美しい花が目についた。花びらがあまりに鮮《あざ》やかな赤い色をしていたので、小さな炎《ほのお》が出ているように見えた。オクサは不思議に思って近づいた。その花の軸《じく》は葦《あし》のように長く優雅《ゆうが》で、風もないのにかすかに揺《ゆ》れている。オクサの最初の印象は間《ま》違《ちが》っていなかった。一つ一つの花の花びらから小さな炎が上がっていた。

「ウソみたい……」

オクサはうっとりして、花びらが燃え終わるのを待った。しかし何も起こらなかった。花びらは燃えているのではなく、炎そのものだった！

「フォルダンゴットが見たら喜んだろうな……」

墓のほうを悲しげに見ながら言うと、オクサはその花を一輪折ろうと手を伸ばした。地球上ではごく自然な動作だが、魔法《まほう》にかかった絵のなかでは事情が違《ちが》うようだ、ということは彼女にもすぐにわかった……。

「まあ、いったい何をしようとしているの？」オクサが摘《つ》もうとした花が文句を言った。「放してよ、苦しいじゃないの！」

オクサはすぐに手を放した。植物がしゃべるのにはもう慣れてきたのであまり驚かなかったが、花びらから真っ赤な雲のようなものが出てきて自分のほうに向かってくるのにはびっくりした。オクサは目をみはって後ずさりをした。

「これ、なに？」オクサは身を守るように両手を前に出した。「あちっ！　熱い！」その真っ赤な雲にほんのわずかに触《ふ》れると、手を振《ふ》り回《まわ》しながら叫んだ。

「ファイアーフラワーだよ」アバクムが教えた。「ミニチュアの火山みたいなものだ。どうもおまえは噴火《ふんか》させたようだな……見てごらん！」

オクサに触れた赤熱の雲を発した後、その植物は噴火を起こしていた。火花や溶《と》けたマグマのようなオレンジ色のものを噴出している。

「この植物はとっても怒《おこ》っているようですね」ヤクタタズがぽつりとつぶやいた。

この驚くべき光景を見つめながら、ヤクタタズはオクサの手を取った。すると、気持ちのよいひんやりとした感覚が火傷を癒《いや》してくれるのを感じた。

「いくらあなたが若いグラシューズ様でも、何でも許されると思ったら大間違いなんだから！」熱い溶岩《ようがん》を飛ばしながら、ファイアーフラワーが文句を言った。

「ごめんなさい」オクサはTシャツに降りかかってくる火の粉をはらいながら謝った。「あなたがあんまりきれいなんで……摘んでフォルダンゴットの墓に供えたかっただけなんだけど……」

「ただ摘みたかっただけですって？」ファイアーフラワーはよけいにいきり立った。「だれにも教えてもらわなかったの？　ファイアーフラワーは摘むものじゃないって！」

「ごめんなさい」オクサは顔をしかめながら繰《く》り返《かえ》した。

「ファイアーフラワーは摘むものじゃない。でも、増えるのよ！　ほら、わたしが親切じゃないなんていえないでしょ、まったく！」オクサの頭を越えて溶岩を飛ばしながら言った。

「見ろよ、オクサ……」

テュグデュアルがフォルダンゴットの墓のほうを指差して言った。

こんもりと盛り上がった土の上に溶岩が落ちると、すばらしいファイアーフラワーが土からぐんぐん伸びてきた。しばらくすると、燃え上がる花がその周りにひと抱えほども生えた。

テュグデュアルがオクサにウインクした。

「ここは火事だらけですね……」

ヤクタタズのつぶやきにオクサは思わずほほえんだ。彼女はかがんでヤクタタズを腕に抱き、ファイアーフラワーにおおわれた墓に最後の視線を向けると、くるりと向きを変えた。

「さあ……ここはどんなところかな……」

オクサは涙をぬぐいながらつぶやいた。

30 疑問がいっぱい

ドヴィナイユがアバクムの上着から顔を出し、小さなくちばしを満足そうに忙《いそが》しく動かした。

「やっと！　わたしの極端《きょくたん》な繊細《せんさい》さにぴったりの場所だわ！　わたしの願いを理解してくれる人がいてうれしいわ。摂氏《せっし》三十一度、湿度《しつど》七十％、無風で、強すぎない輝《かがや》く光。完璧《かんぺき》だわ！」

「ここはどこ？」

滝《たき》つぼの上に突《つ》き出《で》た岩の上にいるガナリこぼしのほうを振《ふ》り向《む》きながら、オクサがたずねた。

ガナリこぼしは頭を軽く振りながら、まじめに答えた。

「現在の場所の指標に関しては、〈心の導師〉の呪《のろ》いによって消されています。というのは、前にも申し上げましたように、ここは基本方位も、高さも深さもないところだからです。距離《きょり》や時間の尺度もこの絵のなかにはありません。しかし、若いグラシューズ様、外部の場所は変化しました。いまはロンドンの中心部南方向にずれました。テムズ川がすぐ下にあり、九十六メートルの高さのところ、南向きで直径七メートルの円形の多色ガラスの壁《かべ》に付いています」

アバクムとレオミドはその描写《びょうしゃ》に驚《おどろ》いてまばたきしました。

「おまえの言っていることは確かかい？」

その質問は不要だとわかっていたが、アバクムはたずねずにはいられなかった。

「確かです。わたしが間違《まちが》えることはないことは信用してくださってけっこうです」

ガナリこぼしはうやうやしくお辞儀《じぎ》をしながら答えた。

「じゃあ、絵は高さ九十六メートルのところにあるんだね？」

アバクムが心配そうに問い返した。

「そのとおりです！」ガナリこぼしはうなずいた。

「でも、そんなに高いところに、あたしの家はないけど！」オクサが反論した。「ロンドン自体がそんな高さなら別だけどね……。海抜《かいばつ》のことを言ってるの、ガナリ？」

「いいえ、若いグラシューズ様、地面からの高さです」

「おかしいなあ……バーバの秘密のアトリエだって、そんな高くはないはず。一階から数えて階段がせいぜい三十段くらいかな、それ以上じゃないよね」

「正確にいうと、わたしたちは階段を四百三十七段上がったところにいます」

ガナリこぼしがさらに詳《くわ》しく説明した。

「何かが起きたに違《ちが》いない……」アバクムが心配そうにつぶやいた。

レミニサンスは問いかけるようにアバクムを見てから、レオミドのほうを向いた。

「これにはわけがあるはずだよ」レオミドは落ちついた調子で言った。「ドラゴミラを信用して、われわれの行く先に集中したほうがいいだろう」

「そのとおりだ」アバクムが賛成した。「偵察蝶《ていさつちょう》、この場所について何か知っているかい？」

黒い蝶が〈逃《に》げおおせた人〉たちの輪の真ん中にやってきた。

「わたしたちは三層を抜《ぬ》けました。森と海の丘《おか》と人魚のトンネルです」偵察蝶が説明を始めた。

「いま、わたしたちは、新たな層に進む前に基本に戻《もど》る中間点《メディウス》という場所にいるのです」

「新たな層に直面するっていうことね……」

オクサが皮肉っぽくヒューと口を鳴らした。

「そのとおりです、若いグラシューズ様。一つ一つの層は、直面し克服《こくふく》しなければならない試練です」

「〈心の導師〉は毎回一人ずつ、わたしたちのうちのだれかを殺すの？」

オクサは苦々しげにたずねた。

蝶はオクサのほうに飛んできて、彼女《かのじょ》の顔の数センチ前でとまった。

「いいえ、若いグラシューズ様。それはあなたの勘違《かんちが》いです。〈心の導師〉のせいではありません。現在の〈心の導師〉の状態ではあなたがたに害を及《およ》ぼすことはできないのです」

「そうとは思えないけどな！」ギュスの声は怒《いか》りに震《ふる》えていた。

「襲《おそ》ってくる不幸はあなたたちに向けられてはいません。次々に起こる試練の標的はあなたたちではないのです！」と偵察蝶がさらに強調した。

「でも、わたしたちが乗《の》り越《こ》えないといけないのよね……」レミニサンスが言った。

蝶は小さなため息をもらした。

「〈宙に浮《う》かぶ人魚〉はあなたがたに対して送られたのではありません。この絵を支配している悪意の発現にすぎないのです。絵画内幽閉《ゆうへい》されるべきだったのはオーソン・マックグローだったということを忘れないでください……」

オクサはしばらくの間考えてから、口を開いた。

「〈宙に浮かぶ人魚〉はもともとオーソンに何をしようとしたの？」

「彼《かれ》が消した過去、現在の彼の基礎《きそ》を作った過去に連れて行くことです。人魚たちは、わたしたちが心の底に持っているものを利用します。わたしたちが意識していない願望や後悔《こうかい》すら引き出せるのです。そうやって、わたしたちを捕《つか》まえるために罠《わな》に誘《さそ》い込《こ》むのです」

「でも、前に幻覚《げんかく》や幻想とか言ってたよね！　それって同じことじゃないよ！」

ギュスが反論した。

「願望あるいは後悔《こうかい》が、われわれがコントロールできる現実になったと信じ込ませることは、最も強力な幻覚ではないでしょうか？」黒い蝶はギュスのほうを向いて答えた。

「手ごわいよね……」オクサがつぶやいた。

ということは、彼女の密かな願望は、母マリーの回復とエデフィアと……ギュスへの愛だということだ。オクサはギュスをちらと見て赤くなった。彼女自身が認めたくない感情をほかの人に知られたかもしれないという思いにうろたえた。オクサが目をそらすと、興味深そうに彼女を見つめているテュグデュアルの視線に会ってどぎまぎした。オクサはファイアーフラワーのように真っ赤になり、何もかも見透かしたような目にとまどった。

「ねえ、ギュス、人魚がおまえの精神を支配したとき、何を見た？」

テュグデュアルはオクサから目を離《はな》さずにたずねた。

ギュスは答えるのをためらった。髪《かみ》をかき上げてから、小さな声でささやいた。

「母親を見たんだ。ぼくの知らない母親を」

ピエールはスズメバチに刺《さ》されたかのようにびくっと体を起こし、あわててギュスをじっと見つめた。

「わたしもだよ、ギュス……」アバクムが言った。「わたしの知らない、これからも知ることはない母親を見た。母と父をね……。あの汚《けが》らわしい人魚たちはどうしたらいいかよくわかっていたんだな。目標に向かって一直線さ！」

こぶしを握《にぎ》ったピエールに、ギュスは心配そうな視線を向けた。

「どうして？　どうしていまごろになって？」ピエールがぼそぼそ言った。

「自分の心のなかにそういう願望があることすら知らなかったんだ、パパ……」ギュスは恥《は》ずかしそうにつぶやいた。

「あんたのせいじゃないわ、ギュス！」オクサが大きな声でいった。「自分を生んだ人に会いたいと思ったって、恥ずかしいことじゃないよ！　そりゃあ、いまさらって気はするけど、気にするほどのことじゃないって！」

「ごめんなさい、パパ」まだ恥じ入ったようにギュスが謝った。「知らなかったんだ……そんなこと思ってなかったんだ……ぼくはママとパパがすごく好きなんだ！」

ピエールはギュスのそばに来て、目を潤《うる》ませながらギュスを抱《だ》きしめた。

「わかってる、わかってるよ……」ピエールはしゃがれた声でつぶやいた。

「出自というのは人間にとって最も重要なことだ」アバクムは言葉を選びながら言った。「それがなかったら、人間は何者でもない。自分が何者であるかを部分的にでも知らないことは、自分を不完全な存在にし、常に何か根本的なことが欠けているように感じさせるんだ」

ギュスの父親は顔をそむけて手《て》の甲《こう》で涙《なみだ》をふいた。

「ギュスがそういう幻覚に引き寄せられたのは当然だ」アバクムが続けた。「それは彼のなかに生涯《しょうがい》残るだろうが、ジャンヌやきみを愛する気持ちを邪魔《じゃま》するものじゃない。わたしを見てくれ、ピエール！　わたしは八十歳《さい》をすぎているが、決して忘れられない深い愛情を抱《いだ》いたすばらしい人たちによって育てられた。だが、もしわたしにただ一つの望みがかなえられるなら、それはわたしに生を与《あた》えた人たちに会うことだ。だれもそれを妨《さまた》げることはできない。ギュスはきみたち、ジャンヌときみを愛しているから、その願望は裏切りなんかじゃない。彼はきみたちをだれよりも愛しているんだ。わたしたちはそのことを知っている。きみだって知ってるだろう？」

ピエールがわっと泣き出した。傷ついた熊《くま》のようなうなり声をはり上げ、ギュスをさらに強く抱きしめて、耳元に何ごとかをささやいた。ギュスは大きなブルーの目を上げ、やわらかいほほえみをかすかに浮かべた。

31　天国のような場所

「ねえ、この天国みたいなところを見学してみたらどうかな？」

いつもの活発な調子で提案すると、オクサはぴょんと跳《は》ね起き、ガナリこぼしが鎮座《ちんざ》している岩によじ登った。

元気そうにふるまいながらも、悲しみはずしりと心にのしかかり、心を蝕《むしば》んでいる。フォルダンゴットの丸々とした顔が再びよみがえってきて、涙《なみだ》で目が曇《くも》った。人魚たちが襲《おそ》いかかったとき、彼女《かのじょ》はどういう幻覚《げんかく》を見たのだろうかとオクサは考えた。マロラーヌのもとで過ごした〈クリスタル宮〉での生活のことだろうか？　緑マントの見事な森のことだろうか？　かわいそうなフォルダンゴット……。

オクサは嗚咽《おえつ》を我慢《がまん》し、あふれそうになる涙を抑《おさ》えようと深く息を吸い、自分を励《はげ》ますように周りを見回した。この悲しさに飲《の》み込《こ》まれないためには、無理やりにでも前に進まなければならない。不気味なトンネルを抜《ぬ》けた後、いま〈逃《に》げおおせた人〉たちがいる場所は前進する気持ちを促《うなが》すにはぴったりだ。夢のように美しい、熱帯のようなこの場所は、まさに天才的創造者の神話から現われたかのようだ。

「すごくステキなところ！」オクサは自分の興奮がほかの人にも伝染することを期待しながら叫《さけ》んだ。「この水、見た？　こんなに青いのに、こんなに透《す》き通《とお》ってる！　ホント……魔法《まほう》みたい！」オクサは神経質そうな笑いをもらした。

滝《たき》つぼの周りには、おいしそうな大きな果物の重みでたわんでいる木々があった。まるでオクサの心を読んだかのように、最も果実を多くつけた木の枝がオクサの手のとどくところまで下りてきた。すると、オクサは自分がひどく空腹なことに気づいたので、手を伸《の》ばして、けた外れに大きいアンズのようないちばん熟れていそうな果物をもいで、かぶりついた。なんともいえない甘美《かんび》な果汁《かじゅう》が口中に広がり、とたんに疲《つか》れを癒《いや》してくれた。オクサはそれをがつがつとむさぼってから、再び周りの豊かな緑に目を向けた。光る木の葉の間には、金色の小さな鳥がピイピイ鳴きながらあちこち飛び回り、不思議な薄紫《うすむらさき》色の太陽の光を受けて輝《かがや》いていた。

「ウソ！　プチシュキーヌじゃない！」

オクサが手を伸ばすと、そのなかの一羽――わずか数ミリの大きさだ――がおとなしく手のひらに乗った。

「ハーイ、プチシュキーヌ！」オクサは鳥をそっとなでた。

「わたしの心からの敬意を若いグラシューズ様にお受けいただけますように！」

その鳥は目に見えないほど小さな頭を下げてあいさつした。

仰々《ぎょうぎょう》しい言い方に、オクサはいつものように困惑《こんわく》して吹《ふ》き出《だ》した。にっこりとして父親を見つめ、それからほかの人たちやギュス、テュグデュアルへと視線を移した。

「おまえはホントにかわいいね、プチシュキーヌ！　おばあちゃんもおまえのようなのを二羽持ってるの、知ってる？　イヤリングにした止まり木に乗せてんのよ！」

「古いグラシューズ様の耳を飾《かざ》るのは、わたしの仲間にとって非常な名誉《めいよ》でしょう。運がいいこと！」小さな鳥はかん高い声で叫んだ。「そのような光栄にあずかる資格がある仲間でしょうか？」

「う～ん……そうでないときもあるけどね」オクサは笑いながら答えた。「お行儀《ぎょうぎ》がよくないこともあるけど、とってもかわいいから、いつも許してもらえるんだ！」

「あれっ、まるでどこかの若いグラシューズ様みたいだな……」

ギュスが横目でじろっとオクサを見ながら言った。

「ちょっと！　ただじゃおかないから！」

オクサがギュスに跳《と》びかかり、二人はファイヤーフラワーのそばのやわらかい砂の上に頭から落ちたものだから、ファイヤーフラワーは驚《おどろ》いて火花を噴《ふ》き出《だ》した。二人は笑いながらごろごろ転がっていき、滝つぼのなかに落ちた。

「ねえ、来て！　ここ、すごいよ！」

ほほえみながら成り行きを見守っていた〈逃げおおせた人〉たちに向かってオクサが叫んだ。

「さて、そうするかな」

アバクムは前あわせになった上着と深靴《ふかぐつ》を脱ぎ、滝つぼから二、三メートルの高さに突《つ》き出《で》た岩に登ると、透明《とうめい》な温かい水のなかに飛《と》び込《こ》んだ。何度か水をかくと、ギュスに水をはねかけているオクサのところに来た。

「若いグラシューズ様だって！　クレイジーな子犬っていったほうがいいんじゃないか！」

ギュスはいたずらっぽい目を輝かせながら大笑いした。

「うーっ！」オクサはギュスに跳びかかりながらうなった。「だれがクレイジーな子犬だって！」

オクサはおもしろがってギュスを水の中に沈《しず》めようとした。しかし、そのたびに思いがけない抵抗《ていこう》にあって失敗した。

「抵抗すんの？　若いグラシューズ様のご意向にさからうつもり？」

「そんなことないよ、若いグラシューズ様！」ギュスは笑いすぎて涙を流していた。「命令に従って立ったまま沈みたいけど、見ろよ！　できないんだよ！　水面に浮《う》いてくるんだ！」

「こっちに来てごらん！」アバクムが声をかけた。

アバクムは滝つぼの真ん中に立っていた。そこが最も深い場所だ。彼《かれ》は体を丸めて水の中にもぐろうとしたが、水面に近いところで回転しただけだった。

「底に行けない。水が濃《こ》すぎるんだ！」と、アバクムが言った。

「ホントだ！」首まで水につかり、オクサは立ったままでアバクムのほうに近づいた。「深さは少なくとも十メートルはあるはずなんだけど、沈まないんだ！　すごい！」

「わあ！」ギュスもオクサのところまでやって来た。「パパ、おいでよ！」

ピエールは息子の誘《さそ》いに応じて、水に飛び込んだ。だが、自分を保護者と思っているらしいヤクタタズを砂地の岸においてくることは忘れなかった。

「水のスポーツが好きだったかどうか思い出せないなあ」ヤクタタズはいつものさめた調子でつぶやいた。「濡《ぬ》れますか?」

「そういう危険性はあるね……」

今度はテュグデュアルが黒いTシャツを脱《ぬ》ぎながら答えた。

日の光に輝《かがや》くテュグデュアルの青白い上半身にオクサの視線がひき付けられた。それに気づかず、彼は滝つぼに飛び込み、真ん中にかたまっているオクサたちに合流した。

「だいじょうぶ?　ちっちゃなグラシューズさん」

わざと何気ないふうにテュグデュアルが問いかけた。

「もちろん!　ここってステキ!」

自分の感情を隠《かく》すために、オクサはどきどきしながら水面に仰向《あおむ》けに浮いた。テュグデュアルはその周りをサメのように泳いでいる。

「痛そうだな……」

テュグデュアルはパヴェルのほうを見ながら言った。

オクサはもとの姿勢にもどると、滝つぼのほとりにしゃがんでいる父を見つめた。片手ですくった水をドヴィナイユの羽にかけてやっている。ドヴィナイユはコッ、コッとうれしそうな声で鳴いている。その様子にほほえみながらも、パヴェルのひきつった顔は激しい苦痛を表していた。

「パパ!　泳ぎに来たら!　ねえ!」心配になったオクサは父親を呼んだ。

パヴェルは立ち上がって腰《こし》に手をあて、伸びをした。

「いま行くよ！」と、大きな声で言いながらも顔をしかめた。

パヴェルは少しの間迷っていたが、決心してぼろぼろになったTシャツを脱いだ。前から見ると、肩《かた》に少しだけ見える刺青《いれずみ》を除けば闇《やみ》のドラゴンがいることは全くわからない。水は温かく、底は柔らかい砂であるにもかかわらず、パヴェルはおそるおそる前に進んだ。それから注意深く上半身に水をかけたとき、水のかかった背中から白い湯気が上がるのを見たオクサは、目がおかしくなったのかと思った。パヴェルはまた顔をしかめ、ほとんど聞こえないうめき声を上げた。オクサはその様子をじっと見つめた。そのそばでテュグデュアルも不思議そうにパヴェルを見つめていた。すると、オクサが見たものを裏付ける不思議な現象が起きた。パヴェルが水に体を沈めると、もうもうとした蒸気の煙《けむり》がじゅうじゅうと音を立てて背中から上がったのだ。パヴェルはひきつった目をして、思わずうなり声を上げた。

「パパ！」オクサは急いで父親のほうに水をかき分けて進んだ。

パヴェルの周りで大量の蒸気が渦《うず》を巻いて立ち上がり、彼はふらふらしている。

「パパ！」オクサは再び呼びかけた。「あたしにつかまって。水から出るのを手伝うから！」

「いや、だいじょうぶだよ、オクサ！」パヴェルはとぎれとぎれに返事をした。「水は気持ちがいいんだ。ぼくのなかの火を消してくれたよ。ああ、気持ちがいい……」

「ホント？」オクサは疑りぶかそうに聞いた。

「背中に火がつくかと思ったよ。燃えるようだった」

「わあ、ひどい！」

「焼肉になりたくなかったら、闇のドラゴンをコントロールする方法を真剣《しんけん》に考えないといけないだろうな。バーベキューソースをかけた父親が好きなら別だけど……」パヴェルはオクサお馴染《なじ》みのまじめくさった調子で言った。

「パパ！」オクサは父の腕《うで》をぴしゃりとたたいた。「どうしてこんなことで冗談《じょうだん》が言えるの！」

「笑うほうがいいのさ、オクサさん……」パヴェルは苦々しげに言った。

苦しまないために笑うのか？　死なないために笑うのか？　父親をじっと見つめながら、その二つの疑問がオクサの心を突《つ》き刺《さ》した。周りで水がポコポコ音を立てているなかで、二人はそうして向き合ったままじっとしていたが、しばらくすると、パヴェルがオクサの手を取って果樹の下に連れていった。

「さっきまで楽しそうだったじゃないか……」パヴェルは娘《むすめ》にやさしく言った。オクサを心配させていたことは終わったのだと言いたかったのだ。「あのおいしそうなアンズを一つ味わわせてくれるかい？　ここらでちょっと力を付けておかないと、な？」

オクサは立ち上がる必要すらなかった。彼女と父親が座っているすぐ上の木が手の届く高さまでかがんできて、いちばん見事な果実を取らせてくれた。滝つぼの周りではみんなが休んでいた。水浴びで心身がほぐれ、すばらしい環境《かんきょう》に癒《いや》されていた。

「レミニサンスを見て、あそこ！」アンズの果汁で口の周りをべとべとにしながら、オクサが言った。「レオミドが何かと世話をやいてる……」

少し離《はな》れたところの二本の木の間で、立派なイチジクの木にからんだ蔓《つる》を使ってレオミドが編んだハンモックに乗ってレミニサンスがのんきに揺《ゆ》れていた。その下では、真珠貝《しんじゅがい》のように光る緑色の大きなトンボがブンブンうなりながら彼女に風を送っている。〈縫合《ほうごう》グモ〉がよく働いたと見えて、彼女の足はかすり傷一つなくきれいだ。しかし、レミニサンスはぐったりと疲《つか》れている。両手を胸の上で組んで眠《ねむ》っているようだが、紫《むらさき》がかった目の隈《くま》が疲労《ひろう》をあらわにしていた。そのそばでは、レオミドが厳しく暗い目つきをして木にもたれかかっていた。巨大《きょだい》なマンゴーに似た果物を食べている間、レミニサンスから目を離さなかった。

「レオミドおじさんにとってはきっと辛《つら》いよね……何年も経ってから愛していた人に再会するなんて……」オクサがつぶやいた。

「しかも、彼女が死んでいたと思っていたんだからな」パヴェルが付け足した。

「アバクムおじさんもレミニサンスに恋《こい》していたと思う？」

少し離れたところに座っているアバクムの視線に気づき、オクサがたずねた。

パヴェルはのどをかいた。

「そうだと思うな」レミニサンスにじっと注がれるアバクムの視線を追いながら、パヴェルは答えた。「でも、アバクムは責任感の強い人で、陰《かげ》の人間だということを忘れるんじゃないよ。生まれた時からグラシューズ家に献身《けんしん》してきた。まずマロラーヌ、そしてその子どものレオミドとドラゴミラ、それからその子孫であるぼくたちに。ぼくたちのなかで最も強いにもかかわらず、常に控《ひか》えめなんだ」

「それって、献身以上だよね！」オクサが言った。

「アバクムはそういう人なんだ。何をおいても忠誠心さ」

「愛すらも……」テュグデュアルの声が響《ひび》いた。

オクサはさっと振《ふ》り返《かえ》った。テュグデュアルはアンズの木の一番下の枝に横になっていた。

「それが本当の力さ！　自分を支配しうるものをも支配できること」

さらにテュグデュアルが続けた。

「どういうこと？」

父親の楽しそうな視線を受けながら、当惑《とうわく》したオクサが聞き返した。

テュグデュアルはじっと空を見上げたまま、のんびりと頭をかいた。

「支配されるということは、負けに向かうことさ。自分を服従させるものをコントロールできたら、だれよりも強くなれる」と、テュグデュアルは答えた。

オクサは眉《まゆ》をひそめた。

「ちっちゃなグラシューズさんは例が必要なようだな」テュグデュアルが楽しくてたまらないというふうにほほえみながら、さらに続けた。「支配するという強い可能性を秘めている感情を例に挙げよう。それは愛だ。そういう感情に身を捧《ささ》げることは非常に危険だ。その感情はコントロールできないからだ。だが、もし、その感情を克服《こくふく》できるなら、つまり前進し続けるためにそういう感情を超越《ちょうえつ》できるなら、たいしたもんだよ！　そういう人は無敵だ！」

「そうかもしれないけど……」オクサはうなずいた。「でも、それはすごく辛いことじゃない？」

「もちろんさ！」テュグデュアルは笑い出した。「じゃなかったら、簡単すぎるじゃん！　人生はおとぎ話じゃないんだぜ！」

「あんたと話してたら、それを忘れることはないよね！」

オクサはぶつぶつ言うと、近づいてくる黒い蝶に顔を向け、頭を切《き》り替《か》えた。

「若いグラシューズ様、〈逃げおおせた人〉の皆《みな》さん、こちらに来て見てください。次の層に行く通路を見つけたように思います……」と、偵察蝶《ていさつちょう》が告げた。

32　ためらい

オクサはすぐに起き上がった。〈逃《に》げおおせた人〉たちもそれに続いた。蝶《ちょう》は滝《たき》つぼに沿ってみんなを滝のところに連れて行った。

「ここです！」

アバクムが進み出て、落ちる水に鼻を近づけ、よく見ようと目を細めた。

「何も見えない……」

「頭を入れてごらんなさい」と、蝶が促《うなが》した。「体がこちらに残っている間は何も起こりません」

レオミドとピエールにしっかりと片手ずつ握《にぎ》られ、アバクムは蝶の助言にしたがって頭を滝の中に入れた。大量の水が背中を打ち、ほかの人たちにしぶきが飛んだ。しばらくしてからアバクムは頭を水のカーテンから引き出した。

「どうなの?」せっかちなオクサが、すぐに聞いてきた。

アバクムはさっと顔をこすり、ひきつった顔をして答えた。

「次の段階に立ち向かうには、勇気と力をもって備えなければいけないようだ……」

「あたしも見ていい?」

「うん……」アバクムは仕方なくうなずいた。

父親とピエールにしっかりと手を引っぱられて、今度はオクサが頭を滝の中に入れた。目の前に一面に広がる恐《おそ》ろしい風景が見えると、肩《かた》を打つ水の重さなど意識から吹《ふ》き飛《と》んだ。ほとんど黒に近い灰色っぽいほこりにまみれた広大な土地に、灰の舞《ま》う暴風が吹き荒《あ》れている。そのすさんだ土地の上には、黒っぽい木目模様がついたような空があり、真っ黒な稲妻《いなずま》が地面にある深い裂《さ》け目《め》に不気味な光を投げかけている。その地獄《じごく》のような光景に加え、陰気《いんき》なぎしぎしいう音が混じった、太鼓《たいこ》のとどろきのような耳をつんざく音が聞こえた。衝撃《しょうげき》を受けたオクサは頭を滝から出し、天国の名にふさわしいこちら側の柔《やわ》らかい光に目がくらんで目をしばたいた。

「すごい……」

「〈不毛の地獄辺境〉です」と、蝶が説明した。

その言葉を聞くと、レミニサンスとギュスはうめき声を上げた。二人がほかの人に比べてもろい——理由は違《ちが》うけれども——ことがわかっているオクサは二人を見た。たった一人で長い間絵のなかをさまよってきたためにひどく弱っているレミニサンスが悲壮《ひそう》な決意をしようとしているのを見るのはつらかった。レミニサンスはとても疲《つか》れているようだ……。顔はひきつり、唇《くちびる》はゆがみ、レオミドの腕《うで》に救命ブイにすがるかのようにしがみついていた。みんなを待ち受けている、滝の向こうのすさんだ世界に彼女《かのじょ》は耐《た》えることができるだろうか？

それに、ギュスは？　よく考えると、若く体力に恵まれているにもかかわらず、最も危険にさらされているのはギュスだ。レミニサンスは力つきているとはいえ、匠人《たくみびと》である上にミュルムの血が流れている。ギュスは〈外の人〉にすぎない。大きな違いだ。彼《かれ》には超能力《ちょうのうりょく》はない。行く手に立ちはだかるさまざまの危険から逃《のが》れるためには、完全にほかの人たちの助けが必要だ。

オクサの目はフォルダンゴットの墓のほうに向いた。オクサがぶるっと震《ふる》えると、アバクムが近づいてきた。

「わたしたちはみんな危険な状況《じょうきょう》にある」アバクムは悲しげな声で言った。「でも、新たな悲劇を避《さ》け、この苦境から脱出《だっしゅつ》するために全力を尽《つ》くさなければならない。おまえが怖《こわ》がるのは当然だよ。でも、われわれには確かな切り札があるのを忘れてはいけない。おまえのお父さんと闇《やみ》のドラゴン、レオミドとその体に流れているグラシューズ家の血、レミニサンスとピエールの匠人の能力、それにテュグデュアルと彼のさまざまな能力……」

「みんなの邪魔《じゃま》をするしか能のない足手まといもいるし……」

ギュスがいらいらした様子で口をはさんだ。

「時には過激になる女の子の精神安定のために非常に役に立つことを何度も証明してみせたギュスもだ。だれにも自分の役割があるんだよ」アバクムが厳しい声で言った。

「とくに、みんなが同じトラブルに陥《おちい》っている場合はな……」

テユグデュアルは肩をすくめた。

「その通りだ！」と、アバクムはうなずいた。「それに、ギュス、人魚の標的になったのはきみだけじゃなかったことを思い出してもらいたいね」

「そうよ！」オクサが叫《さけ》んだ。「妖精《ようせい》人間のアバクムでも、グラシューズのあたしだって標的にされたんだから、あんたとあたしたちに違いは全然ないんだって！」

ギュスは地面をつま先でこすりながら、その言葉を肯定《こうてい》するようなことをぶつぶつと口のなかでつぶやいた。

「ギュスを黙《だま》らせたわ。一件落着！」オクサが両手をもみながら声を上げた。

「もういいよ！　威張《いばっ》ちゃってさ……」ギュスの前髪《まえがみ》に隠《かく》れた目に笑いがただよった。

「それから、オクサ、一番大事なことを忘れるんじゃないよ。おまえは若いグラシューズなんだよ」アバクムはオクサの肩にバンと両手を置いた。

オクサは眉をひそめ、下唇《くちびる》をかんだ。

「うん……そうだけど……それが有利だという気がしないんだよね！　おじさんたちに比べると大したことできないもの」

「あれ、ちっちゃなグラシューズさん、〝急性ギュス性自信喪失《そうしつ》〟の菌《きん》にやられたらしいな」

テユグデュアルが皮肉を言った。

アバクムはグレーの目でオクサの目をじっと見つめた。

「大事なのは、おまえに何ができるかということじゃないんだ。おまえが体現していること、おまえが持っている可能性だよ。自分ではまだ意識していないかもしれないが、オクサ、おまえがわれわれの最大の切り札なんだよ」

全員が考《かんが》え込《こ》むように目を伏《ふ》せた。

「次の層についての情報に興味がありますか？」

とつぜん、ドヴィナイユが沈黙《ちんもく》を破った。

「ほらね、ギュス、一人一人に役割があると言っただろう……」アバクムが目配せをしながらささやいた。「もちろんだよ、ドヴィナイユ、聞かせてくれ！」

「次の層は気候が極端《きょくたん》なので非常に辛《つら》いですよ。そこの気温は――およそ四十五度です――わたしはうれしいですが、湿度《しつど》がほとんどないので、気温は理想的でも、かなり苦しいはずです」

「どういうこと？」すぐにオクサがたずねた。

「水がまったくないんです。完全なる究極の干ばつです！」ドヴィナイユが叫んだ。「わたしの考えでは、最悪の状況《じょうきょう》だと思います。それに、わたしが知覚できたことによると、煤《すす》のような細かい粒子《りゅうし》で空気は飽和《ほうわ》状態。窒息《ちっそく》しないような自衛手段が必要です。どなたかがわたしを保護するためにポケットを提供していただければいいんですが。死にたくはないので……」

アバクムはうなずいて、ドヴィナイユに先を促《うなが》した。

「それ以外には、地面について警告しなければいけないでしょう。地面には底なしの裂《さ》け目《め》がしま模様にあるんです。そこに落ちると、おしまいです」

「サイコー……」ギュスがつぶやいた。

「底なしの裂け目って、どういうこと?」オクサがまたたずねた。

ドヴィナイユは目をくるりと上に回して、いらいらと体を揺《ゆ》らせた。

「明白でしょ!」ドヴィナイユは大きな声を出した。「底がないんですよ! 落ちると、もう底なしなんですよ! 虚空《こくう》! 無なんです!」

「なるほどね……」オクサはかすれた声で答えた。「落ちないように注意すればいいんだよね」

「そんなに簡単なことだと思っているんですか!」ドヴィナイユが反論した。

「なんて心強い励《はげ》ましだろう!」テュグデュアルが茶化した。

「次の層を通過したら——あなたがたが成功すればだけど——〈心の導師〉の神殿《しんでん》に着くはずです」

「神殿自体が一つの試練になっています。一番大事なことは、絵画内幽閉《ゆうへい》の解除がそこで決定することです」と、黒い蝶がつけ加えた。

「その〈心の導師〉のやつにしてやりたいことがある! きれいなファイヤーフラワーをプレゼントして、炎《ほのお》を吐《は》きつけてやるんだ!」オクサはそう毒づいた。

「わたしは、むしろ食料をできるだけ多く準備することを提案したいね」と、アバクムが言った。

「果物、それにとりわけ水が必要だ。ほこりに関しては、あそこの岩の下にある植物が使えるだろう。記憶《きおく》に間違《まちが》いがなければ、あれはスポンジューだ。無数の小さな穴があるおかげで、空気をろ過するスポンジのような役目を果たす。わたしがそれでマスクを作ろう。大いに役立つはずだ……」

ギュスはおびえたようにアバクムを見た。

「いまから、その地獄《じごく》に行くっていうことなんですか？」

「待ってもしょうがないだろ？」テュグデュアルがつぶやいた。

「もちろん、きみにはたやすいだろうさ！」ギュスが言い返した。「自分の得意な分野だもんな！不気味なほどきみにはいいんだろ！」

テュグデュアルは肩をすくめて、ギュスのほうを向いた。

「おまえの想像と違って、おれたちを待ち受けているものを喜んじゃいないよ……」

テュグデュアルは真剣《しんけん》な面持ちで言い返した。

「けんかしてる場合じゃないだろ」パヴェルが口をはさんだ。「テュグデュアルは間違ってはいない。ここで待ってもしょうがないんだ」

「ここは最高なのにね……」オクサがつぶやいた。

「そうだな……」パヴェルはうなずいて、オクサの手を取ってぎゅっと握った。「だが、ぼくたちが何よりも望んでいることは、この絵から出ることじゃないかい？　ここに残っていたら、出られないんだよ」

パヴェルの言い分はもっともだし、それはみんなわかっている。パヴェルの言葉に応じて、アバクムはクラッシュ・グラノックを取り出し、高らかな声でこう唱えた。

拡大泡《かくだいほう》、拡大泡
遠いものがいちばん近くに

アバクムはクラッシュ・グラノックから出てきたばかりの大きなクラゲのようなものを滝に差し出した。水が流れ込んで拡大泡を満たし、半透明《とうめい》の膜《まく》が圧力で膨《ふく》らんだ。それにならってほかの〈逃げおおせた人〉たちも自分のクラッシュ・グラノックを取り出して呪文《じゅもん》を唱え、拡大泡に滝の水を入れた。

その間、ギュスはいらいらする気持ちを抑えながら、果樹のほうに行った。木たちは果物がたわわになった枝を競ってギュスの手元までたわませた。みんなのリュックやずた袋《ぶくろ》が果物でいっぱいになると、ギュスは打ちひしがれてフォルダンゴットの墓のそばでぐずぐずしていた。ギュスは何か言いたかった。感謝の言葉？　後悔《こうかい》？　約束？　しかし、言葉はのどに詰《つ》まって出て来なかった。ギュスはしかたなく目を伏《ふ》せて、待っている仲間のところに戻《もど》った。

「さあ、おまえは食料の袋を持ってくれ。わたしはヤクタタズを背負う番だからな」ヤクタタズを乗せる背負いベルトの長さを調整しながら、ピエールが息子に言った。

ピエールの背中におわれたヤクタタズはあ然として周りを見回した。

「頭に三つ編を止めた、あの優しいご婦人はどこに行ったのですか？　ここに引《ひ》っ越《こ》してくる前はあの人といっしょに住んでいたんです。長いこと彼女に会っていませんね……。まさか死んだのではないでしょうね！」

パヴェルはうろたえて顔をなで、オクサはぎょっとしながらみんなを見た。虫の知らせでなければいいが……。その思いを悟《さと》ったかのように、アバクムがすぐに口を開いた。

「ヤクタタズには直感はないんだ。いろんな長所や能力を持ってはいるが、直感は全くないから心配するんじゃないよ」アバクムはできるだけみんなを安心させるように言った。

しかし、ヤクタタズの言葉に、父親をはじめとして何人かの〈逃げおおせた人〉たちが動揺《どうよう》しているのがオクサには感じられた。外見は自信たっぷりに振舞《ふるま》っているアバクムすらうろたえているようにみえる。その疑念を強めるかのように、ドヴィナイユがアバクムの上着のポケットから小さな顔を出し、大声でどなった。

「反逆者が優位に立っているわ。時間が経つごとにやつらの力が増長している！」

すると、アバクムはドヴィナイユの頭をポケットに押し込み、滝のほうに足を踏《ふ》み出《だ》した。太陽に反射する水の袋を持った〈逃げおおせた人〉たちは、手をつないでアバクムの後に続いた。オクサはフォルダンゴットが眠《ねむ》っている小山を振り返ると、指先から最後のキスを投げ、父親とともに水のカーテンをくぐった。

33　伴侶《はんりょ》の死

ドラゴミラはここ二日間ほど床《とこ》についていたが、三人の反逆者《フェロン》の暴行からなんとか立ち直ろうとしていた。カタリーナの〈竜巻弾《たつまきだん》〉で負ったおびただしい切り傷や、メルセディカの見事な鉄拳《てっけん》による打ち身といった身体的な傷は、薬剤師《やくざいし》としての能力のおかげで治すことができた。しかし、バーバ・ポロックの心痛はどんな薬も和らげることができなかった。まったく最悪の事態だ。反逆者《フェロン》たちはマリーを誘拐《ゆうかい》したばかりでなく――それだけでもひどい惨事《さんじ》だが――ロケットペンダントとゴラノフを奪《うば》ったのだ。

「わたしはなんてバカなんでしょう……」

ドラゴミラはその日だけで百回目くらいのためいきをついた。

ソファに横になって、腕《うで》に筋状についている深い傷にゾエが縫合《ほうごう》グモを置くのを濡《ぬ》れた目で見つめた。

「古いグラシューズ様はそういう非難をご自分に浴びせるべきではありません」と、フォルダンゴが助言した。

「わたしが軽率だったのよ」ドラゴミラは腫《は》れあがった目にそっと触《さわ》りながら、なおも言い続けた。「ねえ、フォルダンゴ、わたしのうぬぼれのせいで、こんなことになってしまったのよ」

「古いグラシューズ様の召使《めしつか》いは、その非難の理解をもっておりません。うぬぼれは悲劇の原因ではありません。だれも無視できない責任を持っているのは反逆者《フェロン》です」

フォルダンゴは反論した。

ドラゴミラはまたため息をついた。そして、節々が痛む体をどうにかこうにか起こした。ゾエは無言のまま、ドラゴミラがクッションにもたれるのを助け、悲しそうに彼女《かのじょ》を見つめた。

「ひょっとしたら……そうかもしれないけれど……」ドラゴミラは言葉を続けた。「もし、あの裏切り者たちに対抗《たいこう》できるほど自分に力があるとあそこまで信《しん》じ込《こ》んでいなかったら、前もって助けを頼《たの》んでいたはずよ。それなら、こんなことにはならなかったのに。あの人たちより自分が強いことを証明したかったのよ。でも、落ち目の年寄りだということを認めないわけにはいかないわね」

フォルダンゴが寄ってきて、大きなブルーの目でドラゴミラをにらんだ。

「厳しさが度を越《こ》しています！　古いグラシューズ様はだれがなんといっても古いグラシューズ様です」

「おや、それは意味が深いな！」ドラゴミラのソファの背もたれの上を、髪《かみ》を振《ふ》り乱《みだ》してジェトリックスがぴょんぴょん跳《は》ねている。「執事《しつじ》さんよ、お見事！」

「皮肉はフォルダンゴの心を傷つけません。心の周りにも届きません……」

フォルダンゴはすかさず言い返した。

「どうしておまえは色がなくなっているんだい、召使い？」

ジェトリックスは冷やかすように言った。

フォルダンゴは鼻をぐずぐず鳴らし、じゅうたんの上にへなへなと座り込んだ。

「フォルダンゴ二人組は破綻《はたん》しました」

フォルダンゴはかすれた声で言った。

ドラゴミラははっとしてソファの端《はし》に座り直し、フォルダンゴのぽっちゃりした両手を取った。

「カップルの女性のほうが魂《たましい》の喪失《そうしつ》にいたりました。再会は廃止《はいし》となりました」

フォルダンゴは体を丸めながら言った。

「そんなバカな！」ドラゴミラは顔をゆがめて叫《さけ》んだ。

「恐《おそ》ろしい知らせだ……」ナフタリの低い声が響《ひび》いた。

スウェーデン人の大男ナフタリは妻といっしょに、ドラゴミラの部屋の入口に立っていた。二人はフォルダンゴのそばに来てしゃがみ込み、産毛の生えた頭をなでた。

「フォルダンゴットが……」

ゾエは最後まで言うことができなかった。

「追放された不老妖精《ようせい》たちが、愛するフォルダンゴットの魂をかすめとりました」

フォルダンゴは大粒《おおつぶ》の涙《なみだ》を流していた。

「そんなバカな……」

ブルンがフォルダンゴを見やりながらつぶやいた。

「喪失の危険が現実と合体しました……」

ジェトリックスは大急ぎでふきんをフォルダンゴに差し出し、抱《だ》きしめた。

「おまえが単なる召使いだなんて思ったことは一度もないさ」ジェトリックスは感情を隠《かく》すためにわざとつっけんどんに言った。「おまえのおいしいクロック・ムッシューをまた作ってくれよな！」気をまぎらわさせるために、そうつけ加えた。

フォルダンゴはすぐにおとなしく起き上がって台所に行き、がちゃがちゃと騒《さわ》がしい食器の音を立てながら、忙《いそが》しく立ち働いた。ジェトリックスは自分のがさつさを償《つぐな》おうと、冗談《じょうだん》を言ってフォルダンゴの苦しみを和らげようとした。しかし、フォルダンゴは上の空だった……。彼《かれ》は悲しみのあまり、自分の殻《から》にこもっているようだ。ドラゴミラはうめき声を上げて立ち上がると、ゾエの腕につかまりながらフォルダンゴのところに行った。

「フォルダンゴットが出かけたときから知っていたんでしょう？」

「フォルダンゴとフォルダンゴットは、絵の中に入る前から伴侶の喪失を知っていました」フォルダンゴはドラゴミラを見つめながら打ち明けた。「心は終わりのない別離《べつり》に備えていましたが、苦痛には備えていませんでした……」

「二人とも何も言わなかったわね？」

ドラゴミラはフォルダンゴを抱きしめた。

「古いグラシューズ様は、質問されたときにしか、フォルダンゴが知っていることの伝達を実行しないことを忘れてはいけません。質問の不在は伝達の不在を引き起こします」

フォルダンゴはすすり泣きながら答えた。

「そうだわね……わたしは許せないことをしたわね。絵画内幽閉《ゆうへい》の前に、おまえが知っていることを聞くべきだったわ」

「知ったり、言ったりすることは、運命がそれを選んだ者に冷酷《れいこく》に襲《おそ》いかかるのを妨《さまた》げることはできません……」

「でも、わかっていたら、フォルダンゴットを絵の中に入らせなかったわ！」

ドラゴミラは目に涙をためて叫んだ。

「わたくしのフォルダンゴットは絵画内幽閉された〈逃《に》げおおせた人〉のうちの一人を救うために運命から指名されたのです。選択《せんたく》の余地は存在しなかったのです。彼女の服従は完全でした」

「運命から逃《のが》れることはできないのね……」

ゾエが上ずった声でつぶやいた。

「若いグラシューズ様のご友人は心に正確さを持っています」

フォルダンゴは力なくうなずいた。

フォルダンゴがドラゴミラの肩《かた》に頭を乗せたので、その重みでドラゴミラがふらついた。ナフタリは急いでゾエとともに駆《か》け寄《よ》ってドラゴミラを支えた。三人はフォルダンゴをソファに連れて行き、横にならせた。

「元気になってくれるといいんだけど」ゾエがため息をついた。

フォルダンゴは彼女のほうに目を向けた。

「若いグラシューズ様のご友人は口に希望を持っていらっしゃいます。その願いは満足に出会うでしょう。フォルダンゴの心は死ぬまで壊《こわ》れたままです。しかし、その長寿《ちょうじゅ》は持続に出会うでしょう」フォルダンゴはぐったりしながらも、そう宣言した。

「こんなことを聞いてごめんなさいね……、でも……」ドラゴミラは辛《つら》そうに言った。

「フォルダンゴは古いグラシューズ様の不安を理解しております」フォルダンゴはドラゴミラの言葉をさえぎった。「〈逃げおおせた人〉はほとんど全員欠けることなく帰還《きかん》されます。それは確信です」

「ほとんど欠けることなく？」

ナフタリがぎょっとして声を上げ、ドラゴミラもうろたえた。

「永遠の喪失が起こるでしょう」フォルダンゴが答えた。

ドラゴミラは絹を裂《さ》くような叫び声を上げた。

「だれ？　だれなの？」

「一人の〈逃げおおせた人〉が命を放棄《ほうき》します。しかし、フォルダンゴはその名前を知りません。フォルダンゴは運命の神ではありません……」

フォルダンゴは打ちひしがれてソファの上に丸くなり、こう締《し》めくくった。

この恐《おそ》ろしい予言は、なすすべもなくその場にいた〈逃げおおせた人〉にとっては大きなショックだった。ドラゴミラはふらふらしながら自分のソファにもどった。深く息を吸い込み、目を閉じて、不吉《ふきつ》な考えにのめりこんだ。ブルンとナフタリはドラゴミラの正面にある、反逆者《フェロン》たちに切り裂かれたソファにすわった。二人の顔にも深い動揺《どうよう》が刻まれていた。不安とレストランの仕事とで疲れ果てているジャンヌは、ほかの四人と同様に憔悴《しょうすい》した顔つきをしていた。恐怖《きょうふ》に大きく開いたこげ茶色の目ばかりが目立って見える。

ゾエはというと、心の中がからっぽになったような奇妙《きみょう》な感覚に陥《おちい》っていた。両親、次いで祖母レミニサンス、そして大伯父《おおおじ》オーソン・マックグローを失ったときに感じた感覚だ。みんな、何の前触《まえぶ》れもなく突然《とつぜん》いなくなり、彼女の一部もそれと同時に失われた。いまゾエが感じているのも、それとまったく同じだ。苦しみが襲いかかった場所に虚無《きょむ》が居すわり、失われた部分を埋《う》めようとしていた、ゾエが受けてきた強烈《きょうれつ》な苦悩《くのう》が、そういう独特な自衛のメカニズムを少しずつ完成させていったのだ。虚無によるサバイバル。匠人《たくみびと》の出自がそうさせているのだろうか？　ミュルムの出自のほうだろうか？　あるいは、グラシューズの血か？　そんなふうに冷たく振舞《ふるま》えることに自分で驚《おどろ》きながら、その三つ全部かもしれないと思った。

少し離《はな》れたところに座りながら、ゾエはジャンヌ、ナフタリとブルン、ドラゴミラを見た。彼らの抱《いだ》く不安は理解できる。クヌット夫妻は孫のテュグデュアルのことを思っているだろうし、ジャンヌは夫と息子のことを考えているだろう。ドラゴミラは息子と孫娘《まごむすめ》と兄があの不吉な絵に閉じ込められている。

自分はどうだろう？　まっさきにだれのことを思うだろうか？　祖母のこと？　オクサのこと？　ギュスのこと？　ゾエは努力して考えなければならなかった。耐《た》えられないかもしれない、あるいは決定的な結果をもたらすかもしれない苦悩に陥る危険を冒《おか》しながら……。すると、過去の記憶《きおく》がよみがえってきた。祖母の顔が頭に浮かんだ……。

ゾエは最後にレミニサンスを見た時のことをよく覚えていた。それは木曜日だった。すばらしい天気で、空には綿のような雲がわずかに浮かんでいるだけだった。二人は急いで中学校に向かっていた——レミニサンスは必ずゾエを学校に送《おく》り迎《むか》えしていた。よい一日を、とほおにキスを交わした。しかし、その日の夕方、学校の前で待っていたのは祖母ではなかった。大伯父《おおおじ》のオーソンだったのだ。オーソンはある悲しみをたたえた黒い目を輝《かがや》かせながら、レミニサンスが水の事故で死んだとゾエに伝えた。それより前に飛行機事故で両親を失った衝撃《しょうげき》にその新たな悲劇が加わり、ゾエの心からあらゆる幸せが失われた。

祖母を失ってから、オーソンはゾエを自分の家族に迎《むか》え入《い》れた。みんな、彼女《かのじょ》に優しくしてくれた。大伯母《おおおば》のバーバラは優しい人だったが、よくふさぎこむことがあった。祖国であるアメリカが懐《なつ》かしくてたまらなかったのだ。オーソンの息子、モーティマーは本当の兄のようにゾエを守り、気にかけてくれた。オーソンはというと、きつい性格ではあったがゾエに不自由をさせないように気を配ってくれた。興味深そうに彼女を観察する目つきにもゾエは慣れた。マックグロー家の三人はゾエの唯一《ゆいいつ》の家族であり、彼《かれ》らに厚い感謝の気持ちを抱《いだ》いていた。

マックグロー家に溶《と》け込《こ》んでくると、ゾエは、自分とは関係のないらしいことで――それにはほっとしたものだ――オーソンとバーバラが口げんかする場面に時々出くわした。エデフィアという名前や、オーソンがやりすぎだということがけんかの原因だったようだ。その当時はよく意味がわからず、エデフィアというのはオーソンの浮気《うわき》相手の女性だろうと思っていた。ポロック一家やほかの〈逃《に》げおおせた人〉――ゾエ自身もそうだが――の話を詳《くわ》しく知ったいまになってみると、バーバラとオーソンがあんなに激しく言い争っていた理由もわかる。だが、その当時はまったくそうではなかった……。

ある日、ゾエが学校から帰ると、モーティマーとバーバラがサロンで泣《な》き崩《くず》れていた。バーバラが何か叫《さけ》んでいたが、ゾエには何のことかさっぱりわからなかった。でも、何か重大なことがマックグロー家に起きたのだと思った。

その日以来、マックグロー家の人には会っていない。

ゾエの思いはふたたび祖母のほうに向かった。死んでしまったとばかり思っていたのに、生きて再会できるかもしれないことがわかったのだ。フォルダンゴの発言以来、その可能性が危うくなっている。それから、祖父レオミドの顔が浮《う》かんだ。ほかの顔も浮かんできた。苦しげな顔つきの親しみやすいパヴェル、何でも知っている妖精《ようせい》人間のアバクム、それからギュス……打ち明け話のできる相手。彼女の心をどきどきさせる人。ギュスは自分では気づいていないが、オクサを好きだ。ゾエにはわかる。オクサを好きにならない人がいるだろうか？

とつぜん、フォルダンゴの言葉がよみがえった。「一人の〈逃げおおせた人〉が命を放棄《ほうき》します」ゾエは自分が恐《おそ》ろしい問いを発しようとしていることに気づいてはっとした。もし、自分がその人を決めることができるとしたら、だれを選ぶだろう？　すぐに、パニックに陥《おちい》った心の一部を虚無《きょむ》が包《つつ》み込《こ》み、おぞましい答えからゾエを守ろうとした。ゾエはソファの上で体を小さくまるめ、乱れた息を整えようとした。

34　ヘブリディーズ海の島

「いずれにしても、わたしたちは絵のなかに入った人たちの何の助けにもなれない！　どうにもできないんだ……」

ナフタリはブルンの手を離《はな》しながら荒々《あらあら》しく言った。

ドラゴミラはびくっとした。

「だから、わたしたちはここでのダメージを最小限に抑《おさ》えることに集中しなければならない！」

この大男はエメラルドグリーンの目を怒《いか》りで輝《かがや》かせた。

「でも、済んだことはどうしようもないわ……」ドラゴミラはあきらめの口調だ。

ナフタリは立ち上がって、ドラゴミラの前に立ちはだかった。

「わたしが知っているドラゴミラはどこへ行ったんだ？」ナフタリの声がとどろいた。「自信と活力に満ちて、エデフィアへの道をわたしたちに示すために闘《たたか》うグラシューズはどこへ行ったんだい？　あきらめるんじゃないだろうね！」

ドラゴミラは自分の腕《うで》にレース編み職人のような細かい仕事を続けている縫合《ほうごう》グモを見つめながら、悔《くや》しそうにため息をついた。

「わたしたちに何ができるかしら？」

ドラゴミラは起き上がりながら問いかけた。

「マリーがちゃんとした世話を受けているか確かめることはできるだろう」と、ナフタリが言った。「ところで、ガナリこぼしはヘブリディーズ海の調査から帰ってきたかい？」

「まだよ……」

「そのうち帰ってくるさ。だが、マリーについてガナリが報告することはわかっている。反逆者《フェロン》たちは彼女《かのじょ》を虐待《ぎゃくたい》するようなリスクは冒《おか》さないだろう。近いうちに連絡《れんらく》があるはずだ。マリーは、わたしたちへの要求を通すための人質として利用されるはずだ」

「絵ね……」ドラゴミラがつぶやいた。

「考えてみよう……反逆者《フェロン》たちにとって、何がいちばん大事だろうか？　やつらの最終目的は何だ？」

ドラゴミラとブルンとジャンヌはしばらく考えてから、一斉《いっせい》に答えた。

「エデフィアへの帰還《きかん》！」

「そのとおり！」と、ナフタリがうなずいた。「なら、そうするためには何が必要だろう、というより、だれが必要だろうか？　オクサだ！　エデフィアの門を開けることができるのはオクサしかいない。それがやつらにはすべてなんだ。オクサを鍵《かぎ》として使うこと。彼女を誘拐《ゆうかい》しようとしたことがそれを証明している。事実を正面からとらえてみよう。絵は、われわれの若いグラシユーズを手に入れるための手段にすぎない。ドラゴミラ、あなたのおかげで絵は安全だ。何が何でも安全でなくてはいけない。こんなことを聞いて悪いんだが、絵が見つからないことは確かかい？」

「確かよ！」ドラゴミラはうなずいた。「正直にいうと、いま現在、それがどこにあるのかわたしも知らないのよ」

四人の〈逃《に》げおおせた人〉たちは驚《おどろ》いてドラゴミラを見た。頭がおかしくなったのだろうか？もうろくしたのか？　ナフタリは額に心配そうなしわを寄せた。それから、やっと彼女の言うことを理解して、顔をぱっと輝《かがや》かせてにっこりした。

「秘密の仲介者《ちゅうかい》に託《たく》したわけだな！　あなたが精神的にもすっかり回復したのがわかって、どんなにうれしいか」

ナフタリは安堵《あんど》した様子だ。

「抜《ぬ》け目《め》がないわ。あなた自身知らないのが、最も効果的な予防策よね！」

ブルンも手ばなしでほめた。

ドラゴミラは二人にひかえめなほほえみを向け、顔の前でしきりに手を横に振《ふ》った。

「わたしの考えはこうだ」ナフタリが続けた。「わたしたちと同様に、反逆者《フェロン》たちもオクサが絵から出てくるのを待たなければならない。それまではオクサは彼《かれ》らの手には入らない。しかし、出てきたら、オクサに圧力をかけるのにマリーを利用するだろう。やつらのために門を開くまでな」

「オクサだけでは門を開けることができないのを忘れているんじゃない！」ドラゴミラが反論した。「わたしたちにはロケットペンダントが必要だし、反逆者《フェロン》には究極の目印の庇護《ひご》者が必要なのよ」

「確かにそうだ！」ナフタリはうなずいた。「主導権はやつらが握《にぎ》っている。というのは、マリーを確保している以上、わたしたちよりずっと有利だからな。やつらの要求に抵抗《ていこう》できるだろうか？　できないと思う。わかっているだろうが、その時が来たら、譲歩《じょうほ》するしかない。すくなくとも妥協《だきょう》はしないといけないだろう」

「ただし、わたしたちがマリーを救出できれば……」

ゾエの小さな声が響《ひび》いた。

「ただし、わたしたちがマリーを救出できれば……」

ナフタリがうなずきながら、ゾエの言葉を繰《く》り返《かえ》した。

「でも、いまそれをすることはできないわ！　その手段がないじゃないの！」

ジャンヌが声を上げた。

「そのとおりだ……。成功する可能性を高めるには、仲間が絵から出るのをじっと待つしかないな。有利に運ぶためには、みんなの力を合わせるしかない。それまで、反逆者《フェロン》たちがおとなしく待っているとは限らないから、いままで以上に用心しなければいけない。やつらの忍耐《にんたい》にかけるより、絵画内幽閉《ゆうへい》から解かれる前に絵を取《と》り戻《もど》そうとして重装備で攻撃《こうげき》をしかけてくるのに備えたほうがいいだろう」

「反逆者《フェロン》たちが絵を手に入れる可能性はまったくないわ！」

ドラゴミラは得意そうに宣言した。

ナフタリは前よりずっと慎重《しんちょう》な態度でドラゴミラのほうを向いた。

「ドラゴミラ、気をつけるんだ！　よく覚えておいてくれ。敵を過小評価することはわたしたちを弱い立場に導く。最悪の事態もありうることを、やつらはすでに証明したのだからな……」ナフタリは真剣《しんけん》な面持ちで言った。

恥《は》じ入《い》ったドラゴミラは黙《だま》ってうなずいた。


「ほら！　帰ってきたわ！」

とつぜん、ゾエが叫《さけ》んだ。

ゾエは天窓のほうに行って、窓を開け、息を切らしながら窓をたたいていたガナリこぼしを部屋に入れた。位置を特定するエキスパート、ガナリこぼしはぐらぐらする丸テーブルに止まり、ため息をついた。ゾエは水の入ったつり鐘型の指ぬきを差し出した。ガナリこぼしはそれをひと息に飲み干すと、目を半分閉じて呼吸を整えた。その間、長い旅に疲《つか》れて丸めた背中をゾエがさすってやっていた。

「ふ〜う、このマッサージは天の恵《めぐ》みですね！」

ガナリこぼしは体を左右に揺《ゆ》すりながら、のどをゴロゴロ鳴らした。

「ガナリ、マリーを見たの？」

ドラゴミラは待ちきれずにたずねた。

「古いグラシューズ様のガナリこぼし、報告いたします！　すでにわたしが行ったことのあるヘブリディーズ海の島の若いグラシューズ様のお母様がおられる場所とこの場所は六百四十一キロメートル離《はな》れています。海岸から反逆者《フェロン》の島まで、十五キロメートルを時速二十六キロメートルで走る漁船で移動し、それから親切なアザラシの背中に乗って二キロメートル、最後の一キロメートルは摂氏《せっし》十五度の水のなかを泳ぎました。島に着くと、マリー・ポロックが現在住んでいる建物まで七百四十三メートル走りました。この建物はかなり大きく、奥行《おくゆ》き二十二メートル、幅十八メートルです。地面より高くなった一階および二階、岸壁《がんぺき》を掘《ほ》った地下が二階分あり、そこには少なくとも四つの実験室がありました」

「地下が二階分ですって？」ブルンが驚いて声を上げた。

「はい」ガナリこぼしがうなずいた。「地下一階は、地上一階と同じ大きさで、地下二階は地下一階の下にあります。ですが、地下二階には入れなかったので、大きさははっきりとはわかりません。わたしの計算では地下一階の二倍くらいあると思われます」

「それは大きいな！」

ナフタリが感心したように言った。

「人口密度も高いです。わたしの観察によると、そこに住んでいるのは、若いグラシューズ様のお母様のほかに二十八人ほどです」

ドラゴミラは眉《まゆ》を寄せた。

「二十八人ですって？」ドラゴミラは不安そうに仲間を見つめた。「ということは、オーソンとメルセディカは本物の攻撃《こうげき》部隊を結成するのに成功したわけね……ガナリ、その人たちが全員〈逃げおおせた人〉かどうかわかる？」

「〈逃げおおせた人〉とその子孫です！　メルセディカ・デ・ラ・フエンテとその娘《むすめ》カタリーナ、グレゴールとモーティマー・マックグロー……」

「モーティマー！」ゾエはうろたえて叫んだ。

「はい、それからルーカスの息子二人と、孫息子《むすこ》が三人……」

「待ってくれ……」と、ナフタリが手でさえぎった。「エデフィアの偉大《いだい》な鉱物学者のルーカスのことかい？」

「そうです！」ガナリがうなずいた。

「知ってらっしゃるんですか？」ゾエが質問した。

「うん、うん！」ナフタリはため息をついた。「ルーカスは、わたしたちがまだエデフィアにいたころ、すばらしい鉱物学者だった。わたしの記憶《きおく》が間違《まちが》っていなければ、目がつぶれるほど岩の輝きが強い土地〈網膜焼き《もうまく》〉にある石をエネルギーとして利用する研究を専門にしていたと思う。そうだったね、ブルン？」

ブルンは苦々しそうにうなずいて話を引き取った。

「それに、彼《かれ》は結晶《けっしょう》化学にも夢中だったわ。ルーカスは自信に満ちた匠人《たくみびと》だった。つまり、彼は匠人独特の性質をすべて、十乗したくらい持っていた。とくに、その冷ややかな驕《おご》りについてはね。匠人からはグラシューズの権力に抗して結束する人たちが何人か出たわ。わたしも夫も匠人だし、あなたたちにもその血が流れていることは忘れていないけれど」と、ジャンヌとゾエのほうに向かって言った。「わたしは死ぬまでその種族を誇《ほこ》りに思うけれども、エデフィアの〈大カオス〉を引き起こした重大な責任は決して無視できないわ。オシウスやルーカスのような男のせいでね……」

「危険な男だったんですか？」ゾエがふたたび質問した。

「とてもね！」と、ブルンが答えた。「〈大カオス〉が始まったときにわかったのよ。ルーカスはその時、本性を現したわ。何人かの人が殺されたわ」

ブルンは記憶の糸をたぐりながら、自分で自分の言葉にうなずいた。

「彼はもう九十歳《さい》をすぎているはずよ」ドラゴミラが言った。

「正確には九十三歳と四ヵ月《かげつ》と十五日です！」ガナリこぼしが口をはさんだ。「息子二人はヘクトーとピオットルという名前で、それぞれ五十二歳と四十九歳です。ピオットルにはあの島に住んでいる息子が三人いて、カスパー、コンスタンチン、オスカーです。そのオスカーは、この間カタリーナやグレゴールといっしょにこの部屋にやってきた人物です、古いグラシューズ様」

「その新しい世代は祖先と同じ道を歩んでいるというわけね！」ドラゴミラが皮肉な調子でつぶやいた。「ガナリ、ほかにも反逆者《フェロン》たちはいた？」

「一生懸命《いっしょうけんめい》探しましたが、見つかって捕《と》らえられるのが恐《おそ》ろしくて用心しましたので、より突《つ》っ込《こ》んだ調査ができませんでした。そのほかには、地下の一室でゴラノフがうめいているのが聞こえました。それから、アボミナリもいましたし、グラシューズ古文書《こもんじょ》を保存する覚書《おぼえがき》館で祭式を執《と》り行《おこな》っていた官人《つかさびと》が一人いました」

「なるほど！　それはアガフォンじゃなかったかね？」苦々しそうにナフタリが言った。

「よくおわかりですね！　そうです、アガフォンです。現在、八十九歳と八ヵ月と十二日です」

ガナリこぼしが答えた。

「エデフィアから放出された人はたくさんいたのね。わたしが思ったよりずっと多いわ」と、ドラゴミラ。

「わたしが理解したところによると、アガフォンは門を通《とお》り抜《ぬ》けた後、フィンランドにいたようです。いまは、双子《ふたご》の孫娘とともにあの島に住んでいます。孫娘はアニッキ、ヴィルマという名前で二十八歳と十七日です。古いグラシューズ様、わたしが確認できたのはこれだけです。マリー・ポロックは、建物の二階の南端《なんたん》から数えて中央廊下《ろうか》の左側五番目の部屋にいるのを確認しました。わたしは中に入って話をしました」

「彼女はどうだったの？」ドラゴミラは身を乗り出した。

「体は前のままです。反逆者《フェロン》たちはよく世話をしており、部屋も快適です。ただ残念なことに、ロビガ・ネルヴォッサの毒は彼女の神経系統を冒し続けています。しかし、アガフォンの孫娘アニッキが看護師で、彼女がミクロミミズを注射しているのを見ました。そのおかげでわれわれの愛する病人の痛みが和らげられているようです。アニッキは非常にかいがいしく世話をしています。というのは、彼女は病人が若いグラシューズ様のお母様であることを知っており、裏切り者であっても病人を尊重しているからです。しかしながら、そうした治療《ちりょう》も不安を和らげることはできません。監禁《かんきん》され、家族の消息を知ることができない環境《かんきょう》が取り除きようのない苦痛を引き起こしています」

ガナリこぼしは、まだ新しいその記憶に動揺《どうよう》しているのか、再び体を左右に揺《ゆ》らし始めた。

「若いグラシューズ様のお母様が悲しそうなのを見て、わたしは危険を冒してそばに行きました。アニッキが出て行くのを二時間四十三分間待ってから、部屋にこっそりと忍《しの》び込《こ》みました。若いグラシューズ様のお母様はわたしを見て大変うれしそうにされました。監禁されている場所がどこかということと、〈逃げおおせた人〉たちが彼女を救出する計画を立てていることをお教えしました。彼女は反逆者《フェロン》たちの力に用心して、危険を冒さないようにと言われました。それから、またアニッキがやってきて部屋にとどまりました。その間、わたしはベッドの下に一時間十八分三秒の間隠《かく》れてからやっと、外に出ることができました。暖炉《だんろ》まで這《は》っていって、長さ五メートル四十三センチメートル、摂氏四十三度の暖炉の内側をよじのぼって脱出《だっしゅつ》することができました。ロンドンのビッグトウ広場まで帰ってくるのに十五時間十二分かかりました。カモメ、ゴンドウクジラ、船、家畜運搬車《かちくうんぱんしゃ》、鳩《はと》、観光バスと、様々な交通機関を使いました。古いグラシューズ様とそのお友だちにとって、わたしの報告が有用であればと思います」

「もちろんよ、ガナリ。もちろんよ……」

ドラゴミラはソファの背もたれにどさりと寄りかかった。

35 ぼやけたシルエット

ゾエはガナリこぼしの報告に興奮してなかなか寝付《ねつ》けなかった。マリーがちゃんと世話を受け、痛みを緩和《かんわ》させるために反逆者《フェロン》たちが努力していることに安心した。いずれにしても、そうすることは彼《かれ》らのためでもある。もしマリーが死んだら、圧力をかけるための手段を失うのだ……。

しかし、夏の夜のうす暗さのなかでゾエを動揺《どうよう》させているのは、モーティマーの消息を聞いたことだった。ガナリこぼしの言ったことはごくわずかだ。しかし、彼《かれ》の名前を聞いただけで心が騒《さわ》いだ。短い間だったが、彼は大伯父《おおおじ》の息子という以上の存在だった。粗暴《そぼう》な性格だし、ポロック家の人を毛嫌《けぎら》いしていたが、両親と祖母を亡くして以来、温かい心遣《こころづか》いを受けたことのないゾエにとっては兄のようだった。マックグロー家に住み始めたゾエには思いやりをかけ、寛容《かんよう》だった。外に対しての態度とは正反対だ……。どうして内と外とでこんなに違《ちが》うのだろうかと思ったものだ。

「部屋に上がっていて、ゾエ、心配しなくていいよ……あとで行くから」

それがモーティマーの最後の言葉だった。泣きながらそう言った。当たり前だ……父親が目の前で消滅《しょうめつ》させられたのだから……。だが、そう約束したのに、モーティマーは来なかった。ゾエに何も知らせず、不安にしたままで逃《に》げた。

彼を恨《うら》んでいるだろうか？　少しは。いっしょに連れて行ってくれれば、少しは役に立ったかもしれない。その代わり、いまゾエはポロック家の人たちと生活している。何ということ！　運命のなりゆきか……。この家の人たちはみんなゾエを受け入れてくれ、彼女《かのじょ》はすっかり家族の一員になったと感じている。最初にこの家に着いたときに思った以上に、温かく思いやりのある新しい家族だ。しかし、それでも、彼女が失ったものの代わりにはならない。

祖母のことを考えた。もし、幸いにも再会できたら、レミニサンスはどうするだろう？　彼女の心はだれに向くだろう？　失った恋人であり、ポロック家の大黒柱の一人であるレオミドのほうへか？　〈外界〉の反逆者《フェロン》の首領である双子《ふたご》の兄の息子、モーティマーのほうへか？　血のなかにある二つの血統が想像以上に自分をあいまいな存在にしている。グラシューズと匠人《たくみびと》とミュルムの混血だという事実が鉛《なまり》のようにゾエに重くのしかかり、深い疑念を起こさせた。どの血が最も重要なのだろうか？

ゾエのなかではすべてがこんがらがっていた。彼女は、エデフィアとグラシューズ家の破滅《はめつ》をもたらした反逆者《フェロン》の首領、オシウスを思った。彼女の曽祖父《そうそふ》だ。家系図のもう一つの血筋には軽率なグラシューズ、マロラーヌがいる。自分にはこの二人の血が流れている……。ゾエはうろたえ、ため息をついた。この信じられないような話のなかに彼女の居場所はあるのだろうか？　自分の居場所を選ばなければならないのだろうか？　ゾエは神経質そうに寝返《ねがえ》りをうち、ふとんをはねのけてうつぶせになった。その時が来たら、わかるだろう。それまでは心が痛む。心は何も言ってくれない。

　ゾエは疲《つか》れきってうとうとした。悪夢のような、あるいは希望に満ちた場面が次々と現れ、そうした夢のなかにはギュスの悲しそうなまなざしも現れた。ゾエは半分だけ目を開け、現実と夢の中間にいた。ギュスは自分に似ている。出自はまったく違うけれども、二人の役割は不確かで、大きな陰《かげ》の部分を持っているという共通点があった。そういう自分に自信が持てないという事実がゾエの心を傷つけていた。彼女は自分の中にあるものを全部見せるよりは、背中を丸めて自分の殻《から》に閉じこもり、周囲のなすがままに任せていた。彼女が自分の出自にふさわしいと感じるまではどうにもならないことは自分でもわかっていた。

　体のなかに冷たい風が吹《ふ》いてくるような感覚をとつぜん背筋に感じ、びくりとした。陰気《いんき》な思いに苦しみながら目を閉じた。そのため、不思議な人影が彼女の背中から遠ざかり、壁《かべ》を通《とお》り抜《ぬ》けて闇《やみ》に消えるのは見えなかった……。

ビッグトウ広場とゾエから数キロ離《はな》れたところで、メルラン・ポワカセは急に寒気《さむけ》がしてベッドから飛び起き、ぼう然として周りを見回した。部屋にだれかがいるようないやな感じがしたのだ。枕元《まくらもと》のスタンドを点け、眉《まゆ》をひそめて部屋を隅々《すみずみ》まで見た。異常なし……。電気を消して横になった。また寒気がした——最初のよりは弱かったが。ベッドサイドの小さなテーブルの上にある目覚ましを見た。二時十分だ。メルランはため息をつき、横になってふとんをかけ直した。数分後には再び深い眠《ねむ》りについた。

壁を通り抜けた男は暗闇のなかの部屋をぐるりと見回した。女の子のベッドに音もなく近づいた。男の体は宙に浮《う》いていた。彼は指先で女の子の腕《うで》に軽く触《ふ》れると、その冷たさを感じて少し動いた。男は用心して、その動作を中断した。女の子は寝返りをうち、動き、目を半分開けた。宙をにらみながら、しばらくそうしていた。

街の明かりがカーテンを通してかすかに入り、部屋に彼女の好きな乳白色の明かりを投げかけた。彼女の目は部屋中を見回し、ベッドのすぐそばに立っている不思議な形からいつまでも離れなかった。人間の形をしているが、輪郭《りんかく》が画像処理によって崩《くず》されているようにぼんやりしていた。幽霊《ゆうれい》だろうか？　幻影《げんえい》だろうか？　普通《ふつう》なら叫《さけ》び声《ごえ》を上げるか、ベッドから飛び起きているはずだ。

しかし、彼女は怖《こわ》くなかった。ぼやけた人影の存在に驚くより、自分が怖がらないことに驚いていた。彼女は目をこらし、それからその人影が近寄ってきて彼女の額に輪郭のおぼろな手を置いたのを見ると、目を大きくみはった。

「先生？　あなたですか？」少女は驚いていてつぶやいた。

すると、冷たい波動が彼女の脳を包み込《つつこ》み、体全体に行き渡《いわた》った。そして再び深い眠《ねむ》りにつく前に、彼女は亡きマックグロー先生の不気味なほほえみを見たと確信した。

36　嘘《うそ》と驚《おどろ》きのオンパレード

ドラゴミラに腕《うで》を組まれたゾエは、新学年の初日のその日、不安でいっぱいだった。ちょうど一年前、新しい中学校に入学したときほどはピリピリしていなかったけれども、その日が早く終わってほしいと願っていた。彼女《かのじょ》は赤味がかったブロンドの髪《かみ》を後ろに振《ふ》り払《はら》い、気持ちの高ぶるのを抑《おさ》えようとしながら、制服のネクタイを締《し》めなおした。

その横で、ドラゴミラの心は沈《しず》んでいた。オクサとギュスが絵画内幽閉《ゆうへい》から解放されて新学期に間に合ってほしかったのだ……。彼女はぎりぎりまで待ってから、聖プロクシマス中学校のボンタンピ校長に連絡《れんらく》した。公式には、オクサとギュスは地球の反対側で、異国の伝染病にかかって入院しており、無理に帰国させれば厄介《やっかい》な事態を引き起こしかねないリスクがあるということになっていた。ドラゴミラが校長に説明し始めるとすぐに、校長はまるで魔法《まほう》にかかったようにものわかりがよくなった。

ドラゴミラが学校の石畳《いしだたみ》の中庭に入ってくるのを見ると、校長はドラゴミラに近づいてきてあいさつをした。

「ポロックさん、ご機嫌《きげん》よう！」校長は指輪のはまったドラゴミラの手にキスをした。「お元気ですか？　病人二人はいかがですか？」

「おかげさまで、もう大分いいんです」ドラゴミラはうっとりさせるようなまなざしを投げかけた。「でも、まだ帰国するほど元気ではないですし、もちろん、すぐには学校には来られませんけれど」

「早く戻《もど》って来られるといいですね！」と、校長は言った。「ところで、どこにおられるんでしたかね？　うかがったはずなんですが、なにしろよく覚えていませんで、加齢《かれい》によるダメージといいますか……」校長は小さく笑いながらつけ加えた。

「ええ、わかりますわ、校長先生！」ドラゴミラは魅力《みりょく》的なほほえみを浮《う》かべてうなずいた。「わたし自身も、そうですのよ。では、ご質問を忘れる前に――そういうこともあり得ますわね――オクサと友人のギュスはボルネオ島のコタキナバルの小さな病院にいるんです。息子のパヴェルとピエール・ベランジェがいっしょにいます」

「そうですか、そうですか……」ボンタンピ校長はうなずいた。

それから、ゾエのほうを向いて、こう言った。

「ゾエ・エヴァンヴレックさん、あなたのお友だちの遅《おく》れを取《と》り戻《もど》すのを手伝ってくださいね」

「ええ、そうするつもりです。任せてください」と、ゾエは返事をした。

「よろしい、よろしい……。とにかく、ポロックさん、今日はこの子に同行していただいてありがとうございました！」

ドラゴミラはゾエしか気づかなかったが、ほんの一瞬《いっしゅん》、躊躇《ちゅうちょ》した。それから、こう言った。

「少し前からゾエはわたしたちといっしょに住んでいますの」

校長は驚いた顔をして、額にしわを寄せながら、しばらく考《かんが》え込《こ》んでいた。

「ああ、そうですか、知りませんでした！」校長はあわてて答えた。

このやりとりで校長はふとマックグロー先生のことを思い出した。校長は生徒や同僚《どうりょう》を怖《こわ》がらせた厳しく皮肉屋のマックグローをあまり好ましく思っていなかった。確かに、輝《かがや》かしい経歴を持った優秀《ゆうしゅう》な数学と理科の先生ではあったが、人を居心地悪くさせるようなところがあった。数ヵ月前に起きた自動車事故による死を喜んだ人はいなかったけれども、その死を惜《お》しんだ人もいなかった……。校長はガーネット色のシルクのドレスを着て美しく光り輝くドラゴミラをもう一度見やった。

「ところで、あそこにいらっしゃるのはクレーヴクール先生ではないですか？」

ボンタンピ校長は振り返った。中庭の真ん中で数人の生徒と話しているみずみずしい女性を見ると、顔がぱっと明るくなった。

「お元気そうですね！」

ゾエは自分の歴史・地理の先生に再会できてうれしそうだ。

「あなたのすばらしい後見人である薬草師さんの才能のおかげです！」

ボンタンピ校長はゾエのほうに耳を寄せながら言った。

それから、校長は姿勢をもとにもどし、ドラゴミラの手を取って力強く握《にぎ》った。

「あなたがベネディクトにしてくださったことに、永遠に感謝いたします、ポロックさん」校長は心をこめて礼を言った。「今後は植物の効用に疑問をさしはさむことはいたしません。あなたの目の前には最も熱心な代替医療《だいたいいりょう》の信奉者《しんぽう》がいるんですからね！」と、笑いながらつけ加えた。

「ああ、もう壇《だん》に上がりませんと！　生徒たちが待っています……どうぞ御機嫌《ごきげん》よう、ポロックさん。では、あとで、エヴァンヴレックさん」

校長は小さくお辞儀《じぎ》をすると、きびすを返し、回廊《かいろう》に沿ってしつらえてある壇に上った。


ゾエは生徒たちが集まっているほうへ行く前に、ドラゴミラに問いかけるような視線を投げた。

「クレーヴクール先生のことで、何かしたなんて知らなかったわ！」

「あのかわいそうな人を放っておけなかったのよ！」ドラゴミラが小さく叫《さけ》んだ拍子《ひょうし》に、止まり木の形をしたすばらしいイヤリングが小さな音を立てた。「わたしが援助《えんじょ》を申し出たら、校長先生は受け入れて下さったのよ。最初は疑わしげだったけれど、すぐに納得されたわ！」

「クレーヴクール先生は覚えているかしら……全部？」ゾエは、先生に対するマックグローの恐《おそ》ろしい攻撃《こうげき》を、あの優しい先生が覚えているのかと心配になった。

「いいえ、幸いにもね！」ドラゴミラは手を胸にあてて答えた。「彼女の記憶喪失《きおくそうしつ》はある期間に限られているということでしょうね……」

ゾエはいたずらっぽい笑みを浮《う》かべた。

「どうしたの？」ドラゴミラは目を輝かせた。

「見たことがない、こんなに……」

ゾエは躊躇《ちゅうちょ》して、最後まで言わなかった。

「……こんなに嘘の上手な人？」ドラゴミラが続きを引き取った。「わかってるわ、ゾエ……自慢に思っていないと言ったら信じてくれるかしら？　残念なことに、嘘は〈逃《に》げおおせた人〉が生き延びるための本能なのよ。もし、だれも嘘をつかなかったら、わたしたちの共同体はとっくに消滅《しょうめつ》していたでしょうね」

「とにかく、すごいわ！　前もって準備していたのね！」ゾエが賞賛した。

「聞かれる質問を先取りすること、それも嘘とともにわたしたちの欠くべからざる才能ね……」ドラゴミラは考え深そうに締めくくった。「さあ、友だちのところへ行きなさい！　あなたを待っているわよ」


ボンタンピ校長の心遣《こころづか》いで、友だちのメルランとゼルダと同じクラスになったことで、ゾエはほっとして大きなため息をついた。というのは、ゾエはひとりぼっちだと感じることがよくあったからだ。そのうえ、四年水素組には、熱帯の病気から回復したらギュスとオクサも加わることになっている、と校長は発表した。ただ、不運なことに、メルランが「原始人」とあだなをつけたヒルダ・リチャードも同じクラスだ。メルランは不満たらたらだ……。

「ああ、ついてない！」

ぶつぶつ言いながら、メルランの視線は大きな天使像にもたれて、ほかの人から離《はな》れているドラゴミラに引き寄せられた。彼女はメルランに小さく手で合図し、少しだけほほえんだ。彼女が不吉《ふきつ》な絵を預けて以来、二人は秘密を守るため口をきかないように注意した。ドラゴミラは常に反逆者《フェロン》たちから見張られていた。しかし、メルランも反逆者《フェロン》の見張りを逃《のが》れているわけではなかった。それはわかっていた。絵をビッグベンに隠《かく》したすぐ後に、自分の家が家捜《やさが》しされていたのを発見したからだ。部屋は一つ残らず荒《あ》らされていたが、何も盗《ぬす》まれていなかった。新品のパソコンすら！　丸テーブルの上に置いてあった二十ポンド札もだ！　普通《ふつう》の空き巣とは違《ちが》うとメルランは考えた。あの時のことを思い出すと、体がぶるっと震《ふる》えた。早くオクサがあの絵から出てきてくれるといいが……。

「こんちは、メルラン！」背後で間延びした声が聞こえた。

メルランが振り返ると、ヒルダ・リチャードが目の前にいた。あの乱暴者だったヒルダの雰囲《ふんい》気《き》が変わっているので、メルランはあんぐりと口を開けた。四六時中、恐怖《きょうふ》を振りまいていたヒルダがまるっきり変身したのだ！

「髪《かみ》を伸《の》ばしたの？」ヒルダはメルランをなめまわすように見ながら言った。「すごく似合うわよ！　夏休みは楽しかった？」

メルランはびっくりして彼女をじろじろ見た。ずんぐりして、ぎこちない外見は変わっていないが、みんなが避《さ》けていた以前のヒルダよりなにか女の子らしい雰囲気がにじみ出ていた。真ん中に寄っている小さな目には意地悪な色がまったくなくなり、誘惑《ゆうわく》するような青味がかった目をメルランに向けていた。

「う……うん！」

メルランはあっけにとられて、ようやくそれだけ言った。

ヒルダがほほえみかけたので、メルランはあわてた。彼女がこんなに感じがいいのは初めてだ！　ヒルダはきびすを返し、メルランとその仲間があ然とするなか、くねくねと制服のプリーツスカートをゆらしながら遠ざかった。

「なに、あれ！　ヒルダ・リチャードが女の子になった！　有意義な夏休みだったわけね！」

ゼルダがネクタイを緩《ゆる》めながら声を上げた。

ゾエとメルランは、いつもなら好意的な反応をするゼルダが皮肉を言ったので、驚いて彼女を見た。

「大変よ！　戻ってくる！」

ゼルダがメルランに目配せしながらささやいた。

メルランは真っ赤になりながら、うつむいて石畳のすき間に生えている雑草を見るふりをした。

「見た、メルラン？」ヒルダは声音まで変えようと努力した。「わたしたち同じクラスよ。それにクレーヴクール先生が担任よ。クールよね？」

ゼルダは思わずぷっと吹き出《ふだ》し、ヒルダの恨《うら》みがましい視線を浴びた。メルランはというと、火がついたように赤くなっている。

「そうだね、クールだね……」と、つっかえながら返事をした。

「じゃあ、あとでね！」

ヒルダはゼルダとゾエをにらんでから、メルランにささやいた。

リュックをさっと引き上げながら、ヒルダが中庭の中央にもどっていくのを、三人はぼう然と見守っていた。

「もてるわね！」ゼルダがメルランをからかった。

「意地悪なコメントはしないでくれよ！」目を輝かせ、ほおを真っ赤にしたメルランが言い返した。「ぼくのせいじゃないよ！　さあ、もう教室に入った方がいいぜ。クレーヴクール先生を待たしちゃ悪いだろ……」

37　ゾエの重い心

二階の教室に続くいかめしい階段を上がりながら、三人は夏休み前とのちがいが目立つ新学期だと話し合った。三人の前をヒルダ・リチャードがこれまでとは全く異なる態度で階段を上がっていった。その態度の豹変《ひょうへん》を見て、これまで彼女《かのじょ》の犠牲《ぎせい》になった生徒たちがあれこれ噂《うわさ》した。意地悪な足蹴《あしげ》りも、後ろから押《お》すことも、人の気持ちを傷つけるような言動もない。この学校で最も恐《おそ》れられていた女の子だったヒルダ・リチャードは過去のことになった。みんな喜んだが、うまく出来すぎているという慎重《しんちょう》派もいた。したがって、それが本当かどうかを見極めようとみんなは観察していた。とくにメルランは。

前の年とのちがいはヒルダ・リチャードに関してだけではなかった。ゼルダも夏休みを有効に使ったようだ。気が小さくて不器用で何にでもおどおどしていた彼女は、何センチか背が伸《の》びた上に、自分に自信がついてきたようだ。先生が好きな席に座っていいというと、生徒たちは好きな生徒と座ろうと席を奪《うば》い合《あ》ったが、ゼルダはメルランの横に突進《とっしん》してきた。肩《かた》で生徒たちを押しのけながらゼルダが自分の隣の席を確保したことを、メルランは確かに目撃《もくげき》した。「いったい、どうしたんだろう？　これって、思春期のせいかな？」と、とまどったメルランは思った。

ゾエだけが変わらないでいた。以前と同じで、内気で優しくて悲しそうだ。ゼルダがメルランの横に座ると、がっかりしたように顔が曇《くも》ったのにメルランは気づいた。彼《かれ》はばつが悪そうに仕方ないというほほえみを送ると、ゾエはだいじょうぶよ、というような合図を返してきた。そして、一番前の席に背中を丸めて一人で座った。悪いことをしたと思って、メルランが励《はげ》ましの言葉をメモで送ろうとしたとき、肩を軽くたたかれるのを感じた。振《ふ》り返《かえ》って、唇《くちびる》をかんだ。当然ながら、ヒルダ・リチャードだ……。

「ロシア人形とそのボディーガードはどこにいるのか知ってる？　病気なんだって？」

ヒルダは小さな声でたずねた。

「君がロシア人形って呼んでる女の子はぼくの親友なんだぜ！」

メルランは即座《そくざ》に答えた。

「ちょっと！　意地悪で言ったんじゃないわよ！　心配してるだけじゃない！」

ヒルダが言い返した。

「ああ、そうだろうな……」

メルランはぼそぼそ言った。ヒルダが本当に変わったのか、急に疑いが頭をもたげてきた。

「どうしてよ？　ほめてんじゃないの。ロシア人形ってかわいいじゃん……」

「静かに！」

クレーヴクール先生が大きな声で注意した。

メルランはしつこいヒルダから解放されてほっとし、さっと前を向いた。

「まず、みなさんにまたお目にかかることができて、とてもうれしいです」先生はこう話し始めた。「みなさんのメッセージやお見舞《みま》い、ありがとうございました。みんなが想像する以上に励《はげ》まされましたよ。わたしの身に起きたことはいまでも謎《なぞ》ですが、それを乗《の》り越《こ》えて前に進むことにしました。そのために、いまこうしてここにいるのです。これから一年間、みなさんの担任を務めますが、今年がみなさんにとっていい年になるよう願っています。できるだけみなさんの助けになりたいと思っていますので、頼《たよ》りにしてくださいね」

数人の生徒は小さな声で返事をしながら、クレーヴクール先生は前の担任の皮肉なマックグローとは大きな違《ちが》いだと心の中で思っていた。

「さあ、さっそく授業を始めましょうか」先生は感傷的な気分を振り切るように陽気に言った。「その前に、出席を取りますから、恒例《こうれい》の自己紹介《しょうかい》をしてください。みなさんの夏休みについての簡単なコメントも入れてもらえますか？」

自己紹介する生徒たちの話を最前列でぼんやり聞きながら、ゾエは先生から目を離《はな》さなかった。自分の机の後ろに立っている先生は以前と同じでスマートで自然な感じだった。顔だけがその身にふりかかった恐ろしい出来事の跡《あと》を残していた。目じりに扇《おうぎ》のように小皺《こじわ》が寄り、目からは以前のような快活さが失われていた。クレーヴクール先生は無事に帰ってきた。しかしゾエは、髪《かみ》をふり乱して噴水《ふんすい》の凍《こお》るような水のなかをばしゃばしゃと歩き、大声で歌を歌いながら子どものように跳《は》ね回るぼろぼろの服を着た先生の哀《あわ》れな姿を忘れることができなかった。しかも、先生に暴行を働いたのが大伯父《おおおじ》のオーソン・マックグローであることも忘れていなかった。

先生はオーソンと自分の関係を知っているのだろうか？　もちろん、知っているだろう。だが、そのことでゾエのことを恨《うら》んでいる様子はない。だいたい、先生に恨まれるはずはないのだ。ゾエは事件の内容を知っているが、クレーヴクール先生がそれを知ることは絶対にない！　先生は事件をすべて忘れたのだ……。先生にとっては、嫌《いや》な同僚《どうりょう》は交通事故で死に、ゾエは後見人を失った。おかしなことだ……。大伯父はみんなに嫌《きら》われていた。でも、彼《かれ》は嫌なマックグロー先生とか残忍《ざんにん》な反逆者《フェロン》というだけではなかった……ゾエを家族として迎《むか》え入《い》れた心の広い人だったのだ。ゾエは祖母の絵画内幽閉《ゆうへい》にオーソンが関係しているとは思いたくなかった。ドヴィナイユは間違《まちが》っている。みんな間違っている。

そうした思いにとらわれ、ゾエは目に涙《なみだ》を浮《う》かべ、血が出るほど唇《くちびる》をかんだ。クレーヴクール先生の視線がまたゾエの方に向くと、考えていることが顔に出ているのではないかとゾエはおびえた。先生はゾエに優しさと同情の混じったほほえみを向けたので、ゾエの心は重くなった。ゾエの家庭の事情を少しは知っているために、同情心をかきたてられたのだろう。ゾエはイライラすると同時に苦痛を感じながらこぶしを握《にぎ》り、先生にほほえみを返した。

「ベックさん、あなたの番ですよ！」クレーヴクール先生がゼルダを指名した。

急に先生の顔は青ざめ、ブルーの目が曇《くも》った。机の端《はし》をつかんだ手の関節があまりに強くつかんだために白くなっていた。

「ゼルダ・ベックといいます」ゼルダは椅子《いす》に座りなおし、先生をじっと見つめ返した。「読書と外国語と電子音楽と走るのが好きです。夏に宇宙博物館に行きましたが、わたしたちを取り囲むいろんな世界について理解するのに最高の場所だと思いました」

「たしかに、あの博物館はすばらしいですね」クレーヴクール先生はうろたえたように言った。

「ベックさん、ありがとう。エヴァンヴレックさん、次はあなたです……」

できることなら、ゾエはありのままの自己紹介をしたかった。わたしはゾエ・エヴァンヴレックです。歴史が好きですが、とくに、わたしの祖先である〈内界〉の人々の歴史に興味を持っています。今年の夏は、親友と死んだと思っていた祖母が幽閉《ゆうへい》されている不吉《ふきつ》な絵の中に、親しい人たちが吸《す》い込《こ》まれるのを見ました。そのほかには、壁《かべ》を通《とお》り抜《ぬ》けたり、百メートル走の記録を伸《の》ばしたり、部屋で空中浮遊《ふゆう》をしたりして毎日超能力《ちょうのうりょく》の向上に努めています――。実際に彼女《かのじょ》が経験していることを、世界に向けて叫《さけ》びたい衝動《しょうどう》にかられた。真実を叫ぶことでいやされるだろうか？　そんなことはないと彼女にはわかっている。たとえ窒息《ちっそく》死しても、このとんでもない衝動を飲み込まなければ……。

「ゾエ・エヴァンヴレックです」クレーヴクール先生の呼びかけに対して、少しあがりながら話し始めた。「歴史と想像上の生き物や植物、それにファンタジーが好きです。夏休みは大叔母《おおおば》と過ごし、バカンスに出かけた彼女の親友の動物の世話をしました」

「それはよかったですね。ありがとう、エヴァンヴレックさん！」先生はゾエにほほえみかけた。

「では、フォスターさん……」

休憩《きゅうけい》時間を告げるチャイムが鳴るとすぐに、ゾエはトイレに駆《か》け込《こ》んだ。そして個室にこもり、扉《とびら》に背中を押《お》し付《つ》けた。理由はよくわからないが、神経が参っていた。ゾエは深く息を吸《す》い込《こ》み、イライラを消そうとするように顔をこすった。

トイレから出てくると、メルランとゼルダが待っていた。メルランは変わった。もう、お人形のような金髪《きんぱつ》の男の子ではない！　数ヵ月の間に、大人っぽくなった。背が伸びてたくましくなり、天使のようだった金髪の巻き毛は金色のたてがみのような印象に変わり、前よりずっと魅《み》力《りょく》的な存在になった。

「だいじょうぶ、ゾエ？」

メルランはゾエの顔をじっと見つめてたずねた。

「うん、だいじょうぶ……新学期ってちょっと神経質になるのよね。どんな人に出会うかわからないでしょ……」

「今年はいい年になりそうじゃない？」ゼルダがうきうきと言った。「恐《おそ》ろしいマックグローはいないし、それ以上望むことはないよね？」

メルランはゼルダをひじで強く突《つ》いてにらんだ。ゼルダはあまりにも思いやりに欠けていたことに気づいて――遅《おそ》すぎたけれど！――唇《くちびる》をかんだ。

「ごめん、ゾエ。あたしってバカの代表ね……」と、ゼルダはぼそぼそと言った。

「気にしないで……」ゾエは悲しそうにほほえんだ。「あんたって不器用なのよね……それより、噴水《ふんすい》のほとりに行かない？」

「よし、行こう！」

二人が仲直りしたのがうれしそうにメルランが元気よく言った。

「わたしもいっしょにいっていい？」

背後から声が聞こえた。

「ええと……」

メルランが振《ふ》り返《かえ》った。

またヒルダ・リチャードだ！　これまで見たことのない好意的なまなざしでメルランを見つめている。彼はまた赤くなり、ゼルダとゾエは笑いをかみ殺している。

「それって、いいっていうことよね！」ヒルダが叫《さけ》んだ。

「もてるわね！」ゼルダがメルランの耳元でささやいた。「あんたの子分はどうしたのよ？　逃《に》げられたの？」ゼルダは今度はヒルダに向けて言った。

「アクセル・ノランのこと？」ヒルダがいぶかしげに聞き返した。「わたし、去年より成長したのよ、身長だけじゃなくて！」

「気がついてたわよ！」ゼルダは皮肉っぽく言った。「ボクシングとラグビーはやめたの？」

「あんたがわたしのこと、どう思ってるか、わかってるわよ！」ヒルダが言い返した。「もちろん、みんながわたしのこと、どう思ってるかもね……でもいいの！　バレエや小さなぬいぐるみが好きなぶりっ子には絶対になれないもん。それは認めるわよ！」

この反応に驚《おどろ》いて、三人は顔を見合わせた。メルランは肩《かた》をすくめて、バカンスの話にヒルダを誘《さそ》った。ヒルダは大変なエネルギーを費やして感じよく話そうと努力した。まだ疑わしく思っているゼルダとゾエは休み時間中、慎重《しんちょう》な姿勢《しせい》を崩さなかったが、礼儀《れいぎ》正しく、しつけのよいメルランは会話を続けたし、そういやな会話だとは思わなかった。

38　不毛の地獄《じごく》辺境

焼けるように熱くて暗い井戸《いど》に吸《す》い込《こ》まれたみたいだ。オクサは目がくらんだ。ほこりっぽい風が吹《ふ》き荒《あ》れる世界に、彼女《かのじょ》は父親とほかの〈逃《に》げおおせた人〉たちとともにいた。擬似《ぎじ》天国の滝《たき》を通して見たものは感じのいいものではなかったけれど、暑さや悪臭《あくしゅう》がこれほどとは思わなかった。オクサは鼻を手でおおった。ここの空気はほこりが充満《じゅうまん》していてほとんど呼吸できない。アバクムがスポンジューをみんなに配った。細かなほこりを吸わないように、全員がそれを鼻にあてた。テュグデュアルは目を細めて周りを見回し、大きな岩に目を付けた。

「こっちだ！　避難《ひなん》しよう！」と、テュグデュアルが叫《さけ》んだ。

みんなはスポンジューをしっかりと押《お》さえながら、仮の避難場所を求めてテュグデュアルについていった。

「どうやってこの岩が見えたんだろう？　ぼくは、こんなすごいほこりのなかじゃ何も見えないけど！」

ギュスがオクサに近づきながらつぶやいた。

「彼《かれ》はタカよりずっと目のきく〈鷹目《ホークアイ》〉って能力を持ってんの」

オクサは小さな人影《ひとかげ》にしか見えないテュグデュアルを見失わないように用心しながら答えた。

ものすごい風にもかかわらず、ギュスがぶつくさ言っているのが聞こえる。いつになったら、前のようなギュスに戻《もど》ってくれるんだろう？　オクサは前進をはばむ暴風と戦いながら、イラついた目をギュスに向けた。みんなは新たな層の厳しさにショックを受けながら、やっと岩の陰《かげ》にたどり着いた。

「この臭《にお》いはまったく胸が悪くなりますね。何かに似ていますが……」

ヤクタタズが鼻を上に向けながら文句を言った。

「卵のくさったのだわ！　くさーい！」

アバクムの上着から顔を出したドヴィナイユが叫んだ。そしてかん高い声でひとしきり不満を並べ立ててから、また上着のなかに隠《かく》れた。

「どう思う？　なんとか耐《た》えられるだろうか？」

レオミドは心配そうにレミニサンスを見ながらアバクムにたずねた。

アバクムは、疲労《ひろう》の色がはっきりとみえるレミニサンスをじっと見つめた。

「その問いには質問で答えよう。わたしたちに選択《せんたく》の余地があるだろうか？」

オクサは二人のやり取りに驚《おどろ》いて顔を上げた。彼女は不安そうに父親を見たが、ほかの〈逃げおおせた〉人たちも人のことをかまう余裕《よゆう》などないようだった。幸いにも岩のおかげで、強風に乗ってほぼ水平に飛んでくる煤《すす》のようなものからは守られている。しかし、ひどい悪臭《あくしゅう》がスポンジューの微小《びしょう》な穴から入り込んでくるのは防げなかったし、暑さが全員を打ちのめすのも防げなかった。暑さを好むドヴィナイユですら参っているようだ。

「焼けそうだわ！」

ドヴィナイユがうなった。何の励《はげ》ましにもならない。

「ありがとう、ドヴィナイユ！　それが予言じゃなかったらいいけど！」

オクサが言い返した。

「ふうっ！　焼肉になりたくなかったら、よっぽど利口にならないといけないわね……」

ドヴィナイユはそう言うと、つばを飲み込んでから、またアバクムの上着にもぐりこんだ。

「水を汲《く》んできてよかったですね！」ギュスが言った。「えっ？　どうして、みんなそんな顔をするんですか？」みんなの青ざめた顔色を見てあわてた。

水という言葉を聞いて、みんなの視線は、ついさっきまで擬似《ぎじ》天国の冷たい水でいっぱいだった〈拡大泡《かくだいほう》〉に注がれた。ところが、何ということだろう！　クレープのようにぺちゃんこだ。貴重な中身は消えている！　〈逃げおおせた人〉たちには一滴《いってき》の水もない……。この地獄のかまどのような場所では、それはイコール、大ピンチだ。

「いったい……水はどこへ行ったの？」オクサはぼう然としている。

「魔法《まほう》だわ！」興奮したドヴィナイユが叫んだ。

「でも、果物《くだもの》がありますよね」

そう言いながら自分のリュックに手を突《つ》っ込《こ》んだギュスは青ざめた。手を抜《ぬ》くと、果汁《かじゅう》を腹いっぱい飲んでうごめいている、ソラマメほどもあるうじ虫におおわれていた。ギュスは叫び声を上げて、その汚《きたな》らしいうじ虫を振《ふ》り落《お》とそうと腕を振った。うじ虫たちは地面に落ちるとすぐにばらばらになってほこりに混じった。〈逃げおおせた人〉たちは、一つでも無事なアンズかバナナがないかと期待しながら、それぞれ自分の袋《ふくろ》を手で探った。しかし、腐敗《ふはい》はすでに進んでおり、どうすることもできなかった。

「ああ！」と、ヤクタタズが力ない声を上げた。「でも水があるなら大丈夫《だいじょうぶ》です！　水は生命だといいますよね？」

「水もないんだよ、この間抜《まぬ》け！」

ドヴィナイユが上着のなかからうなった。

「そうなんですか？」と、ヤクタタズは驚いた様子だ。「それなら、わたしたちは死ぬんですね」と、まるでお菓子《かし》をあきらめるのと同じような屈託《くったく》のなさでつけ加えた。

「教えてくれてありがとう！」

オクサは泣きたい気持ちと闘《たたか》いながらうなった。

オクサはパニックになりそうなのを隠《かく》すために、スポンジューを顔に押し付け、みんなの顔を見た。みんな、致命的《ちめいてき》な事実に打ちのめされている。レオミドはこの数分間のうちに十歳《さい》も歳《とし》をとったかのように見える。彼に支えられたレミニサンスはいまにも気を失いそうだ。その横では、アバクムが無表情に地面をじっと見つめている。ギュスとピエールはというと、ショックに打ちのめされてお互《たが》いを支えあっている。向かい合っているテュグデュアルは、不可解な表情をしてオクサから目を離《はな》さずにいるので、オクサは彼が状況《じょうきょう》の深刻さを理解していないのではないかと思ったほどだ。

パヴェルはオクサを見つめていた。背中から白い煙《けむり》が渦《うず》を巻いて上がっているのを見て、オクサははっとした。オクサは岩陰《いわかげ》から出ないように四つんばいになってパヴェルのところまではって行った。

「だいじょうぶ、パパ？」

「これよりいい日はあったけどね……。ぼくの『おめでたい楽観主義者』の部分はいまのところ痛めつけられているようだな」

実際の性格とは正反対のことを父親が言ったので、オクサは思わず笑ってしまった。これまでの人生で、パヴェルは軽さとか楽観主義とはまったく縁《えん》がなかった。それどころか、彼のキャラクターはいわば破滅《はめつ》主義の苦悶《くもん》と常に闘うことだった。

「パパって、ついてないんだよね！」オクサは父の腕に手をおいて言った。「でも、きっとうまくいくよ！」

パヴェルはだまりこくった。

「どっちにしても、あたしにはそうならないとは思えないもん！」オクサは自分自身を納得させようとするように大きな声で言った。「水も食料もないんだから、あまりぐずぐずするのはよくないと思うの。先に進まなきゃ！」

「死なないためには行動すべき、って言いたいのかい、ちっちゃなグラシューズさん？」

口元にかすかなほほえみを浮《う》かべながら、テュグデュアルはオクサをじっと見つめて言った。

「皮肉を言ったっていいわよ！」オクサは挑《いど》むように答えた。「だって、このまま塵《ちり》になるのを待ってるわけにはいかないでしょ？」

「その通りだ」アバクムが姿勢を正しながら賛成した。

「だが、どこへ行くんだ？　何の目印もないじゃないか！」レオミドが言った。

みんなは果てしなく続いているように見える荒野《こうや》を観察した。風が弱まり、ほこりがやや治まっている。しかし、周りの環境《かんきょう》は安心とはほど遠い。地面は乾燥《かんそう》のあまりひびが入り、飛びかう土ぼこりでおおわれている。終わりのない砂漠《さばく》だ。裸《はだか》の荒野《こうや》だ。焼けて人を寄せ付けない土地だ。オクサは低い声で悪態をついた。

とつぜん、彼女の目が輝《かがや》いた。そして、浮遊《ふゆう》する準備をするかのようにひざを曲げた。だが、すぐに顔がゆがみ、がっかりした表情になった。

「うーっ……できない！」

「重力が混乱しているので、〈浮遊術〉は使えません、若いグラシューズ様」

ガナリこぼしが説明した。

「重力が混乱してるって？」

オクサは信じられないといったように、ガナリこぼしの言葉を繰《く》り返《かえ》した。

「そうです」ガナリこぼしがうなずいた。「おそらく気づいていらっしゃらないでしょうが、〈外界〉を支配している物理の仕組みとここの状況《じょうきょう》はまったく違《ちが》うのです。浮遊のできる〈逃げおおせた人〉は試してみるといいですが……」

それを聞くと、レオミドがまっすぐに立ち、腕を体の側面にぴったりと付けた。ほかの人たちは、彼が非常な努力をして気持ちを集中させているのを見てとったが、すぐに落胆《らくたん》に変わった。オクサと同様に、レオミドも浮遊できないのだ。パヴェルとピエールとテュグデュアルも試したが、結果は同じだった。

「あの蝶《ちょう》はどこにいるのかな?」

オクサはいらいらと周りを見回した。〈逃げおおせた人〉たちは、眉間《みけん》にしわを寄せ、蝶がいないかと、ちりの舞《ま》うまだらな空を目を凝《こ》らして見た。暑さは変わらないものの、激しかった風はいまやそよ風になり、しのぎやすくなっていた。しかし、不気味な黒い雲が恐《おそ》ろしい速さで移動しており、黒い蝶を探すのは難しかった。

「風で吹き飛ばされたんだよ」ギュスが言った。

「あたしたちには、あの蝶が必要だよ!」オクサが叫んだ。

「蝶がおれたちを見つけてくれるよ……」テュグデュアルがなだめるように言った。「見つけられないはずはない。この砂漠なら、何キロ先からでもおれたちが見えるさ!」

「キロメートルはここには存在しないんです。ここでは、計量の単位は人間が通常用いているものを超越《ちょうえつ》しています。この砂漠に終わりはなく、わたしたちは何もない荒野の真ん中にいるんです」

オクサのポシェットから顔を出したガナリこぼしが注意した。

「あたしたちを励《はげ》ますような情報を持っている人がいたら、どうぞどんどん言ってちょうだい！」

目に涙《なみだ》を浮かべたオクサは腹立ちまぎれに声を上げた。

「ああ、若いご主人様、よけいなことを言って申しわけありません！」ガナリこぼしが謝った。

「でも、砂漠に終わりがないと言ったのは、われわれが普通《ふつう》に考えるような境界がないという意味です」

「それって、どういうことよ？」

いまにもキレそうなオクサは思わずどなっていた。

「わたしたちがよく知っている水平方向の境界のことです」

「そんなら、垂直方向の境界はあるっていうこと？」

オクサは新たな期待に目を輝かせながらたずねた。

「その通りです、若いグラシューズ様！」ガナリこぼしがうなずいた。

「上なの？　下なの？」

「出口は空かもしれませんし、地下かもしれません」

「穴を掘《ほ》らないといけないのかな？」アバクムがつぶやいた。

「無用です！」ドヴィナイユのくぐもった声が上着の中から聞こえた。「その時になったら、出口が現れます」

「のどが渇《かわ》いてみんなが死んでしまう前だといいけどな……」ギュスが苦々しげに言った。

「水がないのなら、確実にみんな死ぬでしょう……水は生命……」

ヤクタタズは無気力に繰《く》り返《かえ》した。

「いっとくけど、そうなると、あんたも死ぬのよ！　どうしようもない間抜けだって、水がないと死ぬんだから！」ドヴィナイユがどなった。

ヤクタタズはその言葉が脳に達するのを待ち、およそ三十秒後に反応した。

「あなたが言ったことは確かですか？」

ギュスは青ざめながらも、思わず吹き出した。その拍子《ひょうし》にスポンジューが外れ、とたんに顔をしかめた。

「うわーっ、この臭《にお》いはひどい！」

「硫黄《いおう》の臭いです、グラシューズ様のお友だちの方」そう言うと、ガナリこぼしは急いでスポンジューを拾った。「これをつけてください。非常に危険ですから……」

「じゃあ、脱水症《だっすいしょう》で死ぬか、毒で死ぬか、絶望のあまり死ぬか、選択肢《せんたくし》があるわけだ。サイコーだ……」

スポンジューを鼻につけながらギュスがぶつぶつ言った。

「空腹を忘れてるぜ……」テュグデュアルが口をはさんだ。

「なに？　空腹？」ギュスがうなった。

「空腹で死ぬことも可能だ……」

オクサは怒りと悲しみの混じった目で二人をにらんだ。それから、立ち上がり、見渡《みわた》す限りの広大な荒野をしばらく眺《なが》め、決心したように言った。

「あたしは死にたくないし、だれにも死んでほしくない！　だから、みんな立ってあたしについて来てちょうだい！　きっと最後には出口が見つかるよ……」

39 灼熱《しゃくねつ》の荒野《こうや》

焼けるような砂漠《さばく》を歩くのは大変だった。正しい方向に歩いているのかを示す目印は何もない。風はやっと止んだものの、黒っぽい空は不気味な色をたたえていた。その下に地獄《じごく》辺境が限りなく続いている。地面をおおう土は黒い粉状で、熱い灰と混ぜてふるいにかけたかのような腐植《ふしょく》土に似ていた。一歩踏《ふ》み出《だ》すごとに、ほこりが舞《ま》い上《あ》がり、火花が散ってくるぶしが痛んだ。

全員、黙《だま》ったまま顔をしかめて我慢《がまん》しながら進んだが、痛みが次第に耐《た》えがたくなってきた。一番に立ち止まったのは、顔が汗《あせ》にまみれ、疲《つか》れきったオクサだった。手を腰《こし》にあてて、スポンジューのなかで息をし、それからかがんで、スニーカーのひもを外し、ジーンズのすそをくるぶしに巻きつけた。そして、しっかりとひもで固定してから、少し元気を取《と》り戻《もど》して体を起こした。

テュグデュアルは了解《りょうかい》したというようなほほえみを浮《う》かべてから、自分もかがみ込んでズボンのすそを短いブーツのなかに押《お》し込《こ》んだ。

「この臭《にお》いにどうやって耐えられるわけ？」

スポンジューをポケットにしまっているテュグデュアルにオクサは問いかけた。

「おれは普通《ふつう》の感覚を持ってないということさ……」

テュグデュアルはオクサをじっと見つめながら答えた。

「そうだよな……コウモリの感覚を持ってるんだろうな！」ギュスがすかさずかみついた。

テュグデュアルは目の底にたたえた悲しみの色とは対照的なからかうような笑いを浮かべて顔をそむけた。

オクサはどきどきしながら、順に二人の男の子を見た。けんかをふっかけたり、オクサをどぎまぎさせるようなことばっかりして、何て気に触《さわ》る二人だろう！　感情的になっている場合じゃないっていうのに。この終わりのない地獄辺境で死の危険が迫《せま》っている。落ちつくのよ、オクサ！　と自分に言い聞かせた。あの二人のことはあとでゆっくり考えればいい……もし生きてここから脱出《だっしゅつ》できれば……それから、オクサは回れ右をしてふたたび歩き始めた。

若い人のほうが勇気があるらしい。オクサはパヴェルとともに先頭を歩いた。その後ろには、しなやかな歩みで驚《おどろ》くべき耐久力《たいきゅうりょく》を見せるテュグデュアルと並び、名誉《めいよ》にかけて同じ速さで歩こうとしているギュスがいた。しかも、テュグデュアルと同じ匠人《たくみびと》であるピエールも、地獄辺境の厳しい自然条件に対してすぐれた耐久力があるようだ。「うらやましい能力……」と、一足踏み出すごとに体力の落ちるオクサは心の中で思った。しかし、自分はエデフィアの後継者《こうけいしゃ》である若いグラシューズだ。みんなに手本を見せなければならない、という思いだけが体を動かす原動力になっていた。

最後尾《さいこうび》のアバクムはオクサをじっと見守っていた。オクサの気持ちが高揚《こうよう》したり沈《しず》んだりする動きを直感で感じることができるのだ。オクサは何をするべきかは知らない。それはアバクムにもわかっていた。細かいことも目的もオクサにはわからないことがよくあったが、アバクムは彼《かの》女《じょ》に全幅《ぜんぷく》の信頼《しんらい》を寄せていた。ほかの仲間たちと同じように、アバクムはみんなを救うのはオクサであることを知っていた。単なる希望という以上に、深い信念であり、自明の理だった。不老妖精《ようせい》がオクサを見守っていることは忘れてはいけない。しかし、みんなが力を合わせれば〈悪意〉の不吉《ふきつ》な力に対抗《たいこう》できるのだろうか？　アバクムの目が一瞬、曇った。彼《かれ》は姿勢を建て直し、再びオクサの細いシルエットをじっと見つめながら歩き続けた。

高齢《こうれい》にもかかわらず、アバクムはレオミドやレミニサンスよりは厳しい状況《じょうきょう》に耐えている。レミニサンスはかなり弱っていた。彼女にとってこの試練は余計だった。〈逃げおおせた人〉たちとともに乗《の》り越《こ》えてきた試練に加え、とりわけ永久に絵の中に閉じ込められたと思い込み、長く残酷《ざんこく》な孤独《こどく》に耐えた試練から、彼女は極度に弱い精神状態にあった。さらに悪いことには、地面をおおう熱気を帯びたほこりで、きゃしゃなサンダルの革ひもでしか守られていない足が傷ついていた。レオミドがすぐに気づいて、分厚い綿の上着のそでを切って彼女の両足をおおってやったが、レミニサンスはぐったりし、気力もすっかりなえていた。孫のゾエに再会できるという希望ですら、彼女を力づけることはできなかった。疲れすぎて希望が少しずつむしばまれていた。レミニサンスの全体重を支えているレオミドには、愛する人が一歩進むごとに衰《おとろ》えていくのが感じられた。レオミド自身もひどく消耗《しょうもう》しており、残った勇気と体力は永遠に愛する人だけに使おうとした。

「背負ってあげよう……」

レオミドはあえぎながら、しわがれた声で言った。

レミニサンスは答える元気もなく、されるままになった。彼は苦しそうなレミニサンスの視線に耐えられず、顔をそむけた。その後ろでアバクムは何もできずにこぶしを握《にぎ》った。

「もうどれくらいの時間、歩いたかな？」オクサが父親にたずねた。

パヴェルはわからないというように肩をすくめ、この地獄のような状況であとどれくらい持ちこたえることができるだろうか、という問いをぐっと飲み込んだ。パヴェルは自分の手の中のオクサの手をぎゅっと握った。手はほかの人たちと同じく焼けるようだった。みんなそれを考えることは避けていたが、水がないことは緊急《きんきゅう》事態だ。ヤクタタズだけがしまりのない頭からそのことを締め出《しだ》す努力をしなかった。

「だれか少し水をくれませんか？　のどが渇《かわ》いて死にそうです……」

「あたしたちもよ！」

オクサがぴしゃりと言った。

「冷たい水をほんの一杯《いっぱい》でいいんです、それ以上はご迷惑《めいわく》おかけしません」

ヤクタタズはのん気そうに続けた。

「もちろん、ストローと氷もだよね！」

今度はギュスがいらいらと口をはさんだ。

「ああ、それなら最高です！　ありがとうございます、若いグラシューズ様のご友人の方」

ヤクタタズはうれしそうに言った。

「どういたしまして！　すぐに持ってきてやるよ……黙《だま》ってくれるならね！」

ヤクタタズはしばらく考えて、やっとギュスの言った意味がわかった。そして、飛び出た目でギュスを見つめ、しゃべらないように両手を口にあてた。それからじっと水を待っていた。水のことを忘れていなければだが……。

〈逃げおおせた人〉たちはそれを忘れるどころではなかった！　全員が黙ったまま苦しみ、容赦《ようしゃ》なく襲《おそ》ってくるパニックをなんとか隠《かく》そうとしていた。この調子であと何時間か歩けば、確実に全滅《ぜんめつ》するだろう。


みんなはただ歩き続けた……ほこりだらけで焼けるような地面に座って少し休む以外は。体力は限界に近づいていた。ガナリこぼしの推定では、彼らは地獄辺境を〈外界〉でいえば平均気温四十五度のもとで、三日間以上歩いている。大変な記録だ。レミニサンスとギュスがこの試練に最も弱っており、見るも哀《あわ》れだった。二人の唇《くちびる》はからからに乾《かわ》き、目には黒ずんだ隈《くま》ができ、足を踏み出すのも次第に難しくなってきていた。レオミドは、呼吸するのも苦しそうなレミニサンスを交代でおぶっていこうというアバクムの申し出を受け入れた。しかし、背負うたびに二人の体力は消耗した。

一方、パヴェルとピエールは〈逃げおおせた人〉ではないギュスを休ませるために交代で背負った。この過酷《かこく》な試練を通してエデフィア出身者の体力が優れていることが明らかになったため、みんなは〈外界〉の男の子を助けようとした。その方法はあまりなかったが、みんな疲労《ひろう》の極みにあるにもかかわらず、ギュスを優先することで一致《いっち》していた。一人一人が額に玉になる汗《あせ》を集め、オクサは父の背中から出る蒸気を絶えず集めて、それを結露《けつろ》させてわずかな水滴《すいてき》にし、ギュスの口にいれてやった。

「ぼく、恥《は》ずかしいよ……」

父親の背中に顔をうずめながらギュスがつぶやいた。

「気取るのはやめなさいよ！」

オクサは不安を隠しながらしかった。

そうして、みんなは次第に足をひきずり、目を赤くし、足にまめを作りながら歩き続けた。体じゅうが痛かった。水が飲めないので汗が少なくなり、脱水症状《だっすいしょうじょう》が進んでいた。周りには同じような荒野が広がっていた。ただ、つんとくる嫌《いや》な臭《にお》いはほとんど消えて、地面にはドヴィナイユが言っていたような裂け目が現れてきた。そのために、前に進むのがよけい困難になった。しかもみんな疲れきっている。時間がひどく長く感じられた。何時間も、あるいは何日も経ったような気がした。

オクサが立ち止まると、何も状況《じょうきょう》が変わらないとはいえ、休憩《きゅうけい》ができることにほっとしてみんなは無言でそれにならった。

「もうだめ……」オクサはうめいた。

みんなは疲労と空腹でやせこけた顔を上げてオクサのほうを向いた。〈逃げおおせた人〉たちはほこりにまみれ、服は汚《よご》れたぼろきれのようだ。髪《かみ》はからみつき、履物《はきもの》は熱い土で焼けている。オクサは絶望して腕《うで》を空に伸《の》ばし、懇願《こんがん》するような姿勢でどなった。

「あたしたちを助けて！　おねがい！」

汚れたTシャツのすそがまくれて、へその周りのすばらしい印を、みんなは見ずにはいられなかった。八つの角を持った星が琥珀《こはく》色にきらきら輝《かがや》いていた。とつぜん、歌声が聞こえてきた。打ちひしがれて背中の曲がったアバクムが低い声で口ずさみ始めたのだ。

官人《つかさびと》、匠人、すべての種族、
森人、不老妖精《ようせい》、そして、あらゆる動物
ジェトリックス、ドヴィナイユにヴェロソ
声を合わせて、あらゆる方向に向けて歌おう！
〈大カオス〉のとき、われわれはみんな尻《しり》に帆《ほ》をかけて逃げた

マロラーヌを置き去りにし、祖国を去った
オシウスとオーソンを倒《たお》せ！　〈逃げおおせた人〉たちは逃げた！
それ以来、星が現れるのを待っている！
エデフィアは再びわれわれのものになる、オクサが望むから
心からの、〈逃げおおせた人〉たちの歌！

「これ、何なの？」オクサが驚いてたずねた。
「〈逃げおおせた人〉たちの歌だ」レオミドは感激で涙を流しながら答えた。「おまえに印が現れたときに、この歌を作ったんだよ」
自分自身を励《はげ》ますために、レオミドもアバクムに合わせて歌い出した。

われわれは隠れた祖国を見つけ出したい
エデフィアを離《はな》れてからというもの
グラシューズ・ドラゴミラに導かれ、
希望の星、若いオクサに助けられ、
一人一人が希望に胸を膨《ふく》らませて待っている
道をみつけるためのきざしを、そして明るい光を
そのとき、兄弟のように手に手を取り

われわれの放浪《ほうろう》の旅の終わりを祝おう
エデフィアは再びわれわれのものになる、オクサが望むから
心からの、〈逃げおおせた人〉たちの歌！

ピエールのしゃがれた声がレオミドとアバクムに加わった。そして、しゃがれているがしっかりとしたパヴェルの声も加わった。

エデフィアのすみずみに、平和がふたたび訪れ、
ポンピニャックにたいまつが輝く
〈近づけない土地〉から、緑マント、
そして、断崖《だんがい》山脈からすばらしい妖精の小島まで
友人たちの信頼と忠誠が
そして、オクサのあらゆる計画が
あらゆる記憶《きおく》に刻まれるだろう
うれしいことだ、すべてが可能だ、挫折《ざせつ》の終わりだ！
エデフィアは再びわれわれのものになる、オクサが望むから
心からの、〈逃げおおせた人〉たちの歌！

〈逃げおおせた人〉たちは歌に合わせて歩き始めた。歌と歩みがぴったりと合った。希望に満ちた歌詞を聴《き》くと、みんなの心に勇気が湧《わ》いてきた。オクサも感動に震《ふる》えていた。最初はただ驚いていたが、みんなからそれほど敬われていることを知って、驚きは困惑《こんわく》に変わった。ほおは赤く染まり、とまどいながら先頭を歩いた。あたしのために作られた歌？　だれにでも起きることじゃない……だけど、そこまで評価される価値があるだろうか？　そうは思えなかった。胸が締め付けられるように大きな誇《ほこ》りを感じながらも、オクサはだれにも目を向けられなかった。

「エデフィアは再びわれわれのものになる、オクサが望むから」と、テュグデュアルが口ずさみながらオクサに追いついた。

「もうーっ、からかうのはやめてよ……」と、オクサがどなった。

「からかってなんかいないぜ！」

「あたしに対してちょっとでも好意をもってくれてるんなら、今後この歌のことをぜったい言わないでよ、いい？」

「おおせの通りに、ちっちゃなグラシューズさん……もっとも、こっそり逃げるという美徳には全面的に賛成じゃないけどな」

オクサはテュグデュアルの謎《なぞ》めいた言葉について考える余裕《よゆう》はなかった。体が落ちるにぶい音がしたからだ。ギュスが焼けるような地面に落ちたのだった。

「もうだめだ……」

目を真っ赤にしたギュスがうめいた。

ギュスはひどい状態だ。この様子だと、ギュスは長くはもたないだろう。オクサは悲しみに身を引《ひ》き裂《さ》かれ、脳天をなぐられたような気がした。頭の上の空はメタリックな色の雲でおおわれていた。黒い稲妻《いなずま》がいくつか走り、みんなをびくっとさせた。しかし、ギュスに希望を与《あた》えたのは、ものすごい雷《かみなり》だった。

「オクサ！」と、ギュスが呼んだ。

ギュスの興奮した声に驚いて、オクサはびくっとした。

「おまえ、長い間、怒《おこ》ってなかったよな……」

ギュスの声はのどの渇きでかすれている。

オクサはいぶかしそうにギュスを見た。何を考えてるんだろう？

「あの……ギュス、悪いけど、もうけっこうひどい状況だと思わない？　あたしは脱水状態だし、疲労して、絶望してる。数時間後に死ぬだろうっていう考えにおびえてるの……でも、怒ってるわけじゃない！　怒るのにはちょっとエネルギーが要るじゃない？」

ほとんどわからないほどのほほえみを浮かべているギュスの目を、オクサはグレーの目でじっとのぞきこんだ。

「マックグローに教室から追い出されたときのこと、覚えてるか？」

やがてオクサはギュスの言いたいことがわかってきた。

「そうだ！」叫んだオクサの顔は輝いていた。「怒り、イコール雷、イコール……雨！」

この最後の言葉はほかの人たちの注意を引き、最後の希望のようにみんなの心のなかに響《ひび》きわたった。生き延びることの希望だ。

「あたしを怒らせて！」オクサは目を輝かせて叫んだ。「ほら！　かんかんに怒らせて！」

40　恵《めぐ》みの傷

疲《つか》れ果てている〈逃《に》げおおせた人〉たちはぼう然としながら顔を見合わせた。オクサのほうは、自分を怒《おこ》らせるような思い出や場面を思い起こそうと精神を集中していた。マックグローとモーティマーが最初に頭に浮《う》かんできた。しかし、感情の針が哀《あわ》れみの方に振《ふ》れるのに驚《おどろ》いた。〈まっ消弾《だん》〉を浴びて破裂《はれつ》し、黒い穴に吸《す》い込《こ》まれる直前のマックグローの顔は怒《いか》りをそそらなかった。モーティマーについては、父親を亡くした少年の顔しか思い浮《う》かばなかった。そんなバカな！　あの二人にあれだけのことをされたのに、哀れみしか感じないなんて！　ホントに懲《こ》りない性格……。オクサは自分で自分を呪った。

〈逃《に》げおおせた人〉たちがオクサの怒りを爆発《ばくはつ》させる方法を必死で考えている間、オクサは記憶《きおく》を反芻《はんすう》していた。母親が車椅子《くるまいす》に乗っている姿はオクサを動揺《どうよう》させた。マスタードの臭《にお》いを吸い込んだときのように、鼻がつんとしたが、彼女が感じた感情は怒りからはほど遠かった。大きな不安と悲しみで息が苦しくなった。ちょっと方向違《ちが》いだ……。

それから、ゾエと彼女《かのじょ》のひどい人生のことが頭に浮かんだ。彼女の優しさが懐《なつ》かしかった……。次はドラゴミラだ。バーバの腕《うで》の中に飛び込みたい、秘密の工房で仕事をするのを見たい、おいしいナリスニキ（フレッシュチーズの入ったウクライナ風クレープ）をほおばりたくてたまらない。だめだ……。考えが手の届かない夢のほうへ行ってしまう。怒りを起こさせるというよりは、後《こう》悔《かい》や苦しみや不安をあおる。この暑さで希望すら蒸発するのか、さまざまな場面が浮かんでは消えていった。


「オクサ！」ギュスが弱々しい声で呼んだ。「知ってる？　ぼくって最低だよな。おまえみたいな女の子に、ぼくみたいな友だちはふさわしくないよな」

まだいろいろな思い出で頭がぼんやりしていたので、オクサはギュスをぼう然と見つめた。

「ギュス……そんなこと言ってる場合じゃないでしょ……」

オクサは母親の顔を頭から振《ふ》り払《はら》いながら言い返した。

「ギュスがまともなことを言ったのは初めてだな！」

テュグデュアルはオクサを冷たい視線で射るように見つめた。

「もし、きみの意見が聞きたかったら、合図するよ」父親の腕にしっかりとつかまったまま、ギュスが言い返した。「オクサ、ごめん！　全部ぼくが悪いんだ。みんながこんな状況《じょうきょう》にはまったのはぼくの責任だ！　ぼくは絵に近づいた。抵抗《ていこう》して逃げ出せばよかったんだ。なのに、絵に近づいた。ぼくは何の力もないのに、強いやつを気取りたかったんだ！　そうだよ！　ぼくはサイテーだよ！　地球上で最悪だ。親友とその父親や友だちをいかれた〈心の導師〉に餌《えさ》のように投げ与《あた》えるしか能がないんだ！」

「ちょっと、頭に来はじめたわよ！」オクサを怒らせようというためだけにギュスが大げさな言い方をしていることを忘れようと非常な努力をしながら、オクサはどなった。

「確かに、おまえのやったことは賢《かしこ》くないと認めないわけにはいかないだろうな……。でもさ、おまえのようなやつからそれ以上は期待できないよな？」

　テュグデュアルはばかにしたように言った。

「テュグデュアル！」オクサが憤慨《ふんがい》した。

「おい、おまえは黙《だま》ってろ！」ギュスはいら立った。「おまえがしでかしたことを聞いたときは、ホント……」

　テュグデュアルは身構えて振り返った。

「おれがしでかしたことって何だよ、ええっ？」

　テュグデュアルが食ってかかった。

「ねずみやヒキガエルの内臓のうまいスープを囲んで、おまえのゴシック系の友だちと儀式《ぎしき》をやったんだろ？　覚えてないのかい？」

　テュグデュアルは青ざめた。目が曇《くも》り、口がひきつった。オクサはというと、どう考えたらいいのかわからなくなった。この二人は演技をしているのか？　オクサを怒らせるために結託《けったく》しているのだろうか？　それとも、疲労《ひろう》のせいで、自制がきかなくなったのだろうか？

「おまえには胸くそが悪くなるよ！」

ギュスは、こぶしを握《にぎ》って固まっているテュグデュアルに向けて言い続けた。

「能無しよりましさ」テュグデュアルが言い返した。「それに、おれは胸くそが悪いかもしれないけど、それで嫌《きら》われてるってこともないみたいだけどな！」

「ぼくは、汚《きたな》いミュルムでいるより、無能なほうがいいね！　恋愛《れんあい》感情を吸い取って鼻からタールを垂れ流すやつの仲間だからな！」

テュグデュアルは見下すようにギュスをにらんだ。オクサはハッと口をおさえ、このやり取りにおののいて、二人を順番に見た。彼《かれ》らが嫌い合っているのは確かだ。でも、こんな侮辱《ぶじょく》の言葉を投げつけるほどじゃないはず！　ギュスはそういう人じゃないし、テュグデュアルだってこんなけんかにはまるには自尊心が強すぎる。しかし、この残酷《ざんこく》な状況から脱《だっ》するために演技をしているのか？　オクサはその可能性を捨てきれず、行動をおこすことができなかった。

「おまえが自分で言ったように、おまえは能無しだよ。少なくとも、明晰《めいせき》だからって非難されることはないからな」テュグデュアルが続けた。

「うーっ！」

ギュスはうなり声を上げ、残った力をふりしぼってテュグデュアルに向かっていった。

テュグデュアルはこの反応を予想していたようだ。驚《おどろ》くどころか、手を上げて見事な〈ノック・パンチ〉を発射し、ギュスをほこりだらけの地面にたたきつけた。ピエールが悪態をつき、息子のそばに駆《か》け寄《よ》り、ほかの人たちは驚いて口がきけず、その光景をぼう然と眺《なが》めていた。ギュスはかんかんになって、父親の差しのべた手を払《はら》いのけて起き上がった。極度の疲労のためにふらつきながらも、冷たく自分をにらんでいるテュグデュアルのほうに向かってまっすぐ歩いた。パヴェルが二人の間に入ろうと一歩進んだが、アバクムが止めた。

「能無しが反抗か?」

新たな〈ノック・パンチ〉を浴びせようと手を伸《の》ばしながら、テュグデュアルが挑《いど》むように言った。

「うるさい、怪物《かいぶつ》め!」ギュスは言い返した。「おまえはぼくより強いかもしれないが、マックグローやその仲間と同じくらい病的だ。それに、おまえは、仲間内のことを報告するスパイじゃないかと思っていたよ」

テュグデュアルははっきりわかるほど青くなった。首の血管が浮き出てひくひくしていた。いまにも爆発しそうだ。

「おい、おれたちをこんなところに引っぱりこんだおまえが、自分でそれを始末できると思ってるのかよ?」テュグデュアルの顔はひきつっていた。「さっき言ったことを覚えてるか? 自分の責任がどうとか、くどくど言ってたな、もう忘れたのか? だれのせいでおれたちがここにいるのか思い出させてやらないといけないのかよ?」

オクサは仰天《ぎょうてん》して、もう考えることができなかった。はっきりしているのは、二人が行き場のない道に一歩踏《ふ》み出《だ》そうとしていることだけだ。最悪の事態になることもありうる。二人のうちの一人に取り返しのつかない傷を与《あた》える言葉だ。

「やめてよ！」

オクサは苦しげに息をしながらどなった。

テュグデュアルはオクサのほうを振り返った。

「ちっちゃなグラシューズさん、なんでさ？　おまえの友だちが真実を受け入れられないと思ってるのかい？」

テュグデュアルの声は急にやさしくなった。

その顔はひきつっているために、完璧《かんぺき》な顔の造作がよけいに冷たく見える。そのまなざしをオクサはまともに浴びた。オクサの正面に、黒っぽくひょろりとしたシルエットがまだらな空を背景にくっきりと浮かび上がっている。そのシルエットはギュスを打ちのめす最後の一撃《いちげき》を与えようとしていた。オクサは取り返しのつかない言葉を発しないようテュグデュアルに目で訴《うった》えた。

二人の頭上には、墨《すみ》のように黒い雲が形作られようとしており、オニキスのように黒く光る稲《いな》妻《ずま》を繰《く》り出《だ》す電気を含《ふく》んでいるようだ。オクサは思わず顔を上げ、同じ動作をしたテュグデュアルを見た。それから、また二人の視線が合わさった。テュグデュアルが怒りにかられたのか、生き延びる意思に従ったのかはわからないまま、彼《かれ》の冷たい決意を前に何もできないことをオクサは悟《さと》った。

「お利口さん、だれのせいでフォルダンゴットが死んだか覚えてるかい？」

テュグデュアルはとげとげしい調子で言い放った。

オクサはギュスがこの言葉にショックを受けてうずくまったのを見なかった。彼女《かのじょ》は狂《くる》った獣《けもの》のようにうなりながら、テュグデュアルに跳びかかっていたからだ。

「どうしてそんなこと言うの？　どうして？」

テュグデュアルは自分を防御《ぼうぎょ》せず、オクサの跳《と》びかかった勢いで二人は地面に倒《たお》れた。オクサは怒りの涙《なみだ》をこぼしながら、テュグデュアルの胸をたたき、顔をひっかきはじめた。焼けるようなほこりが二人の周りに舞《ま》ったが、興奮している二人には刺《さ》すような痛みは感じられなかった。

「黙《だま》ってることができないわけ？」オクサはわっと泣き出し、息がつまりそうになった。「あんたは怪物《かいぶつ》よ！　怪物！」

テュグデュアルは耐《た》えられなくなってオクサの両手首をぎゅっと握《にぎ》った。それから、素早い動きで体勢をひっくり返してオクサを地面に押《お》し付《つ》けた。それがオクサの怒りを倍加した。

「痛いってば！」オクサはうなり声を上げた。黒い稲妻がますます激しくなってくる。「あんたなんか嫌いよ！　大嫌いよ！」

「嘘《うそ》だろ……」

テュグデュアルはオクサのほうにかがみながらつぶやいた。

オクサは彼の手をふりほどこうともがいた。だが、力ではかなわない。よけいに頭に血が上った。

「嘘だろ……」と繰《く》り返《かえ》したテュグデュアルはいっそうオクサの顔に近づいたので、びっくりするほど冷たい息が顔にかかった。とたんに頭のてっぺんからつま先まで電気のようなものが走った。オクサはテュグデュアルの魅惑《みわく》的なまなざしにぼうっとして動けずにいた。相反する二つの感情に心が引《ひ》き裂《さ》かれている。彼にかみついてやりたい欲望、それより強いもう一つは、もう一度顔を近づけて欲しいという欲望だ。だが、すぐにギュスのことが頭に浮かび、過酷な現実に引き戻された。

「なんであんなこと言ったの？」オクサは繰り返した。「残酷よ！　ひどい！」

怒りがふくらんで息がつまりそうだ。テュグデュアルは大きなため息をついて、立ち上がった。

「ちょっと傷ついただけさ。すぐ元気になるよ、ちっちゃなグラシューズさん！」テュグデュアルは挑《いど》むようなほほえみを投げかけた。「見ろよ、それぐらいの値打ちはあっただろ？」

大きな雨粒《あまつぶ》が一つ、オクサの額に落ちた。オクサは雲におおわれた空をぼう然と見上げた。しばらくすると、疲労と脱水症状《だっすいしょうじょう》でぐったりした〈逃げおおせた人〉たちを猛烈《もうれつ》なにわか雨が打った。オクサはひじを立てて上半身を起こし、ヒステリックに笑いだした。彼女の周りでは、みんなが空から落ちてくる水をむさぼるように顔を上に向けていた。オクサはギュスを目で探した。彼は意識を取《と》り戻《もど》していた。父親に両肩《かた》を支えられ、二人で上を向いて水を浴びていた。ギュスの黒髪《くろかみ》が背中に黒檀《こくたん》の扇《おうぎ》のように広がり、そのやせた背中が濡《ぬ》れたシャツの下から浮き出ていた。オクサはギュスの後姿の弱々しさに衝撃《しょうげき》を受けた。彼女はそのまま、どろどろになった地面に横になった。そのすぐ横ではテュグデュアルがひざの上に腕を組んで座っていた。オクサは目を閉じて、魔法《まほう》のような雨が体の上を流れ、疲れた体を癒《いや》してくれるのにまかせた。涙が雨の水滴《すいてき》と混じり合った。危ないところだった！　だが、その代償は？　くたくたの上にうれしすぎて考えることができなかった。手が伸びてきて自分の手を取るのを感じた。テュグデュアルの手だとわかるのに目を開ける必要はなかった。口元に謎《なぞ》めいたほほえみを浮かべ、テュグデュアルはオクサのすぐそばで、激しい雨を落とす空に顔を向けながら泥《どろ》のなかで横になっていた。オクサは手をひっこめようとはしない自分に驚いた。疲労がそうさせるのだろうか？　わからない。ギュスのそばにいて彼といっしょに奇跡《きせき》的な雨を喜び合うべきだと思いながら、オクサは再び目を閉じ、やさしくしっかりと手を握る少年の横に横たわっていた。

41　は虫類の攻撃《こうげき》

その巨大《きょだい》なは虫類は目を開け、突起《とっき》のある頭の上に落ちてくる水を足で払《はら》った。長い間寝床《ねどこ》にしていた地面の裂け目に雨水が入ってきて、それといっしょに小石やほこりっぽい土が落ちてきた。そのは虫類は長い間、雨を見たことがなかった……。〈悪意〉が〈心の導師〉を破滅《はめつ》的な意思の支配下に置いて以来だ。短い脚《あし》を立てて起き上がり、いぶかしそうに頭を裂け目の上のほうに伸《の》ばした。楽しそうな人間の声が聞こえてきた！　それを裏付けるように、人間の匂《にお》いがしてきた。確かに、人間がいる。ひょっとしたら、やわらかい肉を持つ若い人間かもしれない。五感を研ぎ澄《す》ませながら、そのは虫類は先の割れた長い舌で口の周りをなめた。かぎ爪《つめ》のある足を土《つち》壁《かべ》に食《く》い込《こ》ませ、上のほうから漂《ただよ》ってくる匂いに誘《さそ》われるように、裂け目を上り始めた。

体じゅうに落ちてくる雨に泥《どろ》のなかで打たれながら、オクサの気持ちは少しずつ落ちついてきた。テュグデュアルはずっとオクサの手を握《にぎ》っており、彼女《かのじょ》はそれを振《ふ》り払《はら》おうとはしなかった。ある考えが心の中に入り込もうとしていた。生まれて初めて、自分はギュスにとってお粗末な友だちだということがわかった。ギュスのために激しくテュグデュアルを責めたものの、自分は間《ま》違《ちが》いなくテュグデュアルのほうを選んだのだ。後悔《こうかい》しているだろうか？　少しでもやましさを感じているだろうか？　オクサはテュグデュアルのそばで、雨に打たれ、渇《かわ》きを癒《いや》され、気持ちがよかった。どうして、こう気持ちがいいんだろう？〈逃《に》げおおせた人〉たちを救ったからか？テュグデュアルのそばにいるからか？　顔がひきつった。その答えがわかりそうな気がしたことにうろたえ、そんなことを考えている場合じゃない、と思いを振り切った。オクサは息を深く吸い込み、キュルビッタ・ペトの波打つ動きに体をまかせた。それから、その一時の心地よさに身をまかせた。

「オクサ！　動くんじゃない！」

オクサは目を開けた。

「じっとしてるんだ！　何も言うな！」

ギュスが切羽詰《せっぱつま》った声で言った。

オクサはまだ雨を降らせている暗い空を見つめたままでいた。

「どうしたの？」

答えの代わりに、トラのほえ声のような大きなうなり声が聞こえた。

「パヴェル！　やめろ！」

アバクムの声が響いた。

オクサは跳《と》び起きた。巨大な翼《つばさ》をいっぱいに広げ、闇《やみ》のドラゴンになったパヴェルが、気味悪い蛍光色《けいこうしょく》っぽい緑色の、長さ五、六メートルもある巨大カメレオンのような怪獣《かいじゅう》と闘《たたか》っている。

「レオザールだ！」アバクムが叫《さけ》んだ。「みんな、早く！　パヴェルを助けないと！」

パヴェルが何度も炎《ほのお》の攻撃《こうげき》をしかけたが、レオザールはまったくこたえていないようだ。背中に生えている角のような突起《とっき》部に向けて炎を吐《は》きつけられても、ひるんだ様子はまったくない。

レオザールは闇のドラゴンをつかまえようと、激しい蹴《け》りを繰《く》り返《かえ》している。

「パパ！　気をつけて！」

オクサがどなった。

その警告は無駄《むだ》だった。パヴェルはドラゴンの吐く炎に目がくらみ、レオザールの攻撃をかわせず、腹を爪でひっかかれ、かすれた叫び声を上げた。レオザールは顔に跳《は》ねかかった血しぶきを、さも貪欲《どんよく》そうに舌でさっとなめた。その間に、ドラゴンは泥のなかを転げまわり、やがてパヴェルの背中の刺青《いれずみ》に戻《もど》った。

すると、アバクムはクラッシュ・グラノックを口に当てて、まず〈ツタ網弾《あみだん》〉を、次に〈ガラス化弾〉を二発、発射した。しかし、まったく効果はなかった。レオザールにはグラノックはまるで効かないようだ。その気味の悪い怪獣はかすかに笑い――オクサは確かに笑うのを見た！――飢《う》えた黄色い目でオクサをじっと見た。そして、思いがけない素早さで彼女に跳びかかった。頭から地面に倒《たお》れたオクサの上にレオザールの体がおおいかぶさった。オクサの体をつぶさないようにはしていたが、汚《よご》れた歯をオクサの顔の数センチ先まで近づけ、胸が悪くなるような臭《くさ》い息を吐きかけた。〈逃げおおせた人〉たちの叫び声が周りで聞こえ、穴のあいたギュスのスニーカーが怪獣のわき腹を蹴るのが見えた。いら立った怪獣は顔を上げて邪魔《じゃま》をするギュスを脚で蹴《け》ると、ギュスの体が宙に飛んで数メートル先の地面に落ちた。それから、レオザールは自分のうまい餌《えさ》になるオクサのほうに注意を戻した。

「放してよ、怪物め！」

オクサは叫びながら、逃げようともがいた。

レオザールはそれに答えるように、再び腐《くさ》ったような臭いの息をオクサに吐きつけた。オクサは怒《いか》りくるって、怪獣のあごに〈ノック・パンチ〉を食らわせた。怪獣がその衝撃《しょうげき》で後ろにのけぞった拍子《ひょうし》に前足の間からアバクムが見えた。

「がんばれ！　腹に〈火の玉術〉を食らわせろ。そこがやつの弱みだ！」と、アバクムが叫んだ。

オクサは恐怖《きょうふ》におののきながらも、体の奥から炎が燃え上がるのを感じた。生きるか、死ぬかだ。怪獣の胸に向けて手のひらを向けると、炎が胸の厚い皮膚《ひふ》に向かって飛んでいった。しかし、それだけでは十分ではない。

「続けるんだ、オクサ！」レオザールの口と目に集中して攻撃をしかけているパヴェルが叫んだ。

「そうだ、それでいいんだ！」

息を切らしながらも、怒りに助けられてオクサは力をふりしぼった。オクサが発する炎はいっそう激しくなり、猛烈《もうれつ》な熱を発した。生き延びる希望が大きくなった。みんながオクサを励《はげ》ましているのが聞こえ、怪獣の厚い皮膚が炎の勢いに溶《と》け始めた。オクサはとっさに横に転がって逃《のが》れ、その直後に怪獣がうなり声を上げて倒れた。


「これって、何なの？」

しばらく放心していたオクサは、やっと口を開いた。

「レオザールだよ」アバクムは怪獣が燃えてできた大きな灰の山から目を離《はな》さずに、こう答えた。「レオザールはもともとライオンとトカゲが交配してできたものなんだ。性質や外見はは虫類のトカゲ、食性はライオンだ……」

「なんてラッキーなんだろ！　肉食のトカゲに食べられるなんて、輝《かがや》かしい最期《さいご》かもね。でも、どうして知ってるの？」

アバクムは短いあごひげに手をやって、考え込んでいるようだ。

「レオザールを見たことがあるんだ」アバクムは眉間《みけん》にしわを寄せ、遠くのほうを見ながら答えた。「〈近づけない土地〉で」

「っていうことは……エデフィアで？」

「そのことは話したくない……」アバクムは口をつぐんだ。

「エデフィアかどうかは別にして、やられる前にここから脱出《だっしゅつ》しないといけない！」

パヴェルが力強く言った。

オクサは父親を見た。彼《かれ》は地面に横になり、レミニサンスが傷の上に縫合《ほうごう》グモをおいて治療《ちりょう》していた。疲《つか》れきっているようだが、目には決意が表れていた。

「待ってくれ！」レオミドが口をはさんだ。「アバクムが言ったことは非常に大事だ！」

「ええっ？」パヴェルは目を大きく見開いた。「まさか、ここがエデフィアだなんて言うんじゃないでしょうね？」

「そうかもしれないじゃないか？」レオミドは身構えるように答えた。

この言葉に、〈逃げおおせた人〉たちはとまどって黙っていた。頭が混乱してきて、オクサはみんなを一人一人見つめた。レオミド、レミニサンスとピエールの顔には希望の色が表れていたが、アバクムは貝のように自分のなかに閉じこもっており、無表情だ。その横にいたパヴェルは顔をしかめてイライラしていた。ギュスはといえば、疲労《ひろう》と怪獣に投げ飛ばされたせいか、やや丸まった背中しか見えなかった。ヤクタタズがギュスに体を寄せて見とれている。みんなはそれぞれに考えを巡《めぐ》らせてぼうっとしていた。

ただし、テュグデュアルは別だ。オクサははっとして振り向いた。テュグデュアルはオクサの数メートル後ろにいて、まだ煙《けむり》の上がっているレオザールの骨のそばにしゃがんでいた。

「ちっちゃなグラシューズさんは、どう思う？」

テュグデュアルはオクサに問いかけた。

「ここはエデフィアじゃない！」

オクサは思わず強く言った。

みんなは顔を上げてオクサを見た。

「どうしてそう思うの？」

レミニサンスが優しく問いただした。

「だって、ここがエデフィアだったら、あたしにはわかるはずだよ！」

「若いグラシューズ様の言うとおりだわ」アバクムの上着から顔をだしたドヴィナイユが言った。

「エデフィアはまだ遠いのです。期待はしまっておいて、ここから脱出《だっしゅつ》することを考えてください！」

テュグデュアルとのけんか以来初めて、ギュスがオクサのほうをまともに見た。ギュスのまなざしには恨《うら》みがましいものがまったくないのに、オクサは驚いた。考えすぎかもしれない。ギュスとテュグデュアルは本当は憎《にく》み合っているんじゃなくて、雷《かみなり》をおこすためにオクサを怒《おこ》らせようと結託《けったく》していたんだ。少なくともオクサはそう思った。

「おまえって、本物の忍者《にんじゃ》になったな！」ギュスはヤクタタズを連れてオクサに近づいてきた。

「巨大《きょだい》なトカゲをのしたんだぜ！」

「のした？」ギュスが話しかけてきてくれたことにオクサはうれしくなった。「焼いたって言うべきじゃない？　あたしを怒らせないほうがいいよ！」

ギュスとオクサはほがらかに笑い出した。だが、ギュスは急に顔をしかめて背中を押さえた。

「怪我《けが》したの？」

「いや……ちょっと。ぼくをなぐり飛ばすのはやめてもらいたいんだよな。わかるだろ……」と、テュグデュアルをにらみつけた。

オクサは二人が芝居《しばい》をしていたと考えるのは当たっていないと思い直した。

「おまえのコウモリ野郎《やろう》ににたにたしながら見られるのはいやだな」と、ギュスは続けた。二人が仲良くなることはなさそうだ。

「〝コウモリ〟なんて呼ぶのはやめなさいよ……」

オクサはなるべく感情を出さないように言った。

ギュスは不満そうにため息をついた。

「そうしたいけど……、約束はできないよ！　ぜったいね！」ギュスは不機嫌《ふきげん》そうに髪をかき上げた。「ねえ、オクサ、アドバイスするよ。あいつには気をつけたほうがいい。あいつは何かあやしい。いやな感じがする！」

「エデフィアに着いたんですか？」ずっとギュスにくっついていたヤクタタズがとつぜん口を開いた。「なんていう朗報でしょう！　喜ばれる老婦人を知っていますよ。なんて名前だったかなあ？」

ギュスとこれまで通りに話せたことと、話題が変わったことで、オクサはほがらかに笑った。みんなもつられて笑い出した。ドヴィナイユが小さな頭を出して、ヒューと口笛を鳴らした。

「こいつって、ばかだわ！」

「そうですよ！」ヤクタタズは自分のこととは夢にも思わずにうなずいた。「体にとげが生えていて、あの醜《みにく》い姿を見ましたか？　それに顔色の悪そうな緑色ですし。あれっ、あいつはどこに行ったんだろう？」

ドヴィナイユはあきれたように空を見上げてため息をつき、またアバクムの上着の中にもぐりこみながら、こうつぶやいた。

「こいつがいつか利口になったら、教えてほしいもんだわ！」

「ばかなやつは、あそこにいるよ」

オクサはまだ煙の上がっている灰を指差してヤクタタズに教えた。

「ああ！　隠《かく》れているんですね。遊び好きなんですね！」

ギュスは腹を抱《かか》えて笑い出し、涙《なみだ》をそでぬぐった。

「こいつ、サイコーだよな！」ギュスは笑いが止まらず、しゃっくりした。

「おもしろい生き物ですね。あの中に隠れるなんて利口ですよね……」と、ヤクタタズが続けた。

悲惨《ひさん》な状況《じょうきょう》にもかかわらず、みんなは大笑いした。パヴェルですら、笑いすぎて涙を流していた。

「どうしてヤクタタズを連れてきたか、わかった。みんなを元気づけるにはサイコー！」

オクサもおなかを抱えて笑っている。

「これからも必要だよ……」テュグデュアルが低い声でつぶやいた。「あそこを見ろよ……」

42　死にものぐるいの戦い

二十頭ほどのレオザールがこちらに向かってやってくるのを見ると、〈逃《に》げおおせた人〉たちの笑いがやんだ。乾燥《かんそう》した裂け目のなかに長い間閉じこもっていた上、体が重いせいで、歩みは鈍《にぶ》い。しかしながら、威嚇《いかく》するようなトサカに似た突起《とっき》のある巨体《きょたい》にはぞっとするものがあった。さっきのレオザールの吐《は》き気《け》のするような口臭を思い出し、オクサは体から力が抜《ぬ》けるような気がした。

「逃げなくちゃ！」

オクサはこう叫《さけ》ぶと、くるりと向きを変えて逃げようとした。

驚《おどろ》いたことに、パヴェルが腕《うで》をつかんでオクサを止めた。

「そんなことをしても、何にもならない」

「どうして？　まさか、ここであの怪獣《かいじゅう》を待つっていうんじゃないよね？」

「戦うんだよ、ちっちゃなグラシューズさん！」テュグデュアルは戦う構えをしながら叫んだ。

「おれたちは〈逃げおおせた人〉じゃなかったのか？　戦って、生き延びるんだ！」

「たった一頭やっつけるのも大変だったじゃないの！」オクサはどなるように言い返した。「グラノックも効かないし、浮遊術《ふゆう》もできないし、みんな疲《つか》れきってるじゃない……ぜったい、みんな死んでしまうよ！」

「おまえはもっとファイトのあるやつかと思ってたけどな……」

からかうようにテュグデュアルが言った。

オクサはかっとなって、テュグデュアルをにらんだ。

「ほら、オクサ、おまえのなかには忍者《にんじゃ》がいるんだよ！」ギュスがつぶやいた。

恐怖《きょうふ》でひきつった顔とは対照的なギュスの励《はげ》ましの言葉を聞くと、オクサは自分が逃げようとしていたことが恥《は》ずかしくなった。オクサにはまだ超能力《ちょうのうりょく》がある！　ギュスには何もない。彼《かれ》の命は仲間の肩《かた》にかかっている。

「おまえの〈火の玉術〉、さっきけっこう効いたじゃん」ギュスが続けた。「それに、ヤクタタズの破壊《はかい》的なユーモアを使って、あの怪獣たちを笑い殺すことだってできるかもしれないじゃないか？」絶望のあまりか、ふざけたことを言った。

「やめてよ、ギュス！　おかしくなんかない！　ヤクタタズ対レオザールだなんて……」

オクサは不安になりながらも、神経質そうに吹《ふ》き出《だ》した。

「ところが、まさにその通りなんだよ！」アバクムが口をはさんだ。「ヤクタタズは単に害のない道化師じゃないんだよ……」

アバクムはレオザールの焼け残りをながめているヤクタタズのほうにいき、耳元になにかをささやいた。ヤクタタズは大きな目を上げてうなずき、それから〈逃げおおせた人〉に向かって近づいてくるどう猛《もう》なレオザールの群れのほうに顔を向けた。アバクムとレオミドがヤクタタズの両脇《わき》に立ち、ピエールとテュグデュアルがその横に立って、レミニサンスとギュスを守る盾《たて》になった。

「オクサ！　ヤクタタズの後ろに行って、可能な限りあらゆる能力を使うんだ！」

魔法《まほう》の杖《つえ》を手に持ったアバクムが叫んだ。


大きな影《かげ》がみんなをおおった。パヴェルの闇《やみ》のドラゴンが頭上で長い翼《つばさ》をいっぱいに広げたのだ。オクサが見上げると、ドラゴンの金褐色《かっしょく》の腹と一体になっている父親が見えた。翼はパヴェルの肩甲骨《けんこうこつ》から生えており、ゆっくりと羽ばたいている。パヴェルはオクサをまっすぐに見つめ、悲しそうな謎《なぞ》めいたほほえみを投げかけた。不死身の力強さを感じさせるその姿に、オクサは勇気が湧《わ》いてきた。右足を前に出し、後ろの左足を曲げた忍者の構えをした。そして、両腕を胸の前に伸ばしながら、百メートルほどのところに迫《せま》ったレオザールの一群に目をすえた。

「おまえのできる攻撃《こうげき》を全部やってやれ！　いつか、恩返しをしてやるからな！」

ギュスが叫んだ。

「もちろん、そうしてよ！」オクサはつぶやいた。

「用意はいいな！」近づいてくるレオザールたちのかん高いうなり声に負けないように、アバクムが大声でどなった。「皆殺《みなごろ》しだ！」

レオザールたちが目の前にいる人間たちをもうすぐ腹いっぱい食べられると思っていたら、がっかりしたことだろう。というのは、〈逃げおおせた人〉たちは勇敢《ゆうかん》に戦わずにおめおめとえじきになろうとは思っていなかったからだ。いやらしい目にやどる黄色っぽい光が見えるほどレオザールたちが近づくと、オクサたちは感じる恐怖と同じぐらい強力な〈ノック・パンチ〉を雨あられと浴びせた。最前列にいたレオザールたちは吹き飛ばされ、後ろの仲間に当たってその体の重みで押しつぶした。

「気をつけろ！　またやってくるぞ！」アバクムが叫んだ。

何頭かのレオザールは立ち上がり、奇襲《きしゅう》攻撃と獲物《えもの》を前にした空腹に怒《いか》りを膨《ふく》らませながら前進してきた。オクサとレオミドとピエールはこれまでにない強力な〈ノック・パンチ〉を浴びせるのに集中し、アバクムとテュグデュアルはもっぱら炎の攻撃をしかけた。アバクムは魔法の杖をバーナーのように使い、テュグデュアルのほうは、目や耳、口、腹といった急所をねらって〈火の玉術〉を次々と使った。

皆殺しだ！　オクサは体中の血管にエネルギーと力のうねりがかけめぐるのを感じた。無限の力を持っているような気がする。自分にこんなに勇気があり、無敵だと感じたことはない。オクサは最も体の大きいレオザールに向けて手のひらを向けた。その怪獣は十メートルほどの高さにふっとばされ、仲間の一頭の上に大きな肉の塊《かたまり》となって落ちた。そのあまりの衝撃《しょうげき》に、二頭の怪獣は文字通り破裂《はれつ》し、ぐちゃぐちゃになった緑色の硬《かた》い外皮の間から気味の悪い内臓が飛び出した。

「すごい！　その調子だ！」

ギュスはかん高い声でオクサを励ました。

オクサはギュスをちらりと見た後、急に目まいにおそわれてふらついた。最後の〈ノック・パンチ〉に全力を吸い取られたようだ。ギュスはその様子に気づき、オクサをじっと見つめた。

「ほら、オクサ！　集中するんだ！　くじけてる場合じゃないよ！」

「やさしいじゃない、でもこの怪獣たち、数トンはあるよ！」オクサはぶつぶつ言った。

オクサは体の向きを変えて、ほかのレオザールに立ち向かおうとした。彼女《かのじょ》が力をふりしぼって戦いを続けようとしているのがギュスにはわかった。オクサは前回のよりさらに強力な〈ノック・パンチ〉を一頭のレオザールに発射した。その怪獣はもう一頭に激しくぶつかり、とがった歯が折れて飛び散った。それから、オクサは両手をひざについて前かがみになり、呼吸を整えようとした。肩で息をしながら体を起こし、ひどい疲労《ひろう》にもかかわらず、再び攻撃にもどった。

頭上では、パヴェルと闇のドラゴンが空からの効果的な攻撃をしかけていた。空中から怪獣の群れを目指して急降下し、猛烈《もうれつ》な炎で攻《せ》めた。後方部隊も攻撃の手を緩《ゆる》めない。ギュスは目につく限りの石を集めて怪獣に投げつけた。「サイテーだな……でも、なんにもしないよりはましだろ！」ギュスは投げた小石が怪獣の硬い外皮に当たってはねかえるのをむなしい思いでながめた。

その横では、体が弱っているにもかかわらず、レミニサンスがレオザールに意外な攻撃をしかけて、みんなを驚《おどろ》かせていた。片手を広げ、数メートル先にいる怪獣のほうに向けて腕を伸ばし、獲物をつかもうとしているタカの爪《つめ》のように指を少し広げた。それから、手に持ったものをねじるかのように手首を回した。すると、その見えない爪の力に屈《くっ》するかのように、レオザールの頭が直角に曲がった。怪獣はうなり声を上げてもがいたが、無駄《むだ》だった……。首の関節が完全に外れて頭が片方に揺《ゆ》れ、最後には叫び声を上げて地面に倒《たお》れた。汗《あせ》びっしょりになったレミニサンスは、すっかり感心したギュスの吹いた口笛に応えるように、疲れた微笑《びしょう》を向けた。

「洗練された技ですね！」

ギュスはうっとりして褒《ほ》めた。

「ありがとう……」

レミニサンスはやっとそれだけ言うと、ほこりっぽい地面にくずおれた。

「だいじょうぶですか？」

ギュスは彼女のそばにひざまずいた。

レミニサンスはうなずいてから、仲間のほうに視線を向けた。レオザールたちを撃退するために途方《とほう》もない努力を続けている緊張《きんちょう》した背中だけしか見えなかった。レオミドの背を丸めた姿ははっきりと疲れを表している。残っているのは五頭ほどだ。最もどう猛な五頭だ。〈逃げおおせた人〉たちの攻撃力が弱まっている一方で、五頭の怪獣は不気味な笑いを浮かべながら前進してくる。炎や空からの攻撃にも耐《た》えてきた最も頑強《がんきょう》な怪獣に、アバクムはテュグデュアルの〈火の玉術〉に助けられながら魔法の杖を向けた。ところが、その怪獣はほかのより自衛本能がすぐれているらしく、背中を丸めて頭を内側に入れ、最も頑丈で厚い外皮しか攻撃にさらさないようにした。炎は角質の外皮にしか触《ふ》れず、オクサの〈ノック・パンチ〉も五、六メートル後ずさりさせる威力《いりょく》しかなかった。頭上では、パヴェルが力尽《ちからつ》き、闇のドラゴンの羽ばたく力も弱々しくなって、迷い鳥のように薄紫《うすむらさき》色の空をふらふらとさまよっていた。

「ヤクタタズ！」アバクムは肩で息をしながら呼んだ。「おまえの出番だ！」

ヤクタタズは驚いたようにアバクムを見た。

「えっ！　わたしはあまりゲームが好きではないんです……。それに、このとげのある奇妙《きみょう》な動物はあまりいい感じがしません」ヤクタタズは関心がなさそうに答えた。

「つばを吐《は》くんだ！」アバクムがどなった。

オクサは驚いてアバクムを見た。アバクムの言葉は少しずつヤクタタズの脳に達しつつあるようだ。

「後ろに下がってくれ！」

アバクムはみんなに注意した。

「つばを吐きます！」

ヤクタタズは大きな声で宣言すると、怒《いか》りと空腹で口から泡《あわ》を吹いている五頭のレオザールを前に大量のつばを吐き出した。そのつばに触れた最も大きい先頭のレオザールは痛みに体をくねらせ、強い酸をかけられたかのように外皮が煙《けむり》を上げ始めた。鎧《よろい》のように硬《かた》い外皮に穴があき始めている。大きなくぼみが次第に深くなっていき、鼻につんとくる臭《にお》いを放ちながら、肉や内臓が穴から漏《も》れ始めた。

「また、つばを吐きます！」

いつものんきな調子でヤクタタズがまた宣言した。

今度は、つばが残りの四頭の上に雨のように落ちてきた。その四頭は突然《とつぜん》に空から降ってきたものに抵抗《ていこう》することすらできずに、またたくまに溶《と》けた。酸で白くなった骨だけが残ると、〈逃げおおせた人〉たちはぼう然として顔を見合わせた。

「やるじゃない！」オクサは手を腰《こし》にあてて声を上げた。「どうして、もっと早くにしてくれなかったのよ？」怒《おこ》るべきか、首に跳《と》びついて感謝のキスを浴びせるべきか迷いながら、オクサがヤクタタズにたずねた。

ヤクタタズはオクサを見つめた。

「何か悪いものを食べたのかもしれません。胸焼けがするんです……」

「そうでしょうよ！」オクサは笑いながら言った。「どっちにしても、あたしにはつばを吐かないって約束してよ！」

「つばを吐くですって？　そんなことをするわけないじゃありませんか」

ヤクタタズは言い返した。

「この子はちょっとばかり鈍《にぶ》いけれど、幸いにも、みんなのいうことをよく聞くんだ。命令しない限りはつばを吐かないよ」

アバクムはヤクタタズのそばに行って褒《ほ》めてやった。

「それを聞いて安心した！　とにかく、うまくいったね！」


みんなはほっとしている。乾《かわ》いてきた地面に座り、〈逃げおおせた人〉たちは破裂したか焼けたレオザールの山のようになった遺骸《いがい》を見つめた。背中に闇のドラゴンを収めたパヴェルがしばらくして仲間に加わり、オクサの横に座った。

「だいじょうぶかい？」

「パパ、あのものすごい戦いを見た？　あたし、強烈な〈ノック・パンチ〉を食らわせてやったよ！」

「史上最大の死闘《しとう》。伝説に残る戦いだったな……」笑いをかみ殺しながらパヴェルが答えた。

「勇敢な〈逃げおおせた人〉対どう猛なレオザール……。とくに空から見ると、すばらしい眺《なが》めだったよ！」

オクサは吹き出して、ギュスのほうを見た。

「よく戦ったよ、オクサ……」

「励ましてくれてありがとう」

「どういたしまして！」

ギュスは髪《かみ》をかき上げながら、ウインクをした。オクサは元気づけられるような気がした。失ったと思っていた永遠の友情を取《と》り戻《もど》した。それだけで十分だ。だが、テュグデュアルに気持ちを乱されていることも本当だ。テュグデュアルの青光りする目に合うと、オクサは赤くなった。自分ではどうにもならない。傷ついたように自分を見つめるギュスを苦しませていることに対し、オクサは思わず舌打ちをした。ギュスは立ち上がって、みんなに背中を向けながら小石を蹴《け》った。

「よし！　ここで油を売っているわけにはいかない。そろそろ先に進んだほうがいいんじゃないかな……」

ギュスは厳しい表情でこう言うと、後ろに泥《どろ》を跳ね上げながら、地獄《じごく》辺境の広大な荒野《こうや》に一歩を踏《ふ》み出《だ》した。ほかの人たちは驚いてギュスが遠ざかっていくのをながめていた。そのとき、とつぜん、地面の裂け目に落ちて姿がみえなくなった。

43　底なしの裂け目

「ギュス！」と、オクサが叫《さけ》んだ。

ピエールが飛び起きて熊《くま》のようなうなり声を上げ、息子を飲《の》み込《こ》んだ裂け目に駆《か》けつけた。ほかにも裂け目がたくさんできており、ピエールは跳《と》びながら走らざるをえなかった。〈逃《に》げおおせた人〉たちも急いでピエールの後に続いた。しかし、アバクムの丹念な治療にもかかわらずまだ足に痛みの残るレミニサンスは、できたばかりの裂け目を避《さ》けようとして体勢をくずした。底なしの穴のふちで、彼女《かのじょ》はうめきながら腕《うで》をばたばた動かしてバランスをとろうとした。すんでのところでレオミドが腰《こし》をつかまえ、後ろに引き戻《もど》した。

「ギュス！　そこにいるのか？」

ピエールは裂け目のふちにひざまずいて叫んだ。

おびえたような息子の声がかすかに聞こえた。あまりに遠くからのように聞こえるので、全員、青くなった。

「ここだよ、パパ！　お願いだから、どうにかして！」

ピエールは絶望したような目をみんなに向けた。

「がんばって、ギュス！　そこから出してあげるから！」オクサが叫んだ。

裂け目のふちにしゃがんだり、腹ばいになったりして、みんなはギュスの姿を見きわめようとした。しかし、中は真っ暗でギュスがいるところの深さはまったく見当もつかなかった。

「ガナリ、ギュスのいるところに行ってきてくれる？」

オクサは位置測定の専門家、ガナリこぼしをポシェットから出しながら頼《たの》んだ。

「了解しました、若いグラシューズ様！」

ガナリこぼしはそう言って、裂け目に入っていった。

待っている時間は〈逃げおおせた人〉たちにとって無限に長く感じられた。時間の目安になるもののないこの場所ではよけいに苦痛だった。オクサはこれまでのさまざまな試練を乗《の》り越《こ》えてなお残っていた最後の三つの爪《つめ》をかじってなんとか待っていた。しばらくすると、ほこりをかぶったガナリこぼしが出てきた。ぶるっと体を震《ふる》わせてほこりを払《はら》い、オクサの前に得意そうにやってきた。

「若いグラシューズ様のガナリこぼし、報告いたします！」

「話してちょうだい！」オクサは待ちきれない様子だ。

「若いグラシューズ様のご友人は、長さ五十五センチメートル、幅《はば》三十二センチメートルの岩盤《がんばん》の上にいます。厚さはわずか五センチメートルと薄《うす》いですが、若いグラシューズ様のご友人の体重は岩盤の堅固《けんご》さを危険にさらすほど重くはありません。若いグラシューズ様のご友人は落下の際に三ヵ所怪我《かしょけが》をされました。顔に二ヵ所、右手に一ヵ所です。しかし、ご安心ください。傷は表面的なもので、若いグラシューズ様のご友人は危険な状態ではありません」

「深さはどれくらいだい？」

死人のように青ざめたピエールがたずねた。

ガナリこぼしは顔をしかめて言った。

「わたしは若いグラシューズ様のご友人がいる所の深さを、〈外界〉の単位で四百六十三メートルと算定しました」

「四百六十三メートル！」

オクサは顔をゆがめて叫んだ。

「四百六十三メートルです」

ガナリこぼしが確認するように繰《く》り返《かえ》した。

ピエールは悪態をつき、怒《いか》りにまかせて地面を蹴《け》った。レオミドはうろたえてアバクムを見やった。アバクムは深刻そうな面持ちで額にしわを寄せて考えていた。その横ではパヴェルが腹ばいになって、真っ暗な深淵《しんえん》をのぞきこんでいた。

「闇《やみ》のドラゴンは入れそうにないな、幅が狭《せま》すぎる……」パヴェルはつぶやいた。

「わたしの腕も十メートル以上は伸《の》びない」アバクムは頭をかかえた。

みんなは不安な沈黙《ちんもく》のなかでそれぞれ考え込んだ。ギュスを救う手段がないという最悪の思いが頭をよぎった。オクサはこの恐《おそ》ろしい考えを振《ふ》り切《き》るように頭を振った。これで終わりだなんて、そんなバカな！　涙《なみだ》が盛り上がってくるのを感じながら、心のなかでつぶやいた。

「あたしが〈吸盤《きゅうばん》キャパピル〉を飲んだらどうかな？　往復するのに十分な錠剤《じょうざい》があるはずだけど」

オクサはキャパピルケースを開けながら言った。

アバクムは困ったように顔をゆがめた。

「帰りが問題なんだよ……いくらがんばっても、おまえにギュスを引っぱり上げることはできない」

オクサは目を伏《ふ》せた。心配で胸が苦しくなってきた。

「助けて！」ギュスの声が聞こえた。

深淵の底から聞こえてくるその悲愴《ひそう》な声を聞くと、ピエールは苦しげにうめいた。ひざをかかえて少し離《はな》れたところに座っていたテュグデュアルが顔を上げて、低い声でガナリこぼしに話しかけた。

「裂け目の内側はどんな岩でできているんだ？」

「石灰岩です、クヌット家の孫息子様」ガナリが答えた。「四ミリメートルから五センチメートルまでのさまざまな大きさの凹凸《でこぼこ》があるのを見つけました。岩にはほぼ規則的でとがった突出《とっしゅつ》部《ぶ》もあり、降りるのは危険です」

「よし！　おれが行く！」

テュグデュアルはそう言うと、飛び起きてしっかりとした足取りで裂け目に向かった。

「ちょっと待ってくれ！」

アバクムはテュグデュアルの腕をとって止めた。

「どうして待つのさ？」テュグデュアルは腕を振りほどきながら言った。「救えるのはおれだけだということは、みんなわかってるじゃないか！」

「それはわかっている」

アバクムはしぶしぶ言った。

「でも、どうやって？」

オクサがたずねた。

テュグデュアルはオクサのほうを向き、肩《かた》に両手をおいて、かすかにほほえみながら目をのぞき込むように見た。

「〈ロッククライム〉だよ、ちっちゃなグラシューズさん」

「〈ロッククライム〉って、なに？」

オクサは目に涙をためながらたずねた。

「おれの家系にまつわる能力や、おれの暗い過去のクモに関する話をもう忘れたみたいだな！」

「クモの技ね！」

「そのとおり！」テュグデュアルはうなずいた。「汚《きたな》らしい匠人《たくみびと》かつミュルム、またの名を〝コウモリ〟が普通《ふつう》の男の子を助けに行く……意外だろ？　今回は霊安室《れいあんしつ》や医学部の壁《かべ》じゃないから、気分転換《てんかん》にもなるしさ……」

テュグデュアルはオクサの肩から手を放し、耳元にそっとささやいた。

「じゃあ、あとでな、ちっちゃなグラシューズさん……」

それからピエールのほうを向き、じっと見つめた。

「ピエール、あなたも〈ロッククライム〉の能力があるのは知ってます。でも、こういってはなんだけど、おれの体形と最近の経験からいって、おれのほうが向いてるでしょ」

「それはそうだ……」

ピエールは悲しそうにテュグデュアルの言い分を認めた。

「じゃあ、行くよ」

「決して恩は忘れないよ。気をつけて行ってくれ」

テュグデュアルはピエールの手を放し、裂け目のふちにしゃがんだ。

「テュグデュアル」アバクムが呼んだ。

テュグデュアルはいら立った様子で振り向いた。

「〈ツタ網弾《あみだん》〉と〈ハネガエル弾〉が必要だろう……これを持っていってくれ」

アバクムは自分のクラッシュ・グラノックを指にはさんで何度か回すと、筒《つつ》の長さに沿って溝《みぞ》が開いた。そして、中のグラノックをテュグデュアルのクラッシュ・グラノックに入《い》れ替《か》え、自分のには数粒《つぶ》だけしか残さなかった。ほかの人たちにも同じことをするように目で促《うなが》した。

「どうやったら開くの？　開けられるなんて知らなかった！」

オクサはうまくできずにイライラした。

「こうやるのさ、ちっちゃなグラシューズさん」テュグデュアルはオクサを手伝ってやりながら説明した。「左に三回、右に二回半回して、吹《ふ》き口の三分の一のところを二回押《お》す。それから頭のなかで〝ヴェルキュルム〟という単語のつづりを唱えると、筒に溝ができるのがわかるよ。そうやって開くのさ。あとは爪を当てて開けるだけさ！」

「でも、もう使える爪がないの！」

テュグデュアルは笑いながら黒く汚れた人差し指を伸ばした。自分のクラッシュ・グラノックがいっぱいになると、割れ目のふちに両手をつき、中に入っていった。まもなく、その姿は不気味な暗闇に消えていった。

44 奈落《ならく》の底からの救出

石灰岩のあらゆる凹凸《でこぼこ》を利用しながら、テュグデュアルはかなり速いスピードで下りていった。まさに半分クモ、半分コウモリになったような気分だ。裂け目のなかの暗さにすぐに目は慣れ、暗闇《くらやみ》のなかの猫《ねこ》のように目が見えるようになり、手と足で足場とつかむ場所を探った。手足の機械的な動作は優雅《ゆうが》に続き、数十メートルの壁《かべ》を素手で降りることはテュグデュアルにとってはまったく自然な動きのようにみえた。普通《ふつう》の人なら、裂け目の入口が遠ざかるにつれて自信が傾《かたむ》いていくだろう。しかし、テュグデュアルは大多数の人とは反対だった。地獄《じごく》へ落ちていくような試練だと思うどころか、揺《ゆ》るぎのない自信に気力が充実《じゅうじつ》し、筋力が増すような気がした。メタリックな色をした雲がたちこめる薄紫《うすむらさき》色の空は、はるか頭上で小さな点のようになっていたが、心ははずんでいた。

みんなが――ギュスを筆頭に――思っているのとは反対に、テュグデュアルはギュスを嫌《きら》ってギュスの仲間には加わりたくない。ギュスはかんにさわる。でも嫌いなのとは違《ちが》う。それより悪いかもしれない。ギュスは問題ばかり起こしている。みんなを危険に陥《おとしい》れてもいる。一番とばっちりを受けるのはだれか？　オクサだ。青みがかったグレーの目をしたちっちゃなグラシューズだ。澄んだ笑い声を上げる忍者《にんじゃ》。不老妖精《ようせい》と〈逃《に》げおおせた人〉たちに守られた〈希望の星〉。彼女《かのじょ》とギュスの仲のよさはテュグデュアルをイライラさせた。この裂け目の岩のように堅《かた》い二人の友情は、自分には永遠に知りえないものだろうと、次第にわかってきた。それに比べて、自分は友だちを持つには変人すぎるし、人と違いすぎる。いままでにいた友だちは、テュグデュアルのことを黒魔術《くろまじゅつ》の化身《けしん》だと信じていた弱い、影響《えいきょう》を受けやすいやつらだった。そういうやつらをそもそも友だちと呼べるだろうか？　あやつり人形ではないのか……。両親でさえお手上げで、自分を祖父母に預けたではないか。

〈逃げおおせた人〉たちはというと、自分が仲間に入ることに全員が賛成ではないことは知っている。アバクムだけが面倒《めんどう》を見ることを引き受け、ほかの人たちは自分に対してではなく、ブルンとナフタリへの友情から彼《かれ》を受け入れているにすぎない。そのこともわかっていた。ほかの人たちの憎《にく》しみや警戒《けいかい》、恨《うら》みを自分の栄養にすることに決めてからは、それを苦痛に思わなくなった。だれにだって独自の栄養の取り方があると、テュグデュアルはよく心の中で思った。ふざけているのか？　悔《くや》しいだけか？　どちらでもいい。他人と違《ちが》ってもいいと思うようになってからは、自分を受け入れることができた。それに、そんな自分でも、ある女の子からは評価されているし……。

「ほとんど半分下りましたよ、クヌット家の孫息子さん！」

とつぜん、ガナリこぼしの甲高《かんだか》い声が響《ひび》いた。

「ああ、そこにいたのか？」

「若いグラシューズ様が心配して、わたしを送られたのです」

「それはいい！」

墨《すみ》を流したような暗闇のなかでほほえみを浮かべながら答えた。

「それから、励《はげ》ましの言葉と、のどの渇《かわ》きを癒《いや》すための水の入った〈拡大泡《かくだいほう》〉も託《たく》されました」

こういいながら、ガナリこぼしは、テュグデュアルにグレープフルーツほどの大きさのクラゲのような袋《ふくろ》を渡《わた》した。

テュグデュアルは岩の裂け目に指を二本突《つ》っ込《こ》み、親指ほどの突起《とっき》に片足をのせた。そして、ふうふういいながら〈拡大泡〉を持っているガナリこぼしを呼び寄せると、中に入っていた冷たい水をむさぼるように飲んで荷物を軽くしてやった。

「ああ、うまい。ちっちゃなグラシューズさんにお礼を言っといてくれよ」

「承知しました！」

それからガナリこぼしは上に戻《もど》っていき、テュグデュアルは大きな満足感にひたった。

「おそろしく深く落ちたもんだな……」

ギュスはびっくり仰天《ぎょうてん》して声を上げた。

「テュグデュアルか?」

「その本人だ!」

「恐《こわ》かったよ! 何か動く音が聞こえたから、またあのレオザールかと思ったよ……。前もって声をかけてくれればよかったのに!」

「次はそうするよ……」テュグデュアルは、小さな岩盤《がんばん》の上にいるギュスのところにやって来た。

「おまえは暗いところじゃ、目が見えないんだったよな……」

「ハッ、ハッ! おもしろいね!」ギュスはおかしそうに言った。「この地球の五十億の人たちと同じようにね!」

テュグデュアルはその残酷《ざんこく》な言葉ににやりとした。

「ところで……こんちは、おまえに会えてうれしいよ」と、テュグデュアルは軽い調子で続けた。

「ごめん」ギュスはいやいやながら、ぼそぼそ謝った。「こんちは、そんで、ありがとう」

「じゃあ、もったいぶるのはこれくらいにして、おまえの救出作戦に入ろうか? おれの計画はこうだ。まず、〈ツタ網弾《あみだん》〉を出して、おまえがよじ登るための蔓のはしごを作る。ハネガエルたちがおまえの肩《かた》をつかんで助けてくれるよ。そんで、おれは道案内をする。いいか?」

「あの……ちょっとだけ問題があるんだけど……。さっき気を使って教えてくれたけど、ぼくは暗闇では目が見えないんだ」

「これなら、どう?」

テュグデュアルは発光ダコを出して、周りを照らした。

光に目がくらんだギュスは目をぱちくりさせながら、周りを見渡《みわた》した。

「ううっ……ひどい所だな！」

「行こうか？」

テュグデュアルは待ちきれないといった調子で壁に張り付いて早くも登ろうとしている。

「あの……もう一つ問題がある」

「今度は何だよ？」

「岩登りはあんまし得意じゃないんだ」

テュグデュアルは冷たい目を向けながらため息をついた。

「何かひとつでもおまえにできることがあるのかよ？　おれをイライラさせること以外でさ」

「ぼくは人間なんだよ！　コウモリじゃないんだ！」

ギュスは怒《いか》りがふつふつと沸《わ》いてきた。

「ふっ、ふっ！」テュグデュアルは笑い出した。「ついに大砲《たいほう》を出してきたな！　ほら、ぐずぐずしてる時間はないんだ。穴の底に巨大《きょだい》なレオザールが眠《ねむ》ってるのをさっき見たぜ。そいつの食欲を刺激《しげき》したくないんだよ。言ってること、わかるだろ？」

「ホントか？」

「どう思う？」

テュグデュアルはうんざりしながら聞き返した。

ギュスを不安に陥れたまま、テュグデュアルはクラッシュ・グラノックを取り出して、〈ツタ網弾〉を壁に向けて発射した。すぐに光沢《こうたく》のある黄色っぽいツタが現れた。ツタは穴の息詰《いきづ》まるような空気のなかに一瞬《いっしゅん》漂《ただよ》っていたが、吸盤のようなものですぐに岩にくっついた。テュグデュアルは、できるだけ周囲に光が行き渡るような位置に発光ダコを移動させた。ツタは、目算で十五メートルか二十メートルほどの高さをはい上っていた。それから、またテュグデュアルはクラッシュ・グラノックをギュスの方向に吹《ふ》いた。今度は小さなカエルが二匹《ひき》現われた。カエルたちはギュスのところに飛んでいき、肩を一つずつつかんでツタのほうに導いた。

「よし、出発だ！」

テュグデュアルは素手で岩壁を上りながら勢いよく言った。

もう何時間も壁を登っているようだ。決して口には出さないが、辛《つら》さをこらえているギュスにとってはとくに長く感じられた。しかし、努力に関してはテュグデュアルも決して負けてはいなかった。グラノックを常に更新《こうしん》しなければならない上に、致命《ちめい》的なことがギュスに起こらないように用心し、ギュスの一挙手一投足——まったく不器用な動作まで——に払《はら》う注意でへとへとになった。ギュスは自分でも言っていたように、岩登りが得意ではなかった。こういう条件ではなおさらだ。〈ツタ網弾〉は岩の突起よりはずっと実用的な足場を提供してくれたが、ねばねばしているのが欠点で、すべりやすいのとくっつくのが問題だった。幸いにも、ハネガエルたちがギュスを引っぱり、すべり落ちないようにしてくれるので非常に助かった。しかも、ガナリこぼしが定期的にやってきて、〈逃げおおせた人〉たちの励ましの言葉を伝えたり、ギュスたちの状況を上に伝えてくれた。

「若いグラシューズ様ががんばるように言われました。もうすぐ出られますよ！」

「親切にありがとう、と伝えてくれ……」テュグデュアルは荒《あら》い息をしながら言った。「距離《きょり》はあとどれぐらいあるんだ？」

「二百四十メートルあまりです、クヌット家の孫息子様」

この数字を聞いて、ギュスはうめいた。あと二百四十メートルだって……。息は切れるし、筋肉は裂けそうだし、再び燃えるように熱くなったほこりで目が痛い。しかも、これまでに経験したことがないほど激しい睡魔《すいま》に襲《おそ》われている。眠り込まないようにするのが、足元に広がる奈落よりも恐ろしい闘いだ。

「テュグデュアル、きみは眠くないのか？」

テュグデュアルはさっと振《ふ》り返《かえ》って、心配そうにギュスを見た。

「ぜんぜん」

眠らないで何日も過ごすことができることは言わないことにした。

ギュスはいったい何日眠っていないのだろうかと思い、テュグデュアルはギュスが急に気の毒に思えた。ギュスは最初からずっとみんなのテンポに合わせて付いてきた。彼が持ちこたえられるかどうか、だれもさほど心配しなかった。テュグデュアルは自分がギュスに同情していることに驚《おどろ》いた。

「ちょっと打ち明けてもいいかな?」

「言ってみれば……」ギュスはそっけなく言った。

「おまえって勇気あるよな」

「サンキュー」あっさりとギュスは返事をした。「それより、ぼくの目を覚まさせるもの、なんかないかな?」

テュグデュアルはちょっと考えてポケットを探ったが、無駄《むだ》だった。

「悪いな。でも、反対側の壁を見てみろよ、がんばれるかもな……」

ギュスが〈ツタ網弾〉にしがみついたまま頭を回すと、岩壁に大きな穴があるのが見えた。その奥《おく》には、レオザールの見慣れたシルエットが深い眠りの呼吸に合わせて波打っていた。ギュスはツタを放しそうになった。さっきテュグデュアルが言ったことは冗談ではなかったのだ……。

「このへんをうろうろしないほうがいいようだな」

「まったく賛成だ!」ギュスはまた岩を登り始めた。


薄紫色の空が裂け目の間から見えるようになると、ギュスたちはほっとした。〈逃げおおせた人〉たちのほうは、裂け目のなかでレオザールが眠っていることをガナリこぼしから聞くと、何も見えないながらも裂け目のなかを熱心にのぞき込んで慎重《しんちょう》に口を閉ざしていた。ガナリこぼしの推定によると、残りは四十メートルだ。テュグデュアルは喜んだ。最後の発光ダコを発射したばかりだったのだ。幸いにも、その光は上にいるみんなにも見え、紫色の光の輪のなかにギュスとテュグデュアルの姿が見えた。ギュスが筋肉の疲労《ひろう》や睡魔と必死で戦っているのがテュグデュアルにはわかった。しかし、光がなくなったとき、真っ暗ななかを登っていくとなると、これまでの努力が水の泡《あわ》になるかもしれない。やるべき時が来ていた……。

「もうすぐだぞ、ギュス！」

テュグデュアルはクラッシュ・グラノックを構え、新たな〈ツタ網弾〉を出そうとした。しかし、呪文《じゅもん》を唱えても何も出てこない……。〈ハネガエル弾〉も試してみた。ダメだ。グラノックがなくなったのだ。テュグデュアルは考えた。解決策はそう多くはない。アバクムを呼んで彼の伸縮《しんしゅく》自在の腕《うで》にたよるか、自分でなんとかするかだ。彼のプライドは即座《そくざ》に第二の解決策を選んだ。

「ギュス、ちょっと問題があるんだ……」テュグデュアルはつぶやいた。

最後のねばねばしたツタの先につかまっていたギュスは登るのをやめた。

「当ててみようか……もう発光ダコがないんだろ？　だいじょうぶさ！　ほら、もう外の明るさが見えてきたじゃないか！」

「もうちょっと厄介《やっかい》な問題なんだ……」

ギュスは体をこわばらせた。

「ああ、わかった……〈ツタ網弾〉がないんだな、そうだろ？」

「〈ツタ網弾〉もないし、〈ハネガエル弾〉もない」テュグデュアルが答えた。

眠っていたレオザールの姿はまだ記憶《きおく》に新しい。ギュスは声を上げるのを抑《おさ》えた。

「ええっ！　もうすぐ出口なのに、おれたち、ここからはもう上がれないっていうのか？」

「おまえはここからもう上がれないんだ」テュグデュアルは意地悪く言った。

「はっきり言ってくれてありがとう！」ギュスは頭にきた。「ぼくをおいて、きみは行けばいいじゃないいか。結局、そのほうがきみたちの役に立つんだろ……」

テュグデュアルはため息をついた。

「おまえって、いつもこうなのか？」

「こうって、何だよ？」ギュスはイライラした。「役立たず？　無能？　どうしようもないってこと？　おまえたちの基準だと、そうだよな！」

「バカばっかり言うなよ……おまえのコンプレックスにはうんざりしてきたよ」テュグデュアルはぶつくさ言った。「おれにつかまったほうがいいぜ。早くこの岩登りを終わりにしようぜ……」

ギュスはおどろいて口をあんぐりと開けた。

「それって……きみが上までぼくをおぶっていくっていうことか？」

テュグデュアルはうんざりしたように両目をくるりと上に回した。

「ほかに何なんだよ」

「でも、ぼくは重すぎるよ！　上まで行けるわけないよ！」ギュスは反対した。

「おまえの楽観主義って好きだな。励ましの言葉もな。うれしくて涙《なみだ》が出るよ」

「でも……」

「『でも』じゃないいんだ」テュグデュアルは決めつけた。「そんなふうに見えないかもしれないけど、おれは自分の体重の何倍かを背負うことができるんだぜ。アリみたいにさ……。おまえの五十キロ程度の体重でおれがうろたえると思ってるんなら……」

「うん……五十二キロだけど……」

「おれの背中につかまれよ！」テュグデュアルは高飛車に叫んだ。

45 垂直方向の出口

しばらくして、ギュスとテュグデュアルは地面にたどり着き、〈逃《に》げおおせた人〉たちと涙《なみだ》にむせぶピエールの拍手《はくしゅ》に迎《むか》えられた。岩登りの最後のほうはかなり辛《つら》いものだった。テュグデュアルは極限まで達した疲《つか》れをできるだけ隠《かく》そうとしたが、げっそりとした幽霊《ゆうれい》のような青白い顔にそれがあらわれていた。使命を最後まで果たしたという誇《ほこ》りも、この試練のために払《はら》った超《ちょう》人《じん》的な努力を埋《う》め合《あ》わせることはできなかった。彼《かれ》の体力は、彼のクラッシュ・グラノックと同様に空っぽになっていた。体力の衰《おとろ》えを恨《うら》みながら、テュグデュアルは熱くてほこりっぽい地面に倒《たお》れた。

「テュグデュアル！」と叫《さけ》んで、オクサはテュグデュアルに駆《か》け寄《よ》った。

「だいじょうぶだよ、ちっちゃなグラシューズさん……」空を流れる雲をじっと見つめながら、テュグデュアルは抑揚《よくよう》のない声で言った。「ちょっと疲れただけなんだ。少しの間だけそっとしといてくれれば……」

「テュグデュアル、あんたってすごかったよ！」テュグデュアルの頼《たの》みを無視して、オクサは言った。「やり遂《と》げたなんて、信じられない！　あんたって、サイコー！」

テュグデュアルはオクサのほうを向いて、いたずらっぽく眉《まゆ》をよせた。

「できないと思ってたのか？」

オクサは赤くなりながら、ほおの内側をかんだ。

「そんなことないけど。でも、スゴイって思ったのよ！」

「お褒《ほ》めのキスをしてくれないのか？」

「何ですって？」

「じょうだんだよ、からかってるのさ……」

テュグデュアルは起き上がりながらこう言うと、目を輝《かがや》かせ、笑いを隠すために顔をそむけた。オクサはとまどった。

「あそこで何が起きてるのか、だれかわかってます？」

急に暗い顔になったテュグデュアルがみんなに問いかけた。

みんなはテュグデュアルの視線の先を追った。遠くのほうに、不気味な黒い竜巻《たつまき》がものすごい音を立てながら発生しつつあった。それは巨大《きょだい》な漏斗《ろうと》のような形になって自転し、火の粉のような熱いほこりを巻き上げながら薄紫《うすむらさき》色の空に向かって吹《ふ》き上《あ》げていた。

「わあ！　すごい！」

オクサが言い終わらないうちに、その竜巻はぐらりと揺《ゆ》れ、新たな脅威《きょうい》にぼう然としている〈逃げおおせた人〉たちに向かってやってきた。オクサは腰《こし》に手をあてて怒《いか》りの声を上げた。

「また、新しい試練ってわけ！　もう、うんざり！」

オクサは、竜巻がやってくるのと反対方向に走る父親に引っぱられ、アバクムとテュグデュアルも、まだレオザールの死骸《しがい》を見つめていたヤクタタズをひっつかんで、同じ方向に走った。レオミドはどうにかこうにかレミニサンスを腕《うで》に抱《かか》えて足を引きずりながら後に続いた。ギュスは疲れきっていて反論する力もなく父親の言うとおりにした。

「背中に乗れ！」

ギュスは再びほかの人に頼《たよ》らざるを得ないことに苛立《いらだ》ちと恥《は》ずかしさを覚えながら、父親の背中によじ登った。しかし、父親の走るスピードに気づくと、そんな羞恥《しゅうち》心は吹き飛んだ。オクサが並外れて速く走れることは知っていたが、匠人《たくみびと》出身のピエールはオクサよりもさらに走るのが速かった。

「パパ！」

初めて父親の特殊《とくしゅ》な能力を目の当たりにして叫んだ。

「わかってるよ……」

地面にある裂け目を驚《おどろ》くほどやすやすと跳《と》び越《こ》えながら、ピエールが答えた。

「一応言っとくけど、おまえの親父さんとおれはチーターより速く走れるんだぜ」

テュグデュアルはギュスの劣等《れっとう》感を容赦《ようしゃ》なく刺激《しげき》した。

「だが、わたしたちを追いかけているものはチーターより手強そうだよ……」

ピエールは後ろをちらりと見ながら言った。

ギュスは振《ふ》り返《かえ》ってみた。竜巻は彼らに近づいているだけでなく、五つに分かれて巨大な漏斗《ろうと》の壁《かべ》を作っている。オクサのかん高い声が響《ひび》いた。追いかけてくる竜巻の威力《いりょく》に気づくと、オクサは焼けるような荒野《こうや》を狂《くる》ったように走《はし》り抜《ぬ》けることに集中した。みんなの命がかかった競争だ。しかし、竜巻は容赦なく近づいてくる。

「こっちに行こう！」アバクムは左に曲がりながら叫んだ。みんなはその後にしたがった。それから数百メートル走った後、みんなは振り返ってぞっとした。竜巻は彼らのあとをついてきている！　また方向を変えてみる。しかし、同じことだった。みんなはパニックに陥《おちい》り、青ざめてハアハアいいながら止まった。

「もうだめだ……」ギュスがつぶやいた。

「またかい？」テュグデュアルが皮肉った。

「ちょっと考えなきゃ……」オクサが言った。「竜巻があたしたちを追いかけてくるんだから、逃げたってしょうがない！　何か意味があるはずじゃない？」

オクサは竜巻から目を離《はな》さずに、じっと考えていた。

「あっ！　ひょっとしたら、ガナリこぼしが言っていた空の出口かもしれない！　覚えてる？」

〈逃げおおせた人〉たちは感心したようにオクサを見つめた。

「そうだよ！　さすがだ！」ギュスが叫んだ。

「問題はどれを選ぶかだな」

驚いたことに、ギュスが一番大きい竜巻に向かって突進《とっしん》していき、ぐるぐる回る渦《うず》のなかに消えていった。

「ギュスに続こう！　早く！」

オクサはそういいながら走り出した。


炎《ほのお》のように熱いほこりの竜巻は、飛《と》び込《こ》んでくる〈逃げおおせた人〉たちを一人ずつ飲み込んでいった。中の騒音《そうおん》はすごかった。オクサは人形のように四方八方に揺《ゆ》さぶられ、彼女《かのじょ》の恐怖《きょうふ》の叫び声は耳をつんざくような内部の騒音にかき消された。まるでサラダ菜の水切り器の中にいるように回って、回って、回り続け、自分の体の感覚もなくなり、吐《は》き気《け》がしそうになった。熱いほこりから身を守るために、目と口を閉じた。ほこりっぽい風が顔にたたきつけるので、紙やすりで顔をこすられているようだ。どうすることもできず、オクサはいよいよこれで最後かと観念しながら、身をまかせるほかなかった。竜巻の渦のなかで身体が上に上がっていくのを感じた。空中に放り出されて死ぬんだ！　なんて劇的！　サイコー！　劇的な最後に感謝しないとね！

すると、急に頭が固いものに当たった。石？　レオザールの骨？　手で触《さわ》ると、頭が二つに割れているような気がする。それ以外におかしなところはないが、ひどい頭痛と吐き気がして胃がひっくり返りそうだ。幸いなことに、オクサは竜巻の頂点まで到達《とうたつ》し、サクランボの種のように薄紫色の空に吐き出された。恐怖の叫び声を上げながら……。オクサは必死に腕をばたばたさせていたが、やがて目を開けてみると、大きな木々に囲まれた森の空き地の真ん中に横たわっているのがわかった。


「すごい滑空《かっくう》だったな！」

ギュスの声が聞こえた。

オクサは自分がまだ生きていることに驚きながらギュスを見つめた。

「ちょっと、あんた！」

オクサはギュスに跳びかかった。

「おい、落ちつけよ！　目の前にいるのはおまえの命の恩人だぜ！」

オクサはショックのためにまだ手足が震《ふる》えていた。

「顔が青白いよ。だいじょうぶ？」

ギュスはからかうようにたずねた。

答える代わりに、オクサは前にかがんで吐き始めた。胃が激しくけいれんし、体を折り曲げた。

心配になったギュスはオクサのそばに来て肩《かた》に手をかけた。

「だいじょうぶ？」

「ふうっ」とため息をつきながら、オクサはぼうっとした目つきをして立ち上がった。「死ぬかと思っただけよ！」

「それは、ぼくをちゃんと信用していないからだよ！」

「今回はリーダーみたいだったじゃない！」

オクサはギュスに感謝の目を向けた。

「どうしてあの竜巻だとわかったの？」

ギュスは肩をすくめ、わざと偉《えら》そうに言った。

「ホントに知りたいのか？」

「うん！」

「それはね、五つの竜巻のうち一つだけ時計の針と反対方向に回ってたんだよ。だからそれだと思ったんだ。信じられないだろ？」

「まあね！」オクサはうなずいた。「あんたのモットーが正しいって証明されたわけじゃない。行動する前に考えることが成功のカギってね！」

ギュスは返事をするひまがなかった。ほかの人たちが隕石《いんせき》のように空から降ってきて、苔《こけ》の絨毯《じゅうたん》の上に落ちてきたからだ。みんな死にかけた人のような青い顔をしている。ものに動じないアバクムでさえショックを受けているようだ。手のひらをものに押《お》し付《つ》け、前かがみになり、どんよりとした目をして吐き気と闘《たたか》っていた。

パヴェルとピエールは座って両ひざの間に頭をはさんで、なんとか吐き気をこらえようとしていた。レオミドはというと、肩で息をしている。起き上がって、数メートル離れたところでしゃがんでいるレミニサンスのところに行くだけで非常な努力を要しているようだ。最後にテュグデュアルが落ちてきたとき、オクサはほっとして思わず息をついた。テュグデュアルは青白い顔をして苔の上に横たわり、空をじっとにらみながら石のように動かない。オクサが彼のほうに行こうとすると、アバクムが呼び止めた。

「ほうっておいてやれ！」

「でも……」

「あんな状態は見られたくないと思ってるんじゃないかな……」

アバクムが低い声で言った。

レオミドがオクサたちに近づいてきて、うめくように言った。

「危ないところだったよ！　ギュス、よくやった！」

レオミドはギュスの肩に手をおいて褒めた。

ギュスは長い前髪《まえがみ》で顔を隠したまま赤くなった。

「初めて役に立つことができました……」

オクサのとがめるような視線を受けながら、ギュスはやっとそれだけつぶやいた。

「なんていう嵐《あらし》でしょう！」ヤクタタズが急に口を開いた。「髪が乱れてしまっているでしょうね！」

「ヤクタタズ、あんた、髪なんかないじゃないの！」

オクサが指摘《してき》した。

「えっ、そうですか？」

ヤクタダズは頭をさわりながら、驚いたように言った。


この言葉に笑いながら、オクサはテュグデュアルのほうを見ると、やや回復したようにみえた。今度は自分の思いどおりテュグデュアルに近づいた。彼は顔をしかめながら頭をさすっていた。

「だいじょうぶ？」オクサが心配そうにたずねた。

「うん……前のほうが元気だったけど……」テュグデュアルはつぶやいた。「セメントのブロックに頭をぶつけたみたいな感じだ。ほら、さわってみろよ！」

テュグデュアルはオクサの手を取って、卵ほどの大きさのこぶがある場所にもっていった。オクサはびくっとして手を引っ込めた。

「あのう、それってあたしのせいかも……」

オクサは竜巻の中にいたときに何かにぶつかったことを思い出した。

「そうだとしたら、ひどい石頭だな！」テュグデュアルは笑いながら言った。「とにかく、生きてるだけでもいいさ……ギュス、うまく選んだな！」横目で二人を見ているギュスに向かって言った。

「とんでもない！　ふり出しに戻《もど》っただけじゃないか」ギュスは不満そうだ。

みんなは周りを見回し、驚いたことにギュスの言う通りだと思った。絵画内幽閉《ゆうへい》されたときに最初に下り立った場所だった。

「ええっ、まさか！　いままでやったことが無駄《むだ》だったんじゃないよね！」と、オクサは叫んだ。

「違《ちが》いますよ！」黒い蝶《ちょう》がどこからかやってきて、オクサの前で羽ばたいている。「あなたたちは使命を全《まっと》うしたんですよ」

「あっ、ちょうどよかった！　あなたなら、これがどういうことかわかるかもしれないよね！」

オクサは自分たちのいる場所を目で指した。

「空に長方形の光るものがあるのが見えますか？」

みんなは空を見上げてうなずいた。長方形のものが強い光を放っているのが見えた。

「あれは絵なの？」オクサが意気込んでたずねた。

蝶はオクサに近づいてきて、小さな目で彼女を見つめた。

「いいえ、若いグラシューズ様」

「ええっ？」みんなは一斉《いっせい》に声を上げた。

「がっかりさせて申し訳ありませんけれど、あれは絵ではないのです。あれは、石の城壁《じょうへき》にあなたがたを導く通路の入口です」

「まだあるわけ？　終わりがないじゃない」オクサはうらめしそうに言った。

「終わりはあります！」と、蝶は答えた。「何にでも終わりはあります。それはここも同じです。それは間違いありません、若いグラシューズ様、〈逃げおおせた人〉のみなさん！　その城壁の裏に絵画内幽閉からの出口があります。もちろん、あなたがたが〈心の導師〉を破壊《はかい》し、〈悪意〉の仕業の裏をかくことができれば、ですが」

「もちろん……簡単なんだよな！」ギュスが反応した。

「自信をもってください。あの入口に行き、それから出口を見つけてください」

蝶はそうアドバイスした。

46　不気味な深淵《しんえん》

きらきら光る長方形にたどり着くための手段として、最初に〈逃《に》げおおせた人〉たちが考え付いたのは木に登ることだった。ギュスはそれに反対した。

「そんなことしても無駄《むだ》だよ！」

「どうして？」すでに木に登りかけていたオクサは言い返した。「ここにある木は、あの長方形に届くほど高いじゃない！」

「たまには信用してくれよ！」ギュスはイライラした。「ぼくもここで木に登ってみたんだ。だけど、どんなに高く登っても地上からほとんど離《はな》れられないんだよ！」

「その通りです。それは〈クラック画〉の幻覚《げんかく》効果の特徴《とくちょう》なんです。ちょうど、あなたたちが出発点にもどってきたのと同じことです。あなたがたには進む道が直線で水平に見えても、実際には垂直でらせん状だったわけです。それと同じで、木を登っていると思っても、実際には静止しているんです」

「ホント、へんだね！」オクサは少し木登りをしてみてから言った。「そんなら、どうしたらいいの？」

「いい考えがある……」

そう言うと、ギュスはうす暗い下草のほうに行き、木の根元をかき回した。すると、とつぜん、木の根の先に人間の頭がついている植物がいくつか土の中から顔を出し、かん高い声を上げた。

「ああ、みなさんおそろいで！」と、〈逃げおおせた人〉たちを一人一人見ながら言った。「おめでとうございます！」

「ありがとう！」と、オクサが答えた。

「〈悪意〉に会いましたか？」

「まだだよ。やつの手下だけさ。宙に浮《う》かぶ人魚とかレオザールとか」ギュスが答えた。

「それから逃《のが》れてきたんですか？　おめでとうございます！」

「残念なことに全員じゃないのよ」そういいながら、オクサの頭にはフォルダンゴットの丸っこい顔が浮かんできた。「その〈悪意〉のやつにはちょっと言ってやりたいことがあるわ！　助けてくれる？」

「もちろんです！　何をしたらいいんでしょうか？」

その小さな根の頭は、こげ茶色の目を好奇心で輝《かがや》かせながらたずねた。

「あの高い所できらきら光っている長方形のところに行きたいんだけど……」

「揚《あ》げ戸《ど》のことですか？　石の城壁《じょうへき》に行く通路のことですよね？」

「なんだって？」ギュスが怒《おこ》ったように叫《さけ》んだ。「じゃあ、きみたちは最初から出口があそこにあったのを知っていたのに、何も教えずにぼくたちをあんな目に遭《あ》わせるままにしたのか？」

「あなたたちがすべての段階をクリアしないと、あの出口には行けないんですよ！」根の頭が言い返した。「絵画内幽閉《ゆうへい》の原則が試練を乗り越《こ》えることだということを忘れないでください」

少しの間沈黙《ちんもく》があった後、オクサは再びその根の頭に話しかけた。

「つまり、問題がひとつあるのよ。〈浮遊《ふゆう》術〉も使えないし、木にも登れないの」

「おっしゃりたいことはわかりました、若いグラシューズ様。お手伝いできれば大変光栄です」根の頭がオクサの言葉をさえぎった。「みんな、出てきて！　〈逃げおおせた人〉たちを手伝って！」

すると、何十個という根の頭ががやがやと興奮した声を上げながら地面から顔を出し、〈逃げおおせた人〉たち一人一人の回りに五、六個ずつの頭が集まった。そして、根の頭たちは歯の生えた口を開いて、みんなのぼろぼろになった服にがぶりと噛《か》みつき、ぐ～んと背を伸《の》ばし、〈逃げおおせた人〉たちを驚《おどろ》くべき力で空に向かって放り投げた。こうして、みんなは揚げ戸に到達《とうたつ》した。

「わあ！　すっごい！」オクサが叫んだ。

「これがわたしたちを〈心の導師〉に導く通路なんだな」

アバクムは揚げ戸をよく見ながら言った。

「〈悪意〉にもね……」

揚げ戸をぽんぽんとたたきながらテュグデュアルがつけ加えた。

「気分を落《お》ち込《こ》ませるようなことをきみが言わなくなったら、驚きだよな！」

ギュスはぶつくさ言った。

「ほら！　開いたぞ！」ひざまずいていたアバクムが言った。「わたしたちを苦しめたやつにやっと会えるというわけだ」

〈逃げおおせた人〉たちは、下水溝《げすいこう》のような通路に一人ずつ入っていった。壁《かべ》は暗くてぬるぬるし、異臭《いしゅう》を放つむっとした空気が充満《じゅうまん》している。その石の通路を抜《ぬ》けると、天井《てんじょう》の低い狭《せま》い部屋に出た。全員が入ったらぎゅうぎゅうになるほど小さな部屋だった。石の通路の口は天井と一体になってふさがった。

「進む方向はひとつしかありません」

ガナリこぼしがオクサのポシェットから顔を出して言った。

「それは？」

レオミドが問いかけようとしたとたん床《ゆか》に吸い込まれた。

「レオミド！」

みんなはあわてて叫んだ。

「部屋の中央に来てください。通路は下にあるんです」

ガナリこぼしがアドバイスした。

オクサを先頭に、みんなすぐにしたがった。オクサはレオミドが消えた場所に立つとすぐに、下に吸い込まれた。まるで、だれかに足首をつかまれて、冷たい深淵に引っ張り込まれるような感じだ。レオミドを見つけてほっとしたものの、オクサは思わず身震《みぶる》いした。そこはこれまで見たことのないような陰気《いんき》な場所だった。〈宙に浮かぶ人魚〉のトンネルよりも陰気だ。たいまつのほんのわずかな明かりに照らされた壁からは、何だかわからない緑がかった気持ちの悪いものがしみ出ている。そのしずくが一滴《いってき》、頭に落ちてきたので、オクサは気持ちが悪くて叫び声を上げた。ほかの人たちも一人ずつ天井から下りてきた。

「では、ここから下りてください！」

ガナリこぼしは床に隠されていた階段を指しながら言った。

「もちろん！」

オクサはこの陰気な場所から一刻も早く離《はな》れたかった。

階段は永遠に続くと思われるほど長かった。幸いにも、最初は段が高くて狭《せま》かった階段は、しばらくすると、らせん階段になり、降りるにつれて幅《はば》が広くなって歩きやすくなった。しかし、同時に不安は増していった。この最終段階は絵からの解放に向かっているはずだ。しかし、自分たちを飲み込む不気味な深淵に向かって下りていくような感じだ。

「この階段、いやな感じだな……」と、ギュスがつぶやいた。

「だいじょうぶ、もうすぐ着くよ！」自信はなかったが、オクサはギュスを安心させるために言った。「ガナリ、あと何段くらいあるの？」

ガナリこぼしはポシェットから出てきて、階段の下に消えていった。しばらくするともどってきて、自分の計算の結果を誇《ほこ》らしげに報告した。

「これまでに二千五百四十九段下りられています。残りは七千四百五十一段です」

オクサはヒューと口笛を鳴らした。

「ということは……目的地まで行くのに、全部で一万段もあるということ？」

「その通りです、若いグラシューズ様！」

「一万段？　わたしのふくらはぎに筋肉がつきますね！」

ヤクタタズはびっくりした顔をしている。

「でも、あんたにはふくらはぎはないじゃない！　それに、ピエールにおぶってもらってるじゃない」オクサは大笑いした。

「えっ、そうなんですか？　わたしも……」

「さあ、行こうか！」

うす暗さのなかに深く続いているらせん階段を見つめながらオクサはため息をついた。

〈逃げおおせた人〉たちは、行き先もわからずに階段を下りていく不安をどうにかして忘れようとした。しかし、閉塞感《へいそくかん》と緊張《きんちょう》感が募《つの》ってきて神経質なため息があちこちでもれた。そろそろ、また休憩《きゅうけい》をする頃《ころ》だ。オクサは階段に座ってスニーカーを脱《ぬ》いで見つめた。

「そろそろ着いてくれないとね……」

オクサのスニーカーの靴底《くつぞこ》は穴が開いてぼろぼろになっている。

ぼろぼろのくつ下も脱いで、オクサはうめき声を上げないよう我慢《がまん》しながら、まめだらけの足をもんだ。気力がなえていくのを感じた。いつになったら、こんなことが終わりになるんだろう？　考えたくはなかったけれど、死の影《かげ》が彼女《かのじょ》の愛する人たちを連れ去るタイミングを計りながら、その周りにつきまとっているように思えた。その恐《おそ》ろしい考えを振《ふ》り払《はら》うように頭を振り、ヤクタタズのすべすべした頭をなでた。そこにドヴィナイユがかん高い声を上げながらやってきた。

「お誕生日、おめでとうございます、若いグラシューズ様！」

ドヴィナイユははりきって宣言した。

「なに言ってんのよ？」

「今日はあなたの誕生日ですよ！」

「やめてよ、ジョーダンじゃない……」

オクサはいらいらして言い返した。

「わたしは冗談なんか言いませんよ！」ドヴィナイユは機嫌《きげん》を悪くした。「今日はあなたの誕生日です。十四歳《さい》になられました！」

〈逃げおおせた人〉たちの頭がやっと働きはじめた。オクサはあ然としている。

「つまり、ぼくたちはここにもう二ヵ月半もいるということか……」

パヴェルはマリーのことを思いながらつぶやいた。

「あたし、十四歳なんだ！」オクサはぼそぼそとつぶやいた。

テュグデュアルがオクサの横に腰《こし》かけた。そして耳元でささやいた。

「誕生日おめでとう、ちっちゃなグラシューズさん」

テュグデュアルの髪《かみ》がオクサのほおをなで、唇《くちびる》が首に軽く触れた。オクサはとっさにどうしたらいいかわからずにどぎまぎした。

「その大事な日をちゃんと祝うには、先に進んだほうがいいだろうな！」

ギュスが震える声で助け船を出した。

オクサは感謝の気持ちを込めてギュスを見た。ギュスが浮かべた悲しそうなほほえみに、オクサは涙《なみだ》ぐみそうになった。泣き出さないよう、オクサは勢いをつけて立ち上がり、かすれた声でこう宣言した。

「この地獄《じごく》のようなところから出たら、地球上にこれまでなかったほど大きなバースデーケーキを要求する！〝地球上に〟ってところを強調するからね！ここで長い時間過ごしすぎたよ。みんなはどう？さあ、〈外界〉に向かって進みましょ！」

〈逃げおおせた人〉たちは顔をしかめながら、ついに地獄のような長い階段の最後の段に足をかけた。

「ふう！」オクサは太ももをもみながら息をついた。「もう階段は一段だって下りられない……」

「ここから出るのに、この階段をまた全部上るんじゃないといいけど」と、ギュスが言った。

「不吉《ふきつ》なこといわないでよ！」

「不吉っていえば、おれたち、はめられたんじゃないよな……」今度はテュグデュアルが言った。

「見ろよ！　階段が消えた！　ここってホントにわなみたいな感じだよな。だれかがわなをしかけているとしたら、どうやって逃げたらいいかわからないぜ」

完全な静けさのなか、〈逃げおおせた人〉たちは、見渡《みわた》す限り目の前に続く壁をなすすべもなく見上げた。

「これが石の城壁か……」

ギュスがあえぐように言った。

47　石の城壁《じょうへき》

テュグデュアルとピエールがその城壁を登ろうとして失敗したのを見ると、〈逃《に》げおおせた人〉たちには、その長さも高さもはてしない壁《かべ》を乗《の》り越《こ》えることはできないとわかった。周りにはうす暗いもやのようなものが立ちこめており、みんなは何かの拍子《ひょうし》にどこか開くのではないかと期待しながら石を一つ一つたたいてみた。

「何日そんなことを続けても、何も見つからないわよ！」

数時間経った後で、ドヴィナイユがそう言った。

「励《はげ》ましてくれてありがとう……」

ごつごつした石をたたき続けて指が痛くなったオクサがつぶやいた。

「まったくもう……」ドヴィナイユはばかにしたようにため息をついた。「ちょっと記憶《きおく》をまさぐって、カラスがその男の子に言ったことを思い出してごらんなさい！」

みんなの視線がギュスに集まった。ピエールがギュスのほうにやって来て、励ますように見つめた。ギュスはカラスの伝言を思い出せなかったらどうしようかとうろたえ、ゴホンと咳払《せきばら》いをした。疲《つか》れと不安とプレッシャーで思い出せない。ギュスが口を開くのをみんなが待ちかねているのを見ると、よけいに頭が混乱してきた。オクサはギュスの動揺《どうよう》が手に取るようにわかった。

「ギュス、だいじょうぶだって！」オクサは力を込《こ》めて言った。「あんたって、記憶力ばつぐんじゃない？」

オクサはギュスの肩《かた》に手をおいて励ました。それに元気づけられ、ギュスは精神を集中させた。しばらくして、ギュスはオクサを見つめながら、得意げに唱えだした。

〈帰り道のない森〉の出口は、
すべての精神が同じ目的を目指さなければ、

見つけられない。
次に、〈虚空《こくう》〉に生命を奪《うば》い取られないように
用心するべきだ。
抜《ぬ》け出《で》るには、速さと力が必要だ。
そして、宙の深みからやってくる
容赦《ようしゃ》ない力によって
再び命が危険にさらされる。
それから、
乾《かわ》きと暑さが支配し、
深淵《しんえん》が残酷《ざんこく》な試練をしかける。
最後に、〈石の城壁〉が
その内側から開き、
〈外界〉への道を開くだろう。
しかし、〈悪意〉の破滅《はめつ》的な力に
用心することだ。
その〈悪意〉は、死の力を持ち、
生命を支配するのだ。

〈逃げおおせた人〉たちはあ然として目をみはった。

「そっか！　城壁は内側から開くんだ！」

オクサは手のひらで額をたたいた。

「そうか……」

ギュスにはオクサの言っていることがわかった。

「よくわからないのだけど……」と、レミニサンスが口をはさんだ。

「扉《とびら》は内側から開くんだ、ぜったいそう！」と、オクサが叫《さけ》んだ。「つまり、ミュルムだけが城壁を抜けて、入口を見つけることができるっていうわけ！」

「おれが行く！」

すぐに名乗り出たテュグデュアルは目を閉じ、身体を壁に押《お》し付《つ》けて気持ちを集中させた。石を必死で押しているため、首の血管が青くなってきた。悔《くや》しさでうなりながら、さらに強く押した。しかし、城壁は越《こ》えられなかった。

「それでミュルムかい……」と、ギュスが皮肉った。

「おれの能力はまだ完成していないって言ったろ！」

テュグデュアルはイライラしながら言い返した。

すると、レミニサンスがテュグデュアルのほうに歩み寄り、みんながあ然とするなか、やすやすと壁を通り抜けた。それから、壁から両腕《うで》が突《つ》き出《で》てきてテュグデュアルの肩をつかみ、壁の反対側に引き込んだ。

「わあ！　すごいテクニック！」と、思わずオクサが叫んだ。

「ホント！　ぼくもできたらいいのになあ！」

ギュスは目の前で起きたことにうっとりとした。

しかし、そのうっとりとした気分は、壁の向うから聞こえてきた叫び声に打ち消された。

「あれは何？」オクサは青ざめた。

「わからない……」アバクムはぼそりと言った。

オクサの不安は大きくなった。これまでにオクサが何かを聞いて、アバクムが答えられなかったのは初めてだ。よい兆候ではない。

「扉を見つけて開けてくれ！」

パヴェルは壁に近づいて両手でメガホンを作ってどなった。

オクサとギュスはじりじりした。叫び声が聞こえた後はしーんとして物音一つ聞こえず、よけいに不安をかきたてた。レミニサンスとテュグデュアルは〈悪意〉に攻撃《こうげき》されたのだろうか？まだ生きているだろうか？　こちら側にいる〈逃げおおせた人〉たちは死がやってくるまでここにいるのだろうか？　パニックがじわじわとみんなの心をむしばんできた。

「レオミドはどこだ？」アバクムがつぶやいた。

みんなは心配そうに周りを見回した。

「最後に見たときは、あっちのほうへ行こうとしていた！」パヴェルがうす暗い右手の方向を指した。「入口を探そうとしていたんだと思う」

「そんなことをしてもしょうがないのに！」アバクムはいら立っていた。「ドヴィナイユが言ってたじゃないか！　それに、勝手に離《はな》れるなんて不用心だ……」


その言葉は壁が動き始めたことで中断された。とつぜん、石が開いて通路ができた。テュグデュアルが現れ、レミニサンスと、だれもが予想していなかった一人の人間がそれに続いた。

「レオミド？」ギュスとオクサが同時に叫んだ。

レオミドは緊張《きんちょう》した面持ちで二人を見た。

「わたしたちがいた場所より少し離れたところに入口を見つけたんだよ」

レオミドは抑揚《よくよう》のない声で言った。

「でも、そこらへんは全部探したよ！」オクサが言い返した。

「そうでもなかったみたいだな……」レオミドは言い張った。

「まあ……大事なのはみんながそろっていることだ」アバクムは眉《まゆ》をひそめてレオミドを見つめた。「でも、何があったんだ？　叫び声が聞こえたが……」

テュグデュアルが前に進み出た。顔に深いかみ傷があり、血が流れているのがわかった。

「頭が骸骨《がいこつ》のようなコウモリに襲《おそ》われたんです」

テュグデュアルがつぶやいた。

「骸骨コウモリだ！」

ギュスはウェールズでその恐《おそ》ろしい昆虫《こんちゅう》のようなものに襲われたことを思い出して、思わず震えた。

「そいつがスズメバチみたいにレミニサンスに向かってきたんで、追《お》い払《はら》おうと思ったんですよ」と、テュグデュアルが説明を続けた。「結果的には、おれを襲ってきた。その攻撃がすごかったんで、防ぎようがなかったんだ。ラッキーなことに、レオミドがやってきて〈火の玉術〉で助けてくれました。前髪《まえがみ》がちょっと焦《こ》げたくらいで、あとはだいじょうぶです。レオミド、ありがとう！」

レオミドは謙虚《けんきょ》に頭を下げた。

「あの虫は手ごわい……」

テュグデュアルは深い噛み傷が二つある右手を見せながら言った。

「噛まれ仲間に加わってくれてうれしいよ！」

ギュスはライバルより一歩先んじたことに気をよくしていた。

「気分はどうだい？」アバクムが心配そうに聞いた。

「ちょっと気分が悪いかな……」

「おまえは並外れた体だな。普通《ふつう》なら、骸骨コウモリに一ヶ所噛まれただけでも立っていられないほどなんだがな。でも、ちょっと治療《ちりょう》をさせてくれ……」

二人はみんなから離れて、たいまつの火の下に座った。アバクムは袋《ふくろ》から瓶《びん》をいくつか出し、数種類の軟膏《なんこう》をテュグデュアルの傷に塗《ぬ》った。オクサはアバクムの顔が緊張にゆがんでいるのに気づいた。彼《かれ》がテュグデュアルと真剣《しんけん》に話し合っているのを見ると、思わず耳をすませた。

「おまえはレオミドが壁を通り抜けるのを見たのか？　そんなバカな！」アバクムは驚《おどろ》いている。

「骸骨コウモリに噛まれたせいで、よく目が見えなかったんじゃないのか……」

「信じてくださいよ、アバクム！」テュグデュアルは激しく抗議《こうぎ》した。「おれが本当のことを言ってるのはわかってるでしょう。目の錯覚《さっかく》じゃない。たしかにレオミドは城壁を通り抜けたんだ！」

「でも、どうしてできるんだ？　彼はミュルムじゃない！」

「どうしてそう言いきれるんです？」と、テュグデュアルがたたみかけるように言った。

「そんなことは信じられない……」アバクムはのどが詰まったような苦しげな声を出した。

「信じたくないんでしょう！」テュグデュアルが言い返した。

　オクサはうろたえて口を押《お》さえた。オクサの視線は、少し離れたところでアバクムをじっと見つめているレオミドに注がれ、思わずはっとした。レオミドは辛《つら》そうにみえる……。オクサは心の動揺を隠《かく》すために後ろを振《ふ》り向《む》いた。そこには大きな円形の広間があった。あ然としている〈逃げおおせた人〉たちのすぐ目の前に。

48

崩壊《ほうかい》の魔法《まほう》

最初に前に進み出たのはアバクムだった。床《ゆか》は三角形の石を複雑に組み合わせた石畳《いしだたみ》で、壁《かべ》に取り付けられたたいまつの反射光によって蜂蜜《はちみつ》色に光っていた。丸天井《てんじょう》を支えやすいように、十本ほどの柱は上のほうが太くなっている。中央には、モザイク造りの水盤《すいばん》があり、鼻や目につんとくるにごった水が泡立《あわだ》っていた。

「そこにいて……」アバクムはつぶやいた。

アバクムは水盤に近づいて、そのふちにしゃがみ込《こ》み、酸性らしい液体をじっと見つめた。大きな泡が液体の表面でゆっくりとはじけ、水盤のふちにしぶきがかかっている。アバクムが指先で少しだけ触《ふ》れると、液体の動きが激しくなった。まるで、アバクムが触《さわ》ったために、深い眠《ねむ》りから目を覚ましたかのようだ。泡がさらに大きくなってはじけ、部屋には異臭《いしゅう》を放つ黄色っぽいもやがかかり始めた。アバクムは後ずさりした。

「ここって、イヤな感じだよな……」ギュスがつぶやいた。

「ホント！」オクサはうなずいた。「地球の中心に閉じ込められたネズミのような気がする！気味が悪い……」

「だいじょうぶだよ、ちっちゃなグラシューズさん！」テュグデュアルが声をかけた。「すぐにおれたちの運命がはっきりするさ……」彼《かれ》は目を宙に向けて、彼らのほうに飛んでくるものを見つめていた。

カラスがオクサの足元に下り立ち、うやうやしくお辞儀《じぎ》をした。光沢《こうたく》のある大きな羽に〈逃《に》げおおせた人〉たちの姿が映っていて、オクサは思わずうっとりと見入った。カラスのくちばしが少し開き、黒い煙《けむり》が渦《うず》を巻いて立ち上った。

「若いグラシューズ様、あなたの功績はすばらしい。待ち望まれたあなたの到着はちょうどいいタイミングです」

オクサはカラスと同じ高さになるようにひざまずいた。カラスは大いにとまどったようだ。

「いけません！　立ってください！」カラスはぶっきらぼうに言った。

オクサは驚《おどろ》き、とまどいながらその言葉にしたがった。すると、カラスは大きな翼《つばさ》を広げ、羽ばたきながらオクサの目の高さまでやってきた。

「わたしは長くはここに居られません」カラスは息を切らせながら言った。「わたしは〈悪意〉につきまとわれていて、ここに来る前に何度も殺されそうになりました。ですから手短かに言います。あなたがたのどんな能力をもってしても、〈悪意〉の致命《ちめい》的な力にはかないません。ただし、あなたがたはそれに対抗《たいこう》する盾《たて》を一つだけ持っています。それは、この部屋に充満《じゅうまん》している黄色いもやです。ひどい臭《にお》いですが、それがあなたがたの究極の防御《ぼうぎょ》手段です。しかし、その効力は、もやと同じく揮発性で、つかの間のものです。ですから、素早くやらなければなりません。このもやが消えてしまえば、〈悪意〉がこの神殿《しんでん》を支配し、あなたがた、そしてこの絵のなかの生き物を征服《せいふく》してしまいます。ですから、急いでください！　こんなことを言うのはつらいのですが、あなたがたは〈心の導師〉を破壊《はかい》しなければなりません。それしか方法はないのです！」

「〈心の導師〉はどこにいるの？」オクサがたずねた。

「あそこです」カラスはいまや巨大《きょだい》な泡を立てている水盤をくちばしで指した。「あなたがたの血をその少年にわたしが渡《わた》した小瓶《こびん》の中身と混ぜて〈心の導師〉に注ぐのです。そうすれば、崩壊の魔法があなたがたを解放するでしょう。わたしは仲間のもとに戻らなければなりません――まだ生き残っている仲間だけですが……。さようなら、若いグラシューズ様、〈逃げおおせた人〉たちのみなさん！　本当にありがとうございます」

そういうと、カラスは急いでもやの向こうに羽ばたいていった。

「なるほど……そういうことなんだ！」オクサは緊張《きんちょう》したかすれた声で言った。「ギュス、首につけている小瓶をかしてくれる？」

ギュスは用心しながら首にかかった紐を外し、ごく小さな小瓶を震《ふる》えながらオクサに渡した。

「カラスが急いでやれと言ったのは正しいと思うよ。見ろよ、もやが薄《うす》くなってきた。その後に来るものは、まったくいいきざしとは言えない気がするな……」

テュグデュアルが重々しい調子で言った。

みんなは大きな円形の部屋を不安げに見渡し、テュグデュアルの言うことがおおげさではないと思った。カーブを描《えが》く壁に沿って、黄色いもやは、らせん状によじれた黒っぽい蒸気に少しずつ取って代わられ、その蒸気からは髪《かみ》を逆立たせるような不気味な叫《さけ》び声《ごえ》が聞こえてくる。

「〈悪意〉がこの場所を支配しようとしている」アバクムがあわてて言った。「急ごう!」

「でも、これって、どうやって開けたらいいの?」

オクサは細長いひし形の小瓶をあらゆる角度からひっくり返して見ながら、いら立っていた。アバクムはその小瓶を手にしてじっくりと観察した。その間にも、地獄《じごく》からの叫び声が近づいてくるようだ。

「ここを吹《ふ》いたらどうかな。クラッシュ・グラノックのようなものかもしれないよ」と、ギュスが提案した。

オクサはその提案にしたがった。〈逃《に》げおおせた人〉たちの恐怖《きょうふ》と期待の混じった目がオクサにじっと注がれている。オクサが緊張しながら息を吹きかけると、魔法のように小瓶の上のほうに穴が開いた。すると、剣《つるぎ》のような鋭利《えいり》な刃先《はさき》が穴と反対側から出てきた。

「ギュス! あんたって、天才!」

オクサの顔がぱっと明るくなった。

「お世辞は後でいいよ……この地獄から脱出《だっしゅつ》した後でさ!」ギュスは赤くなった。

「早く、早く! 〈悪意〉が近づいてくる!」と、パヴェル。

不思議なことに、部屋が暗くなって不気味な影《かげ》が近づくにつれて、部屋の温度が上がっているようだ。耐《た》えられない暑さだ。叫び声がさらに大きくなり、黄色いもやの向こうに不吉《ふきつ》な影が動いているのがぼんやりと見えるようになった。輪になった〈逃げおおせた人〉たちを守っている盾は消えようとしている。もうすぐ〈悪意〉が現れるだろう……。

小瓶から出てきた刃先で最初に指を突いたのはオクサだった。血が盛り上がってきた。オクサは傷口を押《お》して血のしずくを瓶のなかに落とした。すると、中の液体は不思議な色に変わり、赤《せき》褐《かっしょく》色の煙を出した。

「さあ、順番にやって！　早く！」オクサは小瓶をほかの人たちに差し出した。

彼らの周りはさらに暗く、不気味になってきた。あと数メートル、影が近づいてきたら、一巻の終わりだ。緊張《きんちょう》して弓の弦《つる》のようにぴんと張りつめたパヴェルとピエールは自分の子どもたちを囲むように陣取《じんど》り、子どものためなら命を投げ出す構えだ。その間に、小瓶は手から手へと渡され、〈逃げおおせた人〉たちの血が加えられた。

「よし、終わったよ、オクサ！」

最後にテュグデュアルが煙を上げている小瓶を振《ふ》りかざしながら言った。

「これでいいんだよね？」

瓶を受け取りながらオクサが問いかけた。

「だいじょうぶ！」

「よし、やるからね！」

オクサが水盤のふちに足をかけるとすぐに、悪臭のする液体が底に吸い込まれ、不思議な現象を見せた。塊《かたまり》のようなものが膨張《ぼうちょう》して水盤いっぱいになった。紫《むらさき》の斑点《はんてん》があり、黒っぽくて一定のリズムで動いている……心臓の鼓動《こどう》だ！　急に迷いが生じて、オクサはつばをごくりと飲んだ。

「これ、生きてる！」

オクサはしどろもどろに言った。

「当たり前だよ、ちっちゃなグラシューズさん！」テュグデュアルはいつになく神経質な調子で言った。「それに、おれたちをいま殺そうとしている〈悪意〉も生きてるんだ！」

「おまえは〈心の導師〉を破壊しなければいけないんだ、オクサ！」パヴェルはどなりつけた。

「小瓶を捨てろ！」

〈悪意〉の不吉な風が最後の黄色いもやを飲み込み始めた。とつぜん、飢《う》えた〈悪意〉の舌がオクサのふくらはぎを舐《な》めて巻きついた。オクサが振り向くと、これまで見たこともない恐《おそ》ろしい生き物が目の前にいた。ぼろぼろの黒ずんだ皮膚《ひふ》に覆《おお》われたやせこけた体は悪臭を放っている。頭はほとんど人間と変わらないが、目玉には黒い血管が浮き上がり、舌は恐ろしく長く、ぎざぎざした吸盤におおわれていて厚い。オクサはかん高い叫び声を上げた。その横で、テュグデュアルは恐怖に凍《こお》り付《つ》いている。こんな恐ろしい怪物《かいぶつ》を倒《たお》せるものが〈逃げおおせた人〉のなかにいるだろうか？　しかし、その気味の悪い生き物がオクサを舌でもって引き寄せようとしているのを見ると、テュグデュアルはどなり声を上げ、オクサを救いたい一心で、なんとか恐怖を克服《こくふく》した。振り上げた手から細い電波が発してジージー音を立てながら〈悪意〉に到達《とうたつ》し、爆発《ばくはつ》して火の玉になった。〈悪意〉は舌を放し、床《ゆか》に倒れ、炎《ほのお》に包まれて身もだえした。しかし、信じられないことが起きた。煙と炎に包まれた〈悪意〉の体が二つに割れ、何事もなかったかのように立ち上がり、うなり声を上げながらテュグデュアルのほうに向かってきたのだ。

「どうしてこいつは死なないんだ？」

吸盤の付いた舌に片手の手首をとられたテュグデュアルは叫んだ。

目をひきつらせた〈悪意〉はテュグデュアルを殺そうと決めているらしく、〈逃げおおせた人〉たちのどんな攻撃《こうげき》も効果がなかった。この怪物の執念《しゅうねん》深い力にとうとう負け、テュグデュアルは恐怖に目をみはりながら床に倒れた。

「なんとかしなくっちゃ！」

オクサが叫んだ。

アバクムがやってきて、最後のグラノックを使った。〈まっ消弾《だん》〉が矢のように飛んでいき、時間が止まった。叫び声はかき消され、動きがスローモーションになる一方で、〈悪意〉の腐敗《ふはい》した頭の上に黒い穴ができた。〈悪意〉はそれを見上げ、おぞましい笑い声を上げた。あんぐりと開けた口から地獄の炎が漏《も》れ、体を焼き尽《つ》くし、テュグデュアルを炎に引きずり込もうと舌を戻《もど》そうとした。その瞬間《しゅんかん》、オクサは勇気を振《ふ》り絞《しぼ》って動悸を打っている〈心の導師〉に小瓶を投げつけた。

49　心が血を流す

すさまじい一陣《いちじん》の風が〈逃《に》げおおせた人〉たちを飲み込んだ。地獄《じごく》辺境から彼《かれ》らをさらった竜《たつ》巻《まき》よりも強力な風だった。その風は、恐怖《きょうふ》の叫《さけ》び声《ごえ》を上げる無抵抗《むていこう》な〈逃げおおせた人〉たちの体を〈悪意〉の貪欲《どんよく》な食欲から奪《うば》い取《と》った。数秒後、〈逃げおおせた人〉たちは、ロンドンのオレンジがかった雨模様の空のもと、ビッグベンの文字盤《ばん》から投げ出された。

「パパーッ！」

腕《うで》をバタバタさせながらオクサが叫《さけ》んだ。

それに呼応するように、ギュスの叫び声が響《ひび》いた。〈逃げおおせた人〉たちはだれも宙に放り出されるとは思っていなかった。しかも〈外界〉の冷酷《れいこく》な重力との再会は唐突《とうとつ》だった。そのショックにみんなは不意をつかれたのだ。闇《やみ》のドラゴンになって長い翼《つばさ》を広げたパヴェルだけは例外だった。

「〈浮遊《ふゆう》術〉を使うんだ、オクサ！」パヴェルはわめいた。「すぐ行くよ！」

二度の羽ばたきでパヴェルは落下しているギュスに追いつき、爪《つめ》でつかまえ、次にビッグベンの文字盤にぶら下がっていたアバクムとヤクタタズを救出した。その間、オクサはあまりの高さにパニックに陥《おちい》りそうになったのをなんとかがまんし、浮遊した。そこがビッグベンだと気づくと、自分たちがロンドンにいることと、みんなが助かったことがわかった。よかった！

しかし、空を見上げようという悪い考えを通行人が起こすかもしれない危険にもすぐに気づいた。闇のドラゴンが飛んでいるオクサをつかんだとき、彼女《かのじょ》は心臓が止まるかと思った。地上六十メートル以上の高さを女の子が浮《う》いているのは普通《ふつう》じゃない。だが、ドラゴンがロンドンの空を飛んでいるのはよけいに異常だ。しかも、もっと目立つ……。ところが、パヴェルは平然としていた。オクサとギュスとアバクムを足にはさみ、ウェストミンスター寺院の近くのうす暗い広場まで浮遊術で移動したテュグデュアルとピエールとレミニサンスに合流した。

「テュグデュアル！　よかった、ここにいたんだ！」オクサはうれしそうに声を上げた。「だいじょうぶ？」

「うん……」テュグデュアルは青ざめた顔でうなずいた。「あと一秒でも遅《おそ》かったら、やられてたな……。あれっ、レオミドは？」周りを見回しながらたずねた。

みんなは顔を見合わせた。レオミドがどこにいるか、だれも知らなかった。

「もう少し遠くに放り出されたのかもしれないわね」

レミニサンスは自分を安心させるように言った。

「可能性はある……」アバクムは心配そうだ。

「とにかく、行こう！」と、パヴェルが提案した。「みんなぼくの背中に乗って。ビッグトウ広場まで直行だ！」

疲《つか》れ果《は》てた〈逃げおおせた人〉たちは人に見られるかもしれないという不安を感じながらも、闇のドラゴンの背中に乗った。ドラゴンはあっという間に雲の向こうに消えた。


ビッグベンの大時計が、〈逃げおおせた人〉たちの絵画からの脱出《だっしゅつ》を目撃《もくげき》したちょうどその時、フォルダンゴは飛び起きて、こうふれ回った。

「成功だ！　成功だ！」

フォルダンゴはドラゴミラの秘密の工房《こうぼう》からせん階段を大急ぎで駆《か》け下《お》りた。これまでにないほど髪《かみ》をふり乱したジェトリックスがすぐ後をついてきた。

「何の成功なんだよ？」ジェトリックスはぶつぶつ言った。「朝の三時に家中の者を起こしたことが成功なのか？」

フォルダンゴはドラゴミラの部屋に続く秘密の扉《とびら》を勢いよく通り抜けた。ドラゴミラはすでに起きており、ぶ厚い部屋着を着ていた。

「古いグラシューズ様は絵画内幽閉《ゆうへい》からの解放が成功に出会ったという情報を受け取られなければなりません」

フォルンダンゴは大きな声で宣言した。

「知ってるわ、フォルダンゴ、わかってるのよ」ドラゴミラは声を詰まらせながら答えた。「わたしも感じたのよ……」

「この家の住人の方々はこの情報を受け取られなければいけませんか？　古いグラシューズ様はお友だちの方々に知らせる許可を召使いに与えられますか？」

「その必要はないよ、フォルダンゴ。わたしたちも知っている！」

ナフタリのしわがれた声が響《ひび》いた。

ナフタリ、ブルン、ジャンヌとゾエが目を輝《かがや》かせながら部屋の敷居《しきい》のところに立っていた。五人の〈逃げおおせた人〉たちは、直感で同時に目が覚めたのだ。三ヶ月近くも待ち望んでいた帰《き》還《かん》がすぐには信じられないくらいだった。五人は大きな肩《かた》の荷が下りたように感じ、抱《だ》き合《あ》った。

しかし、苦い苦しみが彼らの幸せに影《かげ》を落とした。再会はすばらしいものになるだろう。だが、それとともに涙《なみだ》も流させるだろう。マリーはヘブリディーズ海の島に反逆者《フェロン》たちに閉《と》じ込《こ》められている。ドラゴミラはそれをパヴェルとオクサに告げる瞬間《しゅんかん》を恐《おそ》れていた。さらに、彼女はフォルダンゴの警告を忘れてはいなかった。〈逃げおおせた人〉たち全員が絵の中の危険な冒険《ぼうけん》から帰ってくるのではない。フォルダンゴットは命を落とし、もう一人の仲間が欠けているはずだ。だれなのか？　夜が明ける前に、その残酷《ざんこく》な運命の答えが出るだろう。ドラゴミラの苦悩《くのう》を知らず、ブルンは彼女の肩をつかんだ。

「すばらしいわ！」

ブルンは喜びをいっぱいに表した。

ドラゴミラはみんなの興奮に身を任せながらも、フォルダンゴが部屋の隅《すみ》に小さくなって、みんなの喜びようについていけないことに気づいていた。

「成功は完全さを受けませんでした」フォルダンゴはしわがれた声でつぶやいた。「わたしの伴侶《はんりょ》と古いグラシューズ様のご兄弟の引き算で、喜びにしみがつくでしょう……」

しかし、みんなは興奮して騒《さわ》いでいたので、悲しみに沈《しず》んでいるフォルダンゴの言葉はだれにも聞こえなかった。

五人の〈逃げおおせた人〉たちは待ちきれずに、家の玄関《げんかん》に急ぎ、広場の正面に陣取《じんど》って、雨空を見上げた。その間、フォルダンゴは用心を忘れて三階の窓を開け、勇気ある〈逃げおおせた人〉の到着《とうちゃく》を待っていた。ぽっちゃりとした手で流れ続ける涙をぬぐった。ジェトリックスは窓の桟《さん》に乗って前かがみになり、意外なことに、フォルダンゴの胸に小さな頭を押し付けて、しっかりと抱《だ》きしめた。

「若いグラシューズ様とお仲間の方々に再会する待ちきれない思いは極端《きょくたん》です」フォルダンゴはすすり上げながら言った。「しかし、再会は切断され、心が血を流すでしょう……」

「数が合わないのか?」

ジェトリックスは返事をうすうす知りながらもたずねた。

「ええ」フォルダンゴはうめいた。「数はまったく合わないのです……」

ビッグトウ広場に近づいてくると、闇のドラゴンはさらに力強く翼を動かした。絵画内幽閉から ぬけ出した人たちは、ポロック家の家が見えてくると、胸いっぱいの喜びを抑《おさ》えることができなかった。

「まあ！　あれは何かしら？」

ドラゴミラは夜の闇のなかに見えるドラゴンのシルエットに気づいた。

「ドラゴンみたいだね、ドラゴミラ……」と、ナフタリがばか正直に答えた。

「あなた様のご理解に正確さを追加することができます」フォルダンゴは三階の窓から声をかけた。「古いグラシューズ様の視線は、ご子息の心のなかに眠《ねむ》っていた闇のドラゴンに会われています」

「まあ、パヴェルなの！」

ドラゴミラはあっけにとられながらつぶやいた。

それなら、パヴェルは生きているのだ……。ドラゴミラは目がくらみそうになりながら深く息を吸《す》い込《こ》んだ。たった一人の息子を失ったのではないかと恐れていたが……。

ドラゴンは人がいなくなるのを待つためにビッグトウ広場の上をしばらくの間旋回《せんかい》していた。車が一台やってきて、横道に入っていった。やっとドラゴンが下りてきた。すぐに絵画内幽閉から生還した人たちが地面に飛び下り、玄関でいまかいまかと待っていた五人の〈逃げおおせた人〉たちのところに駆《か》け寄《よ》った。

「バーバ！」

オクサは叫びながら、ドラゴミラの腕のなかへ飛び込んだ。

「オクサ、やっともどってきたのね！　まあ……なんていう姿でしょう」孫娘《まごむすめ》の疲れきって汚《よご》れた顔を見ながらドラゴミラは声を上げた。「お父さんは？」

大きな喜びに満たされながらも、ドラゴミラはパヴェルのことを心配せずにはいられなかった。パヴェルは少しずつ人間の姿に戻《もど》りつつあった。オクサはこちらにやってくる父親をふり返った。

「パパはすごかったよ、バーバに見せたかったなあ！　リーダーみたいに戦ったんだよ。あたし、鼻が高いわ！　パパがいなかったら、あたしたち、何度も死んでたよ！」

ドラゴミラはほほえんで息子と孫娘を腕にしっかりと抱きしめながら、ほかの仲間たちに目を向けた。ゾエを抱きしめている美しい女性はレミニサンスだろう……。

「よかったわ……」と感激しながらも、目はほかの人たちを探していた。

玄関先には、ほおに当たるキスの音やはじける笑い声しか聞こえない。しかし、ドラゴミラは頭をなぐられたようなショックに、何も聞こえなくなった。

「中に入りましょう！」ドラゴミラは涙を隠《かく》しながら、とつぜん、強い声で言った。「人目につさいてしまうわ……」

「ホント！　人目につくっていうことなら、今晩はやりすぎたよね！」

オクサが笑いながら言った。

「あのドラゴンが人目につかなかったと思いますか？　それなら、あまりこだわらない人なんですね！」

急にヤクタタズが口をはさんだ。

不吉な絵からやっと出られたことに興奮したオクサは笑いながらドラゴミラに続いた。ドラゴミラはオクサを金輪際放さないというように、しっかりと手を握《にぎ》っていた。サロンに入ってからも、興奮の波は去らなかった。オクサがあせった声でこう言うまでは。

「ママは？　あたしたちが帰ってきたことをまだ知らないの？　ねえ、パパ、驚《おどろ》かせてやろうよ！」

そして、オクサは寝室《しんしつ》へ行く階段を上り始めた。

50　不在

ドラゴミラは身動きできずに、孫娘《まごむすめ》が階段を大急ぎで上がるのを、おののきながら見つめていた。ナフタリとブルンも同じように打ちひしがれて、その場に凍《こお》り付《つ》いていた。ジャンヌはわっと泣き出した。ギュスはいぶかしそうに母親を見た。

「オクサのお母さんがどうかしたの？」

ギュスが小声でたずねた。

ジャンヌは答えることができなかった。彼女《かのじょ》は悲しみにくれた目で息子をぼうぜんと見つめた。その一瞬《いっしゅん》の深刻そうなやり取りにパヴェルがめざとく気づき、青ざめた。パヴェルはドラゴミラのほうを向き、壁《かべ》で体を支えながら、やっと口を開いた。

「マリーはいないんでしょう？　病院ですか？」

ドラゴミラは胸に手を当てて、ソファにどさりと座《すわ》り込《こ》んだ。

「いいえ……」あえぎながら、やっとそれだけ言った。

パヴェルの顔がひきつった。

「じゃあ、マリーは……」

決定的な言葉がのどにつかえて、息苦しくなった。その時、オクサがあわてふためいてサロンに戻《もど》ってきた。

「ママはどこ？　バーバ！　ママはどこ？」

オクサは震《ふる》えながら叫《さけ》んだ。

息子と孫娘の不安な様子に耐《た》え切《き》れず、ドラゴミラは目を閉じた。思いがけず、ゾエが助け船を出した。

「あなたたちが想像していることとは違《ちが》います」ゾエはやわらかい声で言った。「マリーは死んではいません。マリーはちゃんと世話をしてもらっているから、心配はいりません……」

その言葉を聞いて、パヴェルはほっと息をついた。ところが、オクサは続けて叫んだ。

「だれが世話してるの？」

ドラゴミラは勇気を出して、一気に答えた。

「反逆者《フェロン》たちよ。マリーは反逆者《フェロン》にさらわれたの」

絵から生還《せいかん》した人たちはみな息をのんだ。オクサの反応が最も激しかった。最初はショックで黙《だま》っていたが、それから床《ゆか》にくずおれて泣き出した。すぐに、ゾエとテュグデュアルとギュスが駆け寄ってきて、目を赤くしながらオクサを取り囲んだ。しかし、なぐさめることができないのはわかっていた。

「お母さん！　お母さんがいながら、どうしてこんなことになったんです？」

　パヴェルは怒《いか》りをぶちまけた。

　ドラゴミラは言い訳をすることができずに見つめ返した。すると、フォルダンゴが泣きはらした顔をして近づいてきた。

「〈逃《に》げおおせた人〉たちは大きな損失に会いました」フォルダンゴはパヴェルに向かって言った。「心は大きな苦しみを受けました。しかし、あなたの心は気丈《きじょう》である必要と義務があります。古いグラシューズ様のご子息の奥《おく》様かつ若いグラシューズ様のお母様の健康は不安定ですが、その治療《ちりょう》は思いやりをもって行なわれています。ガナリこぼしの報告で確認しております。反逆者《フェロン》の一人、アガフォンの孫娘アニッキが治療法を心得ておりますので、あなたがたは期待の維持《いじ》をされてよろしいです。反逆者《フェロン》どもは、彼《かれ》らの人質が甚大《じんだい》な価値を持っていることを理解しています。人質の生命に損害をもたらす危険は決して起こらないでしょう。ですから、あなた様の召使《めしつか》いは助言を差し上げます。まずは涙《なみだ》の乾燥《かんそう》です。反逆者《フェロン》の人質の救出には勇気と力が必要だからです。それから、とりわけ、非難の重圧によってあなた様の苦痛の増加を行なわないことです。古いグラシューズ様は反逆者《フェロン》に対して多数の抵抗《ていこう》を展開されました。命が盗《ぬす》まれそうになりました！　しかし、古いグラシューズ様の力は重みが欠けていました。反逆者《フェロン》どもは策略と暴力を展開しました。戦いが力の不平等を甘受《かんじゅ》したことを、あなた様はご存知のはずです。古いグラシューズ様の幸運はその意思の強固さにもかかわらず、弱さを受けられたのです」

フォルダンゴの説明を聴《き》くにつれて、パヴェルの顔は怒りに満ちた表情から、切《き》り裂《さ》かれるような苦しみの表情に変わった。ドラゴミラはつらそうに立ち上がり、すがるような目をして両手を前に伸《の》ばした。パヴェルは迷っていたが顔をそむけ、オクサのほうを向いて抱《だ》きしめた。

「フォルダンゴの言った通りだ」ナフタリが口を開いた。「マリーは貴重な存在だから、反逆者《フェロン》たちは少しでもリスクを冒《おか》すはずはない。彼女が信頼《しんらい》できる人の手にゆだねられているとまでは言わないが、反逆者《フェロン》たちは彼女に対して最大限の心遣《こころづか》いをすると思うよ」

「こんなことになるはずじゃなかったんだ！」パヴェルは母親をきっとにらんだ。「お母さんを信頼したのが間違っていた！」

「やめろよ、パヴェル！」アバクムが厳しい調子で制した。「ドラゴミラが全力でマリーを守ろうとしたことはわかっているだろう」

「どうせこんなことになるんだったら、抵抗しないほうがよかったんじゃないか！」

パヴェルはけんか腰《ごし》だ。

「ママを迎《むか》えにいかなくっちゃ！」泣き続けていたオクサが急に叫んだ。「そのほうが大事よ。だからけんかするのはやめて！」

〈逃げおおせた人〉たちは凍りついたような沈黙《ちんもく》のなかで、たがいに顔を見合わせた。オクサの泣き声だけが聞こえる。

「マリーが監禁《かんきん》されている場所についての重要な情報はある。ガナリはすばらしいスパイだからな」ナフタリが安心させるように言った。

「恐《おそ》れ入ります、古いグラシューズ様のご友人の方！」

ドラゴミラのガナリこぼしが元気に言った。

「みんなの体力が回復したら、ヘブリディーズ海に向かおう。攻撃《こうげき》計画はいくつか考えてある」と、ナフタリが提案した。

「あなたがたは用心を二倍にしなければなりません」フォルダンゴが口をはさんだ。「損害はすでに重みがあります。忘却《ぼうきゃく》に落ちないように。あなた様の召使いの伴侶《はんりょ》と古いグラシューズ様のご兄弟がすでに絵の中で存在をなくされたのですから……」

フォルダンゴはこう言うと、わっと泣き出した。一方で、〈逃げおおせた人〉たちはとつぜん、ある人がいないことに気づいて青ざめた。

「レオミドおじさんはどこ？」

オクサは急にうろたえた。

その瞬間まで、ドラゴミラは兄に会えるわずかな希望を持っていた。フォルダンゴがまちがえたのかもしれないと思っていた……。しかし、いまやそれは明らかだ。フォルダンゴはまちがっていなかった。そもそもまちがえることなどないのだ。

「レオミドおじさんはどこ？」

オクサが繰《く》り返《かえ》した。

「レオミドは帰ってこないわ」

ドラゴミラはかすれた声できっぱりと言った。

「そんな……ばかな！」

レミニサンスがゾエを強く抱きしめながらつぶやいた。

その恐ろしい知らせが一人ひとりの心にしみ込んでいくにつれて、〈逃げおおせた人〉たちは打ちのめされた。うろたえたアバクムは気絶しそうになっているドラゴミラに近づいた。その時、大きな物音が響《ひび》いた。強烈《きょうれつ》な光がサロンを照らし、打ちひしがれたみんなの顔を照らした。金色のほこりが混じったような光の輪ができ、不思議な声が聞こえてきた。

「不老妖精《ようせい》……」オクサがつぶやいた。

光の輪の真ん中から黒いものが現れた。あのカラスが長い翼《つばさ》を広げ、サロンのなかをぐるりと飛んでから、オクサの足元に下りてきた。

「若いグラシューズ様、〈逃げおおせた人〉たち、〈内界〉の生き物たち。わたくしの敬意と、絵の中に住むものたちからの感謝の気持ちをお受け取り下さい！」

その言葉は渦巻《うずま》く煙のようにくちばしから漏《も》れ、ゆっくりと天井《てんじょう》に上がっていった。

「レオミドおじさんはどこなの？」

オクサが再びたずねた。

「グラシューズ様の血を受けたミュルムであり、マロラーヌとヴァルドの息子であり、そして古いグラシューズ様ドラゴミラの兄弟、反逆者《フェロン》オーソンとレミニサンスの片親ちがいの兄弟である方はもうおられません」カラスは厳《おごそ》かな声で言った。

衝撃《しょうげき》の波がすべての〈逃げおおせた人〉たちを襲《おそ》った。みんなは数秒間、まったくわけがわからなかった。それから、みんなの視線は、目をみはっているドラゴミラとレミニサンスのほうに向いた。

51 耐《た》えられない真相

「何言ってんの?」オクサはしどろもどろになった。「頭がおかしくなったんじゃないの? 〈心の導師〉みたいに」

オクサはかがんでカラスにさわろうとした。しかし、カラスは幻《まぼろし》みたいに触《ふ》れることができなかった。オクサがさわろうとすると、カラスは黒い煙《けむり》となって消え、数秒後にまた姿を現した。

「あなたの心は受け入れる準備ができていないのかもしれませんが、わたしが言っていることは全部真実です」

カラスはそういうと、飛び立つ体勢をとり、少し開いた窓まで飛んでいった。

「ちょっと、このまま行かないでよ!」と、オクサが叫《さけ》んだ。

「不老妖精《ようせい》がすべてを語ってくれるでしょう。さようなら!」カラスの声が響《ひび》いた。

オクサは、怒《いか》りといら立ちの混じった叫び声を上げ、目で父親を探した。パヴェルは打ちのめされて床《ゆか》に座《すわ》り込《こ》み、頭をかかえていた。それからショックのあまり身動きできなくなっているレミニサンスに目が行った。ゾエも叫び声を上げてしまわないように口を押《お》さえ、うつろな目をしてその横にいた。部屋の中央では、金色の光の輪がパチパチ音を立てながらさらに強い光を放っていた。澄《す》み切《き》った低い声が聞こえてきた。

「わたしたちは若いグラシューズ様に敬意を捧げ、絵のなかで命を失った人も含《ふく》めて〈逃《に》げおおせた人〉たちに尊敬の気持ちを送ります。帰還《きかん》を期待せずに、本人の選択《せんたく》を受け入れなさい」

「本人の選択って？　自分を犠牲《ぎせい》にするときに、選択の余地なんてあるわけ？」

オクサが怒《おこ》ったように言った。

「レオミドは犠牲になったのではありません」と、不老妖精が訂正《ていせい》したので、よけいにみんなは混乱した。「彼《かれ》はあなたたちと同時に絵から出ることができたのです。彼が残ったのは彼の選択です」

レミニサンスとドラゴミラはうめき声を上げた。

「グラシューズの血を受けたミュルムとか、オーソンとレミニサンスの片親ちがいの兄弟というのはどういう意味ですか？」

今度はゾエがうつろな声でたずねた。

不老妖精はすぐには答えなかった。光の輪が震《ふる》え、やや暗くなった。それから、パチパチはじける音がして、光の強さがもとにもどった。

「オーソンとレミニサンスの親であるオシウスはグラシューズ家と親しい友人でしたので、二つの家族の子どもたちはいっしょに育ったようなものでした。しかし、レミニサンスとレオミドの間の友情が少しずつ深い愛に変わっていったとき、すべてが悪化しました。グラシューズ・マロラーヌとオシウスはあらゆる手段を講じて二人を別れさせようとしましたが、無駄《むだ》でした。同時に、オシウスの野心はますます大きくなるばかりでした。そこで、オシウスはオーソンに秘密を暴露《ばくろ》し、それが引き起こす怨恨《えんこん》をかき立てることによって彼を意のままにしようという悪魔《あくま》のような考えを思いついたのです。その結果、〈内界〉に〈大カオス〉を引き起こすことになるとは考えていませんでした。マロラーヌは、オシウスがオーソンに話した出生の秘密を否定できませんでした。マロラーヌがオーソンとレミニサンスに注いだ愛情。それは、子どもに対する母親の愛情だったのです」

「そんな！」

レミニサンスの顔はひきつっていた。

「だれもそんなことは想像すらしませんでした」不老妖精は話を続けた。「双子《ふたご》の兄妹は、マロラーヌとオシウスの関係から極秘のもとに生まれたのです。その後、マロラーヌはヴァルドと結婚《けっこん》し、二年後にレオミドが生まれました。オーソンとレミニサンスの双子は生まれるとすぐにオシウスと不妊症《ふにんしょう》だった妻のもとに引き取られました」

「わあ……そしたら、バーバとレオミドとオーソンとレミニサンスはみんな兄弟なんだ！」

オクサがため息をつくように言った。

光の輪がふるえ、ふたたびパチパチと音を立てた。

「正確にいえば、異父兄弟です」不老妖精が訂正した。「ともかく……その親子関係は否定できません。オーソンが本当の母親の口から事実を伝えられると、彼の態度は豹変《ひょうへん》しました。オーソンは常に父親オシウスの陰にかすみ、オシウスはいつもレオミドと比較《ひかく》してオーソンをけなしていました。その不満がマロラーヌに対する恨《うら》みを募《つの》らせました。実の母親が母親としての役割を果たさなかったのは、マロラーヌがオーソンを自分の子である資格——つまり、グラシューズの息子としての資格——がないと判断したからだと考えたのです。レオミドは認められたのに、自分は認められなかったと思ったのです。そのような思い込みのために、オーソンは冷酷《れいこく》な人間になりました。事実が人間を破滅《はめつ》させることもありますし、決して破滅しない人間にすることもあります。オーソンの恨みと苦悩《くのう》は飽《あ》くことをしらない復讐《ふくしゅう》の欲望に変わりました。手始めに、双子の妹レミニサンスの〈愛する人への無関心〉に手を貸しました。それは、父親に同じくらい冷徹《れいてつ》な心を持っていることを示すと同時に、レオミドへの復讐でした」

「レオミドはそのことを知っていたんですか？」

ゾエは息苦しそうにたずねた。

「レミニサンスが〈愛する人への無関心〉を受けたすぐ後に、オーソンが暴露《ばくろ》しました。あなたのお祖父さんはひどいショックで、正気を失いかけました」と、不老妖精が答えた。

光の輪はいっそう明るくなり、打ちのめされているレミニサンスに近づいた。

「レオミドがあなたを避《さ》けるようになったのは、あなたが〈愛する人への無関心〉を受けたからではなく、あなたがたの血縁《けつえん》関係を知ったからです」不老妖精が説明した。「それを知ったことで彼はぼう然自失となりました。マロラーヌが知らないある事実があったために、彼女《かのじょ》が秘密を明かさなかったことがレオミドにはどうしても許せなかった、つまり、あなたが妊娠《にんしん》していたことです」

光の輪は部屋の中央にもどってきた。

「レオミドは、地面が真っ二つに割れて自分を飲み込もうとしているような気がしたことでしょう。考えてもごらんなさい。レミニサンスは彼の異父姉で、彼の子を身ごもっている。たとえ、この世で最も堅固《けんご》でバランスのとれた男でも打ちのめされるでしょう……同じ血が体に流れているのですから！　純粋《じゅんすい》で真っ正直な青年にとって損なわれたものは大きかった。彼は復讐したかった。〈外界〉へ行くためにミュルムの秘密結社を手伝ってほしいとオーソンがレオミドに頼んだとき、それを承知しました。数日後に儀式《ぎしき》が行なわれました。敵同士の兄弟が、グラシューズの血を受けたミュルムに永久になることで再び結びつきました。その結合はレオミドにとってもオーソンにとっても第一段階にすぎませんでした。彼らの不満は異なるものでしたが、二人ともマロラーヌに復讐したかったのです。レオミドはエデフィアを脱出《だっしゅつ》したかった。オーソンは父親に評価してもらいたかった。二人の願いは彼らの予想以上に早くかないました……。〈覚書《おぼえがき》館〉に忍《しの》び込《こ》んでグラシューズの〈統治録《とうち》〉を盗《ぬす》んでくるようにと、オーソンはレオミドをそそのかしました。〈統治録〉は〈語られない秘密〉の指標を含《ふく》んでいるものです。そして、運命の日が駆《か》け足《あし》でやってきました。〈大カオス〉はエデフィアの民を暗黒に陥《おとしい》れ、オーソンとレオミドは〈外界〉に放出されました……レオミドの裏切りが〈大カオス〉の根源であると疑っていた唯一《ゆいいつ》の人間は妖精人間だけです」

みんなの視線はアバクムに向けられたが、彼は正面の壁《かべ》をじっと見つめたままだ。

「レオミドは比較的平和な人生を五十七年間生きました。その続きはみなさんもご存知ですね。レミニサンスがオーソンによって絵画内幽閉《ゆうへい》され、そのために、レオミドは心の底でずっと愛し続けていた人に再会しました。しかし、みなさんが知らないのは、彼が愛する人に再会するとわかってからずっと苦悩していたことです。レミニサンスは秘密を知っているのだろうか？　もしそうなら、自分に会って彼女はどう振舞《ふるま》うだろうか？　自分を拒否《きょひ》するだろうか？　そうなら、耐えがたいだろう……。あるいは、〈クリスタル宮〉の廊下《ろうか》で最後に目が合ったときのように無関心だろうか？　その思い出はレオミドの心をナイフでえぐるように苦しめ、嫌《きら》われるのと同じくらい無関心に振舞われるのも耐えがたいと思いました。その思い出は自分の裏切りという別の記憶《きおく》を呼び起こし、羞恥心《しゅうちしん》がよみがえってきたのです。真実が明かされる時が迫《せま》ってきました。愛する妹ドラゴミラが、兄がマロラーヌに復讐して逃げるために肉親を犠牲《ぎせい》にした事実を知ることになるでしょう。絵画内幽閉される前に、彼の心は決まっていました。レミニサンスに会うために絵の中に入る。そして、愛する人と妹が耐えがたい事実を知ったときの反応に向き合う必要がないように絵の中で死ぬのだと」

不老妖精の光の輪が弱くなって声がやみ、〈逃げおおせた人〉たちはその驚くべき話をなんとか理解しようとした。

「おばあちゃんは知っていたの？」

ひきつった顔をしたゾエがたずねた。

「ぜんぜん知らなかったわ。今日まで」

レミニサンスは生気のない声で答えた。

「バーバは？」

不老妖精が話す間ずっと目を閉じていたドラゴミラのほうにオクサが向き直った。

「少し前に知ったわ。オーソンの家に行ったときに、彼がすべて暴露したのよ」と、ドラゴミラは答えた。

「わかった！」と、オクサが声を上げた。「父親の違う兄弟だとわかったから、〈まっ消弾《だん》〉を発射できなかったんだ！」

「そうよ……とてもそこまではできなかった……」ドラゴミラがつぶやいた。

「オーソンはグラシューズの血をうけたミュルムだということを忘れないでください」とつぜん、不老妖精が言った。

「だった、よね」オクサが訂正した。

「それは間違いです」不老妖精は即座《そくざ》に否定した。「〈まっ消弾〉は恐ろしい武器ですが、グラシューズとミュルムの力をあわせ持った人には死をもたらすとは限りません」

「それはどういうこと？」オクサが続けた。

不老妖精の言葉から推し量ると、この恐《おそ》ろしい質問の答えはわかったも同然だった。

「もうみなさん、お分かりでしょう。オーソンは死んではいないのです……」

重い沈黙《ちんもく》のなかで、不老妖精の声だけが響《ひび》いた。

ちょうどそのころ、世界中では……。

アイスランド、六月十八日　ヴァトナヨークトル氷河で突然《とつぜん》の火山活動が観測される。アイスランドで最高峰《さいこうほう》の火山クヴァンナダルス・フニュークルが三百年以上の眠《ねむ》りから覚めて噴火《ふんか》。アイスランドの南半分が溶岩《ようがん》におおわれ、火山灰がヨーロッパじゅうの空をおおう。

日本、七月二日　非常に強力な台風が北海道に大きな損害を与《あた》える。その発生原因はわかっておらず、世界中の気象学者が謎《なぞ》とし、「神風」の伝説を思い起こさせる。四日後、その台風は勢いを盛り返し、台湾《たいわん》とフィリピン北部を襲《おそ》う。

カリフォルニア州（米国）、八月二十四日　サンアンドレアス断層の割れ目の幅《はば》が五十センチメートル近く広がり、マグニチュード八・五の地震《じしん》が発生。「ビッグ・ワン」の到来《とうらい》といわれる。サンノゼは消滅《しょうめつ》。サン・フランシスコの地盤《じばん》が揺《ゆ》れる。

安徽省《あんき》（中国）、ウッタル・プラデーシュ州（インド）、ハルキウ州（ウクライナ）、パース（オーストラリア）、九月三日　前代未聞の強力な竜巻《たつまき》がこの四地方を襲い、多数の人が死亡し、甚大《じんだい》な物的被害《ひがい》を引き起こす。数分間のうちに一地区で最高四十の竜巻が観測されたところもある。

レユニオン島（仏海外県、インド洋）、九月十四日　アイスランドのクヴァンナダルス・フニユークル火山、イタリアのヴェスヴィオ火山、ハワイのマウナ・ロア火山に続き、レユニオン島のピトン・ド・ラ・フルネーズ火山が火山活動を開始する。トルコのアララト山、ポルトガルのフルネス山、ケニア山など何百年あるいは何百万年と休火山だった火山にも専門家の懸念《けねん》が寄せられ始める。

イエメンとオマーン、九月十七日　インド洋海底のプレートが大きく動いて重なり合ったため、大規模な津波《つなみ》が発生してイエメンとオマーンの海岸地域に大損害を与える。その地域に設置されていた津波警報システムにより、何千人という人の命が助かった。津波は内陸五十キロメートルまで駆《か》け上った。

ギリシャ、マケドニア、ブルガリア、九月二十一日　欧州《おうしゅう》南東部を豪雨《ごうう》が襲う。ヴァルダル川とストルマ川が氾濫《はんらん》して大規模な洪水《こうずい》が発生し、その地方の交通や経済が麻痺《まひ》する。

メキシコ湾岸《わんがん》、九月二十四日　欧州南東部を襲ったのと同様の豪雨がメキシコ、テキサス、ルイジアナ、ミシシッピ、アラバマ、フロリダの各州に到来する。何百万人という人が家を失う。ミシシッピ川が氾濫してルイジアナ、ミシシッピ州の北部が冠水《かんすい》する。メキシコの多数の町やヒューストン、バトン・ルージュでは二メートルも冠水。ニューオーリンズ全体が冠水する。

ロンドン、十月一日　最も著名な世界の気候学者、気象学者、地震学者と火山学者が世界の主要国首脳によって召集《しょうしゅう》され、自然災害が急激に増加し続けていることについての臨時会議が開催《かいさい》される。

52　後ろ向きの復帰

ドラゴミラは冷たい窓ガラスに額を押《お》しつけて、自分の部屋の窓から外を見ていた。アバクムの手をあまりに強く握《にぎ》っていたものだから、指の関節が痛くなった。その二つ下の階では、玄関《げんかん》前の小さな庭でオクサがぐずぐず言っていた。

「明日じゃいけない？　パパ、お願い！」

オクサのうめくような声が聞こえた。

パヴェルが疲《つか》れ果《は》てた様子でオクサのそばに行くのが見えた。

「明日なら今日よりいいとは限らないぞ……」パヴェルの打ちひしがれた声だ。「もっと悪いかもしれないよ……」そういいながら、ドラゴミラのいる窓のほうを見上げた。

ドラゴミラははっとして一歩後ずさった。息子の目は強烈《きょうれつ》な怒《いか》りをたたえ、まるで黒い炎《ほのお》が燃えているようだ。ドラゴミラは泣きだしそうになるのをこらえるために口を押さえた。

「彼《かれ》はああ振舞《ふるま》うことしかできないんだよ。できる限りのことをしたじゃないか。でも、一人対三人じゃあ、どうしようもなかったんだ」

アバクムはドラゴミラの肩《かた》に手をかけて優しく言った。

「パヴェルの目つきを見た？　わたしを憎《にく》んでいるのよ、アバクム！　息子に憎まれているのよ！」

「そうじゃない、彼は苦しんでいるんだ……」

乱暴に閉められた鉄柵《てっさく》の音が響《ひび》いた。ドラゴミラはぶるっと震《ふる》え、深紅のソファに倒《たお》れこんだ。

「辛《つら》すぎるわ……」きれいなブルーの目に涙《なみだ》をためて、ドラゴミラがつぶやいた。「わたしたちには荷が重過ぎるのよ。あきらめてしまいたいって思うことが時々あるわ」

「わたしたちがそうしたいと思っても、そうできないことはわかっているじゃないか。だれも、運命には逆らえないんだ」アバクムは遠ざかっていくオクサを目で追いながら、強い調子で言った。「不老妖精《ようせい》がしゃべった。それがどういう意味かわかっているだろう。すでに決まっていることに逆らうことはできない。そんなことはだれにもできない……」

オクサはしっかりとした速足で濡《ぬ》れた歩道を歩いた。その横では、ギュスが心配そうにオクサをちらちら見ながら、なんとかその速さについていこうとしていた。オクサの顔色はひどい。目には紫《むらさき》っぽい隈《くま》ができており、顔は蒼白《そうはく》で、重いもので肺を押しつぶされたように息をしている。地面に落ちている新聞紙にふと気づくと、それを足で蹴《け》ってどけようとした。しかし、新聞が靴《くつ》にくっついたので、オクサは異常にいら立った。足を振ってもくっついたままだ。オクサは手のひらを開いていらいらと何かつぶやいた。新聞紙は燃え上がり、何人かの通行人がいぶかしげに振り返った。

「オクサ!」

パヴェルが二人に追いつきながら言った。

涙のたまった娘《むすめ》の目を見ると、パヴェルのしかる気持ちは失せた。

「いらいらするのよ、汚《きたな》いものばっかり……」

オクサは吐《は》き出《だ》すように言うと、わっと泣き出した。

「おい! 落ちている新聞のために泣くなんてことしないよな?」

ギュスはオクサをひじでつついた。

オクサは絶望したような視線をギュスに投げかけて、泣き続けた。パヴェルはオクサを抱《だ》きしめて、娘の乱れた髪《かみ》に大きな手を差《さ》し込《こ》んだ。

「そんな新聞のせいじゃない……」

オクサはしゃくり上げた。

「わかってるよ、オクサ……」

「それに、このネクタイ、きつすぎる！　息がつまりそう！」

オクサはネクタイの結び目を力いっぱい引っぱった。

パヴェルは悲しそうにオクサを見つめ、聖プロクシマス中学校のスクールカラーであるマリンブルーとワインレッドのネクタイをゆるめてやろうとした。

「気持ちをしっかり持たないとな。ぼくたちもそうだが……」

パヴェルはそう言って、少し離《はな》れたところにじっと静かに立っているゾエに目をやった。

「ほら！　忍者《にんじゃ》っていうのは、ぜったいにうろたえないんだぞ。着心地が悪い制服を着てもだ！　それに、おまえ、プリーツスカートがけっこう似合うよ。鶏《にわとり》のような細っこいふくらはぎが映えるんだ！」

「鶏のような細っこいふくらはぎって！　なによ！」

オクサは袖《そで》の折り返しでほおをぬぐった。

ギュスをじっと見つめたまま、オクサは手を振《ふ》り回《まわ》した。すると、その勢いで風が起こり、ギュスの黒い前髪が吹《ふ》き上《あ》げられて顔にかかった。ギュスは獣《けもの》のようにほえながら前髪を分け、よくもやったな、お返ししてやると、オクサを追いかけた。オクサはやっとほほえみ、大きな青みがかったグレーの目が明るくなった。オクサはギュスとパヴェルに感謝するような視線を向けたが、氷のように冷たいゾエの視線に耐《た》える勇気はなかった。なんとなく気づまりな感じがした。

ゾエはオクサと同じくらい苦しんでいるはずなのに、それを表に出さない。不老妖精が現れて以来、ゾエは心の奥底《おくそこ》を見せようとしない。泣きもせず、自分も関係している秘密について一言も言わない。そういう態度にオクサはとまどった。彼女《かのじょ》の祖父であるレオミドが死んだ理由がわかったばかりなのに、どうして、平然としていられるんだろう？

歩道に落ちたリュックを拾いながら、オクサはゾエをそっと観察した。ゾエは視線を投げ返してきたが、オクサはそのなかに怒りと恐怖《きょうふ》の混じったとほうもない苦しみを見て取った。しかし、次の瞬間《しゅんかん》には、もう静かで優しげなまなざしに戻《もど》っていた。オクサは自分がいま見たと思ったものを消し去ろうとするようにまばたきした。

「じゃあ、そろそろ行ったほうがよくない？　あなたたちに付き合ってると遅《おく》れちゃうよ……」

ゾエは肩にかけたリュックを左右に揺《ゆ》らしながら言った。

ギュスはわざと驚《おどろ》いたような目をゾエに向けた。彼女はオクサの過剰《かじょう》な反応には慣れているといった軽い調子で肩をすくめてみせた。

「さあ、行こうか……」

パヴェルがぼそりと言った。

53　気になるコントラスト

聖プロクシマス中学校のすばらしい中庭に続く門の前で、オクサとギュスはしばらくの間立ち止まった。この門をくぐるのはおよそ三ヶ月ぶりだ。

「準備完了《かんりょう》？」

ギュスがわざと待ちきれないというふうに問いかけた。

「準備完了……」オクサはため息をついた。「パパ、あとでね」

「だいじょうぶだよ」

パヴェルがはげました。

オクサは顔をきっと上げて門を入り、ギュスとゾエがそれに続いた。すぐに多くの生徒たちの視線がオクサたちに集まった。

「サイコー……」

オクサはいら立ってつぶやいた。

「オクサ！　ギュス！」

羊のような巻き毛の男の子がうれしそうに駆《か》け寄《よ》ってきた。

「メルラン！」オクサも声を上げた。

オクサは反応する間もなく、両ほおに派手な音を立ててキスをされていた。トマトのように赤くなったメルランは、もじもじしながらうわずった声で言った。

「またきみに……二人に会えてうれしいよ！　元気？　きみたち……」

「……だいじょうぶよ！」

オクサはメルランの言葉をさえぎった。

「話してくれよな？」メルランは内緒話《ないしょばなし》をするように声を落とした。「全部知りたいんだ、すごく！」

オクサはおもむろにうなずいた。

「わあ！　うれしいよ！　これまで、こんなにうれしいことはなかったよ！」

メルランは興奮していた。

ほほえんでいるオクサの横腹を、ギュスがひじで突《つ》いた。

「きみの声、どうしたんだい？　急に低くなったり、高くなったりさ……」

ギュスが意地悪くメルランにたずねた。

「それを言うなよ！　声変わりしてるんだ……」

メルランは驚《おどろ》くほどあっさりと認めた。

「まるでジェットコースターだよ。何オクターブも上がったり、下がったりさ！」

オクサとギュスは笑い出し、すこしの間、不安な気持ちを忘れた。

しばらくすると、ゼルダやほかの生徒たちがやってきて、質問攻《ぜ》めにあった。

「病気って、なんだったの？　マラリア？　熱帯病？」

「伝染するのか？　うわごとを言ったりした？　幻覚《げんかく》が見えた？」

「ボルネオにいたんだって？　どんなとこ？　野生の動物を見た？」

そのうちに鐘《かね》が鳴り、オクサとギュスはほっと胸をなでおろした。


「鐘に救われたな！」

メルランは二人にそっと耳打ちし、中庭に沿った回廊《かいろう》のほうに誘《さそ》った。

オクサは額の汗《あせ》をぬぐうふりをし、メルランに笑いかけた。メルランは咳払《せきばら》いをしながら、石《いし》畳《だたみ》のほうへ進んだ。

「メルラン」

「なに、オクサ？」

メルランは振《ふ》り返《かえ》った。

「いろいろありがとう」

この言葉にメルランは顔が真っ赤になっただけではなく、心のなかもかっと熱くなった。そして、ぼう然としながらオクサを見つめ、ウインクした。

「話してくれるよな？」

「約束する！」

オクサは早口に言った。

学校に復帰した初日の午前中は、ギュスやオクサが心配していたよりはスムーズに進んだ。クレーヴクール先生が遅《おく》れを取り戻《もど》すために二人を教室に居残らせたので、十時の休憩《きゅうけい》時間は逃《のが》れられた。

「あなたたちの欠席は長かったけれど、必死でがんばれば取り戻せないことはないわよ」と、先生は二人を励《はげ》ました。

「親友のはずの友だちが死ぬほど勉強しなきゃいけないのに、〈頭脳向上キャパピル〉をたらふく飲もうってやつを一人知ってるよ……」

ギュスがオクサにささやいた。

「〈頭脳向上キャパピル〉ですって？　それは何なの？」

先生が興味深そうにたずねた。

「ああ……脳を最大限に働かせる強壮剤《きょうそうざい》です」オクサはこの思いがけない質問に平然として答えた。「祖母の秘密の薬なんです」と、ギュスをじっと見ながらつけ加えた。ギュスは目を丸くしている。

「ああ、なるほどね……でも、法律で禁止されているようなものじゃないでしょうね？」

クレーヴクール先生はほほえみながらたずねた。

オクサはほほえみ返した。

「だいじょうぶです。自然のものですから！」

先生は教科書のほうに目を移して、二人が学ばなければならない単元を教えた。それを片方の耳で聞きながら、オクサの注意は急にゼルダに向けられた。手すりのついた廊下に面した窓のところに立って、ゼルダはいかめしい目つきでオクサたちのほうを見ていた。オクサは急に、なにか気持ちの悪い疲《つか》れに襲《おそ》われた。クレーヴクール先生も見られているような気がしたのか、振り向いた。すると、先生がぶるっと震《ふる》えるのがオクサにはわかった。オクサが再び廊下のほうを見たときには、もうゼルダの姿はなかった。だが、なにか気持ちの悪い感じは残っている……。ギュスは問いかけるような顔をした。

オクサは、わからない、というように肩《かた》をすくめた。クレーヴクール先生は何事もなかったかのように、自習すべき単元を次々と挙げていった。両手がかすかに震えているのを先生が隠《かく》そうとしていることに、オクサだけが気づいていた。

このことはオクサの心に警戒《けいかい》心を抱《いだ》かせた。その日は一日中、ゼルダを観察し、彼女《かのじょ》の何が先生を動揺《どうよう》させたのかを知ろうとした。オクサがそのことを午後の授業の間の休憩時間に話すと、ギュスは警戒するように周りを見回しながら言った。

「ゼルダだって？　いいや、ぼくは何も気づかなかったよ。でも、おまえ、原始人ヒルダ・リチャードを見たかどうか知らないけど……あいつは完全に変身したぜ！」

「その通りだよ！」

メルランが口をはさんだ。

「わたしのことを話してるの?」

ヒルダが不器用な甘《あま》ったるい声で話しかけてきた。

「噂《うわさ》をすれば……」オクサはメルランたちをにらみつけてから、ヒルダのほうに向き直った。

「まあ、ヒルダ！　女子プロレスの話をしてたの、ちょうどよかったわ！」

ヒルダは悔《くや》しそうな顔をして身を引くような動作をしたので、オクサは意地悪な話し方をしたことを後悔《こうかい》しかけていた。

「そんなふうに言わなくったっていいじゃない……」ヒルダの態度は、オクサがこれまで想像したこともないようなうろたえ方だった。「みんながみんな、ロシア人形にはなれないんだから」

「何が言いたいの?」

オクサはヒルダをにらんだ。

「ロシア人形のようじゃなくったって、学校でいちばんかわいい男子たちに話しかける権利があるって言いたいのよ」

ヒルダはオクサに挑戦《ちょうせん》するかのように体で押《お》した。そして、自分の上着を引っぱって直し、メルランとギュスの前をゆっくりと通り過ぎた。二人は地球の反対側にいますぐ飛んでいけるなら何でもするという顔をしていた。オクサはあ然としてヒルダが遠ざかるのをながめ、ヒューと口笛を吹《ふ》いた。

「驚くよね?」とつぜん、どこからかやって来たゼルダが口をはさんだ。「思春期のせいでとんでもないことになる人もいるんだよね、そうじゃない？」

「ゼルダ！　けど、あいつ、前よりいいだろ？」メルランはたしなめた。

ゼルダは、ベンチになるべく女っぽくしようと座っているヒルダと、とまどっているメルランを交互《こうご》にながめた。

「前よりこっけいだっていうべきじゃないの！」ゼルダは笑い出した。「悲愴《ひそう》だって言ってもいいかもね……」

そう言うと、ゼルダは足元の小石を拾い、中庭の真ん中にある噴水《ふんすい》に向けて投げた。小石は正確な放物線を描いて噴水のふちに当たってはね返り、ヒルダの靴《くつ》の先に当たった。

「当たり！」

ゼルダは完全にはしゃいでいた。

オクサとゾエはあ然として顔を見合わせた。その瞬間《しゅんかん》、二人はまったく同じ印象を抱《いだ》いたのだ。

「あたしが思ってることを、あんたも思ってる？」

オクサはゾエにささやいた。

54　ぞっとする事実

ゾエはオクサの質問に答えなかった。その必要はなかった。まなざしだけで十分にわかった。それからしばらくして、オクサたちは理科室に入った。最後列の丸椅子《まるいす》に座ったオクサとギュスには、前から三列目にいるゼルダと二列目にいるヒルダの横顔がはっきりと見えた。メルランの横の席は再びゼルダとヒルダの二人が必死に争った。今回はヒルダが勝ち取ったが、それをいかにも得意げにひけらかした。

「先生！」突然《とつぜん》、ゼルダが手を上げた。「ヒルダ・リチャードに、たわいもない恋《こい》の競争に勝ったからといって、大っぴらに自慢《じまん》するのはやめるように言っていただけますか？　わずらわしいんですけど……」

この大胆《だいたん》な発言に、ほかの生徒全員と同じように、オクサもはっと息をのんだ。彼女《かのじょ》が知っていた不器用でこわがりのゼルダとは似ても似つかない！　それどころか、ゼルダの言葉使いや言い方や、冷たいごう慢さは、とても不快な記憶《きおく》につながった……。オクサがそんないやな思いにとらわれていると、怒《おこ》ったヒルダが後ろを向いて、穴の開いたインクカートリッジをゼルダに投げつけた。

「うーっ！　こいつは頭がおかしいわ！」

ブラウスにインクの染みをつけられたゼルダは体を後ろに引きながらうなった。

レモン先生は二人をじろりとにらんだ。

「わざとやったんじゃありません、先生……」ヒルダは甘《あま》えた声を出した。

「あたしをばかにしてんの？」ゼルダが叫《さけ》んだ。

「二人とも、いいかげんにしなさい！」先生がぴしゃりと言った。「ベックさん、管理部に行って、替《か》えのブラウスをかしてもらえるかどうか聞いてきなさい。リチャードさんは、授業の後にわたしのところに来なさい」

ゼルダはぷりぷりしながら立ち上がり、教室を出て行った。すぐに、オクサが手を上げた。

「先生！　バインダーをロッカーに忘れたんですが、取ってきてもいいでしょうか？」

先生はため息をつきながら、うなずいた。オクサの横でギュスは息を詰《つ》まらせている。

「何やってんだよ？」

オクサが机の下にバインダーを隠《かく》すのを見て、ギュスが小声で言った。

「しっ！　後で説明してあげるから」

「なるほどね……」ギュスは不満そうにつぶやいた。

ギュスは今度も、自分だけが事情がわかっていないような気がした。しかし、ゾエはそうではなかった……。オクサがそばを通ったとき、ゾエはオクサの腕《うで》を強くひっぱって、そっとささやいた。

「やめなさいよ、オクサ！」

オクサは心配そうなゾエと目を合わせると、首を横にふり、通りすぎていった。ゾエはあきらめたように背を丸めながら、オクサが出て行くのを見つめた。


オクサは回廊《かいろう》の石像の陰《かげ》に隠れて、ゼルダが管理部から出てくるのを待っていた。しばらくすると、ゼルダは真っ白なブラウスに着替えて出てきた。彼女は廊下の真ん中で急に立ち止まってあたりの様子をうかがい、それからオクサが隠れている場所にまっすぐにやってきた。オクサは震《ふる》えが全身をかけめぐるのを感じ、石像に張り付いて息を詰めていた。

「こんなとこで何してんの？　あたしを見張ってるわけ？」

オクサを見つけたゼルダは皮肉な口調で問いつめた。

「違《ちが》うよ！」痛いところを突《つ》かれたオクサはおそるおそる言い返した。「バインダーを忘れたと思って、ロッカーを見てきたところ」

ゼルダは腹をすかせた大蛇《だいじゃ》のように獰猛《どうもう》なほほえみを浮《う》かべ、後ずさるオクサの胸元を指で突いた。

「がっかりしたな……」ゼルダは同じ調子で続けた。「あんたのように利口な子がこんなバカな過ちを犯すなんて！」

冷ややかで皮肉な調子でそう言いながら、ゼルダはオクサの胸元に当てた指に力を入れた。恐《きょう》怖《ふ》が増すにつれて、吐《は》き気が襲《おそ》ってきた。

「でも、あんたの鋭《するど》さはボルネオに行ってる間に鈍《にぶ》ったのかもね……」

「あたしは元気よ。だいじょうぶ！」オクサはやっとそれだけ言った。

実際には、オクサは次第に気分が悪くなっていた。教室を抜《ぬ》け出してまで調べにきたものは、すでに見つかった。手首の周りでは、キュルビッタ・ペトがオクサを安心させ、励《はげ》まそうと、しきりに体をくねらせている。オクサはキュルビッタ・ペトの動きに合わせて呼吸を整えようとした。ゼルダはまばたき一つせずに、オクサを見つめている。ゼルダの鼻はひくひくと速く動き、目にはぞっとさせるような陰険《いんけん》な影《かげ》がある。

頭上では、急に黒っぽい雲が広がって、空が暗くなりつつあった。大きな力と勇気を持っているオクサだが、じっと見つめているゼルダの墨《すみ》のように真っ黒な目のなかに、宿敵であるオーソンのまなざしが潜《ひそ》んでいるのを認める心の準備はできていなかった。オクサはふらふらした。まだらな空から大きな雨つぶが落ちてきた。すると、急にゼルダの目が普段《ふだん》の明るい優しい色に変わった。オクサは一瞬《いっしゅん》、幻覚《げんかく》を見たのかと思った。絵から出てきた後に彼女を襲《おそ》ったひどい疲労《ひろう》、みんなとの再会、母親との別離の悲しみ……。そういったものがオクサを気弱にしていた。ゼルダはオクサの腕を取って、階段のほうに引っぱった。

「行こうよ、オクサ！　あんまりぐずぐずしていると、レモンに殺されるよ！　あんたが出なかった授業のノートは貸してあげるから、だいじょうぶ！」ゼルダは以前の彼女のように親切に言った。

どうしたらいいかわからないオクサは手をゼルダに預けて、迷子のように手を引かれて二階までで上がった。二人がやっと教室に入ったちょうどその時、驚くほど大きな雷《かみなり》が鳴り響《ひび》いた。生徒たちはびくりとし、溶《と》けた鉛《なまり》のような重い不安がオクサの心に入り込《こ》んだ。

ひどい一日の最後の授業が終わった。その教室から外に出るためには、列柱の並ぶ二階の長い廊下を通り抜けなければならない。四年水素組の生徒たちはいつものようにがやがやと校門に向かった。何人かの生徒がオクサとギュスを取り囲んでいた。そこに加わってきたゼルダの目は月のない闇夜《やみよ》のように暗かった。オクサは青くなった。

「ボルネオは大変じゃなかった？」ゼルダのわざとらしい陽気ないい方は、オクサを挑発《ちょうはつ》しているかのようだ。「寂《さび》しかったでしょ……家族の人たちはいっしょにいたの？」

オクサは愛想よく答えた。

「何人かはいたよ。母親はいなかったけど」

「お母さんがいなくて寂しくなかった？」

この遠慮《えんりょ》のない問いに、ギュスとメルランは憤慨《ふんがい》したようにゼルダを見た。オクサはこれは力比べだと思った。マックグローは獲物《えもの》を油断させながら最後にはしとめようとしているのだ。しかし、オクサは彼《かれ》が思っているより抵抗《ていこう》力のある獲物だ！

「どうして、そんなこと知りたいの？」

ゼルダは無邪気《むじゃき》そうにオクサを見た。

「純粋《じゅんすい》な同情からよ！　お母さんはよくなった？」

ゼルダは輝《かがや》く目を細めながらオクサを見た。

「みんな元気よ……」

オクサはつっかえながら答えた。

「お母さんはまだ車椅子なの？」

ゼルダはなおも執拗《しつよう》にたずねた。

オクサはゼルダのほうに目を向け、いっしょうけんめい努力しながら勢いよく答えた。

「あたしの母親？　元気よ！　どんどんよくなってる！」

アドレナリンの分泌《ぶんぴつ》が活発になって、オクサの頭はフル回転していた。自分の耳から煙《けむり》が出ていたとしても驚《おどろ》かなかっただろう。オクサは反撃《はんげき》に出た。ありえないことに直面しているという信念から出た決定的な反撃だ。

「そんなにみんなの消息を知りたいんならさ、あの野蛮人《やばんじん》のモーティマー・マックグローはどうなったか知ってる？」

オクサは青味がかったグレーの目でゼルダの目をのぞきこんだ。

55　羊小屋のなかの狼《おおかみ》

「モーティマー？　知らない……」ゼルダは目をそらせながら答えた。「さあ、行きましょ」

ゼルダはビッグトウ広場の方向に行こうとした。

「ちょっと……あんたの家の方向はこっちじゃないでしょ！」

オクサは思わず声を上げた。

「うん、でも、あんたのご両親にちょっとあいさつしようと思って。長いこと会ってないから」

「それは無理よ！」

オクサはそう言って大股《おおまた》で歩き出した。

ギュスが驚《おどろ》いて追いかけてきた。少し離《はな》れたところで、ゼルダとメルランとゾエが待っていた。

「おい、いったいどうしたんだよ？　ゼルダに悪いじゃないか」

ギュスは早口でぼそぼそ言った。

「いまは説明できないけど、彼女《かのじょ》はあたしたちと来ちゃいけないんだってば！」

オクサはいらいらしながら小声で答えた。

「どうして？」

オクサはギュスにすがりつくような目を向けたが、すぐにゼルダが奇妙《きみょう》なほほえみを浮《う》かべながら近づいてきた。

「長いことお邪魔《じゃま》はしないから。ちょっとご両親とおばあさんにあいさつするだけよ」

ゼルダは熱心に言った。

「だけど……」オクサはのどを掻《か》いた。「家にいないかもしれない……」

「いるほうにかけてみる！　いなかったら、しょうがないよ」

オクサはため息をつきながら、ゾエを目で探した。ゾエは上唇《うわくちびる》をかみながら、オクサを見つめていた。オクサはため息をつきながら、ゾエもゼルダが執拗《しつよう》に家に来たがる理由をわかっていて、オクサと同じように心配しているのだ。ゼルダがマックグローの残虐《ざんぎゃく》な精神にあやつられているということを……。

「こんなとこでぐずぐずしてたら日が暮れるよ！　さあ、行こう！」

とつぜん、ギュスが大きな声で言った。

ギュスはくるりと向きを変えて、みんなを促《うなが》した。オクサは顔をしかめ、もう一度ゾエを見た。しかたなくではあるが、信じがたい出来事に立ち向かう心構えをしたゾエはうなずいた。オクサとゾエは、メルランとギュスにはさまれて先頭を歩いているゼルダをじっとにらみながら、同じようにとまどっていた。

「羊小屋のなかに狼を入れるようなものだよね……」オクサがつぶやいた。

「何をたくらんでるんだと思う?」と、ゾエがたずねた。

「まず、自分が生きているということ、それであたしたちより強いっていうことを見せたいんじゃないの。挑発《ちょうはつ》よ！　それにさ、あいつ、ゼルダの体のなかにいるのよ。近づいてきても、あたしたち抵抗《ていこう》できないわけよ！　それって、すごく有利だよね……」

ちょうどそのとき、ゼルダがオクサたちのほうを振《ふ》り向《む》いた。彼女の目は再び優しそうな明るい色になっていて、闇《やみ》のような暗さを隠《かく》していた。オクサは片腕《かたうで》を体の横にくっつけたまま、ごく小さな火の玉を発射した。究極のテストだ……。ゼルダは平然として火の玉が飛んでくるのを見て、指先から出る電気の筋のようなもので簡単に火の玉の進む方向をそらせた。悪意のある笑いが、もはや彼女自身ではないゼルダの顔に張りついていた。

疑いは確実になったわけだ。オクサとゾエはパニックに陥《おちい》った。二人は家族たちに知らせるために、すぐさま携帯《けいたい》電話を取り出した。しかし、二つともバッテリーがなくなっていた。


ゼルダが急いで歩いたため、五人はほどなくビッグトウ広場に着いた。ギュスはゼルダやメルランとずっと話していた。彼《かれ》らは数歩遅れて歩くオクサとゾエの不安に気づいていない。

「バーバとアバクムおじさんがなんとかしてくれるよね……」

オクサはそう言って、気を静めようとした。

「オクサ、わたし、おばあちゃんのことが心配。耐《た》えられるかなあ……」

ゾエもひそひそ声で言った。

オクサは答える代わりに、ゾエの手をしっかりと握《にぎ》った。ほかに何ができるだろう？　オクサも怖《こわ》くてたまらないのだ。どうして、こんな疲《つか》れ果《は》てている日にかぎって、こんな出来事が起きるんだろう？　一息つく暇《ひま》もないんだから……。キュルビッタ・ペトはますます動きを加速し、オクサはクラッシュ・グラノックを手に持った。ゼルダにグラノックを発射してやればどうか？それで何かが変わるだろうか？　あの恐《おそ》ろしい〈まっ消弾《だん》〉すらマックグローを殺せなかった。それどころか、乗り移られた被害者《ひがいしゃ》にすぎないゼルダを殺してしまうだろう。〈竜巻弾《たつまきだん》〉や〈ツタ網《あみ》弾〉を発射したとしても、〈逃げおおせた人〉たちがまだ対決する準備のできていない敵の反感を倍増させるだけではないのか？

直感の鋭《するど》いアバクムは、オクサたちの一団を出迎《でむか》えようと玄関《げんかん》口に立っていた。この普通《ふつう》でない出迎えにオクサとゾエはほっとした。アバクムは知っていたのだ。玄関に立ちはだかっている彼を見ると、ゼルダ――あるいはその体を支配している人間――はちょっと立ち止まってから前に進んだ。

「こんにちは！」ゼルダはうれしそうな声を上げた。「メルランとわたしはオクサのご両親とドラゴミラの様子を見に来たんで……」

「みんなとても元気だよ！」とアバクムがゼルダの言葉をさえぎって答えたので、ギュスとメルランはびっくりした。「そんなに心配してくれてありがとう。さあ、どうぞ入ってくれ」

今度はオクサとゾエが驚く番だった。アバクムは、だいじょうぶだ、というように目で合図した。

「何が腹のなかにあるのか見てみよう……」と、アバクムはそっと二人にささやいた。

どうしてわかったんだろう、とオクサは思った。最初に玄関ホールに入ったゼルダは、はっと立ち止まった。上の階に行く階段の四段目には、幽霊《ゆうれい》のように青白い顔をしているレミニサンスがいた。その横にはドラゴミラが堂々と立っていた。感情が高ぶっているようだが、二人からものすごいオーラが発散していたのには、オクサさえ驚いていた。

その後ろには、パヴェルが無敵の彫像《ちょうぞう》のようにどっしりと控《ひか》えていた。その左側にはテュグデュアルが黒い前髪《まえがみ》で顔を半分おおい、腕を組んで壁《かべ》にもたれている。その反対側には、ナフタリとブルンが興味津々《しんしん》でゼルダをじっと見つめ、サロンの入口をふさぐように立っていた。さらに、彼らの後ろにはピエールとジャンヌがいる。〈逃《に》げおおせた人〉たちの中心人物たちが、この狭《せま》い空間に結集し、ゼルダに向かい合っていた。

ゼルダは一瞬《いっしゅん》うろたえたが、自分に注がれている視線を平然と受け止めた。

「ほらね、みんな元気でしょ?」オクサが言った。

アバクムの作戦がわかったので、オクサは勇気を取り戻《もど》していた。こういう出迎えがかもし出す驚きの効果を利用して、マックグローを自分自身の罠《わな》にはめる。うまくいけば情報が得られるかもしれない。ゼルダの体のなかにいる限りは、オーソンは人に危害を加えることができないかもしれないと期待しつつ……。しかし、その賭《か》けは危険だった。ゼルダに傷をおわせる――最悪の場合は死なせる――可能性があるからだ。しかし、やってみる価値はあった。

「入ってよ!」オクサはゼルダをサロンのほうへうながした。「バーバがおいしい紅茶を入れてくれるわ……そうしてもらえる、バーバ?」

ドラゴミラはうなずいてゆっくりと階段を下りた。その顔は緊張しており、目は怒《いか》りで輝《かがや》いていた。レミニサンスのほうはおびえて幽霊のようだった。二人は台所に入って低い声で話していたが、オクサはその会話を聞きとるほど神経を集中させることができなかった。オクサの目はゼルダのほうに釘《くぎ》づけになっていたからだ。

暗い目をしたゼルダはアバクムに誘《さそ》われるまま、サロンの真ん中の〈逃げおおせた人〉たちの正面に座った。冷やかな雰囲気《ふんいき》だった。オクサの注意を引こうと躍起《やっき》になっているメルランとギュス以外の人はその理由を知っていた。

「ねえ、ゼルダ? ぼくたちを心配してくれてたのかい?」

パヴェルが厳しい口調で話し始めた。

「もちろんです!」ゼルダは明るい女の子の声で答えた。「こちらのご家族が好きなんですもの」

「そうだろうねえ」しかめ面をしてパヴェルが言い返した。

「オクサが地球の反対側で病気にかかっていると聞いたときは、ショックを受けました。もう会えないんじゃないかと心配したんですよ。でも、こうやってちゃんと目の前にいるから安心しました!」

「その気持ちはよくわかるよ……」ナフタリがため息をついた。「われらがオクサを失うことは、みんなにとって悲劇だからね。みんなにとってね……」とナフタリは強調した。

オクサはギュスが隅《すみ》っこでぶつぶつ言っているのを見た。かわいそうに、何が何だかわからないだろうな、とオクサは同情しながら、ため息をついた。

「オクサのお母さんはいらっしゃらないんですか?」

いきなり、ゼルダが聞いてきた。

その質問はみんなを驚かせた。ちょうどお茶をついでいたドラゴミラは盆《ぼん》にお茶をこぼし、パヴェルは唇をかみながら目を閉じた。

「彼女は快方に向かっているよ」アバクムは見事に平然と答えた。「ヘブリディーズ海の小さな島でね。彼女の面倒《めんどう》を見ている人たちはとても親切だそうだ。アニッキという献身《けんしん》的な看護師さんがそばに付いていてくれる。でも、わたしたちは早く会いたくてたまらないね。近いうちに帰ってくるだろう。その準備をしているところだよ」

今度はオーソンこと、ゼルダが驚く番だった。一瞬、暗い目に動揺《どうよう》が走った。アバクムのほうは、目に激しい炎《ほのお》を燃やしていた。

「あまり、ことを急がないほうがいいですね」ゼルダは再び冷静になって口を開いた。「急いで家に帰ると彼女の健康にとって危険かもしれません。ところで、レオミドは?　いらっしゃらないようですけど、お元気ですか?」

このまったく皮肉な言葉に、オクサはぎくっとした。彼女はドラゴミラがこぶしをぎゅっと握り、レミニサンスが声をあげそうになるのを見た。この二人の不快さは限界に達していた。その後ろでは、パヴェルが片手を上着のポケットに入れ、ゼルダをにらんでいた。クラッシュ・グラノックを出したくてたまらないようだ……。 オクサは砂糖を取ってくるという口実をつくって父親を引っぱって台所に連れて行った。

「あいつを殺してやる……」パヴェルはかんかんだ。「わざわざうちにやってきて、マリーとレオミドのことを言うなんて！」

「だめだって、パパ！」オクサがささやいた。「ゼルダを殺してしまうかもしれないじゃない。それをマックグローは知ってんのよ！ あいつがゼルダのなかにいる限りは、どうにもできないわけ。あいつだってそうよ！ あいつが思っているより、あたしたちが強いっていうことを思い知らせてやろうよ」

サロンに戻ると、レオミドはウェールズの家に一人でいて元気だと、アバクムがゼルダに説明しているところだった。オクサはアバクムの落ち着きに感心し、同じようにできないのを残念に思った。彼女なら、ゼルダに跳《と》びかかっていって、マックグローがその体から出て行くまで揺《ゆ》り続けるだろう。しかし、その代わりにオクサは衝動《しょうどう》的にこう言った。

「せっかくここにきたんだから、大ニュースを教えてあげる」

ゼルダは興味深そうにオクサのほうを見た。

「みんなで長い旅に出るんだ」と、オクサが宣言した。

〈逃げおおせた人〉たちは、その言葉にさまざまに反応した。ドラゴミラは紅茶にむせ、レミニサンスはティーカップをじゅうたんの上に落とした。パヴェルとアバクムははっとして顔を見合わせ、クヌット家とベランジェ家の人たちは驚いてぼう然としていた。ギュスとメルランは完全に蚊帳《かや》の外だった。テュグデュアルとゾエだけがオクサの言葉の意味を理解した。二人はオクサをじっと見守った。テュグデュアルはいつもの冷笑的な笑みをうかべ、ゾエはオクサをはげますように。

「全部、用意できてんの！　もう数時間かそこらかな！」オクサが続けた。

「そんな……」ゼルダは口ごもった。「お母さんが帰ってくるのを待たないの？　彼女をおいて行けないでしょ！」

「彼女は後で来るんだ。あんた、自分で言ったじゃない。ことを急いじゃいけないって。まず道をつくっておいて、母親を最高のコンディションで迎えられるように準備するわけ！」

ゼルダの真っ黒な目がよけいに暗くなった。オクサの視線は打ちひしがれたような父親に注がれ、それから密《ひそ》かにほほえんでいるアバクムに移った。アバクムはオクサの企《たくら》みを理解してくれているのだとわかった。

「だって、そんなことは……できないでしょ！」

ゼルダの声は少し震《ふる》えていた。

アバクムはゆっくりとゼルダに近づいていって、冷たい声で言い放った。

「どうして、できないというんだね？　どうしてだい……オーソン？」

56　氷のような虚無《きょむ》

〈逃《に》げおおせた人〉たちはゼルダの体が縮んでいくのをはっきりと見た。黒い瞳《ひとみ》が大きくなり、それから、獲物《えもの》に跳《と》びかかる直前のネコ科の動物のように両目が小さくなった。

数歩離《はな》れたところでアバクムは、あらゆる事態に対応できるよう決然と構えていた。すべてを吹《ふ》き飛《と》ばすほどの、ものすごい嵐《あらし》が起きた。ブラインドは窓が壊《こわ》れそうなほど激しく当たって音を立て、サロンのなかの装飾《そうしょく》品や絵が大きな音を立てて床《ゆか》に散らばった。暖炉《だんろ》の炎《ほのお》はじゅうたんに燃え移りそうなほど激しく燃え上がった。

しかし、そのすさまじい力を見せつけられても、〈逃げおおせた人〉たちはびくともしなかった。あるいは、少なくとも、それを表に出さなかった。彼《かれ》らはみんな、警戒《けいかい》しながらもじっと動かずにいた。ピエールとパヴェルだけが動いた。ピエールはあちこちから飛んでくる物の破片から守るために、ギュスとメルランをソファの後ろに隠《かく》し、パヴェルはオクサを守るために、自分の体を盾《たて》にした。この混乱のなかで、もはやおとなしい中学生のかけらも残っていないゼルダはすっくと立ち上がって、わけのわからない言葉を低い声でうなっていた。とつぜん、ゼルダの手からパチパチとはじける青みがかった稲妻がほとばしった。すると、アバクムはすぐに手のひらをいっぱいに広げ、その稲妻《いなずま》を送り返した。オクサは叫《さけ》んだ。

「ゼルダに気をつけて！」

しかし、その警告は一瞬《いっしゅん》遅《おそ》すぎた。稲妻はゼルダの上半身にまともに当たった。すると、嵐が止み、ゼルダの体は床に倒《たお》れて動かなくなった。オクサはパヴェルの体をすり抜《ぬ》けて駆《か》け寄《よ》った。

「やめろ、オクサ！　まだ終わっていないんだ！」

アバクムがどなった。

オクサはさっと後ろに跳びのき、あやういところでゼルダの口から出てくる黒い蒸気を避《さ》けることができた。最初は形のないものだったが、粒子《りゅうし》が凝集《ぎょうしゅう》して塊《かたまり》になり、それから、テレビに出てくるぼかした人物のように輪郭《りんかく》や造作がはっきりしない人間のシルエットになった。そのぼやけた人影《ひとかげ》が恐怖《きょうふ》で口がきけないオクサに近づいてきた。

パヴェルとアバクムがクラッシュ・グラノックを手に飛び出してきて、持っている攻撃《こうげき》用グラノックをすべて発射した。しかし、その人影を保護している目に見えないバリアーのようなものに、グラノックはすべてはね返された。

そのとき、テュグデュアルがオクサと人影の間に飛び出したので、ブルンがかん高い叫び声を上げた。人影はオクサのほうに進むのをやめ、テュグデュアルのほうに近づいていった。テュグデュアルはまったく動ぜず、対決する構えだ。

「わたしの仲間になるかい？」

オーソン・マックグローの不気味な低い声が響《ひび》いた。

「遠慮《えんりょ》しとくよ……」テュグデュアルは軽蔑《けいべつ》するように答えた。

「きみはすばらしいメンバーになるだろう。まだ間に合うんだぞ。わたしの申し出は永遠に有効ではないがね……」

「『遠慮しとくよ』って言っただろ！」

「もったいない……だが、選択《せんたく》を間違《まちが》ったと気づいたときになって、わたしに頼《たの》みに来るなよ。そのときは、おまえのようなごう慢《まん》なやつは、たたきつぶしてやる！」

そう言ったとたん、煤《すす》のように真っ黒な波動がその人影から出てきて、テュグデュアルに跳びかかり、彼を天井《てんじょう》にたたきつけた。テュグデュアルはその黒い波に押《お》さえつけられ、ひどく痛そうに何秒か天井にはりついていたが、叫び声を上げて落ちてきた。

それから人影はオクサに近づいてきた。オクサは手を前に出して防ごうとしたが、無駄《むだ》だった。影に触《ふ》れられると、体が一瞬、氷河に固められたような不思議な感覚に襲《おそ》われた。周りで人が騒《さわ》がしく動いている。父親と祖母の叫び声が最初ははっきりと聞こえていたが、刺《さ》すような氷が体を包み込《こ》むにつれて次第に遠ざかっていった。そして、何もわからなくなった。

オクサは目を開けようとした。たちまちひどい痛みが襲ったのであきらめた。今度はしゃべってみることにした。

「パパ……」

この言葉は声になったのだろうか？　わからない。何も聞こえないし、何も見えないし、何も感じない。死んだのだろうか？　いや、いま死んではいけない！　まだ死んではいけない！

二人の動かない女の子を〈逃げおおせた人〉たちが取り囲んでいた。パヴェルは絶望に打ちのめされている。ひざまずいて娘《むすめ》の頭を太ももにのせ、いまにも怒《いか》りが爆発《ばくはつ》しそうにドラゴミラをにらんでいた。

「もしオクサが死んだら、お母さんを殺しますよ……」

パヴェルは怒り狂《くる》っている。

「そうする必要はないわ……」

ドラゴミラは悲しみに打ちのめされながら、そう答えた。

アバクムがオクサの脈をはかった。目はうつろに宙をさまよい、何秒かそのままでいた。アバクムの顔が暗くなり、肩《かた》が落ちたのを見て、パヴェルはうなり声を上げた。アバクムは今度は耳をオクサの胸に当てた。

「生きてる！」

パヴェルはまた獣《けもの》のようなうなり声を上げた。

「早くなんとかしないと！　ドラゴミラ、〈深淵《しんえん》の秘薬〉はまだあるのか？」

ドラゴミラはぼう然とアバクムを見ていたが、急に顔が明るくなった。そして、すぐに階段を上って自分の部屋に向かった。

「あの女がオクサに近寄るのは断る！」と、パヴェルがどなった。「ぼくたちを苦しめてばかりいるじゃないか！」

その言葉の激しさにみんながびくっとしたとき、ドラゴミラは階段の上がり口で固まっていた。すすり泣きが聞こえてきて、部屋の空気がびりびり震《ふる》えた。

「おまえのお母さんじゃないか、パヴェル。ドラゴミラがいなかったら、事態はもっと悪くなっていたはずだぞ」

アバクムは優しく、しかしきっぱりと言った。

「そうですか？」パヴェルはけんか腰《ごし》だ。「マリーは誘拐《ゆうかい》され、レオミドとフォルダンゴットは殺され、娘とその友だちは重体。しかも、ぼくたちはみんな、ぼくたちを超《こ》える力にさらされている。それでも十分じゃないというんですか？」

「もうやめろ！」アバクムのどなり声にみんなはびくっとした。「闘《たたか》えよ！　闘うという意味がわかればだけどな……」

パヴェルはショックを受けていた。アバクムの言葉はパヴェルの心をむち打った。パヴェルは唇《くちびる》をかみ、アバクムを苦しげににらんだ。

「わたしたちの身の上にふりかかっている災難はおまえのお母さんのせいじゃない。それはわかってるじゃないか！」アバクムがなおも続けた。「おまえとおまえのお母さんの大きな違いは、彼女《かのじょ》は決して降伏《こうふく》しないということだ。ときにはそういう誘惑《ゆうわく》に心を動かされてもな。おまえのお母さんは完璧《かんぺき》じゃない。だが、闘うし、抵抗《ていこう》力も強い。頼むから、お母さんに敬意を払ってくれ、パヴェル。彼女を侮辱《ぶじょく》するということは、わたしたちみんなを侮辱することになる。おまえの娘も含めてだ」

パヴェルはしばらくの間、アバクムとにらみ合っていたが、こらえきれずにうつむいて涙《なみだ》を流し始めた。アバクムはパヴェルの肩にそっと手をおいた。パヴェルの心痛は途方《とほう》もなく大きく、みんなも彼とともに苦しんでいた。団結が彼らの切り札だから。

ドラゴミラはまもなく秘密の工房《こうぼう》からクリスタルの小瓶《こびん》を持って下りてきた。そして、パヴェルの横にひざまずき、ろうの封《ふう》を切った。沼《ぬま》のような強い臭《にお》いがした。

「これが毒になることはないでしょうね?」

パヴェルは疑わしそうにつぶやいた。

答える代わりに、ドラゴミラはパヴェルをきっとにらんだが、そこには愛情と悲しみがあふれていた。

「〈深淵の秘薬〉は、深淵から這《は》い上がる力のない純粋《じゅんすい》な魂《たましい》をよみがえらせるんだ」

アバクムが説明した。

「おまえ、オクサの口を少し開けてくれるかい?」

パヴェルはドラゴミラの呼びかけに躊躇《ちゅうちょ》したが、すぐに実行に移した。ドラゴミラは金褐《かっしょく》色の液体を一滴《いってき》、オクサの口に注ぐと、数秒待ってから、また一滴落とし、オクサの頭を少し起こした。彼女の固まった体のすみずみにまで秘薬が行《ゆ》き渡《わた》り、体を温め、息を吹きかえらせたようだった。オクサは咳《せ》き込《こ》みはじめた。まるで溺《おぼ》れた人が助かったように、驚《おどろ》くほどたくさんの水を吐《は》き出し、肺に空気が戻《もど》った。咳き込むのが治まると、オクサはハアハアいいながらのどを押さえ、周りを見回した。

「オクサ！」

パヴェルはオクサをしっかりと抱《だ》きしめ、新たに湧《わ》き上がってくる涙を抑《おさ》えるために、ぎゅっと目を閉じた。そして、再び開けたときの目はドラゴミラへの感謝をたたえていた。ドラゴミラはわかった、というようにほほえんだ。

「あいつはどこ？」

オクサは周りをおろおろと見回しながらたずねた。

「オーソンはもういない。安心していいよ……」

父親がささやいた。

「寒くて死にそう……」

オクサは歯をがたがた震わせた。

パヴェルはモヘアの毛布でオクサをくるんで、いっそう強く抱きしめた。

「あたしを窒息《ちっそく》させようとしてんの？」オクサは顔をしかめた。「新聞にでかでかと載《の》るよ。『奇《き》跡《せき》的に助かった少女が父親に窒息死させられる』って！」

パヴェルは思わず笑いをもらした。オクサは文句なしに、だいじょうぶだ！　パヴェルは娘を優しく見つめ、オクサも視線を返した。もう少しで死ぬところだったと思うと、頭がふらふらした。不思議な影がオクサをかすめるようにさわったとき、氷のように冷たい漆黒《しっこく》の闇《やみ》に飲み込まれるような気がした。ものすごい恐怖……オクサは思わず身震いした。危機から脱《だっ》した彼女は、ソファに横たわっているゼルダに目を向けた。

57　意外な謎《なぞ》解き

「さあ、じゃあ、この子のほうをみましょうか」

ドラゴミラはそう言うと、動かないままのゼルダに近づいた。

同じ薬の効果で、ゼルダもしばらくして気がついたので、みんなはほっとした。ゼルダはあわてて起き上がり、周りを囲んでいる顔を見つめた。

「なに……何が起きたの？　どうしてあたしはここにいるの？」

「ちょっと気分が悪くなっただけよ。だいじょうぶ！」ドラゴミラは急いで答え、極力安心させるようにほほえんだ。「さあ、これを飲みなさいな。特別なブレンドなんだけれど、元気がつくわよ」

湯気の上がっているカップを差し出すとともに、ドラゴミラはドレスのプリーツからクラッシュ・グラノックを取り出した。ゼルダがそれを飲んでいるすきに、ドラゴミラはグラノックをゼルダに向けて発射すると、ゼルダは彫像《ちょうぞう》のように固まった。

「バーバ!」

オクサが抗議《こうぎ》した。

「〈記憶《きおく》消しゴム〉だよ……」

父親がオクサの耳元でささやき、静かにしているように、と目で合図した。

ドラゴミラが前にもこの術を使ったのをオクサは覚えていた。以前、家にやってきた刑事《けいじ》たちには〈記憶消しゴム〉と〈暗示術〉の両方を使ったはずだ。グラシューズだけが使えるこの術はすばらしい効果を発揮した。自分も使えるようになったらうれしいのに、とオクサは思ったが、いまのところは、祖母の腕前《うで》をうっとりとながめるだけだ。

ドラゴミラは精神を集中させるために目を閉じた。しばらくすると、青い煙《けむり》がゼルダの右耳から入り、左耳から出てきた。クラッシュ・グラノックを手にしたドラゴミラは呪文《じゅもん》を唱えた。

グラノックの力で
おまえの殻《から》を破れ
消された記憶はほこりとなり
わたしがあたえた言葉を覚えるのだ

それから、ゼルダの耳元でなにごとかささやくと、ゼルダは正気にもどった。

「わあ！　何が入っているのか知らないけど、すごく元気になった気がする！」

ゼルダは飲み干したばかりのカップを指差した。

「それはよかったわ！」ドラゴミラはうれしそうに言った。「ゼルダ、もう遅《おそ》いわ。テュグデュアルに送ってもらうといいわ。ご両親が心配されるでしょうから……」

テュグデュアルは口元に笑いを浮《う》かべながらゼルダに近づいた。ゼルダは彼《かれ》を見ると、問いかけるようなまなざしをオクサに送った。

「家族の知り合いよ……」

オクサは説明した。

「まあ、そうとも言えるね……」

テュグデュアルは舌ピアスを歯に当ててきしませながら、皮肉っぽく言った。

みんなはゼルダにあいさつし、ほっと胸をなでおろしながら見送った。


「あんなことがあった後に、監視《かんし》もつけずにあの子を外に出すのは不用心じゃないかな？」

ピエールが眉《まゆ》をしかめながら言った。

みんなは玄関《げんかん》に立って、テュグデュアルがゼルダといっしょに遠ざかるのを見ていた。

「あの子がオーソンの誘《さそ》いに抵抗《ていこう》できないと言うのかい？」

ナフタリもピエールと同様に心配そうだ。

「そこまでは言わないですが……」

「だが、きみはうちの孫があんなふうに誘惑《ゆうわく》に魅了《みりょう》されるような不安定な人間だと思うんだろ?」ナフタリは悲しそうにつぶやいた。「たしかにあの子はわれわれとは違《ちが》う。しかし、絵のなかで忠実さを証明したことを忘れてはいないかい?」

ピエールは気まずそうにうつむいた。

「すみません、ナフタリ」

「内輪もめはやめよう」アバクムが割って入った。「ナフタリやわたしのようにはテュグデュアルをよく知らない者が疑うのは当然だ。オーソンの誘いに彼がまったく動揺《どうよう》しなかったわけではない。だが、わたしはあの子を信じている。とはいえ、信用に値するかどうかを疑っている人たちに証明してやりたいものだが……」

と言うと、アバクムは黒い影《かげ》になり、テュグデュアルの後を追って、ビッグトウ広場のほうに走り去った。

「ぼくの記憶も消すんですか?」

みんながサロンにもどってくると、メルランが震《ふる》える声でたずねた。

ドラゴミラは心配そうにふり向いた。

「そうしたほうがいい?」

「あのう……わかりません……」メルランはつっかえながら答えた。「あの……好きなようにしてください……」観念したように両腕を広げ、目をつむった。

ドラゴミラが笑い出し、ほかのみんなもつられて笑った。

「その必要はないと思うわ！　あなたは信用できる人間だということを十分に示したわ！　それどころか、あなたはわたしたちにとって大事な仲間ですよ。だから、その……予防策をとる理由はないわ」

メルランはほっとして、にっこりした。

「あのう……もうぼくたちだけだから、何が起きたのか、だれか説明してくれますか？」

ギュスが思い切って小さな声でたずねた。

実際、怪我をさせないようにかばった以外は、みんな二人の男の子の存在をほとんど忘れていた。息子の声を聞くと、ピエールとジャンヌははっとし、ほかのみんなは顔を見合わせた。

ドヴィナイユの警告のおかげで、みんなはゼルダがこの家に足を踏《ふ》み入《い》れる前に事情を知っていたのだ。もちろん、〈外の人〉であるギュスとメルランは何も知らなかった。〈逃《に》げおおせた人〉たちがゼルダを取り囲み、舌戦が始まったとき、二人はその激しさにびっくり仰天《ぎょうてん》した。そこまでは、まだよかった。サロンのなかで嵐《あらし》が巻き起こったとき、何がなんだかわからなくなった。ゼルダの口から出てきた黒い蒸気もそうだ……。

「どうやってマックグローがゼルダの体のなかに入ったのか、だれか説明してくだされば……」

メルランはしどろもどろになった。

みんなは二人をじっと見つめていたが、だれもしゃべろうとはしなかったので、二人の不安は治まらなかった。意外にも口を開いたのはゾエだった。

「あなたたち二人ならわかると思うけど、オーソン――マックグローと呼んでもいいけど――はかなり前から――わたしは夏からだと思うけど――ゼルダの体のなかに入《はい》り込《こ》んでいたわけ」ゾエはひざをかかえ、部屋の隅《すみ》っこでレミニサンスにぴったりとくっついて座ったまま動かずに言った。

ドラゴミラは驚《おどろ》いてゾエを見た。

「新学期の初日からおかしいと思った」ゾエの声は感情が高ぶってとぎれとぎれになった。「ゼルダはすごく変わっていた。自信満々で、皮肉たっぷりで、器用で。前と正反対になっていた。彼女《かのじょ》といると、気分が悪くなることがあったし、彼女の顔やまなざしのなかに、馴染《なじ》みのあるものが見えるような気がしたわ」

「どうして、何も言わなかったの?」

ドラゴミラは責める口調にならないように注意した。

ゾエはソファの背もたれによりかかった。

「そんなことはありえないと思ったんです……。幻覚《げんかく》でも見ているんじゃないかとか、頭がおかしくなったと思われるだろうとか。わたしのことで心配をかけたくないと思ったんです」

「かわいそうに……。あなたのことをかまってあげられなくてごめんなさいね」

ドラゴミラはゾエに謝った。

「あいつは……まだ、ここにいるの?」

オクサの声はしゃがれている。

「いいや」パヴェルが答えた。「おまえに触《ふ》れたとたん、粒子《りゅうし》になって八方に散らばった。それから、また塊《かたまり》のようになって、ぼやけてはいるが、オーソンだとわかる人影になったんだ。ぼくたちはつかまえようとしたけど、壁《かべ》を通《とお》り抜《ぬ》けて逃げてしまった」

「すごい……。でも、なんでゼルダだったのかな?」

「オーソンとおまえが触れ合った結果がこれだ」と、パヴェルが答えた。「オーソンは思ってもいなかっただろうが、おまえに近づくことでオーソンとおまえは二人とも死ぬところだったんだ。ゼルダは単純でおとなしい性格だから、ちょうどいい入れ物だったんだろう。それに、重要なのはおまえの友だちだということだ。ゾエの言ったことは正しいと思うよ。やつは夏にゼルダの体に入り込んで、メルランや絵に近づこうとした。メルランがかかわっていたことは絶対に知っていたと思うな。絵は手に入れられなかったが、メルランのまわりにいようとした。絵画内幽閉《ゆうへい》から出たときに、最も近くにいられるようにしたんだよ」

「そのとおりだ!」メルランが声を上げた。「それで、ゼルダは新学期が始まってから、ぼくに近づこうと必死だったんだ! でも、ぼくはヒルダ・リチャードの変わりように気をとられていて、ゼルダのことをおかしいと気づかなかった。ぼくの魅力のせいかと思っていたんだ……」メルランは口をとがらせた。

「ヒルダは違うけどさ。あれは百%本物だよ! ついてるな!」ギュスが笑い出した。

メルランは顔をしかめて、笑いながらギュスに向って腕を振《ふ》り上《あ》げた。

「かわいそうなゼルダ……っていうことは、また数学の成績が悪くなるのかな?」

「〈暗示術〉は記憶を選ぶの。だから、必要な記憶しか消さないわ」

ドラゴミラは謎めいた微笑《びしょう》を浮かべながら答えた。

「ふうん……そうなんですか……」メルランはほほえみ返しながらつぶやいた。「そういえば、この夏に、だれかがぼくの部屋にいるような気がして目が覚めたことがあったんです……。急に寒気がして、スタンドをつけたら、だれもいなかった。でも、だれかがいたような感覚はしばらく残っていました」

「それはオーソンだよ、きっと！」と、オクサが言った。

「わたしもそう思う。わたしも同じ経験をしたし……」

ゾエの声は震えていた。

みんなから一斉《いっせい》に視線を向けられたゾエはさらに気詰《きづ》まりになった。彼女はその経験を震えながら話した。


「オーソンはゼルダの体に乗り移る前に、メルランとあんたの体に入ろうとしたって思う？」と、オクサがたずねた。

「うん、そう思う」

ゾエは青ざめながらつぶやいた。

「それは十分に考えられるな」

いつのまにか戻《もど》ってきていたアバクムが言った。

「どうしてあきらめたのかな?」

オクサは腑《ふ》に落ちない様子だ。

「やり遂《と》げることができなかったのかもしれない……。感情的な理由もありうるが、オーソンは感傷的な人間ではないから、違うと思うな。あるいは、生理学的理由のほうがありそうだがね。ゾエはミュルムだろ。彼女のDNAは、オーソンのように粒子に分解した状態を受け入れるには不安定な可能性がある。だが、メルランに関しては、どうして入り込まなかったのかわからない。きみは理想的な標的だったはずだ」

アバクムの話をじっと聞いていたメルランは眉をひそめた。

「不安定なDNAのことを言われましたよね……。それに関係あるかどうかはわかりませんが、ぼくの血は凝固《ぎょうこ》の問題があるんです。血友病なんですよ」

アバクムはうなずいた。

「そうか、それでわかったよ! これではっきりした。オーソンはいろいろ試してみたわけだ。いずれにしても、わたしたちがエデフィアに帰ることを匂《にお》わせたオクサのはったりは見事だったよ。オーソンは面食らってたな。やつに疑念を抱《いだ》かせたというのは、いい作戦だったよ」

「うん……でも、ママのことはあまり聞き出せなかったね……」

「それに、あのクズがまた、ぼくたちのうちのだれかの体を乗っ取ろうとしないとも限らない」

パヴェルは悔《くや》しげにうなった。

「わたしたちが用心していることは、オーソンも知っているわよ……」

ドラゴミラがそれに答えた。

「その結果がこれだ！　すばらしい！」

「おまえの励《はげ》ましと楽観主義に感謝しますよ」

ドラゴミラは傷ついたようにつぶやいた。

「飛び上がって喜ばなくってすみませんでしたね、大切なお母さん」パヴェルは「大切なお母さん」というところに力を入れて発音した。「これまでにぼくたちがこうむってきた損害にちょっとばかしショックを受けているんでね」

そういうと、パヴェルは怒《おこ》った目つきでサロンを出て行き、二階に上がった。バタンとドアの閉まる音が響《ひび》き、サロンは死んだように静かになった。

58　無数の温かい泡《あわ》

ベッドに横たわって、頭の後ろで手を組み、オクサはこの数時間のうちに起こった驚《おど》くべき出来事について考えていた。すると、ドアを小さくたたく音が聞こえた。

「だれ？」

考えごとに浸《ひた》っていたオクサは、そのままの姿勢で答えた。

「入ってもいいか？」

テュグデュアルの声だった。オクサはすぐに起き上がった。

「うん……いいよ……」

テュグデュアルはわざわざドアを開けることはしなかった。ただドアを通《とお》り抜《ぬ》けて部屋に入ってきた。

「劇的な入場じゃない……」

オクサは窓のふちに腰《こし》かけながら言った。テュグデュアルは壁《かべ》にもたれて、刺《さ》すような目でじっと見つめたので、オクサはいつものようにとまどいを覚えた。全身がぞくっとするのを感じながら、目をそらせた。

「気に入ってくれてうれしいよ！　毎回は成功しないけど、少しでも信念があれば、ものごとはうまくいくもんだな」

テュグデュアルのほのめかしに、オクサはいらいらしてため息をついた。しかも、彼《かれ》が自分にあたえる影響《えいきょう》を思うとよけいにいらだった。

「ちっちゃなグラシューズさん、元気？」

「なんとか生きてる……」

「ちょっと変わった新学期だったな！」

「まあね。あたしの新学期っていつも騒《さわ》ぎが起きるんだ……」

オクサは去年の新学期に初めてマックグローと出会い、ひどい一日になったことを思い出した。

「どっちにしても、うまくやったよ、ブラボー！」

「うん……ただ、マックグローがあたしにさわったときは死ぬかとおもったけど」

テュグデュアルのまなざしが強くなった。

「そのとき、どう感じた？」テュグデュアルはもたれていた壁を離《はな》れて、オクサのすぐそばにやってきた。

オクサは息がつまりそうになって、つばを飲《の》み込《こ》んだ。そして、落ちつこうと目を閉じた。テュグデュアルに話しかけられると、どうしてこう自分がバカみたいに感じるんだろう？

「死んだような気がした」

オクサは自分を呪《のろ》った。

「もっと詳《くわ》しく話してくれないか？」

オクサはできるだけ静かに息を吸い込みながら、震《ふる》えずにテュグデュアルを見つめようとした。

「死に関係あることなら、なんでも興味があるんでしょ？」

オクサはそんなことを聞く自分自身に驚いていた。

テュグデュアルは首をかしげて、真剣《しんけん》な面持ちで長い間オクサを見つめた。しばらくすると、冷たく揺《ゆ》れるような光をたたえて目が輝《かがや》きだした。

「そうだ」テュグデュアルは力強く答えた。「あらゆる形の力というものにとてもひかれる。死はそのひとつだ」

「どういうこと？」

「生と死の力はなかでも最も強いものだ。ちがうかい？」

オクサはしばらく考えた。この話題に次第に引き込まれてきたようだ。

「そうね、その通りよ……」オクサはうなずいた。

「オーソンとおまえが賭《か》けたのはそれさ。それ以上でもなければそれ以下でもない」

「賭けた？　いいかげんなこと言わないで！」

「全部、賭けさ、ちっちゃなグラシューズさん。人生はロシアン・ルーレットとか、宝くじとか、コインの裏表の賭けとかさ。すべてを知っている黒幕は運命さ。そいつは人間たちの手に武器をそっと渡《わた》してから操《あやつ》る。最後にどうなるかを決めるのはそいつだ。ただし、おれたちはただの繰り人形じゃないけどな」

「どうして？」

「この地球のだれよりも、おれたちは生と死に関する力を持っているからさ。しかも、ちっちゃなグラシューズさん、おまえはもっと強いんだ！」

「それはすごいじゃない、ありがと……うれしいわ……」オクサは顔をゆがめた。

「それに世界の未来がおまえにかかっているんだから、いっそう強いよな」

「そのへんは、あたし、よくわからないんだけど……」

「そこで賭けられているものと役割分担はいまにわかるさ」テュグデュアルの言うことはますます謎めいている。「ところで、おれの質問に答えてくれてないよな？　オーソンがおまえに触《ふ》れたとき、どう感じたんだ？」

「食い下がるんだね！」

「ぜったい、あきらめないさ」

オクサは唇《くちびる》をかんだ。テュグデュアルにまたチャンスをあたえてしまった……彼はもちろん、それをつかんだ。抵抗《ていこう》しがたい例のほほえみを浮《う》かべながら。

「それで？」

「だから、すごく落ち込む経験だった。あたしの指がオーソンにさわるとすぐに、凍《こお》った湖に落ちたような気がした……そりゃあ、凍った湖に落ちたことはないけど、きっとあんな感じだと思うな。氷に包まれて、感覚が麻痺《まひ》して何も感じないの。痛さも悲しさも恐怖《きょうふ》も」

「恐怖も？」

「そう。ヘンだけどさ。恐怖を感じなきゃいけないはずなんだけど、感じないわけ！　まるで彫像《ちょうぞう》かロボットに変身した感じ。いまごろになって、初めて怖《こわ》いって思う……」

オクサはのどがつまり、口をつぐんだ。

「それにほかのことも全部……」

それから、オクサは苦い涙《なみだ》がこみ上げてくるのを我慢《がまん》しようと顔をそむけた。テュグデュアルが人差し指でそっとオクサのほおをなでるのを、オクサは拒《こば》まなかった。そういうふうにやわらかく触れられることで、なぐさめられるような気がした。

「おれたちのなかで、おまえがいちばん強いんだということを忘れるなよ……」

テュグデュアルはオクサの耳元にささやいた。

オクサの心のなかは、苦しみと感動、恐怖と興奮がごたごたに混じっていた。オクサはレオミドや母親のこと、そして〈逃《に》げおおせた人〉たちの運命のことを考え、そして、凍るような暗闇《くらやみ》のことを思った。それから、テュグデュアルの指でなでられることで、体のなかに無数の温かい泡がはじけるように感じた。不思議なことに、そうした相反する思いや感じが対立しているようには感じなかった。それどころか、おたがいを育んでいるような感じだ。とまどっていると同時に魅《み》せられている奇妙《きみょう》な感じ。オクサは目を閉じたままテュグデュアルの手を握《にぎ》り、指をからませた。

「ちっちゃなグラシューズさん……」

テュグデュアルは自分のほおをオクサのほおにあてながらささやいた。それから、もう片方の手でオクサの頭を引き寄せて自分の肩《かた》にのせ、髪《かみ》をなでた。とつぜん、オクサはすすり泣きを始めた。テュグデュアルの肩のくぼみに顔を伏《ふ》せているため、泣き声はやや弱められた。オクサは震えながらも、うっとりとテュグデュアルの胸に顔をうずめた。テュグデュアルはオクサを腕《うで》にしっかりと抱《だ》き、くしゃくしゃになったその髪に顔をうずめた。

「オクサ！　すぐに見に来いよ！　あーっ！　ごめん……」

ギュスはオクサがテュグデュアルの腕の中にいるのを見て、ぼう然とした。ドアのノブをつかんだまま、動けないでいた。

「入る前にドアをノックしたことがないわけ？」

オクサは赤くなってどなった。

「ごめん……ごめん……悪かったよ」

ギュスは唇を震わせながら、しどろもどろになった。

「あっちにいってよ！」

オクサの叫《さけ》び声《ごえ》はナイフの刃《は》のようにギュスの心を貫《つらぬ》いた。刺《さ》すような痛みが体中に広がり、目がかすんだ。自分の反応の激しさに自分でも驚いたオクサは目を大きく見開き、不当に傷つけてしまった友人を見つめた。怒《いか》りと恥《は》ずかしさから、オクサはテュグデュアルの腕を振《ふ》りほどこうとした。しかし、テュグデュアルはいっそう強くオクサを抱きしめ、押《お》さえつけようとした。オクサはうなり声を上げながら、自分の姿を消してしまいたいかのように、顔をテュグデュアルの首に押し付けた。ドアがバタンと閉まる音と廊下《ろうか》を遠ざかっていくギュスの足音が聞こえてきた。

「なんてこと、しちゃったんだろう？」と、オクサはつぶやいた。

すると、テュグデュアルはオクサの顔を両手ではさんで持ち上げた。彼の顔には楽しんでいるような奇妙なほほえみが広がり、オクサはわけがわからなくなった。オクサは目を閉じた。しばらくすると、テュグデュアルの唇が彼女の唇の上におかれ、オクサを混乱に陥《おとしい》れた。

59　世界の中心への脅威《きょうい》

二階の階段の踊《おど》り場《ば》にじっと立っているオクサに、サロンからさまざまな声が聞こえてきた。そのなかのひとつがオクサが下りていくのを妨《さまた》げている。ギュスの声だ。オクサは乱暴に追《お》い払《はら》ったことを後悔《こうかい》し、唇《くちびる》をかんだ。だが、あの時、オクサはテュグデュアルと二人っきりでいたかったのだ。たしかに、ギュスにあんなふうにどなる理由にはならない。オクサは謝ろうと思った。ギュスならわかってくれるだろう。その前に、恥《は》ずかしいと思う気持ちを振《ふ》り切《き》らないと。何も悪いことはしていないのだから。

オクサは勇気を出して階段を下り、サロンに入った。だれも気づいていない。みんなの目は、この世の終末を思わせるような映像を次々と映し出しているテレビに釘《くぎ》づけだ。

これまでにない強力な雷雨《らいう》が南仏を襲《おそ》ったと、ニュース解説者が低くこもった声で説明していた。雷《かみなり》があまりにたくさん落ちたので、測定器が壊《こわ》れたそうだ。コート・ダジュールは見る影《かげ》もなく無残な姿になり、何百人という死者が出た。物的被害《ひがい》ものすごく、復旧するには何年もかかるという。オクサは音を立てないようにみんなに近づき、テレビ画面を見てぼう然とした。するど、パヴェルが振り返ってオクサを見た。それにつられて、ドラゴミラ、アバクム、レミニサンス、ゾエ、クヌット一家、ベランジェ一家の人たちも振り返った……テレビ画面を食い入るように見つめているギュスを除いて。オクサはテレビ画面と、何かを言いたげにしているみんなの顔を交互《こうご》に見た。どうして、みんなは自分を見つめているんだろう？

「ちょっと！　あたしのせいじゃないよ！」

オクサはお手上げだというしぐさをした。

「おめでたいやつ……」

ギュスがぶつぶつ言った。

「何が起こったの？」

オクサはためらいながらたずねた。

アバクムが立ち上がって、テレビを切った。重苦しい沈黙《ちんもく》がサロンをおおった。

「加速している……」

アバクムが重々しく言った。

「なにが？」

アバクムはソファにどさりと身を投げ出し、とまどったように短いあごひげをなでた。

「ここ何十年か、〈外の人〉たちは彼《かれ》らにとって最も貴重なこの地球を大事にすることを怠《おこた》ってきた。状態はかなり悪化しているが、まだ取り返しがつかないところまではいっていない。しかし、火山噴火《ふんか》や嵐《あらし》や地震《じしん》といった、この数ヶ月の間に起きた異常事態は人間の無責任さよりもっと深いところに原因がある」

アバクムは不安そうに眉《まゆ》をしかめた。

「それって、どういうこと?」オクサは先を促《うなが》した。

「この混乱は内側から来ているんだよ、オクサ」

「どういうことか、わからない……」

オクサはしばらくの間とまどっていたが、再びたずねた。

「この混乱は世界の中心からきているんだ」アバクムは悲しそうに言った。

「世界の中心?」

「世界の中心というのは……オクサ、わたしたちの世界、エデフィアだよ」

〈逃《に》げおおせた人〉たちは一斉《いっせい》に目を伏《ふ》せた。オクサは体中がぞくっとした。アバクムの言った短い言葉が、あらゆる問いとあらゆる疑問に答えている。エデフィア。世界の中心。世界はエデフィアに完全に依存《いぞん》している。

「つまり、エデフィアの状態が悪化しているということだ」アバクムは打ちひしがれている。

「消滅《しょうめつ》寸前ではないと、だれが言えるだろう……。こうした大災害はわれわれの失われた土地の大変動の結果だ。フォルダンゴ、何か言いたいことがあるのかい?」

フォルダンゴがおろおろとした様子で近づいてきた。オクサの目の前に立ち止まり、思いつめたような大きな丸い目で彼女を見つめた。

「このプロセスを中断できる能力のある人が二人います」

「二人?」

「若いグラシューズ様と古いグラシューズ様が力の混合を行なわねばなりません。お二人が指示を尊重されれば、混乱は中止に出会うでしょう」

「どういう指示?」

オクサはいら立っていた。フォルダンゴはオクサを見つめた。

「服従が完全でなければなりません」

「どういう服従のこと?」

「不老妖精《ようせい》が指示の授与《じゅよ》を行ないますので、だれも迂回《うかい》路をとることはできません。エデフィアと〈内の人〉は最終的待機に会うでしょう。帰還《きかん》はこれまでにないほど近づいています」

「帰還……」

「はい、帰還です、若いグラシューズ様」

オクサは息が止まりそうになった。フォルダンゴはというと、ゆっくりとした足取りで悲しそうに台所にもどっていった。


大人たちは重要会議を開くために急いでドラゴミラの秘密の工房《こうぼう》に集まり、四人の子どもたちはフォルダンゴの言葉にショックを受けたまま取り残された。ギュスはオクサがサロンに来て以来、一ミリも動かないので、オクサはますます居心地が悪くなった。部屋はしーんとしており、重苦しかった。最初に沈黙を破ったテュグデュアルの声にみんなはびくっとした。

「荷物を用意しないといけないな」

テュグデュアルは皮肉な調子で冷たく言った。

「こっけいだ……」

ギュスは立ち上がってサロンを出て行こうとした。

「そうとも言えないぜ……」テュグデュアルがすぐに言い返した。浮《う》かべたほほえみと冷たいまなざしがくっきりと対照をなしている。「おまえのような見方をしてもいいけどな。どっちにしても、おまえにとっては、事情は同じじゃありえないよな」

ギュスは急に立ち止まった。最高に不快そうな顔をし、固まっていた。しかし、ギュスが何かを言おうとする前に、オクサがテュグデュアルに向かって言い放った。

「言いすぎよ……」

「どうして?」テュグデュアルは挑《いど》むように言い返した。「ギュスはこれから起こることの重要性をわかっていないじゃないか」

「やめてよ……」

オクサは目に涙《なみだ》をためながらすがるように言った。

「ぼくをかばってくれなくてもいいよ!」ギュスは大声でどなった。「おまえのスーパーヒーローの首につかまって世界を救いに行けよ! ぼくのことはほっといてくれ!」

その言葉にオクサは頭をなぐられたような気がした。青ざめたギュスは体を固くしたままオクサの前をすり抜けた。彼女は引きとめたかったが、ギュスの目を見ると体の力が抜《ぬ》けた。そこには怒《いか》りも軽蔑《けいべつ》もなかった。あるのは大きな悲しみと激しい動揺《どうよう》だった。

ギュスは立ち止まろうとしたが、オクサの送り返したうろたえた視線はギュスをさらに苦しめた。オクサがギュスに抱《いだ》く感情は同情でしかないのか。ギュスは玄関《げんかん》ホールに行き、普通《ふつう》の十四歳《さい》の男の子のように自由に外へ出られない欲求不満から、壁《かべ》を思い切り蹴《け》とばした。子どもたちが一人で外を歩かないようにという、大人たちが決めたルールは強制的でいやだけれど、もっともなことだ。ギュスにはわかっていた。しかし、ギュスは耐《た》えられなかった。この家にはいられない。ギュスは玄関ドアを開け、そっと閉めてからビッグトウ広場のほうに消えていった。

60　耳に痛い真実

「あいつはホントにいやなやつだ……」

テュグデュアルはソファに倒《たお》れこみ、片足をひじ掛《か》けにのせながら、ため息をついた。

「これで満足した?」

オクサは胸が詰《つ》まり、ぎゅっとこぶしを握《にぎ》った。

テュグデュアルは思わず笑いをもらした。オクサはどうしたらいいかわからず、目をそらせた。

テュグデュアルはオクサをいらいらさせるのと同じくらい魅了《みりょう》する。どうするべきだったんだろう？　当然の報いとして、ほおをたたいてやるべきだったのか？　あのキスはとても優しかったのに？　複雑だ……。テュグデュアルは我慢《がまん》できないやつだ。と同時に繊細《せんさい》で、残酷《ざんこく》で、優しくて、手ごわい。最悪なのは、オクサがほかのだれよりも強く彼《かれ》に結びつけられていると感じることだ。ギュスに対する友情よりももっと強い感情だ。その証拠《しょうこ》を見せ付けられたばかりだ。

「こういう言葉を知ってるか？」テュグデュアルが再び口を開いた。「真実ほど耳に痛いものはない」

「安易ね……」

オクサは肩《かた》をすくめながら、やっとそれだけ言った。

「怒《おこ》ってるのか？　ちっちゃなグラシューズさん」

「当たり前でしょ」

テュグデュアルはサロンを出て行こうとくるりと向きを変えたオクサの腕《うで》を、蛇《へび》のような素早い動きで捕《つか》まえた。腕をにぎったままひょいと立ち上がり、自分の顔をオクサの顔に近づけた。

「いや、当たり前じゃないね……」

こうささやいたテュグデュアルの息がオクサの唇《くちびる》にかかった。

オクサは思わず腕を振《ふ》りほどこうとした。しかし、つかまれた力は強い。とまどいが大きな怒《いか》りに変わった。体の底から〈ノック・パンチ〉がほとばしり出て、テュグデュアルを反対側の壁《かべ》にふっ飛ばし、その勢いで花瓶《かびん》と電気スタンドが壊《こわ》れて飛び散った。暖炉《だんろ》の前にいたゾエはそれを見てぼう然とし、叫《さけ》び声《ごえ》を上げた。そしてオクサを鋭《するど》く見つめた。オクサはもう耐えられなかった。わけがわからなくなって、くるりときびすを返して自分の部屋に上がり、閉じこもった。

約十分後、ドアがノックされた。ほとんど聞こえないぐらいの軽いノックが三回。

「ほっといてよ！」

オクサはテュグデュアルだと思ってどなった。

「わたしよ、オクサ」

ゾエの声が返ってきた。

ドアの取っ手が下がり、ドアが少し開いた。ゾエは猫《ねこ》のように音を立てずに入ってきた。蜂蜜《はちみつ》色の髪《かみ》をうなじでまとめたゾエは、ひどく弱々しげにみえた。彼女《かのじょ》はおそるおそる近づいてきた。

「あたし、わけがわからない、ゾエ……」

ベッドの足元に座《すわ》り込《こ》んだオクサは頭をかかえた。

「わかってる……みんなそうなんだよ。大変な時期なんだよ」

ゾエの声は悲しげに震《ふる》えている。

「サイテー……」オクサが言葉を続けた。「なんか、いろんなことがごっちゃになって、あたしのやってることもめちゃめちゃ！　エデフィアについて大事なことがわかって、世界が崩壊《ほうかい》しつつあって、ママは反逆者《フェロン》に誘拐《ゆうかい》されて、その上、あたしは状況《じょうきょう》を悪くすることしかしてない！あたしはふさわしくない……」

オクサは気が高ぶって震えた。

「ギュスにふさわしくないっていうの？」ゾエは思わず問いつめた。

「ギュスはもう許してくれないと思う?」

「ううん、そんなことはありえない。彼はあんたを好きなんだよ」

オクサは顔を上げ、うろたえたようにゾエを見た。

「どうして、いろんなことが一気にいま起こるわけ?」と、オクサがつぶやいた。「ごめんなさい、ゾエ……」ゾエの打ちひしがれた様子を見て、オクサは急いで言い足した。

オクサは、ゾエがギュスを好きなんじゃないかとずっと思っていた。もしそうなら、ゾエにとって、この状況は苦しいし、耐えられないはずだ。オクサはゾエの勇気と冷静さに感心した。

「あんたは?　あんたは……だいじょうぶ?」

オクサはとまどいながらたずねた。

ゾエはうつむきながら短く答えた。

「あんまりだいじょうぶじゃない……」

その答えに、オクサの罪悪感はいっそうつのった。

「もし忠告してもいいなら、テュグデュアルには気をつけたほうがいいと思う」

ゾエは話題をオクサのほうに戻した。

「彼はみんなが思ってるような人じゃない!」

オクサは赤くなりながら言い返した。

「あんたが思ってるような人じゃなかったら、どうする?」

「彼は反逆者《フェロン》じゃない……」

「だれもそんなことは言ってないよ。でも、彼はあんたより年上よ……。からかってるんだよ！

彼があんたにさせたことをみてごらんなさいよ。あんたたちが……親密になってからというもの、あんたがどう振舞《ふるま》っているか、考えてみて」

「あたしは変わってない！　前といっしょ！　あたしがあんまりあんたを気遣《きづか》ってないから、そう言うわけ？　あんたの役に立ちたいけど、どうしたらいいかわからないんだ」

オクサはイライラしてきた。

「そんなことは問題じゃないって、オクサ。わざといっしょくたにするのはやめて」ゾエはこげ茶色の大きな目を伏《ふ》せながら言った。「あたしに関していえば、だれにも何もできないの。時間が経てば受け入れることができるのかもしれない。いまはそっとしておいてほしいだけ」

「そんなこと言うなんて、ひどい……」オクサは苦しげにつぶやいた。

ゾエはきっとした表情になって立ち上がった。

「ギュスは止められているのに、一人で家から出て行ったのよ、わかってる？　あんたは引きとめようともしなかった。そんなこと……前だったらしなかったのに」

オクサは青ざめた。ゾエの言うことは正しい。

「目をさましてちょうだい」

そういうと、ゾエは音をさせずに後ろ手でドアを閉めて部屋を出て行った。

オクサの心はざわついていた。

61　血を選ぶべきか、心を選ぶべきか

一人で外に出てはいけないという言いつけは、ゾエにはなじみ深いものだ。以前、祖母のレミニサンスが日に何度も繰《く》り返《かえ》したものだ。しかし、それを破るのは今日が初めてではない。二度ほど、無断で家を抜《ぬ》け出《だ》した。彼女《かのじょ》にとっては、壁《かべ》を通過することだ。オクサとのつらい会話の後、ゾエは家の裏庭に面したキッチンの横の物置に行き、難なくレンガの壁を通り抜けた。外はほとんど日が暮れ、空は青味がかったグレーと灰色がかった黒の中間の色になっていた。ゾエはどきどきする胸をしずめるために、長く深く息を吸った。彼女はギュスのことを思い、心は落ち着くどころか重くなった。いま、むきになってもしょうがない……。ギュスの心はゾエに向いていないし、今後そうなることもない。ゾエにはわかっていた。せいぜい、ここ数日間そうだったように、打ち明け話のできる友だちでいられるだけだ。

ギュスは、最初のうちは悩《なや》みの断片を不器用に話しながら遠慮《えんりょ》がちに心を打ち明けていた。そして、だんだんと自然に打ち明けてくれるようになった。それまでは単なるクラスメートにすぎなかったのが、気を許せる友だちになった。その瞬間《しゅんかん》からすべては変わった。おたがいに相手のことをよりよく知るようになればなるほど、希望はなくなっていった。落胆《らくたん》は次第に重い苦痛

に変わっていった。苦痛の種が一つ増えた。ゾエはもう一度空を見上げた。ギュスの顔が頭に浮《う》かんできた。自分の部屋で悲しそうにしている姿だ。しかし、ゾエはギュスの家の方向とは反対の方向に向かっていた。彼女の運命がかかっている人が待つハイドパークのほうへ。

ハイドパークにはほとんど明かりがなく、木の影《かげ》が異様に大きく見えた。しかし、ゾエは怖《こわ》くなかった。ここ何ヶ月というもの、何も怖いものはなかった。というのは、人生で恐れるべきことはすでに起きていたからだ。愛する人たちを失うことだ。

暗がりのなかを歩きながら、ゾエは両親のことを思い出していた。もう両親に会えないということがわかったとき、彼女の心はこなごなに砕《くだ》けた。埋葬《まいそう》の日、彼女は苦しみに体が麻痺《まひ》したかのように教会に向かってまっすぐに歩いた。彼女には何の関係もないことのようにすべてが運ばれた。まるで、現実のことではないかのように。目が覚めると、ラジオから流れるニュースについて意見を言う母親や、そのおしゃべりをやめさせようとする父親がいるような気がした。台所に行けば、二人がほほえんでいるような気がした。目が覚めれば、何も変わっていないはずだ。必死でそう信じようとした……。しかし、なにもかも変わってしまった。

次にレミニサンスがいなくなった。苦痛はさらに激しく癒《いや》されないものになって彼女の心に居すわり、カタレプシー（肉体的に一定の姿勢をとらされると、その姿勢を変えようとせず、長い間そのままの姿勢を取り続ける緊張《きんちょう》病症候群《しょうこうぐん》の一つ）のような状態になった。ギュスやオクサとの出会いだけが、心の固い殻《から》に穴を開けてくれた。二人のことは大好きだ。マックグロー一家と自分の関わりや、一家のオクサたちへの執拗《しつよう》な憎悪《ぞうお》にもかかわらず、彼女なりに二人が好きだった。それに、ポロック家の人々と〈逃《に》げおおせた人〉たちは無条件にゾエを受け入れてくれた。幸福は手に入れられないものではないということがわかった。幸福に指先で軽く触《ふ》れることもできれば、小さな優しさにも出会えた。そうしたつかの間のやすらぎによって生き続けることができた。〈逃げおおせた人〉たち……。彼らのおかげで、いかれた〈心の導師〉の餌食《えじき》になることから逃《のが》れた祖母に再会することもできた。その再会は彼女の人生で最も奇妙《きみょう》な出来事だった。

同時に教えられることも多かった。出自の力は大きい。しかし、最後には、どちらの仲間になり、忠誠を尽《つ》くすかを決めるのは心だ。レミニサンスは、血縁《けつえん》関係にもかかわらず、自分を救ってくれた人たちに完全な愛情を示した。それは絵画内幽閉《ゆうへい》から救われたためだけではない。心の底から生まれた深い愛情だった。レミニサンスは〈逃げおおせた人〉の一員であるという信念を持っており、似て非なる双子《ふたご》の兄が君臨する反逆者《フェロン》の仲間になることはあり得ない。そのことは、不老妖精《ようせい》の恐《おそ》ろしい暴露《ばくろ》があった後にはっきりとわかったことだ。ゾエは祖母が血のつながりのほうを選ぶのではないかと恐れていたが、レミニサンスの選択《せんたく》ははっきりとしており、だれもそれに驚《おどろ》かなかった。彼女の気持ちはまったく揺《ゆ》るがなかった。

ところが、ゾエが自分自身について感じていた疑念は残ったままだった。ゾエは心の奥《おく》で自分が二つの気持ちに揺れているようなあいまいな感じがした。「板ばさみ」とでもいったらいいのか。自分の出自を知ったことは何の助けにもならなかった。その逆だ。恐るべき出自であると同時にすばらしい出自だ。アバクムとレミニサンスは、自分に責任のないことを恥《は》じるべきではないと言い聞かせようとしたが、どうにもならなかった。ゾエの存在はレオミドとレミニサンスの結合から来ているのだ。二人には同じ血が流れている。当時はそのことを知らなかったとしても、ゾエにとっては恥辱《ちじょく》を薄《うす》めるものではなかった。それについては、レオミドは間違っていなかった……。

祖父であるレオミドがどんなに間違《まちが》ったことをしたか、ゾエにはわかっていた。でも、〈逃げおおせた人〉たちにとっては何も変わらないのだ。不老妖精が暴露したことは、反逆者《フェロン》やオシウスと闘《たたか》う意欲をさらにかきたてたにすぎない。レオミドに対する評価はまったく影響《えいきょう》を受けなかった。レオミドはそこまではみんなを信頼《しんらい》できなかったのだろうか？　ゾエはそう考えた。だが、いま、恋《こい》の苦しみを知った彼女には、レオミドの気持ちが理解できた。恥じる気持ち、無力さ、裏切り者たちの繰《あやつ》り人形だったという絶望的な思い……。それに直面できるほど強くない人間もいる。それがレオミドのケースだ。長い年月が経ち、気力も体力もあったのに、愛する人が秘密を知ったときのまなざしに耐《た》えるより死のほうを選んだ……。レオミドは最後まで、再会の喜びを控《ひか》えめに示しながら耐えた。レオミドとレミニサンスは自分たちの悲劇を心ならずも演じた。

しかし、いまゾエが感じていることは、それを超《こ》えたところにあった。彼女が抱《いだ》く自分のイメージは、完全に熟した、未来のある果実。だが、かじってみると、気持ちの悪い虫に種までやられた腐《くさ》った果実だ。匠人《たくみびと》でミュルムでグラシューズの血を引く自分には陣営《じんえい》がない。あるいは、二つの陣営がある。

ゾエは背の高い草が揺れる植《う》え込《こ》みのほうに進んだ。そこは公園のなかでも人の手が加えられていない数少ない場所だった。ほかのどこよりも自然がのびのびしているように見えた。嵐《あらし》の前のような強い風が起きた。ゾエは世界の混乱のことを思った。頭上の空には黒雲が散らばり、不《ふ》穏《おん》な感じがする。ゾエはぶるっと震《ふる》えてから、風でざわつく草をかき分けてさらに進み、一本の木の下草のあたりに目をこらした。やっと、木の幹にもたれているその人が見えた。二人は互いに歩み寄り、感激して抱《だ》き合《あ》った。

「今日は来れないのかと思ったよ……」男の子がつぶやいた。

「だれもわたしをじゃますることはできない」と、ゾエが言った。「変わったわね……」ゾエは一歩下がってその男の子を観察しながらつけ加えた。

実際、モーティマー・マックグローは、オクサが「野蛮人《やばんじん》」と呼んでいた頃《ころ》とはかなり変わっていた。当時は体が大きくてずんぐりした少年だったのが、今はサイというよりはジャガーのようなしなやかな力強さを感じさせた。ほんの七ヵ月の間に十センチくらい背が伸《の》び、体の丸みがとれて筋肉質になっていた。ほおがこけ、顔つきも厳しい。父親似であることは明らかだ。ゾエが四日前に彼《かれ》に会ったときにも、ひと目見てそう思った。あの日、モーティマーは大胆だった。

ゾエのクラスはその日、大英博物館の見学に行った。ゾエがクレオパトラのミイラの前でぐずぐずしていたとき、モーティマーが近づいてきたのだ。彼女は、置いていかれる前まではいつも兄のようによくしてくれたその少年を前にして、ぽかんと口を開けた。その驚きに七ヵ月間の不信感や恨《うら》みは吹っ飛《と》んだ。「火曜日の夜に、ハイドパークのアルバートホール西の植え込みに来てくれ」と、ゾエにささやいて博物館の通路に姿を消したのだ。

この四日間はひどく長く感じられ、疑いも湧《わ》いてきた。どうしてモーティマーはやってきたんだろう？　自分を反逆者《フェロン》たちのもとに連れて行きたいのだろうか？　実際、彼女の力は無視できないものだ……。それとも、メルセディカの代わりにスパイをしろというのだろうか？　利用したいためか、愛情からか？　この七ヵ月間というもの、まったく連絡《れんらく》はなかった。なのに、どうしていまごろになって？　しかし、そうした疑問や不安にもかかわらず、モーティマーが冷たい月光のもとでゾエを見つめているこの瞬間、希望と深い悲しみが交じり合った激しい感情にゾエはとらえられていた。

「元気かい？」

モーティマーはゾエをナラの木の下に誘《さそ》いながらたずねた。

ゾエは自分が元気なのかどうかわからないので、答えることができなかった。

「あんたは？」問いを返した。

「元気だよ！　親父《おやじ》は……死んでないんだ。知ってるだろ……」

「ええ、知ってるわ。わたしはおばあちゃんにまた会えたわ」

モーティマーは指先でゾエのほおにそっと触れた。

「あいつらは親切か？」

「ポロック家の人？　うん、親切よ。わたしはいまでは家族の一員」

「オクサと仲がいいのか?」

「親友よ」

迷いもなくそう答えたことに自分自身驚いて、ゾエはうつむいた。考えもせずにそう答えたということは、それが心からの言葉だということだ。本当だ。ポロック家の人たちは親切だし、オクサは親友だ。いろいろあるにはしても……。

「島のほうはどうなの?」今度はゾエがたずねた。

「知ってるのか?」

「あんたたちが知っているのと同じくらい、わたしたちも知ってんのよ」

「そうらしいな……」


二人は口をつぐんだ。激しい風にあおられながら、ある意味で挑《いど》み合うかのように二人は見つめ合った。

「どうしてここに来たの? お父さんに言われて来たわけ?」

ついにゾエが聞きたいことを口にした。

「おまえは知らないかもしれないが、親父はおまえのことを娘《むすめ》のように思っている」

ゾエは気持ちが悪くなった。

「あんたのお父さんはだれも愛さないのよ、モーティマー」ゾエは震えながら言い返した。「彼はみんなを利用するのと同じように、わたしを利用しただけ」

「おまえの友だちのポロックたちは、おまえを利用してないと思うのか？」

「とにかく、罪のない人に毒を与《あた》えるようなことはさせられたことがない……」

マリー・ポロックを病気にした毒入り石鹸《せっけん》の記憶《きおく》はゾエにとってまだ生々しかった。その罪悪感はまだ消えていなかったし、今後も消えることはないだろう。

「おれといっしょに来いよ、ゾエ」

ゾエの目は涙《なみだ》でいっぱいになった。

「お願いだ、頼《たの》むよ」

ゾエは返事ができなかった。モーティマーは真剣《しんけん》にゾエを見つめていた。心からそう願っているようだ。

「おまえはあいつらとは違《ちが》う。わかってるだろ」モーティマーが言葉を続けた。「おまえはおれと同じだ。匠人でミュルムだ。おれたちの体にはオシウスの血が流れているんだ……」

「マロラーヌの血もね」ゾエがさえぎった。

「マロラーヌは弱い女だった。間違ったほうを選んだんだ。彼女の家族とポンピニャックの圧力がなかったら、こんなことにはならなかった。おれたちの側につくのを頑固《がんこ》に拒《こば》んだために、カオスが起きたんだよ」

ゾエはあ然としてモーティマーを見た。

「あんたは……自分がいま言ったことを信じられるわけない！　反逆者《フェロン》たちとその誇大妄想《こだいもうそう》の野心のせいじゃない。ほかの人のせいじゃないわ！」ゾエの声は震えた。

「でも、ゾエ、ちゃんと現実を見てみろよ！　わかりきってることに逆らってどうするんだ？　昔から、強いものが勝つって決まってるじゃないか」

「なら、あんたたちが一番強いって思ってるわけ？」

「もちろんさ！　おまえにもわかってるだろ！　だから、おれはこうしてここに来たし、おまえもおれたちのほうに来るんだよ」

ゾエはショックを受けてへたり込んだ。

「おまえに何かあったら嫌《いや》なんだ。おれたちといっしょならだいじょうぶさ」

「遅《おそ》すぎたわ、モーティマー……」ゾエはあえぐように言った。

「どうして？」

「わたしをおいていかなければよかったのよ。わたしは怖《こわ》かったし、何もわからなかった。あんたはわたしをあの冷え冷えとした家に置き去りにした。戻《もど》ってくるって言ったくせに。わたしは待ってた、何日もね！　でも、帰ってこなかった。嘘《うそ》をついたじゃない！　あの当時、わたしがどうなるかなんて、どうでもよかったんでしょ。心配なんてぜんぜんしてなかった……。バカな女の子みたいにたった一人で、悲しさのあまり死んだかもしれないのに。あんたは知らん顔だった！」

最後のほうの言葉はほとばしるように出てきた。ゾエはどなっていた。彼女の人生で最もひどい経験から湧《わ》き上《あ》がる怒《いか》りをすべてモーティマーに向けた。彼はぼう然とゾエを見つめていた。

「あんたのお父さんは、わたしから両親を奪《うば》ったんだよ、モーティマー。そして、自分の妹であるおばあちゃんですら、迷うことなく奪った。おばあちゃんを返してくれたのは、あの人？　あんた？　あんたの強い仲間の一人？　ちがうじゃない！　差別せずにわたしを家族として迎《むか》え入《い》れてくれた人たちじゃない！　でも、あんたの言うことは正しい。わたしはあの人たちとは違う。あんたのような暗い部分がわたしにもある。わたしは〈逃げおおせた人〉たちのように純粋《じゅんすい》じゃない。わたしの心はわたしの血と同じよ。黒いの。それはわかってる。その黒い部分が毒のようにわたしを蝕んでいる。それでも、あんたといっしょになんか行かない。七ヵ月前だったら、あんたに頼まれたら地獄《じごく》の底までついて行ったでしょうね。本当のお兄さんのように好きだったのよ、モーティマー。でも、もう遅いわ」

モーティマーは残忍《ざんにん》なまなざしをゾエに向けた。

「おまえはおれたちと同じだ、ゾエ……。おまえのいるべき場所はおれたちのところだ」

自分の厳しい言葉にもかかわらず、ゾエは自分が二つの世界のはざまにいて、周りに何もない綱渡《つなわた》りをしているような気がした。最後の質問をしたくてたまらなかった。それに対する答えが彼女の運命を決めるだろう。

「どうして七ヵ月前にいっしょに連れてってくれなかったの？」

心は乱れているにもかかわらず、ゾエの声は冷静だった。モーティマーはゾエの肩《かた》に両手をかけ、じっと彼女の目をのぞき込んだ。ゾエはぐっとこらえて、その視線を外さなかった。ついに答えがわかる。今夜ここに来るときに抱いた期待の大きさと同じくらいがっかりするかもしれない。ショックが小さくはないことは覚悟《かくご》していた。

「そうするほかなかったんだ……」モーティマーが答えた。

ゾエはしばらくしてから、再び口を開いた。

「さっきあんたが言ったように、わたしを少しでも大事に思ってくれてるんだったら、わたしに嘘はつかないでちょうだい。今日はつかないで……。どうしてわたしをいっしょに連れてってくれなかったの？」

これから起きることの前触れのように、強い突風《とっぷう》が木々を揺さぶり、小枝がいくつか二人の周りに落ちてきた。

「どうして？」

モーティマーはしばらく躊躇《ちゅうちょ》したが、ついにゾエが想像していた答えを言い放った。

「おまえは残る必要があったんだ！　おまえはポロック家の連中の近くにいないといけなかったんだ！」

その真実にショックを受けたゾエはモーティマーの手を振《ふ》りほどいて、数歩後ずさりした。ふらつきながら大きな木まで行って幹にもたれ、息を整えた。数メートル離《はな》れたところで、モーティマーがすまなそうにゾエを見つめていた。彼に思い切り怒りをぶちまけなかったのは、辛そうな目をしていたからだ。

「あっちに行って！」ゾエは叫《さけ》んだ。「忘れないでよ。あんたのお父さんはだれにも愛情なんか持ってない！　だれにもね！」

ゾエはくるりと背を向けて、幹に両手をつき、すさまじいうめき声を上げた。その木は振動《しんどう》し、不気味な音を立てて地面に倒《たお》れた。ゾエの苦悩が根こそぎにしたのだ。

62　羽の生えた情報提供者と毛の生えた情報提供者

「若いグラシューズ様はすばらしい服装のエレガンスを見せられています。その評価は率直さに包まれています」

「ありがとう、フォルダンゴって優しいね！」

オクサは鏡に映った自分をじっくりと眺《なが》めながら返事をした。

「優しさはあなた様の召使《めしつか》いの動機ではありません」

フォルダンゴは鼻をすすり上げながら反論した。

オクサはぽっちゃりしたこの生き物をちらりと見やった。伴侶《はんりょ》を失った悲しみの重みで背中が丸まっている。フォルダンゴもほかの〈逃《に》げおおせた人〉たちと同じ顔つきをしていた。青白く、つらそうな顔だ。

「フォルダンゴ、具合はどう？」

「肉体の存続イコール無意識の反射神経です、若いグラシューズ様。というのも、あなた様の召使いの心臓は、自動的な鼓動《こどう》の生産を命令する筋肉から成り立っているからです。しかしながら、その同じ心臓が、何十年もの間連《つ》れ添《そ》ってきた人の許しがたい剥奪《はくだつ》を知りながら、生き延びることを継続《けいぞく》させるのです」

オクサはうつむいた。そして、フォルダンゴのほうにかがみ込《こ》んで抱《だ》きしめた。不思議なことに、その柔《やわ》らかい体に触《ふ》れたことで、のどが渇《かわ》いたときに飲むひと口の冷たい水のように、オクサの体に力がみなぎってくるような気がした。

「若いグラシューズ様は興奮状態に会われていますか？」

「早くママに会いたくてたまらない」

オクサはため息をついた。

「おまえは物知りだよね。何か知ってる？」

フォルダンゴはたずねないと情報をもらさないことを思い出して、そうたずねた。

「若いグラシューズ様のお母様は家族から遠ざけられていることで苦痛に会っていらっしゃいますが、健康の悪化は受けておられません。呪《のろ》われた反逆者《フェロン》のうちの何人かの医学能力のおかげで、アニッキという名前の看護師が効率性にあふれた治療《ちりょう》を配布しています」

「あいつらはトシャリーヌを持っているということ？」

フォルダンゴは首を横に振《ふ》った。

「呪われた反逆者《フェロン》たちはその究極の薬を所持しておりません。というのは、妖精《ようせい》人間が示されたように、究極の薬はその生育が豊かであるエデフィアの〈近づけない土地〉でしか出会えないからです。しかし、呪われた反逆者《フェロン》たちは、若いグラシューズ様のお母様が耐《た》えていらっしゃるような容態を安定させる薬の技法に出会いました。また、あなた様の召使いは、若いグラシューズ様のお母様がまもなく〈逃げおおせた人〉たちとの再会に会われるという宣言をお知らせすることができます。その肯定《こうてい》は完全です」

「あたしを安心させようとして言ってるんじゃないよね？」

オクサが疑わしそうにたずねた。

フォルダンゴは悲しそうにオクサを見た。

「グラシューズ様の召使いはあらゆる嘘《うそ》の能力を免除《めんじょ》されています。若いグラシューズ様は、そのフォルダンゴに終身の信頼《しんらい》を持ちながら、確信にあふれられるべきです」

「そうだったよね、ごめんなさい、フォルダンゴ」オクサはフォルダンゴの頭をぽんぽんと軽くたたいた。「つい、心配でたまらないもんだから……」

「若いグラシューズ様は、ヘブリディーズ海から来た慰《なぐさ》めとなる詳細《しょうさい》の詰《つ》まった報告をしたガナリこぼしの説明を保持していらっしゃいます。しかし、ご質問をドヴィナイユにするという考えに会われましたでしょうか？」

「ううん！」オクサは額をパチンとたたいた。「ありがと、フォルダンゴ。おまえの言うとおりよ。ドヴィナイユならきっと何か知ってるよね！」

オクサは矢のように階段を駆《か》け上《あ》がり、祖母の部屋に飛び込んだ。

「バーバ、ちょっとドヴィナイユのところに行ってもいい？　お願い！」

ドラゴミラはうなずいて、開けっぱなしになっているコントラバスケースのほうを目で指した。オクサはケースの中に入り、祖母の秘密のアトリエに急いで駆け上がった。羽根ばたきを手に持ったジェトリックスがふさふさした髪《かみ》を振りながら出迎《でむか》えた。

「こんにちは、エレガントな若いグラシューズ様！」

「こんにちは、ジェトリックス！　ドヴィナイユがどこにいるか、知ってる？」

「この人はだれですか？」

部屋の真ん中につっ立っているヤクタタズが、途方《とほう》にくれたようにオクサを見つめながらたずねた。ジェトリックスはあきれたように目をくるりと上に向けながら、ため息をついた。

「それに、このしゃべる毛玉はだれですか？」

「おい、ヤクタタズ！　おれをよく見ろよ。おれはジェ、ト、リッ、ク、スだよ」

毛玉と呼ばれた本人がどなった。

「ジェトリックス？　いい名前ですね。わたしたち、知り合いでしたっけ？」

「そうだよ！　たった八十年前からだけどな！」

「ああ！　それでわかりました！」

ヤクタタズはほっとしたように言った。

オクサは吹きだした。ヤクタタズがほとんど歯のない大きな口を開けるたびにオクサは笑いだしてしまう。

「変わってないよね……」

ヤクタタズがうれしそうにしているものだから、オクサはよけいに大声で笑った。

「絶対に変わらないよ！」ジェトリックスがいら立たしげに言った。「ところで、ドヴィナイユに用があるんでしたね？　燃えさしの前を見てごらんなさいよ！」

オクサが暖炉に近づくと、まだ赤い昨夜の残り炭のすぐそばで小さな毛布にくるまっているドヴィナイユに気づいた。

「ドヴィナイユ！」

オクサは指先でその小さな鶏《にわとり》をそっとゆすりながら、ささやいた。

ドヴィナイユはまるでバネの上で跳《は》ねたかのように、ぱっと跳《と》び上《あ》がった。目を大きく見開き、レーダーのように部屋の隅々《すみずみ》を探っている。

「北北西の風が入り込んでいるのを感じる。あの窓が断熱されていないために、このアトリエの暖かさを無駄《むだ》にしていると思うわ！」ドヴィナイユは厳しく非難した。

それから、天窓の一つをうらめしそうに見上げると、ふたたび毛布の中にもぐった。オクサはドヴィナイユの目の高さに合わせるためにひざまずいた。

「ドヴィナイユ、頼《たの》みたいことがあるんだけど……」

「もし、やっとこの厳しい気候の国を離《はな》れて赤道地帯に引《ひ》っ越《こ》すことにしたと言いに来られたのなら、わたしは用意万端《ばんたん》ですと申し上げますよ！」ドヴィナイユは頭を振りながら、金切り声でわめいた。

「あのう……イギリスってまだ比較的《ひかくてき》、気候が穏《おだ》やかなほうだけど……」

「冗談《じょうだん》でしょ！」ドヴィナイユはすぐに反論した。「風が強くて、恐《おそ》ろしい雨量にさいなまれる国じゃないですか！」

こういう会話はいまに始まったことではないが、オクサはいつも楽しくなってくるのだ。オクサはドヴィナイユの気を悪くさせないように笑いをこらえた。すると、プチシュキーヌたちがオクサの頭上に急降下してきた。

「昼過ぎに吹雪《ふぶき》が発生するそうです……」

プチシュキーヌのうち一羽がピイチク言った。

「……それに、気温が急激に下がるそうです！」

もう一羽が付け足した。

オクサは笑い出さないように唇《くちびる》をかみながら、プチシュキーヌたちに愉快《ゆかい》そうな目を向けた。オクサの前では、ドヴィナイユがかん高い声で嘆《なげ》きながら、よけいに深く毛布のなかにうずくまった。

「あんたを守ってあげるから！」オクサが言った。

「約束してくださいますか？」ドヴィナイユはくちばしだけを出してたずねた。

「もちろん！　信用してちょうだい。絶対にあんたを凍《こご》えさせたりしないから！　でもそんな突《とっ》拍子《ぴょうし》もないことを話すより、一つ質問があるんだけど……」

「何でしょう」

「あのね……これからあたしたちやママの身の上に起きることを知ってる？」

「わたしには未来の予測はできませんが、ガナリこぼしが言ったように、あなたのお母様は人の住めない島――もちろん、気候的にという意味ですが――にいらっしゃいます。しかし、彼女《かのじょ》は大切に扱《あつか》われています。彼女の健康状態を保つことは反逆者《フェロン》たちの利益になりますから。もし不幸なことでも起きると、交渉《こうしょう》の余地がなくなりますからね」

オクサは眉《まゆ》をひそめた。

「〈逃げおおせた人〉たちがこの凍《こお》りつく土地を離れてエデフィアに帰還《きかん》すると決めるとき、あなたのお母様は、反逆者《フェロン》がそれに加わるための唯一《ゆいいつ》の保証なのです。こう申してはなんですが、お母様はやつらがエデフィアにアクセスするためのカギなのです」

「エデフィアに行く前には、あたしはママに会えないっていうこと？」

オクサの表情は曇《くも》り、急に不安になってきた。

「説明して、お願いだから」

「気候の観点からいうと恐るべきその大旅行にわたしも加わることになるでしょうが、〈逃げおおせた人〉と反逆者《フェロン》の対決は避《さ》けられません。ですから、あなたはお母様にまもなく会うことになるでしょう。お母様は、反逆者《フェロン》にとっても、〈逃げおおせた人〉にとっても、エデフィアへの帰還の条件となっているんです。わかりますか？」

「ママは……元気なの？」

「元気ですよ。メルセディカのおかげで、あなたのお母様の苦痛を和らげるために古いグラシューズ様と妖精人間が使った秘薬の作り方を、反逆者《フェロン》たちは知っています。それを応用してうまく適用していますよ」

オクサは長いため息をついて、安心したらいいのか、心配したらいいのかわからず、しばらくぼうっとしていた。

「オーソンは？」

オクサの後ろで低い声が響《ひび》いた。

オクサが振り向くと、驚《おどろ》いたことに、ひとかたまりの聴衆《ちょうしゅう》がいた。〈逃げおおせた人〉全員がオクサとドヴィナイユの会話を熱心に聞いていたのだ。

「反逆者《フェロン》・オーソンは復元の最中です」と、ドヴィナイユが答えた。「ゼルダの体のなかにいたために、彼女の血の温もりと精力のおかげでオーソンは力を得ました——この冷蔵庫のような国に欠けている〝温もり〟という言葉をあえて強調します。古いグラシューズ様から奪《うば》ったゴラノフが彼《かれ》の復元に不可欠な材料だったんです。大量の軸液《じくえき》がよこしまなオーソンの細胞《さいぼう》を復元するために抽出《ちゅうしゅつ》されました」

「ゴラノフがどうなっているか想像するのも怖《こわ》い……。せめて、反逆者《フェロン》たちが乳絞《ちちしぼ》りの要領でやってくれてたらいいけど！」と、オクサが言った。

「ゴラノフに生き続けていてほしいなら、そうすることが反逆者《フェロン》の利益にもなることです！」ドヴィナイユは身震いしながらどなった。「ある時代に行なわれていたように乱暴に茎《くき》を切ることは、ゴラノフの第一の死因でしたから。異常に低い気温にさらされることが、わたしのような超繊細《ちょうせんさい》な生き物にとって非常な危険であるのと同じように……。外でうなっているのは暴風雪じゃないかしら?」

オクサはドゥヴィナイユを毛布でくるみ直し、炭火のすぐそばに置いてやってから、弓状に並んでいる〈逃げおおせた人〉たちのほうを向いた。

「信じたくないような話……」

オクサはのどが詰まったような声を出した。

「わたしの愛しい子、ドゥシュカ《ドゥシュカ》」ドゥヴィナイユは現時点の状況《じょうきょう》しか説明できないのは知っているわよね」

ドラゴミラが口を開いた。「状況は刻々と変化しているわ。いま現在そうでも、次の瞬間《しゅんかん》には変わっている可能性がある。すべては状況や関係する人たち次第なのよ。そうした状況や人たちがある事態を生じさせることもあれば、現状維持《いじ》につながることもある。ただ一つ確かなことは、わたしたちがどういう行動に出るにしろ、非常に慎重《しんちょう》にやらなければいけないということだわね」

「ママを迎えに行くんでしょ?」

オクサはおそるおそる聞いた。

「こんなふうに待ってなんかいられないよ!」

パヴェルが怒《いか》りの声を上げた。

「おまえの言うとおりだ、パヴェル」アバクムが口を開いた。「わたしたちの立場は弱い。だが、われわれのほうが行動を起こす側にいる。いまのところ、反逆者《フェロン》たちは行動を起こす理由も、何かを発見する理由もない。やつらは絵画内幽閉《ゆうへい》が終わったことを知っているし、ゴラノフ一株とマロラーヌのロケットペンダントを持っているし、頭数もそろっているし、人目につかない島で存分に準備をすることもできる。とりわけ、マリーを人質にしていることで、計り知れないほど有利な立場にいる。エデフィアへの帰還――やつらとわれわれの――を条件づけているのはマリーだという点で、わたしはドヴィナイユと同意見だ」

「あたしがママなしでエデフィアに帰ることができると言ったのを、オーソンが信じたとしたら別だけど……」

恐ろしい考えが浮かんできて、オクサの顔は青ざめた。

「あたしたちがエデフィアに帰るのにママが必要ないとオーソンが信じたとしたら、ママを殺してしまう！　どうしてあんなこと言っちゃったんだろ？」オクサは叫んだ。

〈逃げおおせた人〉たちは、深刻な結果を予想させるオクサの鋭《するど》い分析《ぶんせき》に衝撃《しょうげき》を受け、目を大きく見開いた。ドラゴミラとアバクムは一瞬あわてたが、すぐに了解したような視線を交わした。

「わたしの愛《ドゥ》し《シュ》い子《カ》、おまえの考えはある意味で合理的だけれども、その考えはオーソンの論理とは違《ちが》うわ」

涙《なみだ》を目にいっぱい浮《う》かべたオクサは顔を上げた。

「オーソンは、われわれが目的のために仲間の一人を放棄《ほうき》することができないと知っている」アバクムが言葉を引き取った。「正直なところ、われわれはギュスなしでも先に進めたはずだ。だが、われわれは彼を救うために絵の中に入ったじゃないか。オーソンは、絵の中の危険や脅威《きょうい》をよく知っていたはずだ。やつなら、われわれのように行動しただろうか？　それはありえない。

オーソンは心の底ではそれを知っているんだ」

　オクサはアバクムが言ったことをしばらく考えた。彼の言うことはもっともだ。

「わたしはオーソンをよく知っていますよ」今度はレミニサンスが悲しげな低い声で話しだした。「彼はわたしの双子《ふたご》の兄だし、彼の仲間は父オシウスを取り巻いていた人たちと同じ人たちよ。あの人たちはたしかに強いけれど、行動の動機は個人的野心でしかない。共通の目的を達成するために協力し、お互《たが》いに利用し合うの。いちばん強い人がピラミッドの頂点に立ち、貢献《こうけん》した人たちは重要な地位を得るわけね」

「わたしたちとそんなに違うかしら？」ドラゴミラが問いかけた。

「〈逃げおおせた人〉の精神は、あなたたち自身がその威力をよくわかっていないのかもしれない」レミニサンスが答えた。「それはグラシューズの力やパヴェルの闇《やみ》のドラゴンや妖精人間の能力とはまったく関係のないものよ。わたしが言っているのは、〈逃げおおせた人〉の精神そのものなの。心を動かし、心を高揚させる精神であり、わたしたちを優れた人間にしてくれる自然な善意。わたしたちを結び付けているものは、反逆者《フェロン》たちを結び付けているものとはまったく違うのよ。わたしたちにとって、力は調和を得るための道具。でも、反逆者《フェロン》たちにとっては、力は人を支配するために使われ、力そのものが目的なのよ。かわいいオクサ、確信をもってあなたに言うわ……。あなたはマリーなしでエデフィアに帰るとはったりを言って、たしかにオーソンを動揺させたけれど、彼はマリーの髪《かみ》の毛《け》一本も触りはしない。マリーは彼にとって賭《か》けの切り札なのよ。最大の弱みであると同時に最大の支えである父オシウスに再会できるかもしれないという賭けのね」

63　究極の武器

「オーソンは父親が自分を評価していないことに早くに気づいていたのよ」レミニサンスは言葉を続けた。「オーソンは父オシウスに憧《あこが》れ、尊敬し、恐《おそ》れていたわ。とくに恐れていたのは、父を失望させること。オーソンがしたことはすべて査定され、非難され、裁かれた。ほとんどほめられることはなかった。父がオーソンについて肯定的《こうてい》なことを言うのは聞いたことがないわ。反対に、ほかの人、とくにレオミドのことはほめてばかりいたけれど」

「自分が持ちたかった息子というわけね……」ドラゴミラがつぶやいた。

「わたしも、あなたとくらべられてオーソンと同じ立場だったのよ、ドラゴミラ。オシウスは、わたしがマロラーヌに続くグラシューズではないことがわかってからは、わたしよりあなたが娘《むすめ》だったらよかったと思っていた。わたしがグラシューズになる可能性はあった。だから、オシウスはマロラーヌをくどいたのよ。あなたがグラシューズに指名されたとき、わたしは父の失望と軽蔑《けいべつ》をまともに食らったわ。わたしは何の価値もなくなった。数日間のうちに、わたしはすべての期待をかけられた娘から、何の利用価値もないみじめな娘になったわけ。絶望から救ってくれたレオミドがいてくれたことと、彼《かれ》の愛によって父の態度に耐《た》えることができたの。

でも、オーソンはそうじゃなかった。兄は自分を軽んじる父親の仕打ちに苦しんだ。でも、彼は評価してもらおうと非常な努力をしたの。毎日、兄が自分の限界を超《こ》えようと努力しているのを、わたしは見ていたわ。でも、父は無関心に顔を背《そむ》けるか、もっとひどいときは、皮肉を言ってけちをつけていた。ほかの人のほうがもっと価値がある。いつもそうだった。どうしてオーソンがそんなにむきになっていたのかわからないわ。まるでマゾみたい。逃《に》げるべきだったのに、あるいは関係を断つべきだったのに。どうしたってオシウスの期待には添えないのだから。わたしに対する〈愛する人への無関心〉の共犯になった日は別としてね。あの時、なにか決定的なことが変わった。オシウスは息子が自分の片腕になりうるかもしれないと気づいたのよ。何年もの努力の結果、オーソンはついに最高のほうびを得た。でも、すでに心はむしばまれていた。恨《うら》みと復讐《ふくしゅう》への欲望はもう取り返しのつかないほど心を毒していた。父親の愛情に恵まれない年月がオーソンを認められることに飢《う》えた男にしたの……」

「エデフィアにいた頃《ころ》のオーソンを覚えているわ」ブルンが口をはさんだ。「彼は憧れと恐怖《きょうふ》に満ちた目をして、いつもオシウスの後をついてまわっていた。ぞっとしたわ……」

「憧れも恐怖も最後にはオーソンを破壊《はかい》した」レミニサンスが言葉を続けた。「それは長年のうちに破滅的な愛憎《あいぞう》の感情に変わっていった。それは人を情け容赦《ようしゃ》のない人間に変える最悪の感情だわ」

「イカれてる……」思わずオクサはつぶやいた。

「オーソンの強烈《きょうれつ》なコンプレックスは非常な思い上がりに変質したのね。ほかの人より強くなったことをオシウスに見せるためだけに行動するようになった。弟子が師を追《お》い抜《ぬ》く。それがオーソンの唯一《ゆいいつ》の野心よ。それ以外のことは取るに足りないこと……」

この言葉に〈逃げおおせた人〉たちはしーんとした。

「もし、オーソンがエデフィアに着いたとき、オシウスが死んでいるとわかったら？」

そうたずねたテュグデュアルに、オクサの熱っぽい視線とギュスのうんざりした視線が向けられた。

レミニサンスはその可能性をすでに考えたことがあるようだ。悲しそうな声でこう答えた。

「もしそうなったら、オーソンにとっては生涯《しょうがい》の夢を失ったようなものでしょうね。オシウスに認められることだけを生きがいにしている人だから、彼は死んでしまうのじゃないかしら」

「むごいわね！」

思わず叫《さけ》んだオクサは、自分が〈逃げおおせた人〉の宿敵に同情を感じていることに驚《おどろ》いた。

「うん」アバクムがうなずいた。「だが、われわれは同情に眼を奪《うば》われてはいけない……」

「そうでないと、わたしたちは負けてしまうわ！」

レミニサンスが言葉を継《つ》いだ。

「オーソンを父親に会わせてやればいいじゃない？　彼がどういう人間になったかを見せて、どんなに強くなったかを見せれば、あたしたちのことは放っておいてくれるんじゃない！」

オクサが提案した。

「そんなに簡単なことじゃないんだよ。オーソンはもう後戻《あともど》りできないところまで来ているんだ」と、アバクムが答えた。

「あたしにはわからない……」オクサはがっかりした。

「力には三つの種類があるんだよ。均衡《きんこう》と支配と破壊だ。もし、オーソンとオシウスが再会したとして、オシウスが息子の力量を認めなかったとしたら、オーソンは迷わず三つ目の力を選ぶだろうね」

「その通りだ、破壊は究極の力だ！」テュグデュアルがオクサにウインクしながら言った。「破壊と死の力だ」

「それって自殺行為《こうい》じゃない！　どうしてほかの反逆者《フェロン》たちがそんなことに加担するの？」

アバクムはうろたえてオクサを見つめた。

「ほかの反逆者《フェロン》たちはオーソンの苦悩《くのう》を何も知らないからだ」と、アバクムが答えた。「テュグデュアルの言う通り、完全な破壊が彼の究極の武器だ。いざとなったら、オーソンは一秒だって迷いはしないだろう」

「オシウスの性格からいうと、わたしたちは最悪の事態を考えたほうがいいわ……」レミニサンスが口をはさんだ。「彼が生きているとすると、性格が変わっているとは考えられないし、ほかの人が〈外界〉に出たのに自分はエデフィアに取り残されたという事実は彼の恨みをかき立てるだけだったでしょう。もし、オーソンが父親に再会したら、痛ましい幻想《げんそう》に直面する可能性があるわ。オシウスはまたしてもオーソンをけなすでしょうね……」

「もし、エデフィアから出たのがオシウスだったら、世界を征服《せいふく》していたかもしれないわね」

そう言いながら、ドラゴミラは青ざめた。

「ええ、そうでしょうね……。オーソンもそうすることはできたでしょうけれど、彼を動かしている負の力は世界を破壊するほうに彼を向けたでしょうね。それが、オーソンが持っている切り札だから。だれが最も強いかと考えてみたらいいわ。支配する力か、破壊する力か？　人間はどちらを怖れるかしら？　支配されることか、死ぬことか？　死を選ぶのは狂信《きょうしん》的な人だけでしょうし、そういう人たちはごく少数派だわ」

「あたしたちは？　その話のなかであたしたちの役割は何なの？」

オクサは身震《みぶる》いしながらたずねた。

「世界の中心は混乱に支配されている。できるだけ早くエデフィアに帰って、均衡を取り戻さないといけない」アバクムがしわがれた声で言った。「フォルダンゴ、助けてくれないか……」

フォルダンゴが体を揺《ゆ》らしながら近づいてきた。

「もし死が世界の中心を支配すれば、〈外界〉は壊滅《かいめつ》に会うでしょう。二つの世界は無数の災害を浴びせられた後で終わりを迎《むか》えるでしょう。若いグラシューズ様と〈逃げおおせた人〉たちが絵画内幽閉《ゆうへい》の苦悶《くもん》に会われていた夏から、災禍《さいか》は始まりを認めました」

〈逃げおおせた人〉たちはものも言えずに顔を見合わせた。オクサはしゃがんで、フォルダンゴの目の高さに合わせた。

「あたしたちはどうすればいいの？」オクサがささやいた。

フォルダンゴは大きく一回鼻を鳴らし、みんなをじりじりさせた。オクサは、チェック柄《がら》のふきんの中にペッペッとつばをはいているフォルダンゴのぽっちゃりした肩《かた》に手を置いた。

「その時が来ましたら、不老妖精《ようせい》が指示を配布します。その伝達の用意をしてください。というのは、混乱が拡大していますし、二つの世界の救出は切迫《せっぱく》しているからです。力の結集を行なってください。〈ケープの間〉が世界の中心を保護でおおっていますが、その保護が衰弱《すいじゃく》に会っているために、〈外界〉の陸地や海に混乱が起きています。〈内界〉と〈外界〉の均衡の維持《いじ》は〈ケープの間〉のなかにあります。そして、二つの世界の壊滅に対抗《たいこう》して勝利を収めるためには、二人のグラシューズ様の力が融合《ゆうごう》に出会わなければなりません。そうすれば、二つの世界は存続に出会うでしょう」

「オーソンがそうさせないように企《たくら》んでいなければだけれど……」

レミニサンスはぞっとしながら言った。

「邪《よこし》まな反逆者《フェロン》の妹様の論理は正確さを知っています」

フォルダンゴがうなずいた。

「サイコー！　選択肢《せんたくし》があるわけだね！」オクサはいらいらと指をひねり回しながら声を上げた。「世界の均衡が悪化し続けてみんながひどく苦しみながら死ぬか、オーソンが自分の力を父親に見せ付けるためにあたしたちが均衡を立て直すのを邪魔《じゃま》して、みんながひどく苦しみながら死ぬか！」

「唯一の違《ちが》いは、オーソンのやり方だと早く死ねるというわけだ……」

テュグデュアルが口をはさんだ。

「おもしろいね……」

ギュスがうんざりしたようにつぶやいた。

「オーソンを殺したらどう？　人類の存続を保証するために！」

オクサがとつぜん言い放った。

「あいつがマリーを人質にしていることを、おまえは忘れてるよ……」

パヴェルの異様に低い声がドラゴミラの工房《こうぼう》の空気を一瞬《いっしゅん》にして凍《こお》りつかせた。オクサはオーソンという人間の脅威《きょうい》の大きさにがく然として頭を抱《かか》えた。父親がたくましい腕《うで》を体に回すのが感じられた。

「なんとかなるよ……きっとだいじょうぶだ」パヴェルがオクサにささやいた。

オクサは驚いて顔を上げ、父親を見つめた。その光る目のなかに、オクサの知っている輝《かがや》きがあった。決然とした〈逃げおおせた人〉の目の輝きだ。闇《やみ》のドラゴンを体内に秘めている男の目の輝きだ。とりわけ、頑固《がんこ》だが頼りになる誠実な父親の目の輝きだ。ドラゴミラは感激して二人に近づいた。

「パヴェル……」

ドラゴミラは息子の肩にそっと触《ふ》れながらのどを詰まらせた。

パヴェルが振《ふ》り向《む》いた。そのまなざしから怒《いか》りは消えていた。

「言っときますけどね、お母さん……」パヴェルがきっぱりとした口調で言った。「ぼくたちはマリーと二つの世界を救う。その後はぼくの好きなように生きさせてくださいよ、いいですか?」

答える代わりに、ドラゴミラはほっとしたようなほほえみを投げかけた。パヴェルが〈逃げおおせた人〉の一員であることは疑いの余地がない。いろいろと衝突はあったけれど、それだけは確かだ。

64 豪雨《ごうう》のなかの逃避《とうひ》

この重要な話し合いの後、夜は騒々《そうぞう》しく過ぎていった。この緊急《きんきゅう》事態に〈逃《に》げおおせた人〉全員はビッグトウ広場の家に居を定めることにした。オクサの家の雰囲気《ふんいき》は重く、しかも興奮に包まれていた。ナフタリとアバクムだけが欠けていた。ヘブリディーズ海の島になるべく早く行くことが決まると、二人はアバクムの家とレオミドの屋敷《やしき》に赴《おもむ》き、すべての生き物を集めてアバクムのミニチュアボックスに収納することになったからだ。エデフィアへの帰還《きかん》が近いということは、みんなわかっていた。その準備をしておかねばならないのだ。

行く末が不確実で危険であるということだけがポロック家の騒々しさの理由ではなかった。夜中になると街中にサイレンの音が鳴り響《ひび》き、〈逃げおおせた人〉だけでなく、ロンドンとその周辺の住民は夜中に飛び起きた。ヘリコプターが空を舞《ま》い、軍の車が拡声器を持って街じゅうを走り、すぐに階上に避難することと、ラジオとテレビの全局で流している緊急情報をよく聴《き》くよう住民に勧告《かんこく》した。オクサがびっくりして部屋から飛び出すと、隣《となり》の部屋から出てきたゾエとレミニサンスにばったり出くわした。

「何が起きたの？」

「北海の海面が数時間のうちに三メートルも上昇《じょうしょう》したんだ」三人のところにやってきたテュグデュアルが教えた。「グリニッチ地区は浸水《しんすい》してるし、テムズ川も氾濫《はんらん》しそうだってさ」

「あなたたち、こっちに来なさいよ！」

ドラゴミラが最上階から声をかけた。

ギュスも客用寝室《しんしつ》からあわてて飛び出してきた。取り乱したまなざしをオクサに向け、それからあわてて考え直したように、まったく彼《かれ》らしくない冷たい態度に改めた。オクサはとまどいながらため息をついた。

「上に行くんだ！」パヴェルがみんなを促《うなが》した。

〈逃げおおせた人〉全員がドラゴミラの秘密の工房《こうぼう》に集まると、パヴェルがテレビをつけた。画面に映る光景にみんなは凍《こお》りついた。

「なんてこと……」

ドラゴミラは胸に手を当てた。

「そんなばかな……」

ショックを受けたレミニサンスはうめいた。

空撮《くうさつ》の画像は災害の大きさを物語っていた。海底流の思いがけない想像を絶する動きによって、イギリスの東海岸とフランスの北部は消滅《しょうめつ》していた。海に流れ出すはずのテムズ川の水は内陸方向に逆流し、河口地域はすべて冠水《かんすい》している。その水はいまやロンドンに迫ってきており、一時間に数十センチも水位が上がり、その速度は衰《おとろ》えそうにない。テムズ河岸の地区はすでに冠水しており、ビッグベンのあるウェストミンスター宮殿の下のほうは水につかっている。最悪なのは、だれもその海底流が発生した理由やその規模を説明できないことだった。最も被害《ひがい》の大きい地区からの住民の避難は始まっているが、ロンドン市民すべてを避難させるのは難しい。しかも、まだ夜は明けておらず、激しい雨まで降り始めた。指示は簡潔だった。ロンドン市の小高い地区か建物の上のほうの階に避難するかして待機すること。

「みんな死ぬんだ……」

うろたえたギュスがあえぐように言った。

「おまえだけだろ！」

テュグデュアルは窓のほうに行きながら吐き出すように言った。

「だから言ったでしょ！」ドヴィナイユがどなり出した。「まだだいじょうぶだったときに、この敵対的な国を去るべきだったのよ！　でも、もう遅《おそ》い。凍るような水に取り囲まれているわ！」

「こっちに来て見てよ！」

オクサがアトリエの天窓に顔を寄せながら叫《さけ》んだ。

〈逃げおおせた人〉たちは順に窓の外を見て、恐怖《きょうふ》に凍りついた。激しい勢いで降っている雨は分厚いカーテンのようだ。ものすごい豪雨《ごうう》のなか、ビッグトウ広場や周りの通りが少なくとも二十センチは浸水しているのが見えた。方々で叫び声が上がり、パニック状態だ。

「アバクムとナフタリが無事ならいいけれど」レミニサンスが心配そうに言った。

「今頃《いまごろ》はレオミドの家に着いているだろう」ピエールが安心させるように言った。「彼の家は海面から数メートル高いところにあるし、近くに川はない。それに、イギリスの西側はこの災害には関係ない」

「どうしよう?」オクサがうめいた。

「時間がないわね」ほぼ肉眼でもわかる、広場の水位の上昇を見ながらドラゴミラが言った。「アバクムたちのところにできるだけ早く行くのがいいと思うわ。彼らがロンドンに戻《もど》ってくるのは難しいだろうから」

「でも……こんなふうに出て行くなんてできないじゃない」

オクサがうめくように言った。

「ジャーナリストは何て言ってる?」

携帯《けいたい》電話のキーボードをいじっているテュグデュアルにパヴェルが問いかけた。

「いいニュースはない」テュグデュアルは眉《まゆ》をひそめながら答えた。「同じように不可解な海流がヨーロッパやほかの地域でも観測されていますよ。海流の押《お》し上《あ》げる力で海面が急激に数メートルも上昇して、リスボンや広州市、シアトルが冠水しています」

〈逃げおおせた人〉たちは全員、青ざめた。ドヴィナイユだけはかん高い鳴き声を上げて不安をあらわにした。

「ここを出ていかないといけないわ……いますぐに」

ドラゴミラは涙《なみだ》にぬれた目でパヴェルを見つめた。


ドラゴミラとパヴェルがこれまでに経験した急な出発のなかでも、今回は最もつらいものだ。しかし、辛くても行動しなければならない。パヴェルは眉間《みけん》にしわを寄せて必死に考《かんが》え込《こ》んでいる。しばらくしてから深く息を吸《す》い込《こ》んだ。

「ぼくがみんなをレオミドの家に連れて行こう！」

オクサははっとして父親を見た。

「闇《やみ》のドラゴンの背中に乗せてっていうこと？」

「ほかに方法がない」パヴェルはきっぱりと言った。「みんなのうち、だれかが庭にヘリコプターでも隠《かく》してるんなら別だけど。冠水している街から逃げる方法はほかにないと思う。みんなで何人いるかな？」

「おまえを入れて十人だよ」ドラゴミラは心配そうに答えた。「生き物たちは入れないで……だいじょうぶかしらね？」

「そうしないと、ウェールズまで泳がないといけない羽目になりますよ」パヴェルはかすかにほほえみながら言った。「濡《ぬ》れないで行けるお母さんだけは別ですけどね！」ドラゴミラの水面歩行術のことを言っているのだ。

ドラゴミラはほほえみ返した。

「浮遊《ふゆう》術を使える人は交代で飛んで、パヴェルの負担を軽くするようにしよう」と、ピエールが提案した。

パヴェルが反対した。

「長い間、こんな距離《きょり》を飛んでいないだろう。それに、どしゃぶりだぜ！」

「まあ、やってみよう……できるだけ君を助けるようにしたいんだ」

パヴェルは心配しながらも、感謝するようにうなずいた。

「いいよ。でも、オクサには絶対にやらせない」

「パパ……」

「こんな夜中に雨のなか、おまえには絶対に飛ばせないと言ったんだ！」

パヴェルが低くこもった声で言ったので、オクサはびっくりした。

「信用してないんだ、そうでしょ？」

「オクサ、お願いだから、お父さんの言うことを聞いておくれ……」

ドラゴミラがすがるように言った。

父親の厳しい目と祖母の頼《たの》みの前に、オクサは降参することにした。

「言っておきますけど、わたしの羽は一本だってぬらさないようにしてくださいよ！　でないと、死んでしまうわ！」

　窓の外をにらみながら、急にドヴィナイユがわめいた。

「言っとくけど、羽は防水なんだぜ……」

　ジェトリックスはあきれたように目をくるりと上に向けた。

　それを聞くと、不思議に思ったヤクタタズが疑わしげに自分の体を触《さわ》りだした。オクサはそばにいって、ヤクタタズの羽も防水だと請《う》け合《あ》ってやったので、すぐに幸せそうな顔にもどった。

「あなたたちが行くことをアバクム様とナフタリ様に知らせに行きます！」

　ヴェロソが天窓の桟《さん》に跳《と》び上がりながら言った。

「それはいい考えだわ！」ドラゴミラがほめた。「でも、ガナリこぼしといっしょにいくほうが確実じゃないかしら。おまえは長いことそういう任務をしていないから……」

　ヴェロソはその提案を受け入れ、体をストレッチしている間に、ガナリこぼしはヴェロソに緯《い》度《ど》、経度、気温、標高、湿度《しつど》など行程の詳細《しょうさい》を教えた。ヴェロソが柔軟《じゅうなん》体操を終えると、二匹《ひき》の生き物は屋根の瓦《かわら》に跳び移った。〈逃げおおせた人〉たちは、彼らが屋根から屋根に跳び移りながら豪雨の向うに消えていくのを見守り、それから、さらに水位の上がった広場に視線を移した。軍のトラックと救急車がものすごい勢いで走り去った。

「さあ、ぐずぐずしてはいられないわ！」

　ドラゴミラが声を上げた。

「ぼくはここに残してもらっていいよ」ギュスはオクサを見ながらつぶやいた。「ぼくはどうせ役に立たないんだから、まったく普通《ふつう》な人たちと同じように救助隊に助けてもらうよ……」

オクサはイライラと、しかし悲しげにギュスをじっと見つめた。

「あんたって、ドヴィナイユより始末に負えないって知ってた？」

「自分のいるべき場所にいないのはぼくだけだっていうことは明らかじゃないか！　そう思ったことがないなんて言うなよな！」

ギュスは怒《いか》りを爆発《ばくはつ》させた。

「なに言ってんのよ！」

涙を浮かべたオクサは声を詰《つ》まらせた。

「ここにいる人はだれも、だれかの場所がないなんて思っていないわ」レミニサンスが割って入った。「あなたはわたしたちの仲間よ。それに、今日ここにいる人たちはあなたを大事に思っていることを証明したのじゃなかったかしら？」

「一人一人に役割があるわ」

ブルンが付け足した。

「ぼくの役割は？　若いグラシューズ様の道化ですか？」

ギュスはいら立ったままだ。

オクサは気力がなえ、しゃくり上げはじめた。できる限りやったのに……。ゾエはオクサから少し離《はな》れ、気の毒そうな視線を送った。

「ギュス、いいかげんにしろ！」ピエールの大声がとどろいた。「オクサと何があったか知らないけど、仕返しなんてすぐにやめるんだな。ぐずぐずしてる暇《ひま》はないんだ。準備をしないと」

厳しいピエールの声にその場は一瞬《いっしゅん》静かになったが、どうしても持っていかなければならないものを手際よくまとめるために、三人の老婦人たちが忙《いそが》しく動き出したので、すぐに騒々しくなった。〈逃げおおせた人〉たちがロンドンに帰ってくることはないかもしれない。みんなはそんなことは考えないようにしたが、この出発は最後の逃走《とうそう》かもしれない。三人の婦人たちにならって、ほかの人たちも必要最小限のものをまとめるために、重い心を抱《かか》えながら動き出した。

「カバンは一人一つよ！」

ドラゴミラは何十個とあるグラノックやキャパシターの瓶を小さなカバンに入れながら指示した。

オクサは急いで自分の部屋に行った。数分後、どうしてもなくてはならないと選んだものがベッドの上に山積みになったのを見て、ため息をついた。必要最小限だ……。

「〝サバイバルすること〟を考えなくちゃ、オクサ……」ベッドの上に散らばった本や小物や服や靴《くつ》の山をくずしながら、自分に言い聞かせようとした。

骸骨《がいこつ》の形をしたバックルのついたお気に入りのベルトを取り上げ、しばらく考えてから、後ろに放り出した。

「イタッ！」テュグデュアルの声が聞こえた。

オクサはイライラして振《ふ》り向《む》いた。テュグデュアルは小さなリュックを肩《かた》にかけ、オクサの骸骨のベルトを手に持って、ドアにもたれていた。

「ごめん……」

難しい仕分け作業に戻りながら、オクサは口のなかでつぶやいた。

「おれがおまえだったら、持って行くのはこれだな！」テュグデュアルは積み上げられたものの中からセーター一枚と厚手のソックス数足と防水ケープを取り出した。「これさえあれば、サバイバルできるからな」

「あいかわらず感傷的なんだ……」

オクサは、持って行こうと思っている大好きな火山石の彫像《ちょうぞう》を眺《なが》めながら、ぼそぼそと言った。

その言葉にかすかにほほえんだテュグデュアルは、その彫像をつかんでベッドの上に置きなおした。

「写真を何枚か持っていけば？　郷愁《きょうしゅう》にかられたときは見ればいいし、それに軽いから持ち運びしやすいじゃん！」

「よくそんなに皮肉ばっかり言えるね……」

「ちっちゃなグラシューズさん、おれに意地悪しようたって無理だぜ……。ふ〜ん、これ、食べたいほどかわいいな！」オクサがフォトファイルに詰《つ》め込《こ》もうとしている写真のうち一枚をテュグデュアルが手に取った。

オクサはうなり声を上げて、その写真をテュグデュアルの手からもぎ取った。そのとき、廊下《ろうか》を通るギュスの姿がちらっと見え、オクサの心は締《し》め付《つ》けられた。

「そのうち立ち直るさ……」

まるでオクサの心の内を見抜《みぬ》いたようにテュグデュアルが言った。

その顔は急に真面目な表情にもどった。その抗《こう》しがたい魅力《みりょく》はまったく失われていない。オクサはその事実にはっとし、難しい写真の選択《せんたく》をあきらめた。オクサはリュックのファスナーを閉じてテュグデュアルをにらんでから、みんなが待っているドラゴミラの工房《こうぼう》に向かった。


パヴェルの体の奥底《おくそこ》から低いうなり声が聞こえてきて、闇のドラゴンが体をくねらせながら翼《つばさ》を広げた。ヘリコプターの投光機に照らされた空から大きな雨粒《あまつぶ》が落ちてくるなか、〈逃げおおせた人〉たちは鱗《うろこ》におおわれたドラゴンの背中の上になんとかよじ登った。

「それ、ぼくのわき腹にくっつけるようにして！」

生き物たちが入っているミニチュアボックスやグラノック、薬類やハーブが入ったかばんをパヴェルが指さしてドラゴミラに向けてどなった。

ドラゴミラはその言葉に従い、貴重なカバンをドラゴンの首に斜《なな》めがけにした。

「いまよ！」

ビッグトウ広場に続く人通りのない通りを監視《かんし》していたブルンが叫んだ。

「こうすればもっといいな！」

パヴェルが指先をパチンと鳴らした。

すると、街灯のほのかな光が消え、広場とその周辺は深い闇に包まれた。オクサが声を上げてほめたたえた。

「パパがそれをするときってステキ！」

パヴェルはオクサのほうを振り返ってから、しゃがれた声でどなった。

「みんな、しっかりつかまってくれ！」


浮遊しているピエールとジャンヌが横につき、ドラゴンはゆっくりと力強く翼を動かし始め、地面から浮《う》かび上《あ》がった。のこぎりの歯のようにぎざぎざしたドラゴンの背中に窮屈《きゅうくつ》に座っている〈逃げおおせた人〉たちは、木々や家々の屋根が遠ざかるのを見つめていた。ポロック家は次第に小さくなって見えなくなり、オクサの胸は締め付けられた。どしゃぶりのなか、まもなくドラゴンは三十センチほど水につかった聖プロクシマス中学の上空にさしかかった。オクサの心はさらに痛んだ。もう帰ることはないのだろうか？　いつか自分の家に戻ってくるのだろうか？　学校は？　友だちは？　友だちに会えないのは寂《さび》しい……。こんなふうに、帰ってくる見込みのないままに発つなんてつらい。〈逃げおおせた人〉たちが失われた祖国を去ったときの気持ち――引《ひ》き裂《さ》かれるような気持ち――がオクサには初めてわかった。自分の体の一部をもぎ取られるような感じだ。ぜったいに元に戻らない傷口のような感覚だ。

ドラゴンは高度を上げ、うす暗い雲のなかに入った。今度はテュグデュアルとレミニサンスがドラゴンの背中を離れて近くを飛んだ。はっとするような幻想《げんそう》的な光景だ。とつぜん、ドラゴンが腹の底からしぼり出すような苦しげな叫び声を上げた。この新たな出発に最も苦しんでいるパヴェルの苦悩《くのう》の声だろうか。街の灯や喧騒《けんそう》が少しずつ遠ざかっていく。これから始まる冒険《ぼうけん》は、〈逃げおおせた人〉たちがいま向かっている荒《あ》れ模様の空のように混沌《こんとん》としていることだろう。

訳者あとがき

『オクサ・ポロック』第一巻の最後で〈逃《に》げおおせた人〉たちの宿敵、オーソンを消滅《しょうめつ》させ、とりあえずは一件落着かと思ったら、とんでもない新たな試練が待っていた。ギュスが魔法《まほう》の絵の中に閉《と》じ込《こ》められたのだ！　もちろん、結束の固い〈逃げおおせた人〉たちはギュスを救うために危険な絵の中に入っていく。第二巻では、熾烈《しれつ》な攻撃《こうげき》をしかけてくる絵の魔法とオクサたち、絵の外に残った祖母ドラゴミラたちと反逆者《フェロン》、という二重の戦いが同時進行していく。

しかし、そうしたハラハラさせられるアクションたっぷりの展開だけでない。複雑な出自を持つゾエの揺《ゆ》れる心、謎《なぞ》の少年テュグデュアルにますますひかれていくオクサのとまどい、二人の接近にいら立つギュスの心情が存分に描《えが》かれているとともに、オクサの家族や近親者の過去の秘密も次々と明らかになっていくなど、新発見もいっぱいだ。オクサをはじめとした〈逃げおおせた人〉たちがそれぞれ自分の役割に応じて貢献《こうけん》し、支えあっていく絆《きずな》の強さは第二巻でも十分に発揮されている。果たしてオクサたちはエデフィアに帰還《きかん》できるのだろうか？　もしそうなら、そこには何が待ち受けているのか、と次巻への期待が高まる。

フランスではすでに第五巻まで出ており、シリーズ最終巻の第六巻も今年の十一月に刊行される予定だ。もちろん私は五巻まで読んでいるが、それでも結末が予想できない。最後の最後まで読者の興味とやきもきする気持ちを持続させてくれるのは作者の力量だろう。

ところで、その作者の自宅兼《けん》仕事場を昨年十二月、ストラスブールに訪ねた。ちょうどクリスマス前の時期で、クリスマス市《いち》で有名なこの街は通りの飾《かざ》りつけもセンスがあって、思わず「きれい！」

と声を上げてしまった。愛犬のパグを胸に抱《だ》いたアンヌさんとサンドリーヌさんが街を案内してくれた。聖プロクシマス中学校を彷彿《ほうふつ》とさせる重厚な赤壁《かべ》の学校、ライン川に沿って並ぶ木組みの家、二人が司書として働いていたモダンで巨大《きょだい》な図書館、アンヌさんご用達のアルザス名物のクッキーが並ぶお菓子《かし》屋さん……。ストラスブールは本当におしゃれでかわいい街だ。閑静《かんせい》な地区にある同じ建物に住む二人の、それぞれのアパルトマンも素敵で、むき出しの太い木の梁《はり》や木枠《わく》の小窓が落ち着いた雰囲気《ふんいき》を醸《かも》し出《だ》していた。その一角にあるパソコンを置いたデスクが彼女《かのじょ》たちの仕事場だ。ここから、あのオクサの世界が生み出されているんだと、妙《みょう》に感慨深《かんがいぶか》い思いがした。この時は会えなかったアンヌさんのお嬢《じょう》さん、ゾエさんには三月にパリのブックフェアで初めて会った。優しそうで内気な雰囲気が小説のゾエそのままの感じ。先頃《さきごろ》、二人の共作による新シリーズの第一巻も刊行された。

『オクサ・ポロック』に話を戻《もど》すと、今年の夏にはフランスで漫画《まんが》（カラー版のバンド・デシネ）が刊行される予定で、本を読んで想像している生き物たちがどう描かれるのかとても興味深い。シリーズ完結後には「外伝」、さらにはミステリアスなテュグデュアルを主人公にした「番外編」も出るとのことで、まだまだお楽しみは続きそうだ。

二〇一三年五月、パリ郊外にて

児玉しおり

『オクサ・ポロック③　ふたつの世界（仮題）』あらすじ

地震《じしん》、火山噴火《ふんか》、豪雨《ごうう》……。

世界中のいたるところで、地球が悲鳴を上げている！　テムズ川の荒《あ》れ狂《くる》う水につかったロンドンから逃《のが》れて、オクサと〈逃《に》げおおせた人〉たちは、彼《かれ》らの故郷である神秘の国〈エデフィア〉に通じる秘密の門を探す旅に出た。故郷への帰還《きかん》が、世界の均衡《きんこう》を取りもどすための、唯一《ゆいいつ》の手段なのだ。

いっぽう、宿敵反逆者《フェロン》もまた、〈エデフィアの門〉をめざしていた。若いグラシューズ、オクサにとっては、このうえなく危険な冒険《ぼうけん》だ。しかし、オクサには、頼《たよ》りになる仲間がいる。愛する「バーバ」こと祖母ドラゴミラ、怒《いか》りが頂点に達するとドラゴンに変身する父パヴェル、オクサのハートをめぐるライバル同士のギュスとテュグデュアル、そして、忠実なフォルダンゴ、ヤクタタズ、ドヴィナイユなど、ゆかいな生き物たち……。

数々《かずかず》の罠《わな》やハプニングの末、ついに〈エデフィアの門〉にたどり着いたオクサたちだったが、そこをくぐり抜《ぬ》けるには、恐《おそ》ろしい犠牲《ぎせい》を払《はら》わなければならなかった。門の向こうの未知の世界には、いったい、何が待ち受けているのだろうか？

アンヌとサンドリーヌより

オクサを大好きな人たちと、オクサの運命への
信仰《しんこう》を持っている人たち、みんなの心を、
謝意の詰《つ》まった感謝が征服《せいふく》しますように。
「〈逃げおおせた人〉の歌」の贈与《ぞうよ》を行ったことに対して、
エステルが特別評価の受諾《じゅだく》を受け取りますように。

★
★　★

このあいさつ文はフォルダン語《ゴ》
（フォルダンゴとフォルダンゴットの独特な言葉）
で書かれています。

「オクサ・ポロック」シリーズ　全６巻＋外伝

1　**希望の星**

2　**迷い人の森**

3　**ふたつの世界**（仮題）　2013年秋刊行予定

4　**秘密の絆《きずな》**（仮題）　2014年春刊行予定

5　**最後の衝突《しょうとつ》**（仮題）

6　**シリーズ最終巻**

他、外伝刊行予定

アンヌ・プリショタ　Anne Plichota
フランス、ディジョン生まれ。中国語・中国文明を専攻したのち、中国と韓国に数年間滞在する。中国語教師、介護士、代筆家、図書館司書などをへて、現在は執筆業に専念。英米文学と18～19世紀のゴシック小説の愛好家。一人娘とともにストラスブール在住。

サンドリーヌ・ヴォルフ　Cendrine Wolf
フランス、コルマール生まれ。スポーツを専攻し、社会的に恵まれない地域で福祉文化分野の仕事に就く。体育教師をへて、図書館司書に。独学でイラストを学び、児童書のさし絵も手がける。ファンタジー小説の愛好家。ストラスブール在住。

児玉しおり（こだま・しおり）
1959年広島県生まれ。神戸市外国語大学英米学科卒業。1989年渡仏し、パリ第3大学現代フランス文学修士課程修了。フリーライター・翻訳家。おもな訳書に『おおかみのおいしゃさん』（岩波書店）、『ぼくはここで、大きくなった』（小社刊）ほか。パリ郊外在住。

オクサ・ポロック2　迷い人の森
2013年6月21日　初版第1刷発行

著者＊アンヌ・プリショタ／サンドリーヌ・ヴォルフ
訳者＊児玉しおり
発行者＊西村正徳
発行所＊西村書店 東京出版編集部
〒102-0071 東京都千代田区富士見2-4-6
TEL 03-3239-7671　FAX 03-3239-7622
www.nishimurashoten.co.jp
装画＊ローラ・クサジャジ
印刷・製本＊中央精版印刷株式会社
ISBN978-4-89013-687-2　C0097　NDC953

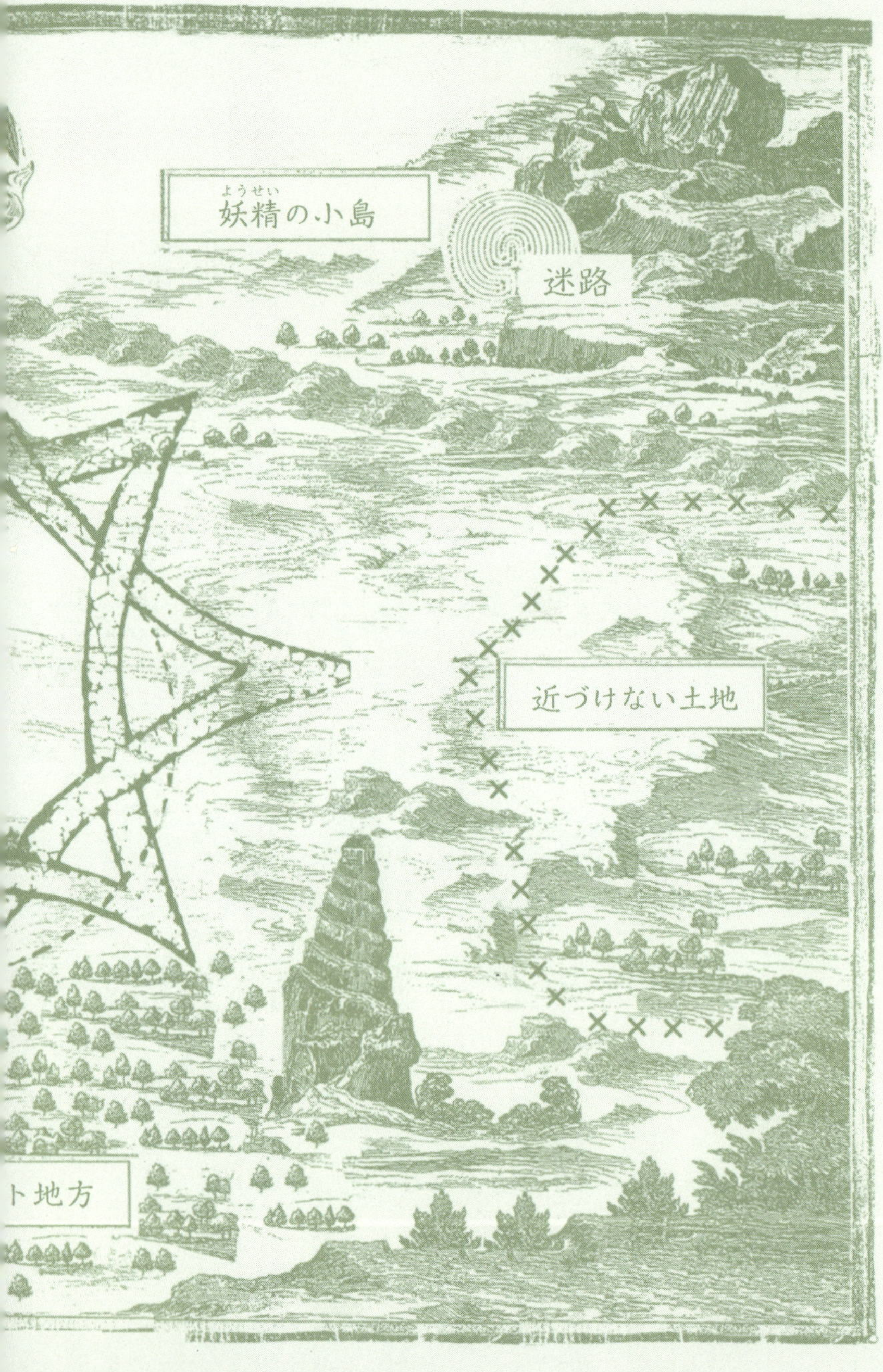

妖精《ようせい》の小島
迷路
近づけない土地
ト地方